F.G. Klimmek

Schnee von gestern

W0416103

F. G. Klimmek, geboren 1949 in Wanne-Eickel, ist Rechtsanwalt, nebenher hat er sich der Herpetologie (Kriechtierkunde) verschrieben und ist ein profunder Kenner der Kriminalliteratur Sir Arthur Conan Doyles.
Nach seinem Romandebüt »Wie die Fliegen« ist »Schnee von gestern« sein zweiter Titel im Programm des KBV.

F. G. Klimmek

Schnee von gestern

KBV
KRIMI

Originalausgabe
© 2004 KBV Verlags- und Mediengesellschaft mbH,
Hillesheim
Telefon: 0 65 93 - 99 86 68
Fax: 0 65 93 - 99 87 01
www.kbv-verlag.de
E-Mail: info@kbv-verlag.de
Umschlagillustration: Ralf Kramp
Redaktion, Satz: Volker Maria Neumann, Köln
Druck: Westermann Druck, Zwickau
Printed in Germany
ISBN 3-937001-13-1

»Und die einen sind im Dunkeln
und die andern sind im Licht.
Doch man sieht nur die im Lichte,
die im Dunkeln sieht man ...?«

Es treten auf

Ich (Karl-Heinz Schmidt)	*ein dicker deutscher Urlauber mit dünnen Haaren*
Armin Rendorf	*ein Mann mit einem Beruf und einer Profession*
Piet Schouten	*ein Advocaat, dem ein einziger Beruf genügt*
Vincenzo Lauri	*vertritt Interessen, ohne Anwalt zu sein*
Kees Brouwers	*wird völlig falsch eingeschätzt*
Klaas Revellius	*macht sein Geld mit Sicherheit*
Pieter Beers	*fühlt sich nicht sicher*
Jaap Waard	*ein Primat der Neuzeit*
Jan Doornik	*trifft die falsche Entscheidung*
Frans Helling	*entscheidet sich richtig*
Gendt und Voorst	*ahnen nichts und sterben*
Heinz Siemerink	*ahnt etwas und stirbt trotzdem*
Bill Flanagan	*trinkt viel und kann sich gut erinnern*
Anne Vanenburg	*eine Frau, die weiß, was sie will*
Mieke van Loon	*eine Frau, die weiß, was die Männer wollen*
Wim Jonker	*ein Junge, der glaubt, was keiner wissen will*
Kevin Bannister	*ist so tot wie viele andere*
Brandstätter sen.	*kann seinen Auftrag nicht zu Ende führen*
Brandstätter jun.	*will seinen Großvater rehabilitieren*
Wittekind	*ein Sachsenkönig, der sich unterworfen hat*

PROLOG

Der Junge stand am Zaun und blickte über die Wiese zum Waldrand hinüber. Nur zweihundert Meter, vielleicht zweihundertfünfzig. Dann wäre er in einer anderen Welt.

Er war intelligent genug zu wissen, dass es nicht mehr seine gewohnte Welt war, dass er schon deshalb nicht würde nach Hause zurückkehren können, weil es gar kein Zuhause mehr gab.

Vom Nachthimmel fiel staubfeiner Schnee, der sich im Mondlicht zu silbernen Schleiern formte. Zu Hause. Wo seine Mutter Königskuchen gebacken hatte mit Sukkade, Zitronat und Rosinen, und er, wenn der Kuchen abgekühlt war, den Zucker so hauchdünn darüber blasen durfte, wie ihn selbst nun der Schnee einpuderte. Es war die Nacht des 24. Dezember, die Heilige Nacht, für die man sich kein vollkommeneres Wetter hätte wünschen können.

Ganz vereinzelt ragten widerstandsfähige Grashalme hervor und warfen scharfe, spitze Schatten auf die sonst durch nichts unterbrochene weiße Decke vor ihm. Die Sicht war zu gut geworden, seit der leichte Wind die letzte Wolke vor dem Mond vertrieben hatte. Er drückte sich mit dem Rücken so dicht an die Holzwand der Baracke, dass er fast vollständig im Schatten des kurzen Vordachs verschwand.

Ein Schneeball, der neben seinem Kopf auf den Brettern zerplatzte und ihm die Kälte ins Gesicht spritzte, zeigte ihm, dass er nicht unsichtbar war. Mit einem Satz sprang er um die Ecke und stolperte hinein in die stinkende Dunkelheit des Schlafraums.

Das Nächste, was sein Gesicht traf, war eine Ohrfeige, so kräftig, dass sie ihn zurücktaumeln und in den Knien einknicken ließ. Er wurde von zwei Händen an der Jacke gepackt und hochgerissen. Als sich seine Augen an das Dämmerlicht gewöhnt hatten, das durch kleine, schmutzige Fenster hereinfiel, erkannte er dicht vor sich das Gesicht seines Vaters, in dessen Augen Tränen standen. Der alte Mann, der wie siebzig aussah und erst Mitte vierzig war, der junge Mann, der früher schon zum Frühstück frisch rasiert in Anzug und Krawatte im Esszimmer erschienen war, flüsterte durch den zitternden Bart nur einen Satz: »Deinetwegen werden sie uns noch alle töten.«

Er hatte nicht leise genug gesprochen, denn von einer der doppelstöckigen Pritschen kam eine gedämpfte Stimme: »Lass ihn los, Rosenfeld! Sie werden uns sowieso alle töten.«

Der Alte ließ die Hände in hilfloser Geste sinken, wischte sich verlegen über den Bart und nahm seinen Sohn in den Arm, während er in einem fort »Entschuldige!« murmelte. Dann stakste er rückwärts in die Dunkelheit und der Junge konnte mehr hören als sehen, wie sein Vater auf die Pritsche sank.

Er blieb noch eine Weile unbeweglich stehen, als wolle er abwarten, bis auch der letzte Mann im Raum wieder eingeschlafen war. Dann kletterte er so geräuschlos wie möglich nach oben in seine Koje.

Natürlich wusste er, dass sein Vater Recht hatte. Im KZ waren Menschen schon für viel weniger umgebracht worden als für den Verstoß gegen das Gebot, abends die Baracke nicht mehr zu verlassen. Aber dies war seine Art zu überleben, so paradox sich das auch anhörte.

Es war das Eine, dass der Leib getötet wurde nach einer der vielfältigen Methoden, die sich die Nazis ausgedacht hatten, um die Juden von der Erde zu tilgen. Daran hatte sich das auserwählte Volk in den vergangenen Jahrhunderten fast schon gewöhnt. Immer und überall hatte es Pogrome gegeben, und selbst die Kaiser und Könige, die ihnen offiziell Schutz und Bleiberecht gewährt hatten, waren nur darauf bedacht gewesen, ihren Vorteil aus seinem Volk zu ziehen. Verachtet waren und blieben sie, ausgeschlossen von den Zünften, abgedrängt in die »unehrlichen« Berufe, letztlich gerade noch gut genug, als Henker einem massenmordenden Piraten wie Klaus Störtebeker den Kopf abzuschlagen. Und danach immer und immer wieder verjagt, verfolgt, erschlagen, bis es nun ausgerechnet die perfektionistischen Deutschen waren, die in gewohnter Präzision und Gründlichkeit, vom Volk der Dichter und Denker zu dem der Richter und Henker mutiert, die Endlösung zum letzten großen Ziel erklärt hatten.

Doch es war das ganz Andere, sich dumpf in sein Schicksal zu fügen und die eigene Ermordung als den Willen des Herrn zu akzeptieren. Wenn er sich jetzt und hier geistig aufgab, war er wirklich tot, und zwar lange bevor die Nazischweine seinen Körper getötet hatten.

Sterben musste jeder Mensch. Selbst der gewaltsame Tod war in einer Zeit des wahrhaftigen Weltenbrandes nichts Außergewöhnliches. Aber er wollte sich nicht wie ein Opferlamm zur Schlachtbank führen lassen.

So hatte er sich zwangsläufig seine eigene Philosophie im Lageralltag geschaffen, die die anderen doch nicht begreifen würden. *Er* musste mitbestimmen, ob es mit seinem Leben weiterging, *er* musste selbst an den Rand des Todes gehen, wann er es wollte, um so immer wieder ein paar Stunden zu gewinnen, um sich zu beweisen, dass er es immer noch einmal schaffen konnte, wenn er es nur wollte. Jede Stunde danach war eine Stunde mehr Leben. Und solange er das schaffte, hoffte er, dass es irgendwie weitergehen würde.

Deshalb schlich er sich so oft nachts aus der Baracke, um am Zaun zu stehen. Es war nicht das Bedürfnis, dem stickigen Mief der zusammengepferchten Menschenherde zu entkommen. Es war nicht das Verlangen, wenigstens für Momente die stille Natur zu erleben und der Realität für Sekunden zu entfliehen. Es war der Adrenalinstoß, der ihn bei jedem seiner Ausflüge in der im Pulsschlag hämmernden Erkenntnis durchströmte, jederzeit erschossen werden zu können. Jederzeit, aber nur deshalb, weil *er* die Voraussetzungen dafür schuf.

Es war sein Mittel, Vernunft und bessere Erkenntnis in kleinen Schlachten beständig neu zu besiegen und das Bewusstsein fernzuhalten, dass der allerletzte große Kampf um sein Überleben in dieser Hölle verloren gehen würde.

Das würde nicht einmal sein Vater verstehen. Irrsinn, aber sein höchstpersönlicher Irrsinn.

Wenn es einen Gott der Juden gab, dann würde der ihn verstehen und ihn überleben lassen. Und dann, irgendwann, zur richtigen Zeit, würde er sich an denen rächen, die seinem Volk das angetan hatten.

Mit diesem Gedanken schlief er nach den Strapazen des Tages ein.

* * *

Der Junge stand auf dem Turm und blickte über die schneebedeckte Wiese, deren funkelnder Schönheit er nichts abgewinnen konnte, die er nicht einmal bemerkte. So hatte er sich seinen Beitrag im glorreichen Kampf für das Vaterland nicht vorgestellt.

Als er frisch aus der neuen Kaderschmiede im Osten gekommen war, hatte es ihn unheimlich stolz gemacht, in dieser entscheidenden Phase des Krieges einer der jüngsten Angehörigen der SS zu sein. Gerade mal siebzehn war er, und alles hatte nur geklappt, weil sein Vater eines der ersten Mitglieder der NSDAP war und einen Posten im RSHA bekleidete. Er war bereit, das Großdeutsche Reich gegen die Mongolenhorden der Bolschewiken zu verteidigen und sie bis in die asiatischen Wüsten zurückzujagen. Und sollte er dabei sterben, war ihm jedenfalls ein Platz in Walhalla sicher.

Dann diese Riesenenttäuschung, als man ihm eröffnete, dass es schließlich auch eine Heimatfront gäbe, die genauso intensiv verteidigt werden müsse. Der wahre Feind der deutschen Rasse wäre das Weltjudentum, und wenn man den

Globus nicht vollständig von diesen Itzichs säubern würde, stünden die Chancen schlecht für das eigene Herrenvolk.

Man hatte ihm noch andere Parolen mit auf den Weg gegeben, ihm versichert, wie wichtig besonders dieses Lager für den Bestand des Reiches war, wie geheim die Dinge, die hier erledigt würden, und dass er durch seinen Vater geradezu prädestiniert wäre, eine derartig bedeutende Aufgabe zu übernehmen. Dazu wären nur Leute geeignet, die zweihundertprozentig auf den Führer eingeschworen wären und jeden Befehl bedingungslos ausführen würden. Außerdem hätte Himmler entschieden, dass in dieser kleinen Einrichtung, die nur räumlich in der Nähe von Bergen-Belsen lag und kein dazugehöriges Außenlager darstelle, Kameraden Dienst zu tun hätten, die sich alle vorher nicht kannten und zwischen denen keine verwandtschaftlichen oder alten freundschaftlichen Beziehungen bestünden. Warum das so sei, ginge ihn nichts an. Sollte es irgendwelche Schwierigkeiten oder Fragen geben, sollte er sich unmittelbar an den Lagerleiter, Obersturmbannführer Brandtstätter, wenden.

Er stampfte immer wieder mit den Füßen auf die Holzbohlen, um die frostige Steifheit zu vertreiben, die trotz des doppelten Paars Socken in ihn eingedrungen war. Es war sein dritter Tag im Lager, seine zweite Nacht auf dem Turm und alles widerte ihn jetzt schon an. Da unten in der Baracke mitten im Lager feierten die Kameraden den Heiligen Abend. Es gab Punsch und Glühwein, angereichert mit Rum, den der Kommandant irgendwo aufgetrieben hatte.

Ein Obersturmbannführer als Kommandant! Was für ein Witz. Er hatte einmal kurz Dachau besichtigt und von Auschwitz hatte er gehört. Aber dieses poplige Ding hier? Der Grundriss war im Wesentlichen t-förmig. Als Querbalken eine Baracke in der Mitte, in der jetzt gefeiert wurde, für die Verwaltung und die Unterbringung des Kommandanten und seines Adjutanten, eines Scharführers. Links davon die Versorgungs- und Sanitäts-, rechts die Mannschaftsbaracke für ihn und fünfzehn Kameraden. Davor eine kleine Hütte, in der das einzige MG 42 untergebracht war, das sie hier hatten, mit dem man nötigenfalls die Lagerstraße und das Eingangstor bestreichen konnte. Dahinter als Längsstrich vier Baracken für die Häftlinge, von denen nur die äußerste mit dreiundvierzig Mann belegt war. Das Ganze im Quadrat umgeben von einem dreireihigen Stacheldraht-Elektrozaun, der als so fluchtsicher galt, dass man auf den Dachauer Betongraben verzichtet hatte, und zwei Wachtürme an den Enden der Diagonale.

Ein toller Ort, dieses nicht im Mindesten verteidigungsfähige Miniaturlager. Und dafür einen Obersturmbannführer!

Aus der symmetrischen Reihe tanzte ein Betonbunker, der nur einen halben Meter aus der Erde ragte und über keinerlei Fenster, Scharten oder Schlitze verfügte. Die Belüftung erfolgte über zwei Röhren in der Decke, Wasser und Strom wurden über unterirdische Leitungen zugeführt. Es gab zwei Zugänge. Der eine führte über eine Treppe in einen vollkommen leeren Raum von etwa dreißig Quadratmetern, dessen Tür immer offen stand und der nicht genutzt wurde. Der andere Zugang war eine schmale Metallstiege, die zu dem größeren Teil des Bauwerks führte und an einer massiven Stahltür endete, die von außen mit zwei Schlössern und einem Querriegel versehen war. Diese Abteilung wurde ausschließlich vom Kommandanten betreten sowie zweimal täglich von seinem Adjutanten, der höchstpersönlich Essen hinunterbrachte. Der schaffte auch die Pakete hinein, die gelegentlich in einem neutralen Wagen angeliefert wurden und nicht größer waren als ein Schuhkarton. Von dem, was dort drinnen vorging, wusste die Mannschaft absolut nichts, jede Frage nach dem Bunker war vollkommenes Tabu.

Der Junge schlug mit den Armen um seinen Körper, in dem Versuch, sich wenigstens ein bisschen warm zu halten.

So ein Scheißwetter mit diesem nieseligen Schnee. Scheißschnee, Scheißkälte, Scheißwache. Scheiß-Itzichs, die in der Baracke vor sich hin pennten. Und er und der Kamerad auf dem anderen Turm, den er durch die Eisschleier nur erahnen konnte, durften sich hier den Arsch abfrieren.

Aus dem Bunkerschornstein stieg Qualm, der sich mit dem dunstigen Schnee in der Luft vermischte. Was zum Teufel machten die da drin, wenn sie jetzt nicht schliefen? Er hatte während seiner Ausbildung mal vage Gerüchte gehört, dass der Führer für den Endsieg an einer Wunderwaffe bauen ließ, gegen die die V 2 eine Silvesterrakete wäre. Kunststück bei den Mistdingern. In Peenemünde flogen ihnen schon beim Start mehr um die Ohren, als überhaupt in England ankamen. Von Atom wurde gemunkelt, was immer das bedeuten mochte. Er hatte keine Ahnung, welchen Aufwand man treiben musste, um in der Richtung etwas zu erreichen, war sich aber ziemlich sicher, dass so was in einem Bonsai-Lager wie diesem hier nicht zu bewerkstelligen war.

Er wäre vor Schreck auf den eisigen Bohlen fast ausgeglitten, als er den Mann bemerkte, der schon halb die Leiter hoch war. Der lachte, weil der Junge sich am Geländer anklammern musste, um wieder richtigen Stand zu kriegen, und hielt ihm einen dampfenden Becher hin.

»Na, Junge, hast du dich richtig erschreckt? – Immer wachsam sein, Kamerad. Der Feind kann von allen Seiten kommen.« Dabei wurde sein Lachen noch breiter. »Keine Angst! Die rutschen doch alle beim Rennen vor Schiss auf ihrer eigenen Kacke aus, wenn es gegen uns gehen soll. – Hier, damit du nicht zum Eiszapfen erstarrst. Dauert ja noch ein bisschen, bis du abgelöst wirst.«

Dann war der barmherzige Samariter, der so viel Verständnis für einen frierenden Kameraden besessen und so gerne mit einem Ochsenziemer ausgemergelte Lagerinsassen zusammengeprügelt hatte, wieder verschwunden.

Der Junge zog seine Handschuhe aus und verbrannte sich im ersten Augenblick fast die Finger am heißen Metall. Aber schon Sekunden später hatte der Frost das Seine getan und der Becher wärmte nun auf angenehme Weise die Hände. Der Junge trank in kleinen, vorsichtigen Schlucken. Die Hitze stieg in Wellen durch seinen Körper und brachte seine Nase zum Laufen. Aah, Glühwein mit Nelken und einem gehörigen Schuss Rum. Er zog sein Taschentuch hervor und schnäuzte sich. Anschließend leerte er den Becher auf einen Zug, bevor das kostbare Getränk kalt werden konnte.

Plötzlich fühlte er sich viel besser, sehr viel besser sogar. Seine Füße waren nicht mehr steif, seine Nase war wieder frei und so erbärmlich kam ihm seine Aufgabe auch nicht mehr vor, hier auf dem Turm Wache zu schieben. Jeder hatte eben seine Pflicht im Leben und trug seinen Teil zum Erreichen des großen Ziels bei.

Seine Überlegungen wurden durch eine Bewegung unterbrochen, die er aus dem Augenwinkel im Schatten der letzten Baracke wahrnahm. Er blinzelte Schnee- und Glühweinschleier weg und bemerkte einen Burschen in ungefähr seinem Alter, der auf den Zaun zuging. Hoppla, es war doch noch kein Silvester, der Junge wollte doch wohl nicht in den Strom gehen und ein Feuerwerk entzünden?

Aber der Jude blieb einen Meter vom todbringenden Draht entfernt stehen und starrte einfach in die Nacht. Was zum Henker gab es da zu sehen? Er nahm sein lichtstarkes Nachtjagdglas aus dem Köcher und schwenkte den Waldrand ab. Da drüben regte sich nichts, absolut nichts. Dann sah er sich den Burschen an, der wie eine Salzsäule dastand und die Kälte in seinen dünnen Häftlingsklamotten nicht zu spüren schien.

So geräuschlos wie möglich verstaute er sein Fernrohr und nahm langsam den K 98 von der Schulter. Es war eine Umstellung, ohne Glas visieren zu müssen, aber seine jungen Augen waren ausgezeichnet. Die Schläfe des Judenbengels lag jetzt genau auf der verlängerten Linie von Kimme und Korn. Er hielt das Schaftende mit dem Griff umklammert, den sie ihm beigebracht hatten; saugend, schraubend. Den Karabiner hatte er mit einem Wischer seines Daumens entsichert, sein Zeigefinger lag leicht auf dem Abzug.

Der Trottel da unten rührte sich immer noch nicht. Der Blödmann wusste anscheinend gar nicht, dass er ihn voll im Visier hatte und ihn wegputzen konnte wie ein Tonröhrchen in einer Schießbude. Wenn er ihn jetzt abknallte, würde dieser dämliche Jude seinen eigenen Tod nicht mitkriegen.

Das war nicht der Sinn der Sache, wie er sie sich vorstellte. Das war auch nicht der Sinn der Sache, wie sie sich der Kommandant vorstellte, der allen Kameraden eingeschärft hatte, dass es sich bei den hier zusammengetriebenen Itzichs um hoch qualifizierte Typen handelte, die nur schwer zu ersetzen waren. Deshalb: ohne besondere Order nur im Falle akuter Fluchtgefahr von der Waffe Gebrauch machen.

Langsam trat der Jude unter das überhängende Dach der Baracke zurück. Seine Nasenspitze lag jedoch noch im Schein des Mondes.

Hah, das wäre lustig, dem Itzich seinen Synagogenschlüssel aus dem Gesicht zu ballern. Das könnte er auch bei diesem Licht wegen der relativ geringen Entfernung leicht schaffen.

Es traf nicht etwa der Geist der Weihnacht die Entscheidung, sondern der Glühwein und verstärkt der darin enthaltene Rum. Er lehnte den Karabiner in die Ecke und machte sich einen Schneeball, den er mit aller Kraft in Richtung Baracke schleuderte. Der eisige Klumpen verfehlte den Jungen um knapp einen Meter, klatschte gegen die Holzwand und bespritzte ihn mit Schneematsch.

Blitzartig verschwand der Bursche in der Baracke und der Junge auf dem Turm lachte vor sich hin.

Inzwischen waren einige Monate vergangen. In dieser Zeit hatte sich mehr verändert als nur das Wetter oder die Landschaft. Während die Wiese um das Lager in hellem Grün strahlte, wurde die Stimmung des Jungen auf dem Turm immer düsterer. Denn auch bei den überzeugtesten Nationalsozialisten hatte sich ganz allmählich die Erkenntnis durchgesetzt, dass der Endsieg eine Illusion bleiben würde. Die Niederlage von Paulus bei Stalingrad hatte die Wende eingeleitet. Ein paar Wundergläubige zweifelten noch, denn immerhin war das nicht auf deutschem Boden passiert und schon fast ein Jahr her. Als aber im Mai dreihundertachtzehn englische Bomber die Sommerresidenz des Führers auf dem Obersalzberg in ein steinzeitliches Höhlenlabyrinth verwandelten, begriff jedermann, dass das Tausendjährige Reich allenfalls noch ein paar Wochen überdauern würde.

Der Junge auf dem Turm war hoch intelligent. Dabei waren nicht mal die Primitivsten seiner Kameraden dumm genug, sich nicht vorstellen zu können, was die Siegermächte mit ihnen anstellen würden, wenn sie erst mal Zweck und Ausmaß des Konzentrationslagersystems begriffen hatten. Selbst angesichts eindeutiger Luftaufnahmen hatten die Alliierten die Existenz der Lager bezweifelt. Es überforderte einfach ihre Vorstellungskraft sich auszumalen, welches Grauen von einem der führenden Kulturvölker dieser Erde in die Welt gebracht worden war. Diese Einstellung würde sich schnell ändern, wenn sie mit eigenen Augen und leibhaftig die ersten Öfen sahen, die ersten Gaskammern, dann womöglich noch mit überlebenden Insassen sprachen. Da konnte jeder Nazi froh sein, wenn sie ihn nur aufhängen oder erschießen würden.

Keine verlockenden Aussichten für den Jungen, der noch vor einem halben Jahr Herrenmenschenträume geträumt und sich nicht um so absurde Dinge wie das schiere Überleben gekümmert hatte.

Aber mit dem Frühling waren die Gerüchte gekommen, hatten sich die Anzeichen gemehrt, waren die Radioansprachen der Führung verzweifelter geworden, hatte eine unleugbare Nervosität den Obersturmbannführer ergriffen. Der Junge wusste die Zeichen zu deuten und fing deshalb an, seine eigene Überlebensstrategie zu entwickeln.

Die erste Voraussetzung eines guten Plans ist Information. Also sammelte er alles, was ihm in dieser Richtung wissenswert erschien. Zum Beispiel war er nun sicher, dass in dem Bunker nicht an einer biologischen oder chemischen Waffe gearbeitet wurde. Er wusste von den Gelbfieber- und Milzbrandexperimenten in Auschwitz. So etwas konnte es hier aber nicht gegeben haben, ganz einfach deshalb, weil hier der Nachschub an Menschenmaterial fehlte. Während seiner gesamten Dienstzeit war kein einziger nennenswerter Transport mit Juden angekommen. Für medizinische Versuche würden sie Hunderte brauchen, angeliefert hatten sie nur eine Handvoll, und die lebten noch alle, arbeiteten wie die anderen in der Baracke hinter dem Hauptgebäude.

Es ging auch nicht um Tests, um herauszufinden, wie der deutsche Landser bei arktischen Temperaturen überleben konnte, oder wie ein Flieger einen Sturzflug bei Maximalgeschwindigkeit überstehen würde – er hatte von den Versuchen gehört, die ein Dr. Rascher in Dachau angestellt hatte, der sich dazu extra eine Unterdruckkammer bauen ließ. Denn auch hierfür hätte man viele Versuchspersonen benötigt.

Was wirklich in dem Bunker geschah, wusste er heute so wenig wie am ersten Tag. Dafür wusste er genau, wozu die Juden hierhin geholt worden waren. Man hatte einzigartige Fachkräfte aus den großen Lagern selektiert, Goldschmiede, Graveure, Drucker. In der Arbeitsbaracke befand sich eine voll eingerichtete Werkstatt, die dem neuesten Stand der Technik entsprach. Jede Woche kam ein kleiner Lastwagen mit dem Emblem des Roten Kreuzes und brachte Gold, das man den Juden, die weniger Glück gehabt hatten als ihre Glaubensgenossen hier, aus den Zähnen gebrochen hatte. Daraus wurden zunächst Barren gegossen. Später, als der Endsieg nicht mehr machbar erschien, kam die Order, auf die Prägung amerikanischer Golddollars umzustellen, die auf der Flucht weniger verräterisch waren als die Quader mit dem Hakenkreuz. Auch der Auftrag der Graveure und Drucker wurde geändert. Zuerst waren sie nur mit der Herstellung von Druckplatten für fremde Währungen befasst. Mit dem Falschgeld sollte die wirtschaftliche Basis Englands und Amerikas unterminiert werden. Nun mussten sie plötzlich intensiv ausländische Blankoausweise und -pässe anfertigen und künstlich altern. Nur die Fotos fehlten noch, die würden an anderem Ort eingefügt.

Allzu viele Pretiosen blieben nie im Lager, der Rot-Kreuz-Wagen nahm die fertigen Arbeiten beim nächsten Besuch gleich wieder mit. Es war aber immer noch genug an Gold vorhanden, um alle möglichen Leute auf die unmöglichsten Ideen zu bringen. Deshalb hatte man diese Form des Lagers gewählt. Gerade groß genug, um effektiv zu sein, klein genug, um nicht den Feind mit der Nase darauf zu stoßen, dass dies ein lohnendes Angriffsziel war.

Es war kein Vernichtungslager, aber eindeutig ein Lager und damit der letzte Ort, an dem er bei Kriegsende von den Alliierten aufgegriffen werden durfte. Anfangs hatte er mit dem Gedanken gespielt, sich, wenn es soweit war, offen an den Kommandanten zu wenden, sich auf seinen Vater beim RSHA zu berufen und darum zu bitten, ihn bei der Flucht mitzunehmen. Doch zum einen bestand die Möglichkeit, dass der Obersturmbannführer ein völlig vernagelter Nazi war und ihn auf der Stelle erschießen würde. Zum anderen zählten selbst beste Beziehungen nicht mehr, wenn es um die nackte Existenz ging.

Seine Rettung würde er ganz alleine inszenieren müssen. Was allerdings nicht bedeutete, dass er dabei auf fremde Hilfe verzichten würde. Die war nach seiner Vorstellung sogar zwingend erforderlich. Denn wenn es so weit käme, dass die Herrenmenschen im eigenen Land die Gejagten waren, würde ein anderes das auserwählte Volk sein. Nur, dass kein Mensch ihn für einen Juden halten würde. Egal, was er von ihren Riten und Lebensweisen wusste oder nicht, gleichgültig, welche natürlichen oder künstlichen körperlichen Besonderheiten diese Rasse auszeichneten, er würde in letzter Konsequenz als Mitglied der SS identifiziert werden, weil er deren Tätowierung in der Achselhöhle trug. Dieser Orden, auf den er anfangs so stolz gewesen war, könnte sich bald als sein Todesbrandmal erweisen. Bloß eine Tätowierung, aber ... aber sie lieferte ihm die rettende Idee! Was er im entscheidenden Moment brauchte, war ein Jude an seiner Seite – jedenfalls fürs Erste.

Ein paar Tage lang sollte ihm so ein Itzich nützlich sein, ihm das Überleben sichern, damit er sich irgendwann auf seine Weise am Weltjudentum dafür rächen konnte, dass es mit seinen Banken und seinem kriegsentscheidenden Mammon die Niederlage seines Volkes herbeigeführt hatte. Wenn es einen Gott der Arier gab, würde der ihn verstehen und ihm bei der Durchführung seines Vorhabens helfen. Doch für den Fall, dass sich kein Gott speziell für die Arier zuständig fühlte, würde er es mit der Weisheit halten: Hilf dir selbst, dann hilft dir Gott.

Also kletterte er eines Abends vom Turm und ging zur Baracke der Juden rüber. Im Lager war bei der Mannschaft ein gewisser Schlendrian eingekehrt, der von der Endzeitstimmung getragen war, die nun auch die linientreuesten Hitlerjünger befallen hatte. Dem Obersturmbannführer war es gelungen, eine anscheinend nie versiegende Schnapsquelle zu erschließen, und fast die komplette Wachmannschaft war die meiste Zeit blau. Die Schutzstaffel hatte als Leibwache des Führers begonnen, war dann zur Elitetruppe der Armee geworden. Jetzt soff sie sich ihre Todesangst weg.

Der Junge konnte daher ziemlich sicher sein, dass ihm das Verlassen seines Postens keine großen Nachteile bescheren würde.

Ihm war dieser Judenschwengel nicht aus dem Kopf gegangen, der es in der Heiligen Nacht darauf angelegt hatte, erschossen zu werden. Dieser Verrückte war, je länger er die Sache bei sich erwogen hatte, ein unverzichtbarer Bestandteil seines Überlebensplans geworden. In der Verwaltungsbaracke hatte er sich, als er alleine war, einige Informationen aus der Kartei besorgt. Name: Josef Rosenfeld. Geboren: 23.5.29 in Glauchau. Hatte im väterlichen Goldschmiedebetrieb mitgearbeitet – sein Alter befand sich übrigens auch im Lager – und war besonders für feinste Gravuren ausgebildet. Er war bereits in Auschwitz gelandet und sein Leben keinen Pfifferling mehr wert, als man die Spezialisten erfasste und einen Teil von ihnen hierher verfrachtete. Der Bursche schien genau richtig. Er hatte im größten Vernichtungslager eine Vorstellung von dem gekriegt, was ihm blühte, wenn er nicht spurte, und wahrscheinlich sogar dann blühte, wenn er spurte. Der würde alles tun, um am Leben zu bleiben.

Weil die Gelegenheit günstig war und er sich alleine in der Schreibstube befand, stahl der Junge gleich ein Fläschchen mit Tinte und einige Schreibfedern. Diese Utensilien waren für ihn genauso wichtig wie der Jude, wahrscheinlich der wichtigste Teil seines Plans. Das Fläschchen hatte er zum Schutz dick in zwei Extrataschentücher gewickelt und es stets bei sich getragen, vorsichtig in der linken Hosentasche. Die Schreibfedern hatte er in jedem unbewachten Moment mit einer Nagelfeile bearbeitet, um sie nadelspitz zuzuschleifen. Dabei hatte er inbrünstig vor sich hin geflucht, als ihm bei seiner Bastelei auf dem Turm die ersten vier zerbrochen waren. Aber die letzten drei bekam er ganz gut hin. Als er sich bei einer hektischen Bewegung versehentlich in den Finger stach, floss sofort Blut. Während er in sich hinein wetterte und an der winzigen Wunde saugte, musste er sich andererseits doch dafür loben, ordentliche Arbeit geleistet zu haben. Die drei kleinen Instrumente bewahrte er noch sorgfältiger auf als die Tinte; in einem flachen, metallenen Zigarettenetui, das ihm sein Vater nach Beendigung der SS-Schulung geschenkt hatte, weil er ja jetzt ein Mann geworden war.

Er riss die Eingangstür der Baracke auf und bellte hinein: »Der junge Rosenfeld, sofort raus!«

Im Raum war es schlagartig totenstill, wie immer, wenn in einem solchen Ton einer von ihnen hinausgerufen wurde. Sie alle hatten genug Erfahrungen sammeln müssen, um zu wissen, was ein solcher Befehl in aller Regel bedeutete.

Nach einem kurzen Rumoren stand der Verlangte vor der Tür. Er hatte die Mütze schon in der Hand und nahm Haltung an. Ungefähr seine Größe und nicht viel schmächtiger, weil die kostbaren Fälscher ausreichend beköstigt wurden. Selbst wenn sie also direkt am Waldrand den Tommys in die Arme liefen, wäre nur anhand ihrer Konstitution nicht zu unterscheiden, wer Unter- und wer Herrenmensch war.

Das ließ sich ja besser an, als er gehofft hatte. Und zitterte das Judenbürschlein nicht? Ganz prächtig! Der war noch nicht abgestumpft, der hatte noch nicht mit allem abgeschlossen. Der hatte eine Scheißangst um sein bisschen Leben, was hieß, dass er es gerne noch länger behalten würde. Ausgezeichnet. Der Bengel würde parieren, das stand außer Frage.

Er nahm den K 98 von der Schulter und hielt ihn in der Armbeuge. »Ab, zum Zaun! Wir machen eine kleine Inspektion der Isolatoren.«

Der Adamsapfel des Juden hüpfte vor Aufregung auf und ab.

»Scheiß dir nicht in die Hose, du feiger Sack! Ich hab nicht vor dich umzubringen. Jedenfalls jetzt nicht.« Aber die Worte reichten nicht aus, den anderen aus seiner Starre zu erlösen. Also stieß er ihn mit der Mündung des Karabiners an und zeigte mit links die Marschrichtung.

Als sie sich in der Höhe des Wachturms befanden und damit am weitesten entfernt von dem anderen Turmwächter, entschied sich der Nazi zum entscheidenden Vorstoß, nicht ohne sich vorher vergewissert zu haben, dass wirklich niemand in ihrer Nähe war.

Während er den Juden am Arm neben sich hergezogen hatte und so tat, als würde er die Abisolierung des Zauns examinieren, fragte er mit halblauter Stimme: »Willst du das hier alles überleben? Willst du hier lebendig rauskommen?«

Der Jude schien völlig verdattert. Er musste damit gerechnet haben, entweder erschossen oder in den Zaun getrieben zu werden. Dass sich hier eine dritte Möglichkeit abzeichnete, die obendrein sein Überleben garantieren sollte, drang in dieser Situation, die Karabinermündung am Körper, den Elektrozaun direkt vor sich, offenbar gar nicht recht in sein Bewusstsein. Es dauerte lange, bis der Kerl endlich leise krächzte: »Ja, ja natürlich!«

Der Nazi schmunzelte. Dem Burschen drückte die Angst ja die Kehle zu. Genauso hatte er sich das gewünscht. »Dann hör mir jetzt genau zu. Hör ganz genau zu, denn ich werde mich nicht wiederholen. – Und beweg dich, du Trottel! Komm weiter am Zaun lang. Wir dürfen nicht auffallen.«

Der Nazi registrierte mit Genugtuung, dass sich der Jude wieder so weit in der Gewalt hatte, die Rolle mitzuspielen und so zu tun, als interessiere ihn nichts auf der Welt so sehr wie die Isolatoren. »Du weißt es natürlich nicht, aber Hitler ist tot. Sie haben im Radio einen Kack durchgegeben, dass er in Berlin im heldenhaften Kampf für das deutsche Volk gefallen ist, aber er hat sich selbst abgemurkst. Goebbels hat es ihm gleich nachgemacht, die Memme. – Aber freu dich nicht zu früh. Glaub ja nicht, du und deine Bande, ihr könntet jetzt hier einfach so rausspazieren. Alle Kommandanten haben Order, sämtliche Lagerinsassen zu liquidieren, bevor sie dem Feind in die Hände fallen. Du kapierst es vielleicht nicht auf die Schnelle, aber ihr ward noch nie in so großer Lebensgefahr wie gerade jetzt. Ich bin deine einzige Chance, deine Haut zu retten. Du machst, was ich sage, oder du gehst mit den anderen drauf, verstanden?«

Der Junge nickte mechanisch.

»Und wenn wir aus dem Lager sind, versuch nicht alleine zu türmen. Das ist dein Tod. Erinner dich an die Judenhatz vor zwei Jahren und die begeisterten Dörfler. Glaubst du, die würden einen flüchtigen Juden leben lassen, damit er zu den Tommys rennt und denen unter die Nase reibt, wie toll die harmlosen Zivilisten die Itzichs totgeschlagen haben? Die hauen dir den Schädel ein und verscharren dich im Wald. Brenn dir das in dein Hirn, wir kommen nur zusammen durch. Wenn wir draußen sind und treffen auf Deutsche, geh ich vor und zeig denen meine Tätowierung in der Achselhöhle. Stoßen wir auf Alliierte, rennst du hin und präsentierst denen deinen Arm. Und scheiß mich dabei ja nicht an! Ich schwör dir, ich finde Mittel und Wege dich fertig zu machen, wenn du mich verrätst. – Zeig überhaupt mal her, deinen Arm ...«

Damit packte er den Juden beim Handgelenk, streifte den Ärmel hoch und betrachtete die in den Unterarm tätowierte Nummer. Die ersten Ziffern waren ziemlich verschwommen, sodass man kaum unterscheiden konnte, ob es sich um Dreien oder Fünfen, Sechsen oder Achten handelte. War wohl damals ein Riesentransport gewesen, mit dem der Bursche in Auschwitz angekommen war, und alles war hopplahopp gegangen. Aber die letzten drei Ziffern waren deutlich zu erkennen: eins, neun, sieben.

Er hielt das Handgelenk immer noch gepackt, als er dem Jungen aus nächster Nähe in die Augen sah. »Also was ist nun, machst du mit – ja oder nein?« Er war bereit, den Juden jetzt und hier zu erschießen, würde der ihm durch irgendetwas Veranlassung zu der Annahme geben, er würde nicht vorbehaltlos einwilligen oder sogar irgendwelche Tricks versuchen.

Als der bei diesem Angebot nur zögernd nickte, hatte er deshalb schon den Finger am Sicherungshebel. Der Junge streckte abwehrend die Hände vor und flüsterte hastig: »Nein, nicht, es ist nur ... ich hab doch auch meinen Vater hier. Den kann ich doch nicht ...«

Der Nazi schüttelte nachdrücklich den Kopf. »Vergiss es! Was ich vorhabe, funktioniert nur zu zweit. Das Risiko ist sonst viel zu groß. Wir müssen erst ein paar Tage im Wald bleiben, bevor wir uns zu Menschen trauen. Du musst mir was über das Judentum erzählen und ich dir von der SS, sicher ist sicher. Mit drei Mann entdecken die uns zu leicht. Außerdem ist er zu alt. Der hält das nicht durch. Es geht so, wie ich es gesagt habe, oder überhaupt nicht. Wenn ich dich rufe und du kommst mit deinem Vater aus der Baracke, knall ich euch beide ab, egal, was dann wird. Du kannst deinen Vater nicht retten, ganz gleich, was du tust. Die sind hier im Grunde alle schon tot, nur noch wandelnde Leichen. – Mensch, kapier doch endlich, wir zwei haben eine Chance, aber nur wir zwei. Dein Vater ist sowieso tot, genau wie die anderen. – Also?«

Die Stimme des Juden war kaum zu hören, als er sagte: »Ich komme mit.«

Der Nazi-Junge ließ sich die Erleichterung nicht anmerken, sondern blieb betont kühl. »Sehr vernünftig. Dann weiter: Du beschaffst aus der Werkstatt eine Zange, die so gut abisoliert ist, dass wir damit den Draht durchschneiden können. Besorg auch zwei passende Hülsen, die wir über die Griffe schieben können, um genügend Abstand zu halten. Ich werd mich um Proviant für die Zeit im Wald kümmern. Ich hab auch zivile Klamotten für zwei. Halt dich ab jetzt jederzeit bereit. Ich komme und ruf dich raus, genau wie heute. Du gehst dann einfach raus, als müsstest du wieder auf Inspektion. Wir schlendern zum Turm rüber, ich sichere ab und du schneidest. Dann in der verlängerten Diagonalen von beiden Türmen ab zum Waldrand und hundert Meter geradeaus, dann im rechten Winkel nach links weg vom Dorf. Du rennst vorweg, ich behalte dich im Auge. Alles klar?«

Der Junge nickte.

»Und noch was. Ein Wort hiervon zu irgendeinem und ich knall erst deinen Alten ab und dann dich. Auch klar?«

Der Junge nickte wieder.

»Dann ab zurück. Und denk bloß an die Zange!«

* * *

Der Junge schaffte es nicht, sich an die Vereinbarung zu halten, gleichgültig, wie vernünftig die Worte des Nazis auch geklungen hatten. Er zog sofort nach seiner Rückkehr seinen Vater in eine Ecke und flüsterte ihm alles ins Ohr, so leise, dass kein anderer ein Sterbenswörtchen in dem mittlerweile stockdunklen Raum mitbekam.

Der Vater gab sich alle Mühe, den Jungen davon abzubringen, ihn mitnehmen zu wollen. Er hätte ihn am Ende fast angeschrien, wenn er damit nicht die anderen geweckt und alles verraten hätte. Als der Junge schließlich in seine Koje kletterte, wusste der Alte nicht, ob er ihn hatte überzeugen können.

Am nächsten Morgen wurde der Kommandant von seinem Adjutanten mit den Worten geweckt: »Da hängt ein toter Itzich im Zaun.«

Der Vater hatte seinem Sohn die Entscheidung abgenommen.

Zwei Tage zuvor hatte man aus der Ferne das Feuer leichter Geschütze gehört, nur für einige Minuten. Die Tommys waren in dieser ländlichen Gegend auf keinen nennenswerten Widerstand gestoßen. Die Dörfler der Umgebung hatten sich beeilt, NSDAP-Abzeichen und Ausweise verschwinden zu lassen, Bettlaken und weiße Decken aus den Fernstern zu hängen und ihre Volksempfänger ganz schnell auf BBC einzustellen, um ihre Befreier mit einem zünftigen Swing empfangen zu können. Es waren dieselben Menschen, die sich noch vor nicht mal einem Jahr mit Feuereifer an einer Jagd auf vier Häftlinge beteiligt hatten, denen die Flucht aus dem Lager gelungen war. Mit Hunden, Knüppeln und Äxten waren sie losgezogen, angeblich, um sich vor Plünderungen zu schützen. Erschlagen hatten sie alle vier und auf einem großen Karren mit einem Pferd stolz vor das Lagertor gezogen. Die Dreistesten von ihnen hatten sich dabei fotografieren lassen, auf die Knüppel gestützt, einer mit der Axt über der Schulter, der offene Karren mit den Leichen im Hintergrund. Man hatte vier Volksschädlinge unschädlich gemacht. Jetzt waren dieselben Menschen wieder geschlossen angetreten, um ihren Besatzern der Arsch zu küssen.

Der Alltag im Mikrokosmos des kleinen Waldlagers blieb dagegen gleich. Die Mannschaft wartete auf einen Befehl des Kommandanten, das Lager aufzulösen, aber der kam nicht.

Wer kam, waren die Engländer. Der Junge stand auf dem Turm, als er im Licht der untergehenden Sonne einen feindlichen Soldaten am Waldrand stehen sah. Als er hastig den Feldstecher an die Augen drückte und den Horizont absuchte, entdeckte er einen zweiten, etwa fünfzig Meter weiter rechts. Er sah, dass dieser zweite Mann ebenfalls ein Fernglas in der Hand hielt, durch das er ihn beobachtete. Als der merkte, dass auch der Junge ihn gesehen hatte, machte er seinem Kameraden ein Zeichen und beide verschwanden im Wald.

Der Bauernhof außerhalb des Waldgebiets hatte sich für die Engländer als Glücksfall erwiesen. Sie waren zwar nicht als Befreier mit offenen Armen begrüßt worden, aber sie mussten auch keinen Widerstand brechen. Der Hof war vollkommen verlassen. Der Captain vermutete, dass die früheren Bewohner so stramme Nazis gewesen waren, dass sie vor den heranrückenden Alliierten geflohen waren.

Ihm sollte das nur recht sein. So konnte er die Zimmereinteilung ohne Rücksicht auf die Eigentümer vornehmen lassen und musste sich kein Gejammer darüber anhören, wie man den armen Bauern, der niemals PG gewesen war, auf seinem eigenen Grund und Boden behandelte.

In einer mit landwirtschaftlichem Gerät zugestellten Kammer hatte man einige haltbare Lebensmittel gefunden, was bei Kriegsende in Deutschland wie ein Wunder erschien, und auch sonst kam das weitläufige Gehöft seiner Truppe, die es gewohnt war, unter widrigen Bedingungen im Freien zu kampieren, wie der Himmel auf Erden vor.

Seine Truppe, das war eine fünfzig Mann starke Sondereinheit, die zum Ausspionieren von Konzentrationslagern und insbesondere dem Aufspüren versprengter Widerstandsgruppen ohne Rücksicht auf militärischen Rang nur nach individuellen Fähigkeiten zusammengestellt worden war.

Hitler hatte in einem seiner letzten Panikanfälle unter dem Begriff »Volkssturm« alle waffenfähigen Männer zwischen sechzehn und sechzig zur letzten großen Schlacht rekrutiert, die keine mehr war, sondern aus zig Einzelscharmützeln bestand, die sich diese armen Schweine mit den vordringenden Feindarmeen lieferten. Das hieß – wenn die Volksstürmer dumm genug dazu waren. Kampfunfähig und -unwillig hatten die meisten von ihnen schnell erkannt, dass sie als Kanonenfutter für absolut nichts herhalten sollten, und deshalb ihre Knarren schneller weggeschmissen, als sie ihnen in die Hand gedrückt worden waren.

Trotzdem blieben immer noch einige Idioten übrig, und dem Opfer konnte es egal sein, ob die Kugel in seinem Kopf von einem desillusionierten Scharführer oder einem begeisterten Buchhalter stammte, der zum ersten Mal in seinem Leben ein Gewehr halten durfte.

Der Captain blieb deshalb sehr vorsichtig.

Er saß mit einem Leutnant beim Licht einer Petroleumlampe in der Küche, die groß genug war, auch dem Rest der Truppe Platz zu bieten, und aß ein drittes Stück Schinken mit Brot, als der Sergeant mit seinem Rapport fertig war.

»Setzen Sie sich, Sergeant, und bedienen Sie sich. Es ist von diesem herrlichen Zeug wohl nicht genug für alle da, aber für Sie sollte es noch langen. – Und Sie sind sicher, dass man Sie entdeckt hat?«

»Besten Dank, Captain, da sage ich nicht nein. Hmm, die Deutschen verstehen was vom Räuchern. – Übrigens vollkommen sicher, Sir. Wir sind erst abgezogen, als der Kerl uns so klar mit seinem Glas erfasst hatte wie wir ihn. Der ist die Leiter vom Turm mehr runtergesprungen als geklettert. Der hat uns gesehen, Sir, hundertprozentig.«

»Ausgezeichnet. Alles Weitere werden wir dann ja sehen. Und, Sergeant, nehmen Sie für sich und Ihren Kameraden, der Sie begleitet hat, noch ein Stück mit. Sie haben die Sache wirklich gut gemacht.«

Säbelte der dankbare Sergeant zunächst mit dem nicht allzu scharfen Küchenmesser an dem Fleisch herum, wurden seine Bewegungen danach immer langsamer, bis er das Messer schließlich ganz losließ. Mit einem etwas verwirrten Gesichtsausdruck wandte er sich an den Captain. »Wenn Sie eine Frage gestatten würden, Sir.«

Der Captain setzte sein Glas Wein ab – fünf Flaschen Weißen hatten sie in einem winzigen Kellerraum gefunden, dem einzigen dieses Hofs – und lehnte sich zufrieden zurück. »Nur zu. Ich bin nie ein Geheimniskrämer gewesen.«

Der Sergeant druckste noch ein wenig herum, bis es aus ihm herausplatzte. »Warum überrennen wir die nicht einfach? Das ganze Lager ist klitzeklein, nur eine Ansammlung von ein paar Baracken, die gegen nichts richtigen Schutz bieten. Es können gar nicht viele Leute da sein. Ich glaube, wenn wir bei denen nur vorfahren, ergeben die sich, ohne dass wir einen einzigen Schuss abfeuern müssen.«

Der schweigsame Leutnant grinste wie eine Sphinx und der Captain schüttelte bedächtig den Kopf. »Glauben heißt nicht Wissen, Sergeant. Um es auf den Punkt zu bringen: Falls Sie den unwiderstehlichen Drang verspüren sollten, sich umbringen zu wollen, leihe ich Ihnen dafür sogar meinen Revolver.«

Der erste Ton, den der Leutnant von sich gab, seit der Sergeant die Küche betreten hatte, war ein lautes Lachen. Bei dem Gesichtsausdruck seines Untergebenen konnte er sich einfach nicht zurückhalten.

Auch der Captain musste lachen, wenn auch um einiges verhaltener. »Oh, Sergeant, Sie müssten sich jetzt sehen können! – Kommen Sie, setzten Sie sich wieder und nehmen Sie auch einen Schluck. Ich will Ihnen die Sache erklären. – Wenn schon, nachdem der Krieg praktisch vorbei ist, hier noch ein Engländer sterben soll, dann doch wohl besser an einer eigenen Kugel als durch die eines Nazischweins.«

Der Sergeant hatte seine Gesichtszüge immer noch nicht unter Kontrolle, als ihm der Captain beruhigend die Hand auf den Arm legte. »Ein Scherz, Sergeant, nur ein Scherz. Es ist ganz einfach so, dass ich die Verantwortung für meine Männer habe. Es war nötig, dass wir gekämpft und unser Leben riskiert haben, bitter nötig sogar. Aber jetzt ist der Krieg praktisch vorbei und ich sehe bei Gott keine Notwendigkeit mehr, dass auch nur einer meiner Leute noch sein Leben verliert. Ich weiß nicht, wie diese verrückten Nazibastarde auf uns reagieren werden. Klar wissen die, dass sie keine Chance haben, aber die haben doch diese blöde Ideologie und ...«

Der Leutnant hatte die ganze Zeit amüsiert das Mimik des Sergeants im Blick behalten und sah, dass der schon wieder nicht kapierte. Deshalb flocht er ein: »Asen, Sergeant, das sind die Götter der alten Nordländer. Wer den Tod als Krieger stirbt, kommt sofort nach Walhalla, das ist deren Himmel, gleich ab nach oben mit der V 2, wenn Sie das besser verstehen. Der Captain will Ihnen sagen, dass ein paar dieser Scheiß-Krauts bestimmt noch zu einer Verzweiflungstat fähig sind. Die wissen, dass sie dabei selber draufgehen, aber das passt zu ihrem Weltbild.«

Der Sergeant drehte seinen Kopf zum Captain, der den Faden wieder aufnahm. »Genauso ist es. Die spinnen manchmal ganz schön, die Nazis, mit ihren Fackelzügen, dem Runenkreuz und diesem ganzen Schmonzes. – Sie selber haben doch eine Frau und zwei Kinder, wenn ich mich nicht irre? – Na, sehen Sie! Die wollen Sie doch heile wiedersehen, oder? Ich habe keine Lust, denen in drei, vier Wochen, wenn hier sowieso alles erledigt ist, eine Todesnachricht zu überbringen. Ich habe mir vorgenommen, keinen Mann mehr zu verlieren, und genauso wird das laufen, kapiert? Deshalb wollte ich, dass die Typen da im Lager uns ›zufällig‹ zu Gesicht bekommen und begreifen, dass alles vorbei ist. Wenn ich sofort angreifen lasse, handeln die ganz mechanisch, so, wie sie gedrillt worden sind. Also gibt es jede Menge Tote auf beiden Seiten, für gar nichts. – Deeskalation ist das Zauberwort, Sergeant.« Dabei zeigte er auf den Schinken vor ihnen. »Die Deutschen verstehen etwas vom Räuchern, aber wir Engländer verstehen etwas vom Schmoren. Ich werde die Bande im eigenen Saft schmoren lassen. Dem Commander habe ich bereits gefunkt, dass er mir für morgen, übermorgen zwei Panzer schickt. Die stellen wir dann vor das Haupttor und die werden sich ergeben ohne einen einzigen Schuss, wetten? Und was das Wichtigste ist, Sergeant, Ihre Frau wird sich über die Rückkehr ihres Mannes genauso freuen wie die Frauen Ihrer Kameraden. – Und jetzt montieren Sie endlich das Stück Schinken ab!«

* * *

Der Junge wunderte sich über seine eigene Kälte. Zwar war er die Leiter vom Turm mehr heruntergefallen als gestiegen, aber das lag nicht etwa an einer Verwirrung seines Denkvermögens, sondern an der Erkenntnis, dass ab jetzt jede Sekunde entscheidend sein konnte. Hatten er und seine Kameraden bis jetzt keinen Fehler gemacht und keinen Feind übersehen, war die Wahrscheinlichkeit groß, dass die beiden Tommys nur Späher waren, was wiederum bedeutete, dass noch kein Belagerungsring um das KZ gezogen war.

Das war der Zeitpunkt, auf den er gewartet hatte. Das genau richtige Timing war die allererste Voraussetzung für das Gelingen seines Plans. Zu spät, und die Feinde hätten das Lager eingekesselt, zu früh, und seine eigenen Kameraden hätten ihn verfolgt und erschossen. Großes Glück obendrein, dass es anfing zu dunkeln.

Er lief zur Judenbaracke rüber und brüllte durch die Tür: »Der junge Rosenfeld, sofort raus!«

* * *

Um ein Uhr in der Nacht wurde durch die Wachablösung das Fehlen des Jungen entdeckt und sofort Alarm gegeben. Der Zählappell erbrachte, dass außerdem noch ein junger Jude verschwunden war. Zur größten Verwunderung der ganzen Lagerbesatzung gab der Kommandant nicht den Befehl zur Verfolgung, sondern ließ kommentarlos das Loch im Zaun flicken und anschließend die Juden in dem leeren Bunkerraum einschließen, der ab jetzt ihr Quartier sein sollte.

Am nächsten Tag deutete schon nichts mehr auf den nächtlichen Vorfall hin.

* * *

Zwei Tage später rückten die Engländer vor. Sie kamen mit einigem Getöse und fuhren die Tanks direkt vor dem Tor auf. Gleichzeitig ließen sich rings herum am Waldrand verteilt einige Soldaten sehen, sodass die Insassen den Eindruck gewinnen mussten, die Gegend würde von Besatzern nur so wimmeln.

Der Kommandant schickte einen Parlamentär mit einer weißen Fahne raus, der die Bedingungen für eine Übergabe aushandeln sollte. Dass es nur noch eine bedingungslose Kapitulation geben konnte, war jedermann klar, aber die Deutschen mussten Zeit gewinnen, um den Schein zu wahren. Die Engländer hatten das so auch erwartet.

Was sie nicht erwartet hatten, war der Umstand, dass in der gewonnenen Zeit der Obersturmbannführer Papiere ordnete und vernichtete und sein Adjutant eigenhändig ein deutsches Qualitätsprodukt durch die Luftschächte des Bunkers schüttete, nachdem er minutenlang vergeblich versucht hatte, die Stahltür zur der geheimen Abteilung zu öffnen. Das Zyklon B, andernorts vielhunderttausendfach erfolgreich erprobt, tat auch hier die gewohnte Wirkung.

Als die SS eine halbe Stunde später mit erhobenen Armen auf der Lagerstraße antrat, lebte kein Jude mehr.

* * *

Die beiden Jungen hatten im Wald ihr Quartier in einer flachen Mulde im Unterholz gefunden, die von dichten Brombeerranken überwuchert war, und so einigen Schutz vor

Witterung und Entdeckung bot. Verschiedentlich hatten sie Stimmen aus der Entfernung gehört, zu weit weg, um erkennen zu können, ob deutsch oder englisch gesprochen wurde.

In den Zivilklamotten wirkten sie fast wie Brüder. Brüderlich hatten sie sich auch den Proviant geteilt, der nun langsam zur Neige ging. Noch ein, höchstens zwei Tage, dann würden sie versuchen, sich weiter nach Westen vorzuarbeiten und die holländische Grenze zu überqueren. Deutschland lag am Boden, jeder Tag, der verging, machte ihre Flucht sicherer.

Bis dahin würden sie unsichtbar bleiben und die Mulde nur zur Verrichtung der Notdurft verlassen.

Sie teilten ihre Erinnerungen an bessere Tage und ihre Geschichten aus früheren Zeiten, und sie lernten sich so gut kennen, wie ein Jude und ein Nazi sich kennen lernen konnten.

Das Geheimnis um ein Tintenfläschchen und drei angespitzte Schreibfedern teilten sie nicht.

* * *

Nachdem die Engländer die SS-Männer in eine leere Baracke gesperrt hatten, machten sie sich an die Durchsuchung des Lagers, wobei ihre Aufmerksamkeit verständlicherweise von der Fälscherwerkstatt gefangen genommen wurde, zumindest so lange, bis ihnen das totale Fehlen von Häftlingen aufging.

Natürlich galt nun dem Bunker ihre volle Konzentration. Der Kommandant händigte bereitwillig die Schlüssel aus, aber auch die Engländer hatten damit an der mehrfach gesicherten Tür kein Glück. Wie sich später herausstellen sollte, war sie von vier alten Männern, die dort monatelang von der Außenwelt hermetisch abgeschottet worden waren, von innen verschweißt worden.

Die Tür zu dem ursprünglich leeren Raum ließ sich dagegen mühelos öffnen. War der Captain zunächst durchaus gewillt gewesen, die SS-Mannschaft als reguläre Kriegsgefangene zu behandeln, gab er nach dem Anblick der verkrampften, ineinander verkrallten Leiber der Geschundenen, die man nur Minuten vor ihrer Befreiung mit Gas erstickt hatte, den spontanen Befehl, ausnahmslos jeden SSler auf der Stelle zu erschießen.

Während man die Gefangenen vor die Wand der hintersten Baracke führte, die als Kugelfang dienen sollte, blieben der Captain und der Leutnant am Bunker und beobachteten drei ihrer Leute, die sich bemühten, die Stahltür aufzubrechen. Der Captain, weil er Exekutionen verabscheute, der Leutnant aus Neugier, was sich hinter der Tür verbergen mochte.

Diese Situation machte sich ein traditionsbewusster englischer Sergeant zu Nutze, der sich von seinem Beruf als Metzger dadurch erholte, dass er sich als Hobbyhistoriker betätigte. Dem fiel, bevor man auch den Obersturmbannführer erschießen konnte, gerade noch rechtzeitig ein, dass die englische Krone schon vor Jahrhunderten eine ausgesprochen bizarre Methode entwickelt hatte, mit ihren Staatsfeinden umzuspringen. Um diese ins aus seiner Sicht ungemein verdiente bessere Leben zu bringen, hatte es sich das Land, das sich ewig mit Frankreich um die Wiege der Kultur stritt, zur Gewohnheit gemacht, den Betroffenen aufzuhängen, aber rechtzeitig vor dem Eintritt des Todes wieder abzuschneiden, um ihm den Bauch aufschlitzen und die Gedärme herausziehen zu können. Sollte der Delinquent zu diesem Zeitpunkt noch das Bewusstsein haben, was tatsächlich öfter der Fall war, als man annehmen durfte, würde er das zusammen mit seinem Leben ganz sicher bei der anschließenden Vierteilung verlieren.

Seine Kameraden nahmen die Idee begeistert auf, sich nach einem so dreckigen Krieg endlich einmal kulturhistorisch betätigen zu können, und schleppten den Kommandanten zum Lagertor, dessen stählerner Bogen als Galgen geeignet erschien. Weil die Erbauer das Lager so unauffällig wie möglich gehalten hatten, war auf die andernorts übliche Verzierung *Arbeit macht frei* verzichtet worden. Deswegen fand der Strick auf der Wölbung auch nicht den nötigen Halt, sodass er mit dem Obersturmbannführer am anderen Ende nach unten rutschte und auf der Querstrebe ruckartig zum Halten kam. Dieser plötzliche Stop hätte bei einem zarteren Genick zweifelsohne das sofortige Ende des geschichtlichen Spectaculums zur Folge gehabt. Dem robusten Kommandanten wurde lediglich der Kehlkopf eingedrückt.

Weil aber ein Metzger in der Regel kein Mediziner ist, der Sergeant also nicht wusste, wie lange sein Hauptdarsteller noch überdauern würde, hatte er es nun mit dem Bauchaufschneiden ziemlich eilig. Und während das rote Blut mit dem schwefelfarbenen Urin in einer faszinierenden Farborgie explodierte, die nur deshalb keine angemessene Würdigung erfuhr, weil sie auf beziehungsweise in der schwarzen Uniformhose des Kommandanten vonstatten ging, erschien endlich ein konfuser Captain auf der Bildfläche, der dem Geschehen augenblicklichen Einhalt gebot. Dieses war selbstverständlich human und damit gut gemeint, doch bedurfte es keiner sonderlichen anatomischen Kenntnisse, um zu erahnen, dass sich der radikale Schnitt des Sergeants nicht ohne weiteres rückgängig machen ließ.

Nachdem der Captain der Blickrichtung aller Umstehenden gefolgt war und so den unbotmäßigen Sergeant als Veranstalter des Schauspiels ausgemacht hatte, entrang er sich atemlos die Feststellung: »Sie sind nicht besser als diese Nazis!«

Hätte er geahnt, welche Diskussionslawine er mit dieser unbedachten Äußerung lostreten sollte, hätte er sich vielleicht lieber auf die Zunge gebissen. So aber hatte er die einfachen Soldaten gegen sich, die meinten, ein solch erbärmliches Schwein wie den Kommandanten könne man unmöglich mit

Männern vergleichen, die für die Krone Britanniens ins Feld gezogen waren, ganz egal, was sie getan hätten. Die Gläubigen unter seinen Männern unterstützten diese Auffassung mit dem biblischen Grundsatz Auge um Auge, Zahn um Zahn. Und sein eigener Leutnant kam zur Freude des Sergeants mit dem Argument, man müsse die Sache historisch betrachten, schließlich wäre auf ausdrücklichen Befehl des Königs William Wallace genauso hingerichtet worden, und der wäre, genau genommen, schließlich auch kein Hochverräter gewesen, weil er nämlich Schotte und kein Engländer war.

Letztlich waren sich alle darin einig, dass es nicht auf die Frage des Verrats, sondern nur auf die Schwere der Schuld ankam, um eine solche Behandlung zu verdienen.

Dem Captain ging trotz aller wohlmeinenden Argumentation die Haager Konvention nicht aus dem Kopf. Daher ordnete er an, den Verletzten unverzüglich in ein Lazarett zu überführen. Sollte sich gegen diesen Befehl irgendein Widerspruch erheben, müssten die Betreffenden mit einer Verhandlung vor dem Kriegsgericht rechnen.

Dergestalt überzeugt, sich um den Obersturmbannführer kümmern zu müssen, marschierten zwei Mann mit einer Trage auf, um ihn abzutransportieren. Der einer akademischen Diskussion über Sein oder Nichtsein gänzlich abgeneigte Kommandant hatte sich jedoch zwischenzeitlich die Freiheit genommen, sein letztes bisschen Leben nach achtminütiger Todesqual auf dem Sand der Lagerstraße auszukotzen.

* * *

Der Junge stieg auf den Rand der Mulde und machte sich auf den Weg zu der dicken Buche, die keine zehn Meter von ihrem Versteck entfernt war. Dabei zertrat er in der Dunkelheit kleine, abgestorbene Zweige, die auf dem Boden lagen und mit ihrem Knacken den anderen aufschreckten.

»Was ist denn los, kommen Leute?«

»Ach was, beruhig dich! Ich muss bloß pissen.«

Während sich der im Schlaf Gestörte wieder in die Mulde rollte und versuchte, unter seiner Jacke, die er als Decke über sich gebreitet hatte, ein wenig Wärme zu finden, ließ der andere seinen Alibistrahl geräuschvoll über das tote Laub plätschern. Als er fertig war, nahm er den etwa fünfzehn Kilo schweren Stein auf, den er schon gestern ausgeguckt hatte, ging so normal wie möglich zur Mulde zurück und schmetterte ihn von deren Rand auf den Schädel seines Begleiters.

Er wartete noch eine Minute, ob sich irgendetwas rührte, und stellte danach befriedigt den Tod des anderen fest.

Dann erledigte er das, was nach seinem Plan noch zu tun war. Ungefähr eine Stunde später marschierte er los.

Die Nervenanspannung und die Entbehrungen der vergangenen Tage hatten ihn ausgelaugt. Nach sieben Kilometern, die er im Kreis gelaufen war, schlief er vor Erschöpfung unter einer deutschen Eiche ein.

Drei Tage ging das so weiter. Der Rest des Proviants war längst aufgebraucht, Wasser trank er aus kleinen Rinnsalen, einmal leckte er den Tau von den Blättern. Zuerst machte sein Magen nicht mehr mit, dann sein Kopf, dann seine Beine. Er brach zusammen, einfach so, an keinem besonderen Ort.

Geweckt wurde er durch die Mündung einer Webley & Scott, die auf seine Nase gedrückt wurde. »Get up, Nazi bastard, or I kill you right now!«

Mit letzter Kraft schaffte er es, seinen Ärmel zurückzuziehen. »I am jewish, I am escaped. – Please help me!«

Die ersten Ziffern auf seinem Arm waren ziemlich verschwommen und man konnte die Dreien und Fünfen, die Sechsen und die Achten nicht gut unterscheiden. Aber die letzten drei Zahlen waren dafür um so deutlicher: eins, neun, sieben.

Der Junge stand am Zaun und blickte auf die sonnenüberflutete Wiese, auf der ein Pony Kapriolen schlug. Er liebte das Tier jetzt schon mit der ganzen Inbrunst seines jungen Herzens, fast sogar noch mehr als seinen Großvater, der es ihm geschenkt hatte – aber nur fast.

Es war sein vierzehnter Geburtstag und er hatte keinem die Chance gegeben, ihm zu gratulieren. Der Erste sollte sein Opa sein, der obendrein auch sein bester Freund war. Er war sicher, dass er ihn hier an der Koppel treffen würde.

Sein Großvater, das war *der* Mann überhaupt. Auf den konnte er sich verlassen. Und wenn der ihm versprochen hatte, ihm ein Pferd zu schenken, dann würde er auch eines bekommen. Da konnten seine Eltern noch so reden.

Und wie sie geredet hatten! Vor vierzehn Tagen hatte er durch die halb geschlossene Wohnzimmertür das Gespräch zwischen ihnen und seinem Opa belauscht. Sein Vater kam mit der ewig gleichen Argumentation: Man solle das Kind nicht verwöhnen. Schließlich habe es keinen Krieg mitgemacht und wisse gar nicht, was Entbehrungen seien. Egal, wie teuer die Eintrittskarten für ein Stones- oder Who-Konzert waren, ganz gleich, was eine Klassenfahrt kosten sollte, der Opa würde es schon richten. Wenn das so weiterginge, würde der Bengel nie den Wert des Geldes begreifen und später einmal die Firma zu Grunde richten, anstatt sie auszubauen. Die Mutter kam immer wieder mit ihrem halbherzigen »Ach, lass ihn doch, man ist nur einmal jung«, und den Ausschlag gab wie immer der Großvater, denn dem gehörte schließlich die Firma. Und genau deshalb würde er auch sein Pferd bekommen!

Morgens hatte er sich ganz früh aus seinem Zimmer geschlichen und war zur Koppel rüber, weil er seinen Großvater dabei erwischen wollte, wie er das Pferd antransportierte.

Im ersten Moment war er ein bisschen enttäuscht, weil das Tier schon da war. Doch nur so lange, bis es auf sein Rufen zu ihm an den Zaun kam und sich über die samtigen Nüstern streicheln ließ. Das hier war bestimmt das schönste Haflingerfohlen der ganzen Welt.

Nach ein paar Minuten hatten sich beide schon so gut angefreundet, dass er über den Zaun kletterte und mit seinem neuen Freund um die Wette lief. Die Zeit verging wie im Fluge, und als er völlig außer Atem das erste Mal auf die Uhr sah, war er erstaunt, dass bereits eine volle Stunde vergangen war.

Merkwürdig, dass sein Opa noch nicht erschienen war.

Der Junge kletterte wieder auf den Zaun, um sich einen besseren Überblick zu verschaffen. Von seinem erhöhten Standpunkt bemerkte er einen bunten Fleck am Rande des Wasserlochs auf der Kuhweide nebenan. Bei genauerem Hinsehen erkannte er das Muster eines dieser flauschigen Holzfällerhemden, die sein Großvater zum Ärger seiner Mutter ohne Rücksicht auf die jeweilige Mode so gerne trug.

Er rannte zum Gatter und über den morastigen Boden zum Tümpel, ohne darauf zu achten, in wie viele Kuhfladen er dabei trat. Als er realisierte, was geschehen war, presste er den rechten Handrücken vor den geöffneten Mund und biss sich immer wieder, ohne einen Schmerz zu spüren.

Sein Großvater lag auf dem Bauch am matschigen Tümpelrand, den Kopf unter Wasser.

Es war der Tag, an dem die Amerikaner auf dem Mond landeten. Es war der Tag, an dem auf der Erde das Sterben der Helden begann.

I. TEIL

1. Kapitel

Nichts ist schwerer zu ertragen als eine Reihe von guten Tagen. Hätte mir das jemand vor meinem Abenteuer auf Vogelsplein gesagt, ich hätte ihn für bescheuert erklärt.

Solche Sprüche kommen einem prima über die Lippen, wenn man aus den Vollen schöpfen kann und sich nicht für sein tägliches Brot abstrampeln muss. Bringen Sie so eine Lebensweisheit bei uns im Ruhrgebiet irgendwo zu fortgeschrittener Stunde an der Theke und zufällig steht neben ihnen ein Stahlkocher, dessen Arbeitsplatz wegrationalisiert wurde, kann es Ihnen passieren, dass Sie derbe eins aufs Maul kriegen. Was auch verständlich ist.

Aber wenn Sie es selbst zu bescheidenem Wohlstand gebracht haben, so bescheiden, dass Sie Ihr Dasein locker von den Zinsen Ihres Kapitals fristen können und für den neuen Bentley den Bestand nicht angreifen müssen, werden Sie merken, dass auch dieser Kalenderspruch wie alle seine Verwandten einen Funken Weisheit enthält. Nur, behalten Sie diese Erkenntnis in der Kneipe besser für sich.

Der unverhoffte Geldsegen von damals hatte mir jedenfalls neben allen erdenklichen Annehmlichkeiten des Lebens auch eine gehörige Portion Langeweile gebracht, was ich nie für möglich gehalten hätte.

Kapital war reichlich vorhanden, aber ich wollte damit nicht um mich schmeißen wie ein Karnevalsprinz mit Kamellen, weil ich dann eine ähnliche Aufmerksamkeit erregt hätte. Deshalb lag mein Haus in Egmond aan Zee auch nicht am Boulevard, sondern in der Torensduin, ein unauffälliges Reihenhaus mit seinem halb so großen Zwilling auf der Grundstücksseite gegenüber, dem so genannten Zomerhuis, und der üblichen handtuchschmalen Rasenfläche dazwischen. Ich fuhr nach wie vor meinen mittlerweile zehn Jahre alten Carrera 4, den letzten Klassiker unter den Sportwagen. Seine unverwechselbare Form begeisterte mich immer noch stärker als alle seine weichgespülten Nachfolger mit ihrem technischen Schnickschnack. Ich konnte mir jeden Tag im *Oude Clipper* oder *La Chatelaine* das Top-Menü der Karte zelebrieren lassen, und trotz meines auf elf Kilo angewachsenen Übergewichts hätte mich im nahen Amsterdam am Rembrandtsplein die Schwester von Naomi Campbell für den Bruder von Arnold Schwarzenegger gehalten, wenn ich mir die Unterhose mit 250-Gulden-Scheinen ausgestopft hätte.

Es war also alles und jederzeit da – und genau das brachte mir das große Gähnen. Ich wusste einfach mit meiner Zeit nichts mehr anzufangen. Kommen Sie mir jetzt nicht damit, ich hätte doch als Landschaftsfotograf jahrein, jahraus das so ungemein abwechslungsreiche Spiel der Nordseewellen ablichten können. Oder meine robust-musikalische Natur in den Dienst einer karitativen Einrichtung stellen, zum Beispiel einem tauben Seebären in der Prins-Hendrik-Stichting beim Suppesabbern einen flotten Shantie zu Gehör bringen.

Die Veränderungen, die der Lauf der Zeit mit sich gebracht hatte, waren auch nicht von der kurzweiligen Sorte. Molly war vor vier Monaten im gesegneten Alter von zwanzig Jahren in den Katzenhimmel aufgefahren, wo der Herrgott Bastet heißt und eine Sie ist. Und der Kontakt mit Fräulein Minkema hatte sich im letzten halben Jahr auf drei Telefonate reduziert.

Das Leben war und blieb lahmarschig.

Rendorf hätte es zivilisierter formuliert: Die Süße des Nichtstuns war mit der Zeit kaum merklich vom leicht säuerlichen Geschmack der Langeweile überlagert worden.

Und genau er war es, der mich davon befreien sollte. Ich wäre ihm durch den Hörer fast um den Hals gefallen, als er mich tags zuvor anrief und mich nach dem normalen Einleitungsgeplänkel darum bat, ihm einen kleinen Gefallen zu tun.

»Wie viele Leute soll ich denn für dich umlegen?«

Ich wusste genug von seiner wirklichen Profession, um nicht befürchten zu müssen, dass er den wahren Kern in diesem abgedroschenen Witz nicht erkennen würde. Deshalb kam auch kein pflichtschuldiges Lachen des Anwalts durch den Hörer.

»Du weißt doch genau, dass ich dich nie in diesen kleinen Teilbereich meiner Tätigkeit involvieren würde.«

Genau das wusste ich eben nicht. Weil ich nämlich nicht wusste, inwieweit ihm sein Job, Menschen für Geld umzubringen, in der heutigen Zeit noch anormal vorkam.

Nachdem er damals den schwer verletzten und hilflosen Arie in Rozenbooms Marmorpalast ohne mit der Wimper zu zucken abgeknallt hatte, war eine Diskussion über dieses Thema unvermeidlich geworden, bei der ich allerdings von Anfang an schlechte Karten hatte. Denn ich musste einräumen, dass er mir und Sven mit seinem Einschreiten das Leben gerettet hatte. Auch darum würde ich immer in seiner Schuld stehen und ihm jeden vertretbaren Gefallen tun. Nur der Begriff der Vertretbarkeit war es, der zwischen uns definiert werden musste.

Armin Rendorf, dessen Herz so unüberhörbar für die Tiere schlug, der zahlendes Mitglied etlicher Naturschutzorganisationen war und in seinem Perfektionismus an einem nie fertig werdenden Buch über Terrarienhaltung und Zucht von Großleguanen schrieb – soweit ihm sein Anwaltsberuf dafür Zeit ließ –, schlüpfte, was vernünftigerweise nur den allerwenigsten bekannt war, dann und wann in die Rolle eines Meuchelmörders. Dabei verstand er sich in den Seuchen der Welt als eine Katharsis, vom Gesetz der Natur dazu berufen, die faulen Glieder abzuschneiden. Ansonsten folgte er nur einem Gesetz: seinem eigenen.

Angefangen hatte er als ganz junger Bursche während der Semesterferien, als seine Kommilitonen froh waren, einen

Aushilfsjob als Taxifahrer zu bekommen. Er war durch irgendeinen komischen Zufall in Kontakt mit Bob Denard getreten, der sich mit seinen Söldnern damals ein schönes Stück von den Komoren unter den Nagel gerissen hatte. Rendorf hatte von da aus den Sprung aufs Festland gemacht und Buren bei der Verteidigung ihrer Farmen geholfen. In der Zeit hatte er das gelernt, was er auch heute noch gelegentlich tat.

Sollten Sie demgegenüber die Auffassung vertreten, dass sich so etwas für ein eingeschworenes Organ der Rechtspflege nicht geziemt, bei einem Anwalt ja geradezu unvorstellbar sei, denken Sie an den Arzt, der vor gar nicht so langer Zeit in Berlin vor Gericht gestanden hat. Alle Kollegen waren über ihn des Lobes voll und er war der Liebling der Patienten. In seiner knapp bemessenen Freizeit schlug er Prostituierten mit einem Hammer den Schädel ein und zerstückelte ihre Leichen. Sein Hippokratischer Eid hat ihn dabei nicht sonderlich behindert.

Hielt man Rendorf vor, dass er für sein Tun Geld verlangte, rechtfertigte er dies damit, dass er schließlich bei dem allgemeinen Unverständnis seiner Mitbürger einen äußeren Anlass für seine Aktivitäten brauche, und dies außerdem besser sei, als aus reiner Freude an der Arbeit zu Werke zu gehen. Das die Erklärung begleitende, kaum merkliche Augenzwinkern, das ich gerade jetzt wieder vor mir zu sehen glaubte, entschuldigte diese dreiste Lüge genauso wie die Tatsache, dass es sich bei dem Geld um sehr viel Geld handelte.

»Wie schön, dass du mir auch weiterhin ein Leben in Freiheit gönnst. – Warum kann Oglu das nicht erledigen?«

Rendorf arbeitete normalerweise immer im Zwei-Mann-Team. Seine Rückendeckung war ein Türke, im täglichen Leben Betriebsrat in einer Baufirma und mit Frau und zwei Kindern belastet, der einem mit seiner 22er Hämmerli die

Amalgamfüllung aus dem Schneidezahn schießen konnte, ohne die Goldkrone daneben anzukratzen.

Der vorwurfsvolle Spott in Rendorfs Stimme war unüberhörbar. »Aber Karl-Heinz! Ich habe dir doch gesagt, dass es damit nichts zu tun hat. Es geht simpel darum, dass ich einem Anwaltskollegen beispringen soll, der besorgt ist, ein Freund von ihm könne wegen irgendwelcher Hirngespinste die Contenance verlieren.«

Contenance – eine typische Rendorf-Vokabel. Ich hatte sie oft von ihm gehört und wusste immer noch nicht, was er sich darunter vorstellte. Für mich bedeutet Contenance, dass ich jemandem erst dann in die Fresse haue, wenn er zum dritten Mal Arschloch zu mir gesagt hat. Rendorfs Interpretation war aber bestimmt eine andere. Mein Schweigen ermunterte ihn weiterzureden.

»Mein Freund, ein Advocaat aus Lelystad macht sich Gedanken um einen Bekannten aus seinem Club, der offensichtlich von der fixen Idee besessen ist, dass ihn jemand umbringen will. Ob es für diese Annahme einen realistischen Grund gibt oder er nur den anderen einen Schrecken einjagen und sie so aktivieren will, weiß man nicht, aber dieser etwas konfuse ältere Herr behauptet jedenfalls, dass irgendeine ominöse Person nicht nur ihn, sondern sämtliche Clubmitglieder vom Leben zum Tode befördern will. Und so eine ...«

Vom Leben zum Tode befördern. Rendorf könnte tausend Jahre alt werden, er würde sich diesen gestelzten Sermon nie abgewöhnen können. Ich wünschte ihm mehr Interesse an Hamlet als an Reptilien – mehr Fakten, weniger Kunst!

»... Todesgefahr kann durchaus verheerende Auswirkungen auf das Gemüt haben, wobei völlig gleichgültig ist, ob es sich bei ihr um reine Fiktion handelt oder sie sehr realitätsbezogen ist. Ganz zu schweigen von der unerträglichen Atmosphäre, die ein dergestalt geplagter Mensch seinem Umfeld zuzumuten in der Lage ist.«

»Okay, okay, ich mach's! – Und jetzt bitte den Rest so, dass er mich nicht traumatisiert.«

Ich hatte es kaum ausgesprochen, als mir auffiel, dass ich anfing, wie er zu reden. Zum Glück stieg er nicht darauf ein.

»Gut dann. Hier das Wichtigste in Kurzfassung.«

Seine Kurzfassung war immer noch lang genug, weshalb ich mir eine weitere Komprimierung gestatte. Sein Ansprechpartner und Freund war Piet Schouten, von Beruf Advocaat und als Hobby Mitglied eines Yachtclubs älterer und gut betuchter Herren, die die ganze Süßwasserherumschipperei als Anlass brauchten, gelegentlich von Zuhause wegzukommen, um sich ungestört im Kreise Gleichgesinnter gehörig einen hinter die Binde zu gießen und einige andere Dinge zu tun, für die Ehefrauen im Allgemeinen nicht allzu viel Verständnis aufbringen. Im Grunde also nur das, was reiche alte Säcke überall auf der Welt tun. Weil nun in der jüngeren Vergangenheit drei Mann aus diesem illustren Kreis eines Todes gestorben waren, den man selbst in der heutigen Zeit nicht unbedingt der alltäglichen Art zurechnen musste, war der Verrückte, Kees Brouwers mit Namen, nicht davon abzubringen, es stecke ein System und, weit schlimmer, ein Serienkiller dahinter, der nicht eher Ruhe geben würde, bis alle umgebracht wären, die Spaß an der Yacht und noch mehr Spaß am Spaß hätten. Deshalb müsste ein nachweislicher Spitzenkönner – Geld spielte schließlich in ihren Kreisen keine Rolle – aufgeboten werden, um diesem Mordbuben das Handwerk zu legen.

Natürlich war alles Quatsch, was Brouwers da zusammenfantasierte, aber der Typ war eines der Gründungsmitglieder des Vereins und obendrein stinkreich. Wenn man also in Zukunft wieder ausreichend Muße haben wollte, sich den zur Zeit so preiswerten Polinnen zu widmen, musste der alte Nork ruhig gestellt werden, was weder durch Überredung noch Ablenkung, sondern nur durch Überzeugung zu bewerkstelligen war. Folglich musste dem Trottel ein Profischnüffler präsentiert werden, der den glühenden Erdkern von innen nach außen drehte, um ihm nach getaner Arbeit unter die Nase reiben zu können, dass es nicht den geringsten Anlass zu irgendwelchen Befürchtungen gab. Kein Killer in Sicht, alles nur Fehlinterpretationen unglücklicher Umstände, nur Trugbilder. Niemand außer einer Norne würde den Lebensfaden eines Clubmitglieds abschneiden.

Und für so einen Scheiß sollte ein Mann wie Rendorf auf der Bildfläche erscheinen?!

Da konnte ruhig so ein Kerl wie ich kommen, deklariert als seine rechte Hand. Während ich de facto in einem Lokal meiner Wahl saß und in langen Nächten harter Selbstversuche austestete, wie der Serienkiller Alkohol mit meiner Leber fertig würde, könnte Schouten dem Verrückten verklickern, dass kein schlechterer Detektiv als Sherlock Holmes persönlich seiner Chimäre im Nacken säße. Nach einer Woche, besser noch nach zwei oder drei, würde der Bericht abgeliefert, dass alles nur eine Verkettung unglücklicher, aber glücklicherweise zufälliger Umstände war – und damit Sense. Honorar an Rendorf, Spesen und Dankeschön an mich.

Meine anfängliche Begeisterung war im Laufe der Erklärung in gemäßigte Enttäuschung umgeschlagen. Immerhin hatte ich genug Geld, mir meinen Suff selbst bezahlen zu können, und die Albträume inkontinenter Seniordirektoren von Geldscheffelfirmen gingen mir am Arsch vorbei.

Spannend wurde die Sache allerdings, als Rendorf auf den auslösenden Faktor für die Besorgnis des Verrückten zu sprechen kam. Vor zwei Jahren waren zwei Clubmitglieder, Coor Gendt und Arie Voorst, mit einer der Yachten aufs Ijsselmeer hinausgefahren, ohne Nutten mitzunehmen. Schon merkwürdig. Dass sie ihren Kumpeln gegenüber auch auf Nachfragen keinen besonderen Grund für die Solotour angaben, war noch merkwürdiger. Am merkwürdigsten war allerdings, dass die Yacht am nächsten Morgen beständig im Kreis fuhr. Als sie von einem aufmerksamen fremden Skipper geentert wurde, der nach dem Rechten sehen wollte, fand dieser die beiden Millionäre tot auf dem Boden des Salons. Wie die polizeiliche Untersuchung ergab, waren durch ein Loch im Motorkrümmer Abgase in den Wohnbereich des Schiffs gedrungen und hatten beide schleichend vergiftet. Angesichts dieses Umstandes wäre die Ermittlungsbehörde durchaus geneigt gewesen, das Ableben der beiden Baulöwen als klassischen Unglücksfall abzuhaken, wäre da nicht die unübersehbare Tatsache gewesen, dass man beiden die Hände mit Handschellen auf den Rücken gefesselt hatte und Kratz- und sonstige Spuren bewiesen, dass sie verzweifelt gegen den Tod angekämpft hatten.

Verständlich, dass dieser Vorfall einen Riesenwirbel in den Medien verursacht hatte. Zwar waren die Akten auch heute noch nicht geschlossen, doch hatte sich die Polizei intern relativ schnell eingestehen müssen, dass sie mit ihren Nachforschungen nicht weiterkam. Man vermutete einen Zusammenhang mit illegalen Leiharbeitern aus dem Osten und wähnte als Drahtzieher die Russenmafia, handfeste Beweise gab es jedoch nicht.

Schoutens Nachforschungen im engsten Firmenkreise hatten allerdings ergeben, dass sehr wohl etwas an dem Leiharbeitergeschäft dran sein konnte, obwohl auch er keine letzte Klarheit erlangen konnte. Seine Erklärung war jedoch einleuchtend genug, um die Ruhe im Verein halbwegs wiederherzustellen.

Die hielt so lange an, bis vor acht Tagen Heinz Siemerink, ebenfalls Clubmitglied und Chef einer kleinen Privatbank, am Strand von Vlissingen der Schädel eingeschlagen worden war. In diesem Fall gab es eine Augenzeugin, die Lebensgefährtin des Opfers, die auch eine grobe Täterbeschreibung liefern konnte, doch war und blieb der Mörder trotz sofortiger Großfahndung unauffindbar. Klar, dass auch hier wieder die wildesten Gerüchte in Umlauf kamen. Man munkelte von Geldwäsche und Wucherkrediten, doch wieder nur reine Spekulation. Immerhin ausreichend Anlass für den alten Brouwers, vehement um sein Leben zu zittern und so lange Zeter und Mordio zu schreien, bis sich die Mehrheit der übrigen Mitglieder auf die Lösung durch Einschaltung eines privaten Ermittlers verständigte.

Eigentlich hatten sie dafür den richtigen Mann in den eigenen Kreisen: Klaas Revellius, einen imposanten Mann von schlecht zu schätzenden sechzig bis siebzig Jahren und damit einer der Youngster im Club. Ihm gehörte ein international tätiges Sicherheitsunternehmen, das sich unter anderem mit Objektschutz und der Abwehr von Werksspionage befasste. Bei seiner Ausstattung, seinen Verbindungen und Möglichkeiten konnte er noch ganz anders agieren als selbst die Polizei, die sich bei ihrem Tun sklavisch an geltendem Recht orientieren musste. Aber Brouwers und nicht zuletzt Revellius selbst waren dagegen, weil man jemanden wollte, dessen Sichtfeld nicht durch persönliche Beziehungen zu einem Clubmitglied eingeschränkt war und der die Sache so neutral wie möglich angehen konnte. Außerdem, und das war der wirklich entscheidende Grund, waren alle außer Brouwers davon überzeugt, dass ihre drei Kollegen aufgrund rein persönlicher Umstände getötet worden waren, die nichts mit dem Club zu tun hatten. Deshalb drei Wochen lang ein Alibi-Ermittler – und dann endlich Schwamm drüber.

Na ja, ein reines Hirngespinst war die Sache wohl doch nicht. Jedenfalls empfand ich sie nach diesen Erläuterungen nicht mehr als Belästigung, sondern wieder als willkommene Abwechslung.

Deswegen saß ich, Rendorf sei dank, am nächsten Tag in meinem Wagen und kutschierte nach Lemmer rüber. Die alten Säcke trafen sich an jedem letzten Dienstag im Monat mit ihren Booten in den Yachthäfen rund ums Ijssel- und Markermeer, und heute war eben Lemmer dran. Da konnte ich gleich das Nützliche mit dem Nützlichen verbinden, Schouten treffen und den Rest der Crew in Augenschein nehmen, wenn ich auch keine große Lust verspürte, mich von einer illustren Veteranenrunde, die noch sehr direkt unter den Auswirkungen des Zweiten Weltkriegs gelitten hatte, bei meinem Auftritt mit faulen Makrelen bewerfen zu lassen.

Die ganze Bande wollte sich in einem kleinen Fischlokal an der Brücke treffen, welche die Anlegestellen von dem trennte, was man als den eigentlichen Yachthafen bezeichnen konnte. Ich kannte Lemmer, aber nur oberflächlich. Vor einigen Jahren war ich mal durchgefahren, hatte aber trotzdem sofort das positive Flair bemerkt, das die Freiluftgastronomie verbreitete mit ihren bunten Sonnenschirmen vor den mit Blumen geschmückten Fassaden. Jetzt im April war davon natürlich nicht viel zu sehen. Der Himmel war verhangen und ein rauer Wind ließ die vertäuten Schiffe an den Fendern schaben.

Schouten hatte mich am Telefon gefragt: »Soll ich Ihnen alle vorstellen oder wollen Sie lieber fürs Erste unbekannt bleiben? Ich weiß ja nicht, nach welcher Methode Sie vorgehen.«

Wie sollte er auch? Ich hatte ja keine.

Um mir einen etwas profihaften Anstrich zu geben und wenigstens den Eindruck zu vermitteln, etwas von meinem Handwerk zu verstehen, schlug ich vor, er solle mir einen Platz in einem möglichst nahe gelegenen Lokal besorgen und während ihres Treffens kurz rüberkommen, um alles Weitere zu erörtern. Alles Weitere – das waren die Dinge, von denen ich keine Ahnung hatte.

Schouten entschied sich für das Nachbarrestaurant *t'Hoekje*, warnte aber davor, mich von der Fassade blenden zu lassen und dort mehr zu konsumieren als nur Getränke. Die Küche wäre selbst für holländische Verhältnisse schauderhaft. Er würde mir einen Tisch in der ersten Etage reservieren lassen. Von dort hätte man einen schönen Ausblick, und, viel wichtiger, dort wären auch die Toiletten.

Ich war so rechtzeitig losgefahren, dass ich nicht den kürzesten Weg nehmen musste, und hatte mich für die Tour über den Afsluitdijk entschieden. Ich hab es gerne, wenn ich auf den langen Geraden Möwen überholen kann, die gemächlich parallel zur Straße dahingleiten.

Die Brücke im Zentrum des alten Teils von Lemmer war nicht zu verfehlen, das von mir anzusteuernde Lokal also auch nicht. An einem kleinen, sauber gepflasterten und mit Bäumen bestandenen Platz gelegen, wirkte es mit seiner grünen Holzverkleidung und den Blumenkübeln am Eingang wie eine perfekte Touristenfalle. Es war keine Saison, und als ich mit dem suchenden Blick des neuen Gastes eintrat, fragte mich eine mitdenkende Kellnerin, ob ich der Mijnheer sei, für den man einen Platz in der ersten Etage reserviert habe. Nach meinem Nicken war ihr Energievorrat allerdings schon so weit erschöpft, dass sie sich nicht die Mühe machte, mich nach oben zu führen. Die Treppe hoch, das Schildchen auf dem Tisch würde ich schon sehen, was ich zu trinken haben wolle und ob sie die Speisekarte bringen solle.

Ich bestellte die übliche Kombination, Bier und jungen Jenever, und verzichtete auf das Studium der Karte.

Wie gut Schouten es mit mir meinte, merkte ich, nachdem ich Platz genommen, einen Schluck getrunken und für eine Weile den einsetzenden, feinen Regen draußen beobachtet hatte. Drei Tische weiter saßen fünf mittelalte, überwiegend wohl beleibte Kerle, die reichlich hatten auffahren lassen. Sie unterhielten sich in einem breiten Dialekt, von dem ich nichts verstand. Ich tippte auf Westfriesland, Viehhändler womöglich.

Alle hatten ein Gericht gewählt, das die Bedienung als »verrassendes« Steak bezeichnet hatte. Ich war gespannt. Was schließlich angeschleppt wurde, ließ mich Schouten in Gedanken die Füße küssen.

Als meine Gläser noch halb voll waren, stand plötzlich die Bedienung neben mir. Ob ich denn nun etwas Anständiges trinken wolle. Ich gab nolens volens ein Glas Weißen in dem Bewusstsein in Auftrag, einen Fehler zu machen.

Der Wein kam, der Rest meiner guten Laune ging. Ich nippte vorsichtig an dem auf Glühwein temperierten Säuerling, als die Stimmung bei den Friesen ihren Höhepunkt erreichte. Für den Dicksten der fünf war es wohl doch ein bisschen viel geworden und er gab Geräusche von sich, die man in den Niederlanden sonst nur in der Aufzuchtstation für verwaiste Robbenbabies hört. Seine Kollegen schienen das zu kennen und bemühten sich, den Koloss noch rechtzeitig zum Klotopf zu schaffen. Aber die zwei Liter Bier und die fünf Jenever, die er in der vergangenen Stunde in sich hineingekübelt hatte, legten einen Meter vor Erreichen der Ziellinie den Rückwärtsgang ein.

Glücklicherweise sah ich in diesem Moment aus dem Fenster und draußen einen Mann, der hoffentlich Schouten war. Als ich das fast volle Glas von mir schob und aufstand, erschien die Kellnerin, die meine Gestik auf ihre Art interpretierte.

»Wenn ich Sie richtig verstehe, Mijnheer, möchten Sie lieber einen von unseren etwas gehobeneren Weinen?«

»Wenn Sie mich richtig verstehen, haben Sie mir bis jetzt nur Eselpisse serviert.«

Ich legte fünfzehn Gulden auf den Tisch und lief kommentarlos die Treppe runter. Im Eingang stieß ich mit dem Mann zusammen, den ich vom Fenster aus bemerkt hatte. Nach Rendorfs Beschreibung musste es Schouten sein, einen Kopf größer und gut zehn Jahre älter als ich, wettergebräunt und volles, welliges Haar, dabei dünn wie ein Klüverbaum.

Er hatte gesehen, dass ich von oben gekommen war, wo er den Platz für mich reserviert hatte. Also genügten sein fragender Blick und mein knappes Nicken, um uns als Team in einem frisch kreierten Outdoor-Wettbewerb antreten zu lassen, bei dem es darum ging, sich als alter Mensch in möglichst schneller Gangart durch einen Regenschauer zu einem Ziel zu bewegen, ohne dass der Partner unter der anderen Schirmhälfte allzu viele Tropfen abbekam.

Rüber über die Brücke und keine hundert Meter die schmale Uferpromenade entlang, dann wenige Treppenstufen hinunter und wir fanden Unterschlupf in einem noblen, trotzdem gemütlichen Restaurant, in dem wir um diese Tageszeit die einzigen Gäste waren.

Noch während er die Tür einen Spalt offen hielt und den Schirm ausschlackerte, bevor sich ein beflissener Ober der Sache annehmen konnte, bedankte sich Schouten überschwänglich für mein Kommen. Ich war mit meinem Keine-Ursache-das-ist-doch-selbstverständlich-Gegrummel kaum bis zu dem Tisch gekommen, auf den Schouten mit der freien Hand gewiesen hatte, als dort auch schon ein Bier und ein Jenever standen. Der Informationsfluss zwischen den Anwälten schien von keiner Landesgrenze gebremst.

Nachdem auch mein Gastgeber Platz genommen hatte und ihm ungefragt ein Cognac serviert worden war, hob ich jedes meiner Gläser mit einer Hand hoch und sagte: »Da Sie ganz offensichtlich so viel mehr über mich wissen als ich über Sie, eröffnen Sie bitte unsere kleine Konferenz.«

Schouten prostete mir zu, sah sich – ganz der diskrete Advocaat, der einem Außenstehenden aus Datenschutzgründen nicht mal die Uhrzeit verraten würde – noch einmal um und fischte umständlich eine Fünferpackung Davidoff Nr. 2 aus der Innentasche seiner Jacke. Ich ließ mich nicht zweimal bitten. Diese Dinger waren pro Stück nicht unter fünfundzwanzig Gulden zu haben, und ganz egal, über wie viel Geld jemand verfügt, wer ein solches Exemplar ablehnt, ist nicht mehr zu retten.

Mit einer knappen Handbewegung bedeutete mein Gegenüber dem sprungbereiten Ober, in seiner Ecke zu bleiben, und übernahm eigenhändig die Zündelzeremonie. Erst als sich die aromatischen Rauchschleier über dem Tisch und unseren Köpfen kräuselten und uns in dem gedämpften Lampenlicht mit einer fragilen Taucherglocke von der übrigen Welt abschirmten, begann der Anwalt mit seiner Erzählung.

»Wie der geschätzte Herr Kollege Rendorf mir versichert hat, sind Sie bereits in groben Zügen über die Ausgangssituation und insbesondere den Grund Ihres Hierseins informiert. Ich möchte nur vorab noch einmal deutlich herausstellen, dass von Ihnen keine besondere Leistung und schon gar keine detektivische Ermittlungsarbeit erwartet wird. Es geht lediglich darum, die Sorgen eines alten Freundes zu vertreiben, unbegründete Sorgen, wohlgemerkt. Brouwers und der Rest unserer losen Gemeinschaft stellen keinen Club im eigentlichen Sinne dar. Wir haben keine Satzung, keinen Vorstand, kein Clubhaus, wir erheben keine Mitgliedsbeiträge. Wir sind lediglich ein paar alte Knacker, die es im Leben zu ein bisschen Geld gebracht haben und das Erreichte genießen wollen, solange noch Zeit dazu ist. Wir, das heißt die, die gerade Zeit und Lust dazu haben, treffen uns einmal im Monat und trinken und erzählen die neusten Witze und die alten Geschichten, die wir alle schon kennen. Mancher lässt sich eine, hm, Dame kommen und verschwindet mit ihr, mancher fährt ganz simpel zum Angeln raus. Alles ganz normal, alles im Rahmen. Es ist keiner dabei, der in einem Folterkeller minderjährige Mädchen auspeitscht oder mit kleinen Jungs ins Bett geht. Alles, was wir machen, finden Sie zehnmal härter in jeder beliebigen Bar in Amsterdam, die jedermann offen steht. In dieser Richtung gibt es also kein

Motiv für die Morde, das können Sie als gesichert ansehen. Ich bin davon überzeugt, dass es die drei aus sehr persönlichen Gründen erwischt hat. Dass sie unserem Verein angehört haben, ist reiner Zufall. Wenn Sie also dem Brouwers ein bisschen was vorspielen, so, wie ein Detektiv im Film, und ihm dann irgendwann sagen können, dass es keine Verbindung zwischen den Todesfällen und unserem Club gibt, ist alles erledigt. – Machen Sie sich auf unsere Kosten ein paar schöne Tage, Mijnheer Schmidt, genießen Sie das Leben.«

Dass er sich mit Genießen auskannte, stellte er weiter unter Beweis, indem er eine hier stets für ihn bereit gehaltene Flasche Whyte & Mackays mit zwei Gläsern auffahren ließ. Der einundzwanzig Jahre alte Scotch überzeugte mich mehr als seine Ausführungen.

»Bei allem Respekt vor Ihren Fähigkeiten, die Situation einzuschätzen, Herr Schouten, glaube ich doch, dass wir nicht von vornherein irgendein verbindendes Motiv für die Morde ausschließen können. Und zwar ganz einfach aus Gründen der Logik. Denn, wenn wir nicht wissen, was dahinter steckt, können wir auch nicht wissen, was nicht. Aber sei's drum. Ich bin ja nicht angeheuert worden, um klüger zu sein als die Polizei, sondern als Tranquilizer für Ihren hypernervösen Freund. Wenn von mir aber zumindest ein Placeboeffekt ausgehen soll, muss ich einigermaßen echt wirken. Ich brauche also einige Eckdaten aller Clubmitglieder, um wenigstens pro forma in nicht vorhandenen Verbindungen rumstochern zu können. Im Übrigen hätte ich gerne den wahren Grund für meine Show erfahren. Dass Sie das angeknackste Nervenkostüm eines alten Kumpels stabilisieren wollen, glaube ich Ihnen unbesehen. Aber wenn es nur um dessen Interessen geht, warum dann nicht besser einen Seelenklempner konsultieren oder den Burschen zum Abschalten auf Weltreise schicken? Was steckt wirklich dahinter?«

Schouten lehnte sich in seinem Polsterstuhl so weit zurück, dass sein Gesicht aus dem Schein der Lampe verschwand. Ich ahnte sein dünnes Lächeln mehr, als ich es sehen konnte.

»Seelenklempner? Das heißt wohl Nervenarzt oder so? Nein, nein!«

Nach einer Denkpause, die zwei Züge an seiner Zigarre dauerte, tauchte sein Gesicht wieder im Lichtkegel auf, als er mit gesenkter Stimme weiterredete. »Wenn Sie diese Frage nicht gestellt hätten, wären Sie der falsche Mann für uns. Aber auf Rendorf ist eben Verlass. – Wie schon gesagt, wir sind alles Leute mit einigen Gulden in der Ecke und in der Öffentlichkeit nicht ganz unbekannt. Wenn Brouwers weiter durchdreht und ein Riesenpalaver macht, können wir nicht länger verhindern, dass die Presse von der eigentlichen Mordberichterstattung abgeht und an die große Glocke hängt, was wir so privat treiben, sei es auch noch so gewöhnlich. Bis jetzt konnten wir das aufgrund unserer Beziehungen und unseres Einflusses verhindern. Aber alles lässt sich eben doch nicht so regeln, nicht mal mit Geld. Deshalb muss Brouwers endlich dazu gebracht werden, den Mund zu halten, und das geht bei diesem sturen Bock nur mit einer vernünftigen Argumentation. Er muss begreifen, dass es keine Quelle für seine Angst gibt. Liefern Sie ihm eine gute Show und wir können alle wieder ruhig schlafen und sicher sein, dass uns morgens beim Frühstück nicht unser Spiegelbild aus der Zeitung anguckt.«

Ich tat es ihm nach mit dem Überlegen, brauchte dafür aber nur einen Zug. »Okay, ich akzeptiere. – Dann reichen Sie mir jetzt mal das nötige Handwerkszeug, damit ich wenigstens oberflächlich den Schein wahren kann. Also: Wie viele gehören zu Ihrer Truppe, wie heißen sie und wovon leben sie?«

Weil ich mich schon auf meine Rolle vorbereitet hatte, war ich jetzt in der Lage, stilgerecht einen kleinen Notizblock hervorzuholen und mit dem Kugelschreiber in der Hand in Wartestellung zu gehen.

Schouten war ein Opfer seine Berufs. Das jahrzehntelange Taktieren war ihm so sehr in Fleisch und Blut übergegangen, dass er selbst solch banale Informationen wie die verlangten nicht ohne Kunstpause von sich gab. Daher schenkte er uns zunächst umständlich nach, bevor er sich zu einer Antwort bequemte.

»Fangen wir mit dem an, den Sie bereits kennen – mit mir. Ich bin Anwalt, vierundsechzig Jahre alt und komme von meinem Beruf nicht los. So ungern man auch über eigene Vermögensverhältnisse spricht, es ist bei mir immer gut gelaufen und ich bräuchte eigentlich nicht mehr zu arbeiten. Aber wie das nun mal so ist. Die Freizeit, die ich mir gönne, ist knapp bemessen. Unsere monatlichen Treffen bilden die Ausnahme, da lasse ich mir auch den nächsten Tag frei. Ich bin einer von den Clubmitgliedern, die sich mehr auf das Angeln und Bootsfahren konzentrieren. Ich will keinen Ärger mit meiner Frau.«

Er lächelte dabei das für einen Mitverschwörer bestimmte Lächeln, aber ich bin nicht verheiratet. Dabei ließ er sich einen Schluck Whisky auf der Zungen zergehen. Noch einen Zug an seiner Zigarre und es ging weiter. »Ich zähle sie jetzt einfach mal in ungeordneter Reihenfolge auf, so, wie sie mir in den Sinn kommen. Gendt und Voorst, beide ja tot. Waren so was wie die Senioren im Verein. Sie hatten zusammen eine Baufirma, die fast von alleine lief. Um Geld brauchten die sich keine Sorgen zu machen. Deshalb glaube ich persönlich auch nicht an irgendwelche Leiharbeitergeschäfte oder sonst was Illegales, wenn auch in der Baubranche immer irgendwas in diese Richtung weist. Keine Ahnung, wer die umgebracht haben könnte und weswegen. Waren beide verheiratet, steckten aber immer zusammen und unternahmen viel gemeinschaftlich, aber«, dabei deutete er mit dem ausgestreckten Finger der Hand, die auch das Glas hielt, auf mich, »die waren nicht schwul, damit Sie erst gar nicht auf falsche Gedanken kommen. – Bert Visser, vielleicht der Älteste von allen, aber gut erhalten. Unser privater Johannes Heesters, sieht sogar ein bisschen so aus. Hat einen großen Bootsverleih in Harderwijk und noch ein paar kleine, ich weiß nicht wo überall. Seine Frau ist schon lange tot. Er ist, glaube ich, viel bei den Enkeln. Einer von denen regelt auch das Geschäftliche. Bert ist die Seele des Vereins, besorgt die Boote für die, die sich trotz ihres Geldes kein eigenes halten wollen, repariert und wartet die anderen. Der war bestimmt von Anfang an dabei. – Klaas Revellius kam viel später, ich glaube, erst kurz vor mir, also so vor vierzehn, fünfzehn Jahren. Er hat den Trend voll erkannt und auf Security gesetzt, Personen- und Objektschutz. Ich wette, das meiste Geld hat er mit Industriespionage gemacht, würde das natürlich nie zugeben. Den erkennen Sie immer sofort an seinem Hut, diesem Riesending, das er ...« Schouten erhob sich von seinem Stuhl. »Warten Sie mal kurz, das hätte ich doch fast vergessen.« Sein leises Lachen war nur für ihn selbst bestimmt. »Mann, Mann, da kokettiert man immer mit dem Älterwerden und merkt gar nicht, dass es einen längst gepackt hat.«

Er steuerte seinen Mantel an, der ihm vom wachsamen Ober schon entgegengehalten wurde. Zurück kam er mit einem 10x15-Farbfoto, das er seitenrichtig vor mich auf den Tisch legte. Es zeigte die Reling eines dreimastigen Plattbodenschiffs, an der etliche, überwiegend ältere Männer aufgereiht waren wie Schwalben auf einem Telefondraht. Einige trugen Mützen, einer einen breitkrempigen Hut, alle waren mehr oder weniger seemännisch gekleidet.

»Hier, das wurde vor vier Jahren aufgenommen, im Hafen von Medemblik. Die beiden da links sind Voorst und Gendt, der hier«, dabei tippte Schoutens Zeigefinger auf einen pfeiferauchenden Mittsechziger, »ist Siemerink. Siemerink gehört, jetzt ja wohl gehörte, eine Privatbank, die Soudhollandse Depot. Er ist – mein Gott, ich kann mich einfach noch nicht dran gewöhnen – er war nicht verheiratet, hatte aber in der letzten Zeit eine enge Beziehung zu der Anne Vanenburg. Möglich, dass die alles erbt. Heinz hatte eine unheimliche Nase für Geld. Es wurde schon vor seinem Tod gelegentlich von seinen Auslandsbeziehungen und von Geldwäsche gemunkelt. Klar, dass nun nach dem Mord die Gerüchte neue Nahrung gefunden haben. – Er war der Letzte, der unserer losen Verbindung beigetreten ist, außer dem jungen Baltus natürlich. Der hier ...«

Bevor Schouten den Satz vollenden konnte, wurde die Tür aufgerissen und ein Mann stürmte mit einem für sein Alter von weit über siebzig beachtlichen Elan an unseren Tisch. Er trug weder Mantel noch Schirm und der Regen hatte ihm die schütteren Haare an den Kopf geklebt. Während er den Blick starr auf mein Gesicht gerichtet hielt, schnauzte er Schouten an: »Was soll das hier, Piet, was kochst du hier für ein eigenes Süppchen? Ich war von vornherein dagegen, einen Fremden zuzuziehen, und Jan und Frans auch. Aber nicht genug damit, dass du mal wieder deinen Kopf durchsetzen musstest, jetzt kommt auch noch deine Geheimniskrämerei dazu. Was soll dieser Geheimtreff hier? Soll der Mann hier in unserer Vergangenheit wühlen?«

Der Ober hatte sich geräuschlos bis auf drei Meter genähert und wartete auf ein Zeichen Schoutens, den ungebetenen Gast zu entfernen. Der Anwalt gab ihm aber mit einem kurzen Blick zu verstehen, dass er mit der Situation alleine fertig und keine Einmischung gewünscht würde. Der Ober verzog sich so unauffällig, wie er gekommen war.

Schouten hatte dem Ankömmling eine Hand auf den Arm gelegt und den erheblich kleineren Mann auf den Platz neben sich gedrückt. Auf einen Wink, den ich nicht registriert hatte, wurde ein leeres Glas gebracht, das Schouten für seinen neuen Gast mit dem teuren Whisky füllte. »Darf ich die Herren bekannt machen? Mein leicht erregbarer Freund ist Pieter Beers, auch ein Mitglied unserer losen Dienstagsgemeinschaft. Und das hier«, dabei prostete er mit seinem Glas in meine Richtung, »ist der nette Herr Schmidt, ein Freund von einem Freund, der äußerst diskret und freundlicherweise bereit ist, uns bei dem Problem mit Kees zu helfen. Der wird«, Schouten hatte den Arm von Beers nicht losgelassen, sondern den Druck verstärkt und seinen Nebenmann dabei leicht geschüttelt, »gerade nicht in unserem Privatleben herumstochern, sondern nur ein kleines Schauspiel aufführen, das den Kees beruhigt, und dann ist wieder alles normal. Wie soll ich das vor allen anderen mit Herrn Schmidt besprechen, wenn der Kees daneben sitzt, kannst du mir das verraten?«

Zur Unterstreichung seiner Worte schüttelte Schouten den kleinen Mann ein weiteres Mal, als hätte er einen begriffsstutzigen Bengel vor sich, bevor er dessen Arm losließ.

Beers zog zwar immer noch ein mopsiges Gesicht, das zu seiner Kleinjungenbehandlung passte, schien aber versöhnt und besänftigt. Nach einigen Augenblicken erhob auch er sein Glas und prostete in die Runde. »Wahrscheinlich hast du ja Recht, Piet. Das wird schon so die beste Lösung sein. Die beiden und ich hatten einfach Angst, dass der ganze Wirbel noch schlimmer wird. Presse, Fernsehen, der totale Trubel, damals, jetzt bei Siemerink wieder, und dann noch ein Detektiv! Aber ist schon in Ordnung so.«

Bei seinem letzten Satz hatte Beers mit mir angestoßen. Dann stellte er sein Glas hin und massierte sich unbewusst die Stelle am Arm, an der Schouten seinen Griff angesetzt hatte. Der dürre Advocaat schien über ungeahnte Kräfte zu verfügen.

Der pragmatische Schouten nutzte die Anwesenheit seines Clubkameraden und trug ihm auf, Brouwers zu uns rüberzuschicken, damit auch er endlich seinen sehr privaten Privatdetektiv kennen lernen konnte.

Als Beers mit Schoutens Schirm abgezogen war, um den Auftrag auszuführen, war der Anwalt sichtlich erleichtert. »Der Pieter Beers ist ein wunderbarer Mensch, meistens lustig, immer hilfsbereit. Aber wenn ihm was nicht passt, dann kann er quengelig sein wie ein kleines Kind. Na ja, ist ja noch mal gut gegangen. – Ich versteh das nicht, warum alte Kerle so ein Buhei um ihre Privatsphäre machen müssen. Die tun doch nichts, wofür die sich schämen müssten. Beers ist seit, na, so zehn Jahren Witwer. Wer will dem denn was vorwerfen?«

Schouten musste einige Male vehement an seiner Zigarre ziehen, die über die Störung fast ausgegangen wäre. Dann klopfte er die Asche ab und blies kurz auf die Glut. Mit dem Ergebnis seiner Bemühungen zufrieden, machte er mit den Steckbriefen weiter. »So, den Beers kennen Sie ja jetzt. Der hat übrigens ein sehr exklusives Antiquitätengeschäft in der Rokin. Fährt jedes Jahr mehrfach nach England und kauft da selber ein. Der hat richtig viel Geld.« Wieder deutete Schouten auf das Foto. »Der daneben mit der Weinflasche in der Hand ist Hans van Oevern. Der hat die Generalvertretung von Datsun. Müsste etwa siebzig sein. Verheiratet, drei Kinder und ich weiß nicht wie viele Enkel. Da auf dem Foto sieht er schon dick aus und in den Jahren danach ist er noch dicker geworden. Er ist ein gemütlicher Typ, der nur zum Trinken und Kartenspielen kommt. – Der junge Bursche da ist letzten Monat vierundvierzig geworden, der Benjamin in unserer Truppe, Henk Baltus. Ist praktisch für seinen Vater nachgerückt, der vor acht Jahren gestorben ist und ihm die Fertighausfirma hinterlassen hat. Zum zweiten Mal verheiratet, kümmert sich sehr um die Kinder aus erster Ehe. Ist mehr aus Erinnerung an seinen Vater dabei, aber ein ganz guter Segler. – Die zwei da ganz außen waren bestimmt auch von Anfang an dabei. Frans Helling hat ein Restaurant an der Keizersgracht in Amsterdam, piekfeiner Laden, und Jan Doornik gehört ein Bauplanungsbüro in Utrecht, beide lange unverheiratet. Doornik hat es sich überlegt und seine ehemalige Sekretärin geehelicht. Anschließend hat er sich bei uns ziemlich rar gemacht. – Wen hab ich vergessen?« Sein Finger fuhr die Reihe vor und zurück, während er sich leicht über den Tisch beugte. »Ach ja, hier, Willem Bout. Dem gehört dieses Monsterhotel in Vlissingen am Ende der Promenade. Ist ein überzeugter Familienmensch und wollte sogar mal seine Frau zu unseren Treffen mitbringen. Da sind die anderen ganz schön auf die Palme gegangen. – Und der Wichtigste, sonst wären Sie ja überhaupt nicht hier, Kees Brouwers. Der alte Kees ist Schiffsausrüster in Ijmuiden und hört immer die Flöhe husten. Da muss der Jelzin nur mal im Fernsehen sagen, dass Wodka besser schmeckt als Bourbon, dann wittert der gleich den dritten Weltkrieg. – Habe ich jetzt alle?« Schouten drehte das Bild zu sich um und betrachtete es noch einmal kurz, bevor er es zu mir rüberschob. »Ja, das sind alle. Behalten Sie es, dann ist die Identifizierung leichter. Und hier«, er zog ein messerscharf gefaltetes Blatt Papier aus der Innentasche seiner Jacke, das mit Schreibmaschine betippt war, »habe ich mir erlaubt, zu Ihrer Gedächtnisstütze Namen, Adressen und Telefonnummern aufzuschreiben in der Reihenfolge wie auf dem Foto. – Was werden Sie jetzt machen?«

Das war eine gute Frage, auf die ich keine annähernd so gute Antwort hatte. Deshalb blieb ich bei der Wahrheit. »Ehrlich gesagt, ich weiß es nicht. Ich hab keine große Lust, zu denen allen rüberzugehen und mich bestaunen zu lassen. Vielleicht ist es das Beste, wenn ich in nächster Zeit im Dunstkreis Ihres Clubs öfters auftauche, dass Brouwers mich sieht und den Eindruck hat, hier wird wirklich was getan. Möglich, dass ich auf diese Weise ganz guten Kontakt zu ihm kriege, um ihm seine Bedenken ausreden zu können. Aber das wird man ja sehen.«

»Okay, machen Sie alles so, wie Sie es für richtig halten.« Schouten schien glücklich zu sein, seine Mission erfüllt zu haben, und erklärte nach dem obligatorischen Blick auf die Uhr: »Ich geh dann mal wieder rüber und guck, wo Brouwers so lange bleibt. Sie sollten sich hier für die miese Atmosphäre im *t'Hoekje* entschädigen lassen und was Vernünftiges essen. Die Seezunge ist ausgezeichnet. Tun Sie sich keinen Zwang an, geht alles auf meine Rechnung. Die kennen mich hier.«

Schouten war noch nicht an der Tür, als mein eigentlicher Auftraggeber erschien und den Schirm wieder seinem rechtmäßigen Besitzer übergab. Nach einem kurzen Geflüster der alten Freunde nahmen beide mir gegenüber Platz. Brouwers war etwa von meiner Statur, aber rund fünfzehn Jahre älter als ich. Haare hatte er noch reichlich, die ziemlich lang in Künstlermanier widerborstig von seinem Schädel abstanden. Sein Gesicht war rund, rötlich und von der Natur so aufgepolstert, dass für Falten kein Platz blieb. Zu seinem dunklen, dreiteiligen Anzug trug er Turnschuhe mit dicker Sohle. Er kam mir vor wie eine Mischung aus Herbert von Karamalz und arriviertem Sauzüchter.

Mitten in unser Händeschütteln stellte der Ober ein weiteres Glas und machte sich sofort wieder unsichtbar.

Schouten übernahm auch jetzt die Vorstellung. Hier Kees Brouwers, wohlbestallter Schiffsausrüster, angesehener Bürger und geachtetes Mitglied der Gemeinde. Da der diskrete Spitzenschnüffler aus dem Ausland.

Ich ließ Schouten machen und unterbrach ihn nicht. Es war erbauend, so viel Lob über mich zu hören, selbst wenn es jeder Grundlage entbehrte. Ich war der Superdetektiv schlechthin, scharfsinnig wie Sherlock Holmes, beharrlich wie Philip Marlowe mit der kultivierten Noblesse eines Lord Peter Wimsey bei paralleler Schlagkraft eines Mike Hammer. Als der Anwalt fertig war, wollte ich mir selbst Autogramme geben.

Selbst einem Anwalt kann von zu viel Lügerei schlecht werden. Jedenfalls war Schouten nach seiner Rede bestrebt, schnell an die frische Luft zu kommen. Der Spinner und ich hatten das Feld für uns.

Brouwers nahm sich eine Zigarette, die er mit einem billigen Einwegfeuerzeug ansteckte, sah mich mit seinen hellblauen Augen sehr direkt an und fragte: »Hat der alte Schwätzer Sie über alles aufgeklärt und Ihnen genau gesagt, was Sie tun sollen?«

Ich war mit meinem Nicken noch nicht weit gekommen, als er nachhakte: »Ich meine, hat er Ihnen gesagt, was Sie wirklich machen sollen? – Einem verkalkten Verrückten wie mir eine kleine Show vorspielen, das Ganze ein paar Wochen hinziehen, mir anschließend den senilen Schädel tätscheln und sagen: ›Na siehst du, ist doch alles in Ordnung?‹ – Ja, war er so ehrlich?«

Ich hatte längst mit dem Nicken aufgehört, schüttelte jetzt aber auch nicht den Kopf. Sollte Brouwers erst mal weitermachen.

Die Hände flach vor sich auf den Tisch gedrückt, nahm er eine gerade und konzentrierte Haltung ein. »Mijnheer Schmidt, es ist so, dass ich mit meiner Ansicht von einer möglichen Verkettung der drei Todesfälle in unserem Verein alleine stehe. Ich behaupte ja gar nicht, dass es notwendigerweise eine solche Verknüpfung gibt, ich sage ausdrücklich *mögliche* Verkettung. Nur wenn von dreizehn Leuten drei gewaltsam getötet werden und nicht das geringste stichhaltige Motiv für eine Tat ersichtlich ist ...«

Ich wollte ihm beweisen, dass meine Aufnahmefähigkeit ausreichend war, um mich an die Leiharbeiter und das Geldwaschen zu erinnern, doch er sah meinen Einwand voraus und winkte schon vorher ab. »Ich kenne die Gerüchte. Alles Quatsch, wenn Sie mich fragen. Erstens waren alle drei zu schlau, um sich in einem solchen Maß auf krumme

Geschäfte einzulassen, dass es für sie gefährlich werden könnte, und ich meine damit, wirklich gefährlich. Zweitens hätten sie rechtzeitig die Notbremse gezogen und sich abgesichert. Voorst und Gendt hätten sich nicht schutzlos auf dem Boot erwischen lassen und Siemerink wäre nicht nachts ohne Leibwächter am Strand entlanggewandert. Und drittens und hauptsächlich: Wenn sie geahnt hätten, dass aus dieser Richtung etwas kommt, hätten sie entsprechende Hinweise hinterlassen, damit zumindest die Täter nicht ungestraft davonkommen. Nein, nein, Mijnheer Schmidt, hier steckt etwas anderes dahinter, hier geht etwas vor, von dem wir keine Ahnung haben und dessen Tragweite keiner von uns kennt. – Deshalb, Mijnheer Schmidt, und ich weiß nicht mal, ob das Ihr richtiger Name ist, hier mein Vorschlag: Wenn Schouten Sie nur für eine Komödie angeheuert hat, dann sollten Sie mir das hier und jetzt sagen. Ich zahle Ihnen dreitausend Gulden für Ihre Auslagen und einen Teil Ihres entgangenen Gewinns, und der Fall ist erledigt. Wenn Sie aber ein wirklicher Detektiv sind und nur annähernd so gut, wie Schouten sich eben ausgelassen hat, dann kümmern Sie sich um die Sache, jedoch mit Nachdruck und aller Ernsthaftigkeit. – Eines noch am Rande: Wie weit geht Ihre Loyalität gegenüber Ihrem Auftraggeber?«

»Für genügend Geld werde ich mit dem Wölfen heulen. Aber egal wie viel Geld, ich werde mich nicht in einen verwandeln. Dafür ist«, dabei fuhr ich mir mit der Hand über den spärlich behaarten Schädel, »mein Fell schon zu dünn.«

»Sie sind tatsächlich ein Detektiv und trauen sich so einen Fall zu?«

»So was Ähnliches. Ich heiße übrigens wirklich Schmidt. Und wenn Sie nicht von mir erwarten, dass ich Ihnen den Kennedymörder gleich mitliefere, kann ich es ja mal probieren.«

Brouwers schien zu einem endgültigen Entschluss gekommen zu sein. Er hielt mir seine Rechte über dem Tisch entgegen: »Gut dann. Ich weiß nicht, was unser lieber Advocaat Ihnen geboten hat, aber ich lege für jeden Tag tausend drauf und zahle bei Aufklärung zwanzigtausend extra. – Nun?«

Das also war der Mann, der von seinen langjährigen Freunden als Spinner abgetan wurde, obwohl jedes Wort von ihm logischer und überzeugender geklungen hatte als das ganze anwaltliche Gelaber von vorhin, von dem durchgedrehten Beers ganz zu schweigen.

Ich schlug ohne zu zögern ein.

Er schrieb sich meine Adresse von Egmond auf, ließ mir seine Visitenkarte da, die die Telefonnummern seiner Firma, der Privatadresse und des Handys enthielt, und verabschiedete sich von mir mit den Worten: »Morgen bekommen Sie Post von mir.«

In der Tür drehte er sich noch mal kurz um. »Wenn Sie die ganze Bande live erleben wollen, ohne gleich mittrinken zu müssen und von ihnen vereinnahmt zu werden – in drei Tagen ist Siemerinks Beerdigung in s'Herenberg. Der Friedhof ist genau am Eingang der Burg. Sie können ihn nicht verfehlen.«

Wieder alleine, vom hellseherisch begabten Kellner mit einer vorzüglichen Seezunge versorgt, ließ ich die Nachmittagsunterhaltung in Ruhe Revue passieren. Was jetzt? Ich könnte mit der Liste und dem Foto jonglieren und auf den Beifall des Kellners warten, aber der hätte mir auch nicht verraten, bei welchem aus der Meute alter Pfeffersäcke ich zuerst den Hebel ansetzen musste. Die Gefahr, blind im Nebel herumzustochern und mich dadurch als detektivische Null zu entlarven, war zu groß. Also musste zumindest so etwas wie eine allen einleuchtende Systematik her. Und die sah ich am ehesten darin, dass ich mich mit den Hinterbliebenen der drei Opfer befasste und die anderen Segelfreunde erst einmal außen vor ließ. Vielleicht würde ich ja dabei auf Fakten stoßen, die meine Zielrichtung relativ schnell einengten.

Es bohrte sich nach einiger Zeit ein kleiner Wurm an die Oberfläche meiner Aufmerksamkeit. Vielleicht ja bloß eine Nebensächlichkeit. Es mag nicht immer hilfreich sein, im alltäglichen Leben jedes Wort auf die Goldwaage zu legen und überzuinterpretieren, aber bei drei Ermordeten wollte ich über diese Diskrepanz nicht einfach hinweggehen: Schouten hatte im Beisein des übernervösen Beers zugesichert, ich würde nicht in der Privatsphäre der Clubmitglieder herumstochern. Das hatte Beers aber nicht gemeint. Der hatte ganz deutlich von der Vergangenheit gesprochen, die tabu bleiben sollte.

2. Kapitel

Der nächste Morgen brachte vereinzelte Sonnenstrahlen und viel Wind, der das Pflaster trocken blies. Er brachte mir auch einen Besuch von UPS. Der bleichgesichtige, rothaarige Junge in der braunen Montur versprühte den Frohsinn eines Internatshausmeisters, der zum vierten Mal in einer Woche die Klinke der Lehrertoilette von Scheiße befreien musste – ohne eine Chance, die Bengel jemals zu fassen zu kriegen. Seine ursprüngliche Menschenähnlichkeit, die schon stark unter seiner Unausgeschlafenheit gelitten hatte, wurde weiter dadurch zurückgedrängt, dass er jeden Quadratmillimeter seiner Ohren mit metallenen Stacheln durchstoßen hatte. Um das Maß voll zu machen, hing seitlich an seinem Schädel ein dünnes, haariges Flechtwerk herab; eher eine Zündschnur als ein Zopf.

Er hielt mir ein Klemmbrett mit daran festgebundenem Kugelschreiber unter die Nase und gleichzeitig ein Paket von vielleicht fünf Zentimetern Dicke entgegen. »Hier unterschreiben!« Ich gehorchte dem Befehl, er behielt sein Klemmbrett samt mieser Stimmung und ich das Trinkgeld.

Die Morgengabe stammte von Brouwers. Es handelte sich um zwei Aktenordner, die prall mit Zeitungsausschnitten über die Morde an Voorst und Gendt sowie Siemerink angefüllt waren.

Weil die Strandbuden um diese Jahreszeit noch nicht aufgebaut waren, blieben mir hinsichtlich eines Lokals, in dem ich mein Frühstück einnehmen konnte, nicht viele Varianten. Ich entschied mich für den gläsernen Anbau vom *De Boei*, weil mir die Witterung für einen ungeschützten Tisch vor dem *De Klok* zu frisch war.

Im lang gestreckten Menschenterrarium saßen außer mir nur drei zerknautschte Kerle, die sich mit Magnumportionen

Kaffee den Kater von gestern aus den Adern spülten. Ich fand mühelos eine freie Ecke, in der mir niemand über die Schultern sehen konnte.

Der wie immer rot-weiß gestreifte Kellner – er wie alle seine Kollegen sehr jung, sehr freundlich und sehr ausgebeutet – servierte mir einen schwarzen Tee mit Milch und ein Käse-Schinken-Baguette. Ich aß mit Appetit und machte mich danach über meine Lektüre her.

Die Berichte waren, ganz dem Stil der jeweiligen Zeitung folgend, seriös-informativ bis reißerisch. Fast alle brachten Archivfotos der Opfer, vier druckten Aufnahmen vom Tatort. Einem Revolverblatt war es sogar gelungen, ein Polizeifoto in die Finger zu kriegen, das verschwommen die Leichen von Voorst und Gendt auf ihrer Yacht zeigte. In mehreren Artikeln wurde der Skipper, ein Gus van den Schinkel aus Appeldoorn, zitiert, der die beiden gefunden hatte. Ich spielte kurz mit der Idee ihn aufzusuchen, um Informationen aus erster Hand zu bekommen, verwarf den Gedanken jedoch schnell wieder. Der befristete Medienstar hatte seine Geschichte bestimmt schon so oft zum Besten gegeben, dass er mittlerweile Dichtung und Wahrheit nicht mehr auseinander halten konnte. Im Übrigen wusste er ohnehin nicht viel mehr als die Tatsache des Leichenfundes zu berichten.

Der Ordner über Siemerink war logischerweise dünner. Die Presse hatte noch nicht genügend Zeit gehabt, die Geschichte ordentlich auszuwalzen. Immerhin stieß ich hier zum ersten Mal auf einen Augenzeugenbericht des Mordes samt Foto der Augenzeugin. Anne Vanenburg, im Pressejargon »eine enge Freundin des Opfers«, war mit eben diesem bei einem Wochenendurlaub in Vlissingen in einem Fischrestaurant am Bellamypark zum Essen gewesen. Auf dem Rückweg zu ihrem Hotel am Strand entlang war Siemerink im einsetzenden Regen ausgerutscht und hatte sich leicht den Knöchel verknackst. Sie war vorgelaufen, um einen Schirm zu besorgen. Auf ihrem Weg kam ihr ein Jogger entgegen, gegen das Wetter dick eingepackt mit Skibrille, Schal über Mund und Nase, eine Baseballkappe in die Stirn gezogen. Als er an ihr vorbei war und sie sich zufällig nach Siemerink umdrehte, sah sie, dass der Typ im Vorbeirennen ihrem Freund an den Kopf haute. Der Kerl rannte weiter, Siemerink taumelte eine Treppe zur Promenade hoch. Als sie zu ihm lief, fand sie ihn oben auf einer Bank und ein fremdes Pärchen bemühte sich schon um ihn. Sie blieb mit dem Mann bei ihm, die Frau betätigte vom nächsten Haus aus den Notruf. Siemerink blutete stark aus einer Schläfenwunde, war halb bewusstlos und konnte nicht mehr sprechen. Er starb noch vor dem Eintreffen des Arztes und lange vor der Ankunft der Polizei. Diagnose: eingeschlagener Schädel.

Es gab auch ein Bild des Pärchens, das halb verlegen, halb gebauchspeichelt von so viel öffentlichem Interesse in die Kamera lächelte. Zwei frisch verliebte Kommunalangestellte aus Rotterdam, die sich ihren ersten gemeinsamen Urlaub gestattet hatten und so unschuldig an dem ganzen Geschehen waren wie die Mutter Maria an Jesu Geburt. Bevor sie auf den röchelnden Siemerink gestoßen waren, hatten sie keinen Jogger und auch keine Frau Vanenburg bemerkt. Sie wollten einfach nur mal vor dem Zubettgehen »kurz vor der Tür bleiben, um die romantische Meeresatmosphäre zu genießen«. Sie waren so mit sich selbst beschäftigt, dass sie am Doomsday in der Normandie nicht mal etwas von der Landung der Alliierten mitbekommen hätten.

Mehr hatten bislang weder Presse noch Polizei zutage gefördert, und es durften berechtigte Zweifel herrschen, ob die Strafverfolgungsbehörde diesen Mord jemals aufklären würde. In unserem kompletten Milchstraßensystem war kein konkretes Tatmotiv in Sicht und die Täterbeschreibung passte auf jeden zweiten Holländer.

Trotzdem, wenn ich in Schoutens Sinne eine gute Show bieten und nach Brouwers Auftrag obendrein eine solide Arbeit abliefern wollte, konnte ich zwar das Pärchen ignorieren, würde aber zumindest mit der Vanenburg reden müssen. Doch machte ich mir keine großen Hoffnungen, dadurch den Stein der Weisen zu finden. Das nutzlose, aber unvermeidliche Gespräch würde bis nach der Beerdigung warten können.

Die Leserei hatte gut zwei Stunden in Anspruch genommen, in denen die Sonne mehr und mehr durch die Wolken gedrungen war und den Glaskasten gehörig aufgeheizt hatte. Ich packte meinen Kram zusammen, bezahlte und schlenderte zum Strand hinunter.

Der Seewind war kräftig, aber der Sand noch feucht genug, um mir nicht ins Gesicht geweht zu werden. Die wenigen Unerschütterlichen, die außer mir auf die Idee verfallen waren, um diese Jahreszeit hier spazieren zu gehen, ließen sich an einer Hand abzählen.

Ich war vom Ende der Voorstraat runter zum Strand gegangen und den entlang bis zu der Stelle gewandert, an der in der Hauptsaison die Bude *De Zilvermeuw* stand. Weil die Sonne sich wieder auf dem Rückzug befand und jeden Moment mit neuen Schauern zu rechnen war, stieg ich die steile Treppe zur Südecke des Kennedyflat hoch, um mich langsam wieder auf den Heimweg zu begeben. Ich wollte Rendorf, falls erreichbar, kurz über den bisherigen Stand der Dinge informieren. Aber konnte ich mir den Anruf zum jetzigen Zeitpunkt nicht schenken? Ich hatte im Moment ja selbst noch Mühe, die Spreu von dem bisschen Weizen zu trennen, auf den ich bis jetzt gestoßen war.

Wie sollte ich vorgehen, wo den Holmes'schen Hebel für die Patentlösung ansetzen? Dreh- und Angelpunkt blieb der gewaltsam auf zehn Mann reduzierte Dreizehn-Mitglieder-Millionärsclub, von denen ich bisher drei kannte. Schouten, intellektuell und physisch eine beachtliche Erscheinung, der bestimmt noch einiges in petto hatte. Brouwers, ein logisch denkender und überzeugend argumentierender Mann, der von seinen Kameraden unverständlicherweise als Spinner abgetan wurde. Beers, ein übernervöser Mickerling, der bloß kein Aufsehen erregen wollte und Angst vor seiner Vergangenheit hatte. Dazu kamen posthum Voorst, Gendt und Siemerink, die mir keine noch so kluge Frage mehr beantworten würden.

Über die Grübelei war ich ganz mechanisch nach Hause gekommen, stand in meiner Diele und hatte den Hörer in der Hand.

Rendorf hatte auf meinen Anruf gewartet und wollte wissen, wie ich mit Schouten ausgekommen war. Ich verheimlichte ihm nicht, dass ich ihn beeindruckend und nicht unsympathisch fand, dass mir Brouwers für unsere Sache aber der Wichtigere zu sein schien und es meiner Ansicht nach keinen vernünftigen Grund dafür gab, ihn als Verrückten abzuqualifizieren. Drei von dreizehn war selbst dann eine beachtliche Quote, wenn man im Gegensatz zu mir an den Zufall glaubte.

Der Profi unterbrach mich nicht. Er stellte auch keine Fragen zu den Personen, weswegen ich sicher war, dass ihm Schouten längst eine komplexe Liste aller Clubmitglieder und der Personen aus ihrem Dunstkreis hatte zukommen lassen. Er wollte nur wissen, wo s'Herenberg lag.

Der Ort war nun wirklich leicht zu finden und hatte einiges zu bieten. Unter anderem ein ehemaliges Kloster, das zu einem so genanntes Kreativitätszentrum umgewandelt worden war, in dem man eine breit gefächerte Kunsthandwerkspalette von blutigstem Dilettantismus bis zum ausgereiften Profitum erleben konnte. Allein schon die den Eingang bewachende Saurierskulptur war eine Reise wert. Die fantastisch erhaltene Burg im Ortskern war eine der größten der Niederlande und noch imposanter als *De gouden Handen*.

Rendorf wollte sich hinsichtlich seines Kommens nicht festlegen. Ich konnte es ihm nicht verdenken. Beerdigungen sind nicht jedermanns Sache. Meine schon gar nicht, obwohl sie zu fortgeschrittener Stunde immer in die lustigsten Feten ausarten. Das liegt daran, dass selbst der rührseligste Trauergast, der am offenen Grab zwei Kurpackungen Tempos verbraucht hat, abends bei Bier und Schnaps sein eigenes Überleben feiert und endlich verinnerlicht, dass er diesmal noch nicht der Hauptdarsteller in der Kiste war.

Für die Zukunft offerierte Rendorf mir eine veritable Erleichterung meiner Rolle. Er, der hoffnungslose Nostalgiker, hatte sich den Errungenschaften der Technik gebeugt und einen Anrufbeantworter angeschafft. Ich könnte ihm also jederzeit eine Nachricht hinterlassen.

Ich war baff. Rendorf war der Mann, der sich zur aktuellen Nachrichtenübermittlung eher einen Korb voller Brieftauben auf seinen Oldtimer gepackt hätte, ehe er sich zu einem Internet-Anschluss durchringen würde. Und jetzt das! Es musste mit meiner Hollandaufgabe zusammenhängen, die folglich gar nicht so unerheblich sein konnte. Aber wenn er sich selbst und seine Lebensmaxime kasteite, wollte ich als Freund nicht noch den Finger in die blutende Wunde legen. Deshalb: Alles Gute und bis zum nächsten Mal.

* * *

Ich war so rechtzeitig angekommen, dass ich einen Parkplatz vor dem Durchgang zur Burg erwischt hatte. Fotografen waren nicht in Sicht. Die Allianz der Reichen hatte es mal wieder geschafft, dem Informationsbedürfnis der Allgemeinheit den ihm gebührenden Stellenwert zuzuweisen. Mir sollte es recht sein.

Zuerst marschierte ich zum offenen Grab. Die Kranzpyramide daneben hätte Tut-ench-Amun alle Ehre gemacht. Auf den Schleifen entdeckte ich einige Namen von Clubmitgliedern, aber auch Aufschriften, die auf Geschäftsbeziehungen des Toten hindeuteten. Ich kannte keine der Firmen, was in erster Linie daran liegen mochte, dass ich meine Bankgeschäfte auf das Notwendigste beschränkt und nie den Kontakt zur Hochfinanz gesucht hatte.

Mich interessierte allerdings weniger, wer sich durch so ein tannengrünumwickeltes und blumenveredeltes Wagenrad von der Pflicht zum persönlichen Erscheinen freigekauft hatte, als vielmehr die Aussicht von hier auf den Wall, der den ganzen erweiterten Burgbereich umrundete. Hatte ich von hier aus ungehinderten Blick auf den Rundweg, dann würde das auch in Gegenrichtung funktionieren. So ist das nun mal mit dem Sehen.

Ich machte eine Stelle aus, die mir geeignet erschien, und verließ den Gottesacker. Ich wollte abwarten, bis sich alle am Grab versammelt hatten, um mir nach der Litanei des Popen das anschließende Defilee der Überlebenden anzusehen. Zwar glaubte ich nicht, dass mir der Täter zuwinken und von Reue geplagt seine Lebensbeichte ablegen würde, aber es gehörte nach meinem Verständnis der von mir übernommenen Rolle dazu, am Rande so halb verdeckt zu agieren, wie man es von einem Detektivschauspieler erwarten durfte.

Während ich mich ein wenig abseits hielt und eine Runde um die Burg drehte, trudelten die gar nicht so traurigen Trauergäste ein. Ich hatte den Eindruck, dass in den Zweier- und Dreiergruppen mehr über die Geschäfte und die Art und Weise seines Todes als über den Verstorbenen selbst diskutiert wurde. Verstehen konnte ich natürlich nichts, denn erstens war ich zu weit weg und zweitens hatte der Priester damit begonnen, die so unverhofft angewachsene Gemeinde vehement in die Kirche hineinläuten zu lassen.

Als alle drin waren, schlich ich mit dreißig Sekunden Abstand hinterher und quetschte mich als letzter Mann durchs schwere Holzportal.

Mit Geld kann man vieles beseitigen, aber keine Einfallslosigkeit. Sicher hatten Siemerinks Freunde einiges springen lassen, damit seine Beerdigung so stilvoll wie möglich ausgerichtet würde. Trotzdem blieb der Pope wieder nur an dem üblichen »Der Herr ist mein Hirte« hängen. Und obwohl es zunächst dem Toten im Besonderen und uns im Allgemeinen an nichts mangeln sollte und Gott wieder als der gute Vater präsentiert wurde, nahm die Predigt allmählich den erwarteten Verlauf und gipfelte schließlich darin, dass wir alle allzumal Sünder seien und nach unserem Ableben in einer Mischung aus Geisterbahn und öffentlich zugänglichem Grillplatz braten würden, weil einfach niemand ohne Schuld auf dieser Welt wandele. Mir kam der Gedanke, ob es da nicht besser wäre, allen Neugeborenen sofort die Rübe abzuhacken und sie so auf immer glücklich, selig und reinen Herzens zu machen. Ich verkniff mir allerdings einen entsprechenden Zwischenruf, um die katholische Kirche nach der Verteufelung der Pille nicht noch zu einer weiteren fatalen Kampagne zu verleiten.

Stattdessen sah ich mir ein buntes Kirchenfenster an, das in bleigefassten Glassplittern weniger die Himmelfahrt des Erlösers als reichlich arme Seelen zeigte, deren Herunterpurzeln in einen flammenreichen Abgrund von dreizackbewehrten Teufeln von ziemlichem Remmidemmi begleitet wurde. Dieser Anblick löste bei mir jedoch nicht den angestrebten Wunsch des frommen Architekten aus, Buße zu tun, sondern die Scheiben einzuschmeißen.

Schließlich siegte meine Toleranz gegenüber der bildenden Kunst, die Fenster blieben heile, und als ein letzter Choral angestimmt wurde, hatte ich meinen Platz auf dem Wall eingenommen.

Heute hatte der Wettergott dem Toten einen Schneeregen spendiert. Das war nicht nur pietätvoll, sondern würde auch dazu beitragen, die Sache hier draußen kurz zu machen.

Als sie den Sarg ankarrten, zog ich mein kleines, gummiarmiertes Fernglas aus der Tasche, das ich billig beim Räumungsverkauf eines Fotogeschäfts erstanden hatte. Der erste Mann hinter den Leichenbittern war Schouten, der sich bolzengerade hielt und so noch größer wirkte. Neben ihm ging eine unverschleierte Frau mit glattem, natürlichem Gesicht, nicht mehr jung und an der Grenze zur Fülligkeit, aber für ältere Knaben bestimmt noch attraktiv, vielleicht sogar für jüngere. Vom gerasterten Zeitungsfoto her hatte ich sie mir anders vorgestellt, war mir aber sicher, dass es sich um Anne Vanenburg handelte.

Danach kamen zwei Männer, die ich vom Schiffsfoto her zu kennen glaubte, denen ich aber keine Namen zuordnen konnte. Dann kam jemand, der deutlich jünger war als die anderen, und daher Henk Baltus – oder hieß er Henrik? – sein musste. Es kam jemand, der erheblich fetter war als die anderen, weshalb ich auf Hans van Oevern tippte. Es kamen ganz Unbekannte.

Ich kannte Brouwers, ich kannte den mickrigen Beers. Beide gingen nebeneinander her. Beers in unangemessener Zappeligkeit, in meinem runden Bildausschnitt tonlos auf Brouwers einredend. Brouwers mit abweisendem Gesicht und manchmal wütendem Blick, als würde er seinem Nebenmann am liebsten mit einer Backpfeife das Maul stopfen.

Ein Mann, der ziemlich am Ende der Gruppe ging, trug einen Hut mit für heutige Verhältnisse überbreiter Krempe, die auch im Nacken leicht nach unten gebogen war. Zweifelsfrei Revellius.

Ganz zum Schluss entdeckte ich einen, der tatsächlich eine gewisse Ähnlichkeit mit Johannes Heesters hatte. Bert Visser, der Bootsverleiher.

Alles in allem waren es an die siebzig Leute, und sah man von dem offensichtlichen Bankangestelltenkontingent ab, das seinem Arbeitgeber die letzte Ehre erweisen wollte, war mit der Vanenburg nur eine einzige Frau unter den Trauergästen.

Am Grab nahmen alle den Hut ab. Nur Revellius hatte seinen aufgelassen. Außerdem trug er eine Sonnenbrille. Ich glaubte nicht, dass der Sombrero gegen die widrige Witterung schützen sollte. Der war nur die zusätzliche Sicherung von Joe Cool für den Fall, dass doch jemand ein bisschen Salzwasser hinter der Brille bemerken könnte. Für mich ein Indiz dafür, dass er dem Toten von allen am nächsten gestanden haben könnte. Ich würde mich mit ihm mal unterhalten müssen.

Der Priester leierte seinen Sermon herunter, und weil sich keiner zuständig fühlte, ihm einen Schirm zu halten, war er schön schnell fertig. Mit hochgestellten Kragen und eingezogenen Köpfen zerstreuten sich seine Schäfchen wie Asche im Sturm. Von Schouten wusste ich, dass man den Rittersaal von Huis Bergh für den anschließenden Leichenschmaus gemietet hatte. Dorthin liefen die meisten.

Mir stand nicht der Sinn danach mich dazuzugesellen. Ich wollte jetzt und hier mit keinem der Clubmitglieder zusammentreffen, am allerwenigsten mit Beers. Deshalb schlenderte ich trotz des Wetters betont langsam den Wall in Richtung Hauptburg entlang. Durch das lange Stehen war ich schon durchgefroren, mein lahmes Schleichen gab mir den Rest. Nach hundert Metern drehte ich um und wollte nur noch in mein Auto und die Heizung aufdrehen.

Als ich wieder an der Stelle ankam, von der aus ich eben beobachtet hatte, sah ich eine Frau alleine am Grab stehen. Im Gegensatz zu Anne Vanenburg war sie ausgesprochen zierlich.

Ich kramte wieder den Feldstecher hervor, um sie genauer zu mustern. Ebenfalls ganz in Schwarz gekleidet, hatte sie einen Schal so um den Kopf geschlungen, dass von ihrer

Frisur nichts zu erkennen war. Dafür sah man umso mehr von ihrem jungen Gesicht. Ich bin mit der Mendel'schen Lehre nicht sonderlich vertraut und konnte daher nicht sagen, zu wie viel Prozent ein Chinese in der Kette ihrer Vorfahren an dem Endprodukt beteiligt gewesen war, aber was er da zustande gebracht hatte, gefiel mir außerordentlich. Die Frau war eine wirkliche Schönheit, die teure Kleidung überhaupt nicht benötigte um aufzufallen. Trotzdem hätte man für die Sachen, die sie am Leib trug, das Basismodell eines Mittelklassewagens kaufen können und für ihre Handtasche die Komplettausstattung samt Klimaanlage. Der Kragen ihres Mantels zeigte, dass der Pelz nach innen gearbeitet war. Sie stank nicht nach Geld, sie duftete danach.

Sie legte eine mit einem Palmzweig dekorierte und in Klarsichtfolie gehüllte Strelizie neben einen der Monsterkränze, die Gangsterbosse der zwanziger Jahre so gerne zu den Beerdigungen ihrer Konkurrenten schicken ließen, blieb noch eine Weile alleine am Grab stehen und ging dann in Richtung Gouden Handen davon. Sie war aus meinem Blickfeld verschwunden, ehe ich es halb den Wall hinuntergeschafft hätte.

Das war keiner der üblichen Totenvögel, die sich mit einer angegammelten Nelke vom Friedhofskompost in fremde Trauergemeinden klinken, um kostenlosen Kaffee und Streuselkuchen abzustauben. Das war ein Wesen aus einer anderen Sphäre, vielleicht ein Engel der Neuzeit, der die Toten in eine bessere Welt hinübergeleitet.

Wie auch immer, für heute hatte ich genug gefroren und auch genug verkniffene Münder gesehen. Wenn ich mir nicht den Abend mit Grübelei über den eigenen unausweichlichen Tod versauen wollte, musste mein Blut mit einem gehörigen Schuss Hoppe angereichert werden, und das so schnell wie möglich. Deshalb fuhr ich den Wagen nach meiner Ankunft in Egmond gar nicht erst in die Garage, sondern ließ ihn gleich vor der Tür stehen und marschierte direkt den Weg runter zum *t'Vlack*, das zu Alies und damit auch zu meiner Lieblingskneipe geworden war, seit sie den *Kooperen Visch* aufgegeben hatte.

Ich hatte mir auch hier wieder einen Platz hinten links gesucht, bekam auch hier ungefragt meine übliche nordische Kombination, und los ging es mit der schwer verdaulichen Mischung aus gequältem Frohsinn und erzwungenem Vergessen als zwangsläufige Folge eines mit einer frischen Beerdigung garnierten Friedhofsbesuchs. Wann und wie ich nach Hause gekommen bin, weiß ich nicht mehr.

Irgendwann in der Nacht tobten Fragmente eines konfusen Traums durch mein Hirn. Ich nahm als lebendiger Toter an meiner eigenen Beerdigung teil, die in einem asiatischen Tempel von einem melancholischen Operettenprinzen ausgerichtet wurde, der der schönen Halbchinesin über meinen offenen Sarg hinweg einen blassrosa Kranz überreichte, in dem eine einsame Strelizie steckte.

So viel Murks hält man nicht mal im Traum aus. Ich wurde wach – schweißgebadet, wie es sich so gehört – und verfluchte meine fehlende Standhaftigkeit. Wie oft hatte ich mir geschworen, keinen Alkohol mehr zu trinken, zumindest nicht im Übermaß, zumindest nicht zu oft, zumindest nicht auch noch am Montag, zumindest nicht ... zumindest nicht so viel.

Gestatten Sie mir, über die nächsten Stunden den gnädigen Mantel des Schweigens zu decken. Die hatte ich bitternötig, um meine Wohnung und mich selbst halbwegs zu renovieren. Erst gegen zwölf war ich dann wieder so weit fit, dass ich mein Nie-wieder-Alkohol-Gelübde kritisch überdachte und mich ohne zu torkeln bewegen konnte.

Ich schnappte mir die pelzgefütterte Jacke vom Haken und spazierte durch die klare, kalte Luft runter zum Strand. Wir hatten anlandigen Wind, der die rasierseifenartigen Schaumkronen auf den Sand trieb und dort mit ihnen herumspielte, Vorboten einer frühen Algenpest. Zwei Greyhounds versuchten, die Flocken zu fangen und ihrem lachenden Herrchen zu apportieren. Obwohl ich den Kragen hochgeschlagen hatte und mich ein bisschen schneller bewegte, fühlte ich die Kälte in mir hochsteigen. Also hielt ich mich nicht lange damit auf, den Strandbudenbetreibern beim Aufbau für die neue Saison zuzusehen, sondern hockte mich ins *De Boei* auf einen Kakao mit Sahne.

Als ich zu meiner Wohnung zurückkam, parkte dort ein schwarzer 600 SEL, dieses potthässliche Ding, das zu bauen sich nur Mercedes leisten konnte. Ich hatte den Verdacht, dass sein Designer von der Bundeswehr übernommen worden war und die Firmenleitung gerade noch verhindert hatte, dass alle Modelle in Nato-oliv ausgeliefert wurden. Wer eine solche Kiste fuhr, hatte nicht unbedingt Geschmack, auf jeden Fall aber viel Geld.

Noch vor der Haustür vernahm ich das Klingeln des Telefons. Karl-Heinz Schmidt, der Pfeilschnelle, öffnete in Windeseile und nahm den Hörer ab.

»Herr Schmidt? – Hier spricht Vincenzo Lauri. Ich bin ein Geschäftsfreund des verstorbenen Herrn Siemerink und würde mich gerne mit Ihnen unterhalten, wenn es Ihre Zeit gestattet.«

Der Akzent passte zu seinem Namen. Es hörte sich an, als wollte er an jedes Wort noch ein E anhängen.

Weil ich nichts sagte, fuhr er fort. »Herr Schmidt, sind Sie noch dran? Es ist doch richtig, dass Sie damit beauftragt sind, die näheren Umstände seines Todes zu erforschen?«

Sieh an, sieh an, kaum am Ball und schon wusste es die ganze Welt. Nordholland, die Heimat aller Buschtrommeln.

Ich brummelte irgendwas, das sich in seinen Ohren zumindest nicht wie eine Ablehnung angehört haben musste. Daher machte er unbeirrt weiter. »Ich habe eben versucht, Sie persönlich zu erreichen, und in der Zeit einen Spaziergang unternommen. Wenn Sie nur einen Moment für mich erübrigen würden, ich könnte sofort bei Ihnen sein.«

Den Typen würde ich anders nicht los werden. »Also gut, ich warte hier auf Sie.«

Keine zehn Minuten und es schellte an der Tür. Vor mir stand ein Mann von knapp einssiebzig, vielleicht Mitte vierzig. Wellige, schwarze Haare mit grauen Sprenkeln, Augenbrauen wie Kohlestifte, um das salbungsvolle Lächeln herum glatt rasiert. Dunkler Anzug, dunkle Krawatte, schwarze Schuhe. Den nachtblauen Mantel mit Samtkragen hatte er lose über die Schultern gehängt. Wie er so dastand, leicht vorgebeugt, war er die perfekte Mischung aus Croupier und Bestattungsunternehmer. Von seinem Spannesmann, der sich hinter den Lenker des Mercedes gesetzt hatte, sah ich nur die Mütze.

»Darf ich eintreten, Herr Schmidt?«

»Selbstverständlich.«

Er bewegte sich lautlos an mir vorbei, obwohl meine Diele mit Fliesen ausgelegt war und er Ledersohlen unter seinen Halbschuhen hatte. Ein Turniertänzer, dem sein Hobby in Fleisch und Blut übergegangen war.

Ich nahm ihm den Mantel ab und komplimentierte ihn auf das Sofa. Den angebotenen Jenever nahm er dankend an, wenn auch ein kurzes Zucken seiner Augenwinkel verriet, dass diese Sorte von Schnaps nicht sein Lebenselixier war.

Nach dem ersten Schluck kam er gleich zur Sache. »Herr Schmidt, ich will es kurz machen und auf das von meinen Landsleuten so geschätzte Einleitungspalaver verzichten. Wir wissen ...«

War das der Pluralis majestatis oder erwartete er, dass ich ihn nach einem Glas Jenever doppelt sehen würde?

»... dass Sie sich mit dem Tod von Heinz Siemerink befassen. Wir wissen auch, dass Ihnen die Vermutung zur Kenntnis gebracht worden ist, dass der Grund für seine Ermordung in illegalen Geldgeschäften zu suchen sei, genauer: in Geldwäsche. Ich kann Ihnen versichern, dass dies ein Irrtum ist, und wir bitten Sie daher, nicht weiter in dieser Richtung zu forschen.«

Ich lachte kurz mein voluminöses Mike-Hammer-Lachen, mit dem sich kleine Kinder so gut einschüchtern lassen, wenn man sie beim Klauen einer Backstreet-Boys-CD erwischt. »Ganz abgesehen davon, dass ich nicht weiß, warum Sie mir das erzählen, ist mir völlig schleierhaft, wieso Sie da so sicher sein können.«

Sein Antwortlächeln war stumm und dabei viel sagend. Nach einem Nippen an seinem Glas klärte er mich auf. »Ganz einfach. Weil Siemerink tatsächlich Geld gewaschen hat, und zwar für die von mir vertretenen Herren, deren Namen ich Ihnen zu meinem größten Bedauern nicht nennen kann, die Ihnen vermutlich aber auch nichts sagen würden. Wir waren seine alleinigen Geschäftspartner auf diesem, nun, nennen wir ihn einen etwas delikaten Wirtschaftssektor. Und wir haben ihn nicht umgebracht, hundertprozentig. Im Gegenteil, wir waren über unsere Beziehungen hocherfreut, und ich kann Ihnen versichern, dass derjenige in äußerste Schwierigkeiten kommen wird, der unseren Partner eliminiert hat. – Das ist es, was wir uns wünschen, Herr Schmidt: Wir möchten verhindern, dass Sie Ihre wertvollen Energien bei der Verfolgung einer falschen Spur verschwenden, und wir wünschen uns sehr, dass Sie uns informieren, sobald Sie hinsichtlich der Person des Täters einen konkreten Verdacht haben. – Selbstverständlich würden wir uns in durchaus akzeptablem Rahmen erkenntlich zeigen. – Leben Sie wohl, Herr Schmidt, und viel Erfolg!«

Mit den letzten Worten hatte er eine Visitenkarte auf den Tisch gelegt, sich in der Diele seinen Mantel mit der Nonchalance eines Buffos übergeworfen und war mit seiner

Limousine davongeglitten, bevor ich ihn mit meiner Vermutung vertraut machen konnte, dass es ihm und seinen Hintermännern wohl in erster Linie darum ging, dass niemand in ihren Geschäftsbeziehungen herumstocherte. Den Spruch hätte ich ihm gerne mit auf den Weg gegeben, weil ich es hasse, wenn man mich für blöd hält. Ich seh zwar so aus, aber ich bin es nicht.

Deshalb nahm ich ihn ernst. Zwar war der Auftritt dieses Repräsentanten der Pizza-Connection so hollywoodesk, als hätte Coppola seiner Paten-Trilogie noch einen Klompen-Epilog anhängen wollen. Doch das war kein Laiendarsteller, der nur eine Rolle spielen sollte, so wie ich. Dann hätte er nämlich nicht »Herr«, sondern »Signore« zu mir gesagt. Ignorieren würde ich ihn also nicht.

Trotzdem, viel hatte der Besuch nicht gebracht. Aber genug, um Rendorf zu informieren. Sollte er seine Fühler nach Lauri ausstrecken, wenn er es für wichtig hielt. Ich traf hier nicht die Entscheidungen, ich war nur der Watson, der im Auftrag von Holmes vorübergehend dessen Part übernommen hatte.

Rendorf war in seiner Kanzlei und ließ mich meinen Vortrag in Ruhe beenden. Um Lauri würde er sich kümmern. Er schien ihn nicht für sonderlich wichtig zu halten. Aber er selbst war auf etwas gestoßen.

»Ich hab's zwar nicht zur Beerdigung geschafft, hatte mir den Weg nach s'Herenberg aber vorsichtshalber auf der Karte angesehen. Dabei ist mir etwas Merkwürdiges aufgefallen. – Was sagt dir der Name Helling?«

»Helling, Helling? Ich glaub, das ist einer von den Clubmenschen.« Ich friemelte meine Liste aus der Hosentasche. »Ja klar, der Restaurantbesitzer.«

»Und Voorst?«

»Voorst? Nichts Besonderes. Voorst eben, nur ein Name.«

»Und Gendt? Und Doornik? Und Beers?«

»Namen von Clubmitgliedern, was sonst?«

Das laute Einatmen verriet seine Ungeduld. »Natürlich Namen, aber Namen von holländischen Städten. Alles Städte im Grenzgebiet, gar nicht weit weg von s'Herenberg. Und bevor du mir jetzt damit kommst, dass auch bei uns manche Leute Städtenamen tragen, sage ich dir gleich, dass ich alleine bei der Staatsanwaltschaft Bochum zwei Mitarbeiter kenne, die Bremen und Emmerich heißen. Aber du bist schließlich der Quotenkönig, der die Umsicht von Brouwers so gelobt hat. Bei den Namen hast du ein Verhältnis von fünf zu dreizehn. Denk mal drüber nach!«

Damit unterbrach er die Verbindung.

Ich betrachtete intensiv meinen Hörer, der sich durch nichts von anderen unterschied, die sich jedermann durch die Telefongesellschaft ins Haus bringen lassen konnte. Warum musste ausgerechnet aus meinem immer so viel Mist kommen?

Danke für den Tipp mit der Quote, mein superkluger Freund! Ich war ja nur der Stooge, der die dummen Fragen stellen durfte, damit der unvergleichliche Meister seine unfehlbar schlauen Antworten geben konnte. Fünf von dreizehn hießen also wie holländische Städte. Ja und? Mir fiel auf Anhieb noch der Name Deventer ein. Auch eine holländische Stadt. Aber auch gleichzeitig ein gleichnamiger deutscher Fleischgroßhändler, den ich persönlich kannte. Fünf von dreizehn – Blödsinn! Rendorf hörte die Flöhe husten, ohne zu wissen, ob sie an einer Allergie litten oder bloß einen Schnupfen hatten.

Die Art und Weise, wie ich den Hörer auf die Gabel knallte, bewies, dass die modernen Kunststoffe nahezu unzerstörbar sind.

Bevor ich meine Zeit mit albernen Spekulationen vertat, sollte ich mich lieber der Realität zuwenden. Zum Beispiel der Tatsache, dass Rendorf mich aufgefordert hatte, darüber nachzudenken. Worüber, war dabei nicht so wichtig wie der Umstand, *dass* ich mir Gedanken machen sollte. Dies bedeutete nämlich, dass er, unabhängig von der Meinung seines Kollegen und Auftraggebers Schouten, der ganzen Sache sehr wohl eine Bedeutung beimaß. Mit anderen Worten, es steckte viel mehr dahinter, als er selbst mir, seinem alten Freund Karl-Heinz Schmidt, offenbaren wollte.

Rückschauend betrachtet war genau dies der Moment, an dem ich mein Mandat als Detektivschauspieler hätte niederlegen sollen. Das wäre eine kluge Entscheidung gewesen und hätte mir für die Zukunft verdammt viel Ärger erspart.

Aber nicht nur die Wege des Herrn sind unergründlich. Manchmal auch die Wege des Herrn Schmidt. Ich hatte einfach das Ausmaß meiner Langeweile unterschätzt. Deshalb würde ich mich ab jetzt bemühen, den Detektiv nicht nur zu spielen, sondern einer zu sein. Und vielleicht würde ich sogar irgendwann über die Quote fünf von dreizehn nachdenken.

Es war eine scheiß Entscheidung.

* * *

Vielleicht wäre alles doch noch anders gekommen, wenn es an der Tür fünf Minuten früher geschellt und ich aus Verärgerung über den aufdringlich-zappeligen Beers, der unter meinem kleinen Vordach von einem Fuß auf den anderen trat, die Brocken endgültig hingeworfen hätte. Aber dieser Schwachkopf schaffte es nicht einmal, im richtigen Augenblick auf der Bildfläche zu erscheinen.

Meine Schauspielkunst ist nicht so weit gediehen, dass ich meinen Unmut ganz überspielen konnte. Deshalb beschränkte ich mich bei der Begrüßung auf ein frostiges: »Ja bitte?«

Da war es wieder, das verlegene Schuljungenlächeln auf dem Gesicht des alten Mannes. »Einen guten Tag, Mijnheer Schmidt. Darf ich kurz hereinkommen?«

Ich hielt ihm wortlos die Tür auf. Er putzte sich übertrieben gründlich die Schuhe ab und ging ins Wohnzimmer. Meine Fußmatte hatte ich beim Hauskauf wie auch verschiedene andere Einrichtungsgegenstände vom Vorbesitzer übernommen. Sie zeigte dunkelbraun auf hellbraun in geschwungener Schrift das Wort *Willkommen*. Wenn Beers endlich wieder verschwunden sein würde, wollte ich sie wegwerfen.

Mein Gast platzte gleich heraus: »Sie haben mich gestern auf der Beerdigung beobachtet. Warum?«

Beers hatte mir nichts getan. Im Grunde kannte ich ihn gar nicht. Er war auch nicht der Typ, der auf den ersten Blick Aggressionen in einem weckte. Er war mir einfach von Anfang an lästig und ich konnte mich nicht gut genug verstellen, um es ihn nicht merken zu lassen. Warum auch? Ich bin nicht Gott. Ich muss nicht gerecht sein.

»Ich habe alle beobachtet. Wenn Ihnen das nicht gefällt, hätten Sie wegbleiben sollen.«

Er musste zweimal schlucken, versuchte es jedoch weiter auf die konziliante Art. »Es sollte kein Vorwurf sein, Mijnheer ... Herr Schmidt. Ich bin nur etwas beunruhigt. Es ist so schrecklich mit diesen Morden. Jetzt ist nichts mehr so wie früher. Immer wieder hat die Presse versucht irgendwo einzuhaken. Das konnte gerade noch so verhindert werden. Und dann holt Schouten auch noch einen Fremden dazu, der in der Vergangenheit herumgraben soll. Das ist doch widersinnig. Warum kann nicht endlich Ruhe sein. Warum muss alles noch breiter getreten werden? Warum hat dieser ...?«

Als Privatier hatte ich viel Zeit. Die war mir aber trotzdem zu schade, mir sein Endlosgeseiere anzuhören mit seiner verdammten Angst, man könne vielleicht en passant entdecken, dass der ehrenwerte Mijnheer Beers vor dem dreißigjährigen Krieg ein dreizehnjähriges Dienstmädchen geschwängert hatte. Also fiel ich ihm ins Wort: »Woher wollen

Sie wissen, dass ich mich nur mit Nachforschungen beschäftigen soll?«

Seine verständnislose Miene reizte mich, meinem Affen Zucker zu geben. »Was ist, wenn man mich angeheuert hat, Sie alle einen nach dem anderen umzulegen?«

Lassen Sie sich von niemandem einreden, jemand könnte grün im Gesicht werden. Das klappt nur bei Wasserleichen und Mr. Spock. Aber ein sehr helles Grau kann man schaffen. Mein Gast sah jetzt aus wie ein vom Ableben enttäuschter Vampir. Doch ich wollte keinen Herztoten auf meinem Teppich. Deshalb schaltete ich einen Gang zurück: »Spaß beiseite! Wozu mich Schouten angeheuert hat, hat er Ihnen schon erklärt. Darüber hinaus gibt es nichts mehr zu sagen. Sie können noch hundertmal mit Ihren Warums kommen, ich werde Ihnen keine Antwort geben. Sie gucken doch bestimmt Fernsehen. Dann werden Sie ja wissen, dass Detektive auf ihre Verschwiegenheit stolz sind. Und ich bin ein Detektiv, der seine Profession sehr ernst nimmt.«

Herrlicher Monolog! Ich musste mich innerlich schwer am Riemen reißen, um nicht laut loszulachen. »Und nun, verehrter Herr Beers, sollten wir uns trennen, da es nichts mehr zu bereden gibt und wir beide unsere Zeit sicherlich sehr viel nutzbringender verwenden können. Leben Sie also wohl!« Damit geleitete ich ihn in die Diele und dachte daran, wie Rendorf mich ob meiner Diktion gelobt hätte.

Als Beers schon halb aus der Tür war, kam meine Columbo-Nummer mit der entscheidenden Frage am Schluss. »Ach übrigens, Mijnheer Beers, wenn wir schon mal dabei sind, Fragen zu stellen – warum heißen Sie eigentlich Beers?«

Sein Mund klappte auf, sein Gesicht wurde so bleich, als hätte er ein dreitägiges Probeliegen auf dem Waldfriedhof hinter sich gebracht, und aus meiner Wohnung floh er mit einer Geschwindigkeit, zu der ich bei einer Verfolgung durch alle Gerichtsvollzieher Amsterdams nicht fähig gewesen wäre.

Als ich mit meinem stillen Grinsen fertig war, kam die Grübelphase, die damit endete, dass ich vor Rendorf geistig meinen Hut zog. Er hatte mal wieder den richtigen Riecher gehabt. Fünf von dreizehn. – Das war es, was den Fuchs von der Gans unterschied.

Ich hätte mir gerne noch mehr solcher klugen Gedanken gemacht, aber es schellte schon wieder. Wenn es so weiterging, würde ich mir eine Drehtür einbauen lassen.

Vor der jetzigen stand Schouten mit einem durch den Spion ins Groteske verzerrten Gesicht. Endlich ein normaler Mensch.

»Sie schickt zwar nicht der Himmel, aber nach dem ganzen Murks, den ich mir gerade anhören musste, ist es mir ziemlich gleich, woher Sie kommen. – Trinken Sie einen mit?«

Schouten war Nationalist genug, um auch zu dieser Tageszeit keinen Jenever abzulehnen. Also schmierten wir unsere Kehlen und ich berichtete ihm das bisher Vorgefallene.

»Das mit diesem Herrn Lauri ist wirklich interessant. Ich hätte ehrlich gesagt nicht geglaubt, dass Siemerink in solche Geschäfte verwickelt war. Aber was soll's, wem hat er geschadet? Wichtig ist meiner Ansicht nach nicht, was man macht, sondern, wie man es macht, und dass man vor allem seine Auftraggeber oder Kumpel dabei nicht bescheißt, oder?«

Wer bin ich, dass ich einem einheimischen Advocaat widersprechen könnte, der noch dazu in dieser geradlinigen Art und Weise Tacheles redete? Daher bestand mein Gesprächsbeitrag zunächst mal aus einem weisen Kopfnicken, bevor ich das Thema wechselte: »Aber wie ist das mit Beers zu sehen? Sie kennen ihn schließlich schon urlange und mir ist er erst das zweite Mal über den Weg gelaufen.«

Schouten leitete seine Antwort mit einem unziemlichen Grunzen ein. »Wenn Sie es ehrlich wissen wollen, Beers ist der Spinner, nicht Brouwers. Ich verstehe Brouwers. Die

Einschläge sind einfach zu dicht gekommen. Aber Beers dreht durch. Ich weiß nicht, was für einen dunklen Punkt er in seiner Vergangenheit hat. Unterschlagungen, schwul, was weiß ich, ist mir ganz egal. Und den anderen auch. Es wird irgendein unbedeutender Blödsinn sein, den er für sich persönlich hochstilisiert. Dabei will kein Mensch etwas von seinen Jugendsünden wissen, wenn es überhaupt welche waren. – Beers ist einfach nur ein lästiges, ängstliches Kind, das im Dunkeln pfeift, wenn es Kartoffeln aus dem Keller holen soll. Lassen Sie sich in Zukunft bloß nicht von so einem Unsinn aus dem Konzept bringen.«

Er sprach mir aus der Seele. Und weil er obendrein auch einen zweiten Jenever nicht ablehnte, war er schon fast so etwas wie ein Freund. Nach dem dritten wollten wir uns verabschieden, als Schouten der eigentliche Grund seines Besuchs einfiel: »Mir ist eine Bemerkung eingefallen, die Siemerink vor ungefähr drei Monaten gemacht hat, nur so nebenbei. Er hat so etwas gesagt wie: ›Ich glaube, mir spioniert einer hinterher.‹ Als Beers nachhakte, hat er dann gesagt: ›Nein, ich meine nicht, dass mich jemand verfolgt, aber bei mir im Haus waren meine Sachen durchsucht.‹ Wir haben uns noch alle darüber lustig gemacht und gemeint, das müssten wohl die unehelichen Kinder sein, die sich rechtzeitig über sein Vermögen informieren wollten. Er hat dann selber mitgelacht und gemeint, so alt, wie wir sind, würde man wohl überall Gespenster sehen. – Ich weiß nicht, vielleicht ist es für Sie ein Anhaltspunkt.«

Ich wusste es auch nicht und für mich war es keiner. Danach ging Schouten endgültig.

Wieder allein, schob ich den Albtraum der letzten Nacht ganz weit von mir weg und genehmigte mir jeder besseren Einsicht zum Trotz einen vierten Jenever. So was beflügelt mein Genie. Zum Beispiel fiel mir ein, dass ich vergessen hatte, Schouten nach der schönen Trauernden zu fragen.

Nicht, weil ich meinte, dass sie etwas mit den Morden zu tun haben könnte. Dafür gab es kaum einen Anhaltspunkt. Viel wahrscheinlicher war sie die Repräsentantin einer Firma, mit der Siemerink Geschäfte gemacht hatte. Ich wollte mehr über sie wissen, weil sie in erster Linie eine trauernde Schöne war.

So viel zur Qualität meines Grübelns.

Lauri hatte mir verdeutlicht, in welcher Richtung ich gar nicht erst zu forschen brauchte. Beers und Schouten hatten mir beide noch weniger gesagt, nämlich überhaupt nichts von Belang.

Was also hatten die Besuche meiner drei Geister der vergangenen, gegenwärtigen und zukünftigen Weihnacht gebracht?

3. Kapitel

»Was hat die Suche nach den Vermissten gebracht, Sergeant?«

Dem Angesprochenen war ersichtlich unbehaglich. Wohl weniger, weil die Nachforschungen nicht zum Erfolg geführt hatten, als vielmehr, weil er mit den Verschwundenen monatelang in einer Truppe gekämpft hatte und doch so wenig über sie wusste. Am meisten aber, weil er genauso schuldig war wie sie.

»Sir, immer dasselbe, Sir. Wir haben heute noch mal die Patrouillen mit Hunden rausgeschickt, aber keine Spur. Ich versteh das selber nicht.«

Kolmburg-Hilton, wie seine Leute die Lagerverwaltungsbaracke nannten, war bestimmt nicht der schlechteste Ort, an dem man sich zu dieser Zeit in Deutschland aufhalten konnte. Alles hätte so einfach sein können – und dann dieser Scheiß mit den verschollenen Soldaten.

Sie hatten ihn hierhin geschickt, um die Truppe wieder auf Vordermann zu bringen, nachdem die Nachricht eingetrudelt war, dass es in dieser Spezialeinheit zu Unregelmäßigkeiten gekommen war. Unregelmäßigkeiten – sehr euphemistisch formuliert. Obendrein waren Soldaten desertiert. Desertiert, jetzt, nach Ende des Krieges! Die Heeresleitung hatte einen Commander geschickt, ihn, um zu überprüfen, welche Art von Irrsinn sich hier Bahn brach.

Das war die offizielle Version für seinen Auftrag. Doch was jeder Eingeweihte wusste und sich jeder halbwegs Intelligente denken konnte, war, dass man ihn in Marsch gesetzt hatte, um zu verhindern, dass es noch einmal so eine Negativreklame gab wie nach der Befreiung von Dachau.

Er selbst war ein harter Knochen und hatte vom ersten Tag an in vorderster Reihe gekämpft. So viele zerplatzte Schädel bei glücklichen Toten, Unmengen von weggeschossenen Unterkiefern und abgerissenen Gliedmaßen bei unglücklichen Überlebenden. Er hätte es verstanden, wenn alle seine Untergebenen nach einer Woche ihre Knarren in den Dreck geschmissen hätten und mit einer weißen Fahne zu den Krauts rübergerannt wären.

Aber jetzt hatten sie gewonnen. Jetzt gab es keine Gefahren mehr. Auch die letzten Küchenbullen und Hilfssanitäter waren Eroberer, denen die Fräuleins zu Füße lagen, spätestens dann, wenn sie der Zuneigung mit fünfzig Gramm Pulverkaffee und einer Tafel Schokolade auf die Sprünge halfen.

Jetzt haute keiner mehr ab, jetzt ließ sich jedermann feiern. – Aber die Typen waren spurlos von der Bildfläche verschwunden.

Der Commander verstand die Welt nicht mehr, doch was sollte er machen? Sogar der Captain war abgehauen, ein Mann von beträchtlichem Verstand, wie man hörte. Die ganze Situation war vollkommen blödsinnig.

»Schicken Sie morgen die Patrouillen wieder raus, ein letztes Mal. Dann machen wir Schluss. – Vielleicht sind sie ja in ein Ufo gestiegen.«

Der Sergeant lächelte pflichtschuldig über den müden Spruch und erleichtert darüber, dass es nun mit der sinnlosen Sucherei ein Ende haben sollte.

»Legen Sie sich schlafen, Mann, und, ach Mist, machen Sie vorher noch eine Meldung an die schlauen Jungs, dass wir hier nichts finden. Sollen die sich doch gottverdammt den Kopf zerbrechen oder selber herkommen.«

Die schlauen Jungs, das waren die Typen vom SAS, die auch ihn an der Leine hatten, die über alles und jedes informiert werden wollten, doch letztlich mehr Energie auf ihr Kompetenzgerangel verschwendeten als auf ihren Aufklärungsjob. Aber nach dem Zusammenbruch des Tausendjährigen Reiches wollte eben jeder seine Scheibe vom Erfolg abschneiden.

»Ach, Sergeant, noch eines, ganz privat. Wie macht sich denn unser kleiner Jude so?«

»Bestens, Sir, bestens. Das Bürschchen ist wirklich ein ausgezeichneter Dolmetscher. Wir hatten uns zwar mehr davon versprochen, zum Beispiel dass er uns im Dorf beim Aufspüren von Nazis helfen könnte, aber der ist wohl nie aus dem Lager rausgekommen, also, nicht vor seiner Flucht, mein ich. Bei der Identifizierung von irgendwelchen Kriegsverbrechern nützt er uns nichts. Aber er ist ein sehr guter Übersetzer.«

Na, immerhin etwas.

Der Commander kratzte sich den Schädel und wunderte sich insgeheim darüber, mit wie wenig man mittlerweile schon zufrieden sein konnte. Wie schön wäre es dagegen jetzt bei seiner Frau und den Kindern in Südwales. Die Hügel, das grüne Gras ... Höchstens noch einen Monat und er wäre wieder zu Hause.

»Ach, äh, Sergeant ...«

Der Soldat, den er schon mit einer Handbewegung entlassen hatte, machte auf dem Absatz kehrt.

»Hat der Bursche mal was verlauten lassen von anderen Lagern, weiß er was darüber?«

Der Sergeant imitierte unbewusst die Kratzgeste des Commanders und entgegnete nach einer kurzen Pause: »Ich glaube nicht, Sir. Wenn ich mich recht erinnere, hat er mal erwähnt, dass er kurz in Auschwitz war und von Dachau was gehört hätte. Aber verwertbare Informationen hat er wohl nicht.«

»Wär ja auch zu schön gewesen. – Oh Mann, dieser gottverdammte Indianer!«

Der Sergeant war froh, leise wegtreten zu können. Wenn der Commander in dieser Stimmung war, dann fehlte nicht viel und eine Flasche flog an die Wand. Aber er musste ihm insgeheim beipflichten. Wenn an den Gerüchten über die Einnahme des KZs Dachau etwas Wahres dran war, dann hatte man dort auf dem Gelände einen ganzen Zug voller Leichen von Juden gefunden. Der Anblick hatte die Amis so rasend gemacht, dass sie auf Initiative von First Leutnant Bushyhead den größten Teil der Wachmannschaft zusammentrieben, ein MG in Stellung brachten und den Haufen zusammenschossen. Damit nicht genug. Einem halben Kind, das erst vierzehn Tage vorher in eine Uniform gesteckt und auf den Wachturm abkommandiert worden war, hatte die wütende Meute noch während des Gesprächs mit einem Rot-Kreuz-Vertreter den Kopfschuss verpasst und so weiter.

Dafür würde natürlich kein Amerikaner zur Rechenschaft gezogen werden, aber vorausschauende Männer, zu denen auch der Commander gehörte, sahen in diesem Massaker an entwaffneten Kriegsgefangenen eine Riesenchance für die ewig Gestrigen, in einem wiedererstarkenden Nachkriegsdeutschland die eigenen immensen Verbrechen wie die Massenvernichtung zugunsten einiger weniger Exzesse der Alliierten in den Hintergrund zu drängen, vielleicht sogar eine qualitative Aufrechnung vorzunehmen.

Damit so was nicht auch den Engländern passierte, und aufgeschreckt durch Bergen-Belsen, wo Vernehmungsbeamte eigenmächtig einzelne SSler liquidiert hatten, wurde er von seinen Vorgesetzten nach Kolmburg geschickt. Er war ihr Mr. Cleansweep, der Mann, der die Scheiße wegputzen oder, wenn das nicht mehr möglich war, zumindest den Deckel auf dem Lokus halten sollte.

Doch dazu brauchte er den Captain, den Leutnant und die anderen, die auch mit abgehauen waren, um sie entsprechend zu instruieren und sich auf eine gemeinsame, publikationsreife Version zu verständigen. Lager befreit, leider erst nach schweren Kämpfen, zum Glück keine eigenen

Verluste, aber alle Nazis tot – in der Art. Von einem Tag auf den anderen verschwunden, die Idioten. Die hatten doch nichts zu befürchten. Im Gegenteil, nach einer oberflächlichen Untersuchung wären die Akten für immer geschlossen worden und sie hätten alle einen Orden bekommen. – Aber nein, sie mussten sich ja in Luft auflösen.

Der Sergeant feixte vor sich hin, als er in der Kommandanturbaracke ein charakteristisches Poltern hörte. Schade um den noch halb vollen Black & White. Und schade auch um die echte Havanna, die der Commander bestimmt gleich hinterhergeworfen hatte.

Aber selbst ein in Zeiten wie diesen besonders wertvolles Rauch- und Rauschopfer schaffte es nicht, die Götter der Vertuschung günstig zu stimmen. Die Verschwundenen waren und blieben verschwunden.

Und damit stand Mr. Cleansweep vor einem Problem ungeahnter Dimension: Mit welchen Mitteln konnte er jetzt noch versuchen, das Geheimnis vom Massaker an den Deutschen vor der Welt zu hüten?

4. Kapitel

Meine drei Geister hatten mir die läuternde Erkenntnis gebracht, dass ich, da ich mich nun einmal entschieden hatte, den Detektiv nicht nur zu spielen, sondern auch nach Kräften zu versuchen, einer zu sein, nicht darum herumkommen würde, die Hinterbliebenen abzuklappern. Zwar hatte ich keinen blassen Dunst, mit welchen erhellenden Fragen ich sie löchern konnte, aber ich würde mit wachem Blick darauf achten, ob aufrichtig getrauert wurde. Möglich, dass ein erbberechtigter Verwandter aus sehr vordergründigem Motiv für das Ableben des Erblassers gesorgt hatte und zur Ablenkung zwei weitere Clubmitglieder über die Klinge springen ließ, weil er genau wie ich *Die Morde des Herrn ABC* gelesen hatte.

Also wollte ich mir als Nächstes die Witwen von Voorst und Gendt sowie die Lebensgefährtin von Siemerink vorknöpfen.

Nach einer kurzen telefonischen Rückversicherung, dass Schouten mein Kommen angekündigt hatte, machte ich mich also am nächsten Morgen gegen zehn auf den Weg.

Mevrouw Vanenburg lebte in der Nähe von Schermerhorn direkt an der N 243, die Witwe Voorst weiter in Richtung Markermeer kurz vor Hoorn. Das konnte ich prima auf einem Weg erledigen.

Die Sonne hatte es nicht geschafft, die dichte Wolkendecke zu durchdringen, und die Scheiben meines Wagens, den ich wieder mal nicht in die Garage gestellt hatte, waren noch beschlagen. Ein Wetter, bei dem man am besten nach Amsterdam fuhr und die Zeit in einem bruinen cafe bei Tee mit Rum totschlug. Aber was ein eiserner Möchtegerndetektiv war ...

Die weggetauten Reste des letzten Schnees hatten die leeren Äcker in Meere aus Schlamm verwandelt, in die immer wieder Möwen, Krähen und ein paar Brachvögel eintauchten, um nach Würmern und Engerlingen zu wühlen. An den Grachten links und rechts der Straße saßen vereinzelt desillusionierte Graureiher, die heute nicht mehr mit einem fetten Fisch rechneten, die Köpfe zwischen den Flügeln verborgen.

Das Haus der Vanenburg hielt nicht nur Distanz zu anderen Gebäuden, sondern befand sich auch ein ganzes Stück von der Straße entfernt. Es war in der Bauweise errichtet, wie man sie gelegentlich im Norden fand, um stärksten Stürmen zu trotzen: große, quadratische Grundfläche, nur ein Geschoss, auf dem das wie eine flache Pyramide geformte Dach sitzt. Auf der kleinen Brücke über die Gracht versperrte ein schwarz-weiß gestrichenes Eisentor die Zufahrt, das keinerlei Sicherungsfunktion hatte und lediglich verhindern konnte, dass ortsunkundige Autofahrer auf dem Grundstück wendeten.

Ich hielt meinen Wagen unmittelbar vor der Barriere an und suchte vergeblich nach einem Öffnungsmechanismus.

Während ich noch herumstöberte, sprach mich der rechte Torpfosten an: »Sie müssen das Gitter links ein wenig anheben, dann können Sie durchfahren.«

Der Pfosten bestand aus massiven, echten und ehrlichen Klinkern. Also warum sollte ich ihm nicht trauen? Ich hob das Gitter weisungsgemäß an und konnte es ohne große Anstrengung beiseite schieben. Als ich durchfuhr, bemerkte ich den Lautsprecher auf der Rückseite des Pfeilers.

Die Zufahrt war annähernd zweihundert Meter lang und schnurgerade. Auf dem großen Platz vor dem Haus stand ein Mercedes 280 SE, dessen frisch gewaschene Karosse nicht kaschieren konnte, dass er etliche Jahre auf dem Buckel und im Laufe seines Autolebens einiges mitgemacht hatte. Das Haus vermittelte denselben Eindruck. Man sah deutlich, dass sich jemand abmühte, alles nach Kräften in Schuss zu halten, und noch deutlicher, dass keine ausreichenden finanziellen Mittel vorhanden waren, um größere Reparaturen vorzunehmen. Der Zwang, wichtige Arbeiten vorzuziehen, drängte die kleinen Dinge in den Hintergrund, die folglich auf der Strecke blieben und dem Betrachter umso eher ins Auge sprangen. Ein Blumenbeet mit einer Einfassung aus faustgroßen Basaltsteinen, von denen einer fehlte, war symptomatisch für das ganze Anwesen.

Anne Vanenburg musste es einmal ganz gut gegangen sein, doch die Zeit lag um einiges zurück.

Auf den letzten Metern kam mir ein zwölf, dreizehn Jahre alter Junge auf einem Fahrrad entgegen. Ich winkte ihm zu, aber er zeigte keine Reaktion.

Die Hausherrin erwartete mich in der Tür, bevor ich meinen Wagen abgestellt hatte.

Aus der Nähe betrachtet wirkte die Vanenburg bedeutend attraktiver als durch mein Fernglas. Das lag weniger an äußerlicher Schönheit – sie war eher der Typ, der auf den zweiten Blick gefällt – als an ihrer spürbaren physischen Präsenz. Sie trug ein schwarzes, enges Kleid, das ihren drallen Körper betonte und sich besser für eine Cocktailparty als für eine Beerdigung eignete. Es war leicht sich vorzustellen, dass diese reife Frau die Herzen der Clubmitglieder erwärmen konnte – und wahrscheinlich noch ein paar andere Organe dazu.

»Guten Tag, Mijnheer Smitt! Piet hat Sie schon am Telefon angemeldet. Macht es Ihnen was aus, wenn Sie mit in die Küche kommen? Ich hab gerade einen Kuchen im Herd.«

Natürlich machte es mir nichts aus. Ganz im Gegenteil. In der warmen Küche würde die nasse Kälte, die hier draußen herrschte, keine Chance haben.

Sie hatte sich schon umgedreht um vorauszugehen, als sie plötzlich stehen blieb und mich von Kopf bis Fuß musterte. »Sie waren doch der Mann, der die Beerdigung vom Wall aus beobachtet hat.«

Klasse. So viel hatte in ihrer geballten Trauer selbst die Lebensgefährtin des Verblichenen noch mitgekriegt. Karl-Heinz Schmidt als die Feinbeingrille des australischen Buschlandes, der Meister der Tarnung. Es war eine Feststellung, keine Frage. Deshalb nickte ich auch nur und schenkte mir jede nähere Erläuterung.

Ich hatte zwar kein Torffeuer in einem offenen Kamin erwartet, war aber dennoch überrascht, wie modern der große Raum eingerichtet war. Laminatboden, an den Wänden bis zur halben Höhe beige-graue Fliesen, ansonsten Edelstahl und Resopal. Das war nicht die friesische Bauernküche, die in einem solchen Haus zu vermuten war.

»Für mich ist eine Küche ein reiner Arbeitsraum. Da muss die Gemütlichkeit zurückstehen. – Setzen Sie sich doch.«

Ich setzte mich an den großen Tisch auf einen der vier Chromstühle, die so unbequem waren, wie sie aussahen.

»Ich würde die Dinger am liebsten rausschmeißen und durch körpergerechtere ersetzen, aber momentan fehlt mir das Geld. Es ist schwer genug, ein so großes Haus in Stand zu halten, wenn man nur ein kleines Einkommen hat.«

Die Frau wurde mir langsam unheimlich. Anscheinend hatte ich es mit einer Hellseherin zu tun. »Wissen Sie immer, was Männer gerade denken?« Ich musste aufpassen, wo ich hinguckte, sonst würde ich mir noch eine Ohrfeige einhandeln.

Ihr Lachen passte gut zu ihr. »Ich weiß nicht, wie viel Ihnen Piet über mich erzählt hat. Ich habe früher als Bedienung in einem Lokal in Stavoren an der Bar gearbeitet. Da lernt man die Denkweise der Männer kennen. Dort ist mir auch der ganze Verein über den Weg gelaufen, weil einige dort ihre Boote liegen hatten. – Ich kann es Ihnen gleich sagen, weil Sie es sowieso erfahren werden: Ich hatte zu der Zeit ein Verhältnis mit Bert Visser, der die anderen Kerle immer mitgeschleppt hat.«

Sie machte eine weit ausholende Geste über das Inventar weg. »Aus der Zeit stammt auch noch diese Einrichtung hier. Ich hatte nie genug eigenes Geld dafür.«

Nachdem sie sich mit einem kurzen Blick durch die hitzebeständige Scheibe des Herdes davon überzeugt hatte, dass ihr Hefekuchen wie gewünscht aufging, setzte sie sich zu mir an den Tisch, um sich sofort wieder zu erheben. »Entschuldigen Sie, ich bin eine schlechte Gastgeberin. Erst lotse ich Sie hier in die Küche statt ins Wohnzimmer und dann biete ich Ihnen noch nicht mal etwas an. – Ist Ihnen ein Kaffee recht?«

»Machen Sie sich bitte meinetwegen keine Mühe. Ich ...«

»Ist keine Mühe, ist sofort fertig. Ich trinke ja auch einen.«

Nach einigen Handgriffen an einem matt polierten Designerstück, das daraufhin zu blubbern und zu fauchen anfing, setzte sie sich wieder. »Wo war ich? Ach ja ... ich war mit Visser zusammen. Ist schon komisch mit den Kerlen. Wenn sie älter werden, legen viele von ihnen Wert auf immer jüngere Frauen. Wenn sie schon ihre Ehe riskieren, dann wenigstens für eines von diesen dürren Supermodellen, wie sie jeden Sommer von Noordwijk bis Den Helder am Strand herumliegen. – Danach habe ich mich ein paar Wochenenden mit Brouwers getroffen. Dann kam ein kleines Intermezzo mit dem Sohn vom alten Baltus. Der hat eine wirklich schöne Frau, aber die ist wohl bloß zum Angucken. Von ihm stammt der Mercedes draußen, den er als Firmenwagen abgeschrieben hatte. Und dann kam Heinz. Ich glaube, der hat mich wirklich geliebt, und zwar schon die ganze Zeit. Hat sich wohl nur nicht getraut, das seinen Kumpeln gegenüber zuzugeben. Es hat ihm nichts ausgemacht, was vorher mit den anderen war. Der war richtig erleichtert, dass die Sache mit uns so offiziell wurde.«

Wer von denen war wohl der Vater des Jungen mit dem Fahrrad?

Die Maschine ließ einen Summton hören und Frau Vanenburg servierte uns beiden zwei große Becher Kaffee, den sie ungefragt mit einem gehörigen Schluck Rum anreicherte. »Muss einfach sein bei dem Wetter.«

Sie wusste wirklich, was Männer dachten. Als ich von meiner dampfenden Tasse hochblickte, sah sie mir direkt in die Augen und lächelte dabei. Ich musste nun selbst grinsen. »Ist gut, Ihr Kaffee.«

»Ja, auch der ist gut. – Heinz war ein verrückter Bursche, irgendwo immer noch ein halbes Kind. Der wollte mich im kommenden Herbst heiraten, total wild-romantisch in Gretna Green. Bevor Sie mich danach fragen, ich habe ihn nicht geliebt, aber er war mir wirklich sympathisch. Er hätte seine Entscheidung nicht zu bereuen brauchen, das können Sie mir glauben. Und ich hätte nicht wieder jedes Wochenende in die Bar gemusst, um mir diesen ererbten Kasten zu erhalten.«

Sie trug unsere Tassen zur Maschine hinüber und machte noch mal die gleiche Mischung. »So, jetzt wissen Sie, was Sie von mir zu halten haben. Hoffentlich sagen Sie sich jetzt, die ist wenigstens ehrlich. Ehrlich und arm. Der Mörder hat mich um 'ne schöne Stange Geld gebracht. – Was wollen Detektive denn sonst noch so wissen, wenn es um Mord geht?«

»Die wollen zunächst mal was von einem möglichen Motiv wissen.« Und um ein wenig mit meiner verblassenden humanistischen Bildung zu protzen, setzte ich hinzu: »Cui bono? Aber die Frage haben Sie mir ja soeben beantwortet. Der Mord kam jedem auf der Welt gelegener als Ihnen.«

Während sie mir etwas Rum nachschenkte, überdachte sie meine Frage. »Ich kann mir niemanden vorstellen, der ein Motiv haben könnte. Privat hat sich bei ihm, soweit ich das beurteilen kann, seit Jahren nichts verändert. Und in seinen Beruf hatte ich nie den kleinsten Einblick.«

Sein Job war nicht der Anlass für den Mord, das wusste ich von Signore Lauri. Den Herrn erwähnte ich aber nicht, um sie nicht unnötig nervös zu machen. Was blieb, waren mögliche Sünden der Vergangenheit, vor denen ja auch Beers so vehement zitterte. Dazu passte die von Schouten erwähnte Durchsuchung ganz gut. »Können Sie sich vorstellen, dass der Grund in der Vergangenheit Ihres Freundes liegen könnte? Hat er da mal was erwähnt?«

Sie schüttelte energisch den Kopf. »Ich kenne Heinz seit rund fünfzehn Jahren. Natürlich nicht so gut wie seit unserem Zusammensein, aber immerhin. In den ganzen Jahren ist mir nichts aufgefallen. Auch nicht, dass er einmal besonders nervös geworden wäre oder so was. Nein, da ist immer alles ganz normal abgelaufen, ganz normal, da bin ich mir sicher.«

Dabei blieb sie, auch, als ich ihr von der Durchsuchung erzählte. Wieder ein Kopfschütteln: »Er hat so was zwar erwähnt, aber er muss sich getäuscht haben.«

Damit war mein mageres Fragenrepertoire bereits erschöpft. Irgendwie hatte ich aber keine Lust zu gehen. Draußen erwartete mich ein Gesundheit gefährdendes Wetter und mein Hintern war durch den Folterstuhl mittlerweile so deformiert, dass er auf ein angenehmeres Polster gar nicht mehr gepasst hätte. Und außerdem, was war schon so Interessantes oder gar Dringendes an der Aufklärung von drei läppischen Morden? – Kurz, ich wollte mich noch nicht von Anne Vanenburg trennen.

Wer weiß, wie der Tag und die folgende Nacht verlaufen wären, wenn sie mir nicht in diesem Moment mit den Worten »Ich habe noch mehr davon« die Flasche herübergeschoben und mit ihrer Miene verraten hätte, dass sie wieder gnadenlos präzise meine Gedanken gelesen hatte.

Während ich an meinem Kaffee nippte, der durch das wiederholte Nachwürzen eine gefährlich helle Tönung angenommen hatte, leierte ich mir stumm fünf mal meinen

Schutzzauber herunter: Ich will ein ebenso großer Detektiv werden wie Sherlock Holmes, der nur eine einzige Frau kannte, nämlich Irene Adler.

Danach wäre ich beinahe so hastig aufgebrochen, dass ich mich lächerlich gemacht hätte. Aber die Durchsuchung ging mir nicht aus dem Kopf. Was wäre, wenn Siemerink sich nicht geirrt hatte? Was wäre, wenn der Täter auch auf die Idee käme, bei Siemerinks Freundin zu suchen, und wenn er dabei von ihr überrascht würde, hier, in diesem einsamen Haus, wo niemand etwas sah und hörte? Ich hielt mit meinen Bedenken nicht hinterm Berg.

Zum Dank hätte sie mich fast ausgelacht. »Ich bin hier völlig geschützt. Die Gracht verläuft um das ganze Grundstück, die Tür hat ein Sicherheitsschloss und nachts lege ich zusätzlich noch einen Riegel vor.«

Natürlich, so was nötigt der Panzerknackerbande einen Heidenrespekt ab.

»Ich kann auch immer noch bei Jonker anrufen. Das ist das Ehepaar, das einen Kilometer weit die Straße runter wohnt und mir einmal die Woche bei den groben Arbeiten hilft, die ich nicht alleine erledigen kann.«

Ein wenig begeisterndes Einsatzkommando. »Dazu müssten Sie überhaupt noch telefonieren können. Sie sollten auch an Ihren Sohn denken.«

Das verwirrte sie einen Augenblick. »Meinen Sohn? Ach so, Sie meinen den Jungen draußen. Das war Wim, der Sohn der Jonkers. Der ist ein bisschen wunderlich und alle halten ihn für geistig zurückgeblieben. Das kommt aber nur, weil sich keiner richtig mit ihm beschäftigt. Ich halte ihn für einen dieser Hochbegabten, die in der Schule nur deshalb keine Leistung bringen, weil für sie alles zu simpel ist und sie sich deshalb langweilen. Der müsste nur entsprechend gefördert werden, aber damit stoßen Sie bei seinen Eltern nur auf taube Ohren. Er besucht mich oft, hilft mir hier und da ein bisschen und erzählt mir von Musik und Geschichten, die er sich ausgedacht hat. Der arme Junge ist froh, dass er jemanden hat, der ihn beachtet.«

Die Kurtisane mit dem goldenen Herzen. Aber auch das verhilft erst nach dem Tod zur Unsterblichkeit und zerstreute daher meine Bedenken nicht.

»Außerdem bin ich eine ganz gute Schützin.« Sie zeigte in eine Zimmerecke, in der ein altertümliches Gewehr lehnte. »Das hat mir Heinz geschenkt, vor ein paar Jahren. Weil ich hier so einsam wohne.« Bei der Erinnerung legte sich ein Lächeln über ihr Gesicht, dem die Wehmut nur hauchdünn anzumerken war.

Ich nahm den Schießprügel näher in Augenschein. Eine einschüssige Uraltflinte, die mit einer Neun-Millimeter-Randzünderpatrone mit Vogeldunst geladen war. Ein Volltreffer damit verursachte bei einem abgehärteten Knacki höchstens eine leicht vergängliche Hautreizung.

»Damit kann man einen ganzen Bandenkrieg entscheiden, hat er im Scherz gesagt.«

Dabei sah sie mich so begeistert an, dass mir klar wurde, ich würde hier nur noch für die Wände reden.

Ich fuhr den schnurgeraden Weg zur Landstraße und ließ sie zurück mit ihrem unerschütterlichen Glauben an die Angst der Einbrecher vor nassen Füßen, sicher verwahrt in ihrem Tresor aus Balsaholz.

* * *

Nach dem, was Schouten mir gesagt hatte, lebte die Witwe von Ari Voorst etwas außerhalb von Hoorn, wäre also bei freier Strecke in maximal einer dreiviertel Stunde zu erreichen gewesen, Sucherei nach dem Haus inbegriffen.

Doch es gab keine Sucherei, als ich mich der Küste des Binnenmeeres näherte. Voorst hatte wohl versucht, seinen

Landsleuten die großzügige deutsche Bauweise schmackhaft zu machen, und deshalb sein eigenes Domizil als Musterhaus in die Landschaft gesetzt. Das Haus war zweistöckig, hatte ein rotes Pfannendach über weißem Rauputz und beeindruckte den Betrachter durch drei Tiefgaragen, eine Reihe von französischen Fenstern und einen riesigen Wintergarten im Obergeschoss, der durch großflächige Scheiben den Blick auf schwarz verfugte Schieferwände gewährte, mit deren Anthrazitton geradlinige, weiße Lederpolster kontrastierten. Zu ihm führte eine lange Treppe hinauf und eine noch viel längere wieder hinab.

Voorst hatte sich zu Lebzeiten das Denkmal seines erfüllten Fiddler-on-the-roof-Traums gesetzt. Jeder konnte sehen, dass hier ein reicher Mann wohnte.

Die Auffahrt war nicht ganz so lang wie zum Vanenburg'schen Anwesen, gab den Bewohnern aber immer noch genug Zeit, sich auf den drohenden Besuch einzustellen. Deshalb wunderte ich mich nicht, dass mir die Tür geöffnet wurde, noch bevor ich überhaupt Klingel, Türklopfer oder dergleichen ausmachen konnte.

Die Frau, die mich mit ernstem Gesicht und den Worten »Ich bin Frau Voorst. Bitte, kommen Sie herein. Herr Schouten hat Sie schon angekündigt« in den von nahem noch imponierenderen Wintergarten geleitete, hatte im Gegensatz zu den Ehefrauen, die man normalerweise bei Männern jenseits der Siebzig antrifft, einen unübersehbaren Vorzug: Sie war jung, im Verhältnis sehr jung sogar. Ich traute ihr keine dreißig Lenze zu.

Was versprechen sich meine Geschlechtsgenossen bloß von einem solchen Arrangement? Sicher, das Heilgewerbe hatte in den letzten Jahren Riesenfortschritte gemacht. Aber bei allen Viagrageschenken der Pharmaindustrie an die lüsterne Greisenschar und chirurgisch-meisterlicher Transplantationen von Beutel und Schwanz australischer Riesenkängurus – alter Sack bleibt alter Sack, der dem Gevatter bei unzeitgemäßer Überanstrengung nur noch schneller in die Sense rennt.

Sollte sie außer ihrer halben Minderjährigkeit sonstige Pluspunkte besessen haben, stachen diese nicht so deutlich ins Auge. Sie war vielleicht einssechzig, hatte ein nichts sagendes, volles Gesicht und eine untersetzte Figur. Die mittelblonden, stumpfen Haare hatte sie zu einem Knoten im Nacken aufgesteckt. Als sie vor mir herging, konnte auch ihr Alcantara-Kostüm nicht verbergen, dass ihr die Natur von Geburt an einen Bratarsch beschert hatte, mit dem sich die einheimischen Badebeauties erst in der zweiten Lebenshälfte abzuquälen brauchten. Ich musste an die weisen Worte von Mevrouw Vanenburg denken, wonach für die Kerle die Jugendlichkeit der Frau um so mehr zählte, je älter sie selber wurden. Was die Optik anbelangte, hatte Voorst selig ausschließlich auf Jugend gesetzt und alles andere in Kauf genommen.

Sie komplimentierte mich auf eine der Ledercouchen, die von meinem Steiß nach dessen Bekanntschaft mit dem Chromküchenmöbel dankbar angenommen wurde, schob ein Glas Johnny Walker vor mich hin – vermutlich kannte sie Detektive aus den Romanen von Raymond Chandler – und setzte sich mir gegenüber in den Sessel, ohne sich selbst etwas zu trinken zu nehmen. Stattdessen steckte sie sich eine Zigarette an, eine dieser langen, dunkelbraunen Dinger, die wie gerollte Korktapete aussehen und riechen.

Nach zwei schnellen Zügen eröffnete sie das Gespräch. »Herr Schouten hat mir gesagt, dass Sie ein paar Fragen hätten. Also, wie kann ich Ihnen behilflich sein?«

Ich hatte keine Veranlassung, mich vor Eifer zu überschlagen. Der Mord an ihrem Mann lag lange zurück. Die Polizei war in ihren Ermittlungen keinen Schritt vorangekommen. Was konnte da schon einer wie ich ausrichten, der nur ausgezogen war, seiner Langeweile das Fürchten zu lehren?

Jedenfalls ließ ich mir hinreichend Zeit für einen tiefen Schluck, um mich in die richtige Stimmung für das Familienquiz zu bringen. Dann legte ich los: »Um mich kurz zu fassen, Frau Voorst, ich bemühe mich, ein Motiv zu finden, das der Grund für die Tötung Ihres Mannes und zweier seiner Freunde sein könnte. Nach meinen bisherigen Erkenntnissen spricht einiges dafür, dass der Anlass in der Vergangenheit Ihres Mannes liegen könnte. Können Sie mir vielleicht darüber etwas sagen, irgendetwas, das Ihnen möglicherweise belanglos, aber seltsam vorgekommen ist? Irgendetwas? Verstehen Sie mich bitte richtig, ich habe selbst keinen konkreten Ansatzpunkt. Es kann einfach alles sein, was Bedeutung erlangen könnte. Eventuell nur eine Veränderung in seinem Wesen, ein Abweichen von festen Gewohnheiten, so was in der Art.«

Sie hatte sehr ladylike die Beine übereinandergeschlagen und auch schon gelernt, wie man perfekte Rauchkringel blies. »Glauben Sie mir, das hat mich die Polizei schon zig Mal gefragt und mir ist nichts dazu eingefallen. Wir kennen uns ja erst seit drei Jahren, seit seiner Nierenoperation. – Ich war damals die Stationsschwester.«

Allmählich wurde mir die Sache verständlicher. Ein alter Mann am Tropf, der aus den Augenwinkeln auf den Tod schielt, der ihm wegen seiner kaputten Innereien immer mehr ins Blickfeld tritt. Haare und Zähne fallen aus, man stinkt aus allen Körperöffnungen, und um die Figur macht man sich schon seit dem Fünfzigsten keine Gedanken mehr. Hauptsache noch ein paar Jährchen, aber vor allem schmerzfrei. Da hat man Demut gelernt. Und plötzlich taucht dann ein Engel auf, der einem über die Stirn streicht und den Hintern wischt, der sich durch Scheiße, Erbrochenes und Urin im Bett nicht abschrecken lässt und auch dann nicht zurückweicht, wenn aus dem Maul mehr Spucke als Geistvolles kommt. Immer freundlich, immer konstant, immer präsent. Da haben sich schon jüngere und gesündere Kerle ohne Not und Krankheit in hässlichere Bedienungen verknallt, weil die im Gegensatz zu ihrer Alten nicht nur nicht gemeckert, sondern den Schnaps auch noch gerne serviert haben.

Voorst selig war also dem Weltumseglersyndrom erlegen, das nach vier Monaten auf See aus dem chinesischen Schiffskoch die begehrenswerteste Hulatänzerin macht. Warum nicht? Anscheinend hatten ja beide davon profitiert.

»Mir ist auch in seinem Wesen keine Veränderung aufgefallen, jedenfalls keine nennenswerte. Nach seiner Entlassung aus dem Krankenhaus hat er mich als seine private Pflegerin angestellt und ich bin hier eingezogen. Fünf Monate später haben wir geheiratet. Ich habe nicht gedacht, dass es ihm noch einmal so gut gehen würde. Er ist gesundheitlich völlig wiederhergestellt worden und wir hatten noch so viele Pläne. In diesem Sommer wollten wir zum Beispiel mal eine Nordkaptour machen und im Herbst sollte es ...«

Während sie redete, ließ ich meine Augen durch den spärlich, aber sehr geschmackvoll eingerichteten Raum wandern. Dunkle Wände, heller Boden, helle Decke, weißes Leder, sparsamste Accessoires. Einige palmenartige Pflanzen, zwei moderne Skulpturen. Alles war auf die Wirkung großer Flächen ausgerichtet. Für mich war diese Schöner-Wohnen-Atmosphäre zu kalt. Mein Blick erfasste ein Bild in Postkartengröße, das braun-monochrom in einem altmodischen Silberrahmen einsam an der Wand hing und den Gesamteindruck störte.

Frau Voorst bemerkte mein Interesse, hörte auf zu plappern und holte mir das Bild herüber. Sechs junge Männer in Uniform lehnten an einem Panzer und lachten in die Kamera. Verschwommen im Hintergrund sah man Wald und einen hölzernen Hochsitz.

Sie zeigte auf den zweiten von links. »Hier, das ist Arie, als er noch jung war. Leider habe ich ihn so nie kennen gelernt. Aber das war wegen unseres Altersunterschiedes ja auch schlecht möglich, nicht wahr? – Trotzdem, in den letzten Monaten vor seinem Tod war er richtig glücklich und hat mit gesagt, dass er sich jetzt wieder genauso fühle wie damals, als er noch jung war und glaubte, die Welt erobern zu können. Deshalb ist das hier auch mein Lieblingsbild von ihm. So, wie er damals aussah, hat er sich zuletzt gefühlt. – Ich hoffe, dass sein Mörder irgendwann zur Rechenschaft gezogen wird.«

Ich gab ihr das Foto wortlos zurück. Was hätte ich auch sagen sollen?

Sie blieb stehen, das Bild unschlüssig in der Hand, als wisse sie nicht, ob sie es wieder aufhängen solle. »Beers war hier, damals, um mir sein Beileid auszusprechen. Sie kennen Pieter Beers? Er hat das Bild gesehen und gesagt, ich solle es verschwinden lassen. Was ihn meine Wohnung anginge und wie ich sie einrichte, hab ich ihn gefragt. Er meinte, das hätte mit der Wohnung nichts zu tun. Solche Erinnerungsstücke wären einfach nicht für andere bestimmt. Was weiß denn dieser Trottel! Es ist schließlich das Einzige, was ich aus Aries Vergangenheit habe. Seine Familie ist nämlich schon vor Generationen nach Australien ausgewandert, aber er wollte wieder in das Land seiner Vorväter zurück.«

Ich pflichtete ihr bei: »Beers ist ein Idiot.«

Damit schien ich ihre Unentschlossenheit nur vergrößert zu haben. Jedenfalls drehte sie das Bild noch ein paar Mal in den Händen, bevor sie »Einen Augenblick!« murmelte und aus dem Zimmer lief.

Nach einer Minute war sie wieder da und hielt mir ein anderes, ungerahmtes Foto hin. »Hier!« Mehr sagte sie nicht, sondern setzte sich wieder auf ihren alten Platz und nahm sich jetzt selbst auch einen Whisky. Dann sah sie mich stumm und erwartungsvoll an.

Das Bild war, soweit ich es dem Fotopapier nach beurteilen konnte, eine Originalaufnahme und nicht mehr neu, obwohl der darauf abgebildete, junge Mann einen so kurzen Haarschnitt hatte, wie es heute Mode ist, fast Glatze. Er hatte die Augen geschlossen und wirkte abwesend, wie im Rausch. Seine Kleidung hatte ziemliche Ähnlichkeit mit einem Schlafanzug, und eine Art von Sicherheitsgurtsystem verlief von seinem Oberkörper aus dem Bild. Ich betrachtete das Foto noch einmal sehr genau, bevor ich es zurückgab, konnte mir jedoch keinen Reim darauf machen.

»Sie haben mich nach einer Besonderheit gefragt. Das ist die einzige, die mir einfällt.«

Sie hatte ihr Glas in der Zwischenzeit leergetrunken und dadurch etwas Sicherheit gewonnen. »Ich habe das Bild bei meinem Mann in einer Anzugtasche gefunden, den ich in die Reinigung bringen wollte, den Anzug. Glauben Sie jetzt nicht, dass ich Arie kontrolliert hätte. Ich habe meinen Mann nicht bespitzelt. Ich wollte nur sicher sein, dass nichts mehr in den Taschen war. Als ich ihn darauf angesprochen habe, konnte er mir keine Erklärung dafür geben. Er war selber ehrlich überrascht. Man hatte es ihm in seine Firma geschickt, einfach so, ohne Anschreiben. Er hat gesagt, ich könnte es behalten, wenn ich wollte.«

Ihre Augen wurden leicht wässrig. Frau Voorst war keinen Alkohol gewöhnt. Oder waren es die Gedanken an ihren Mann? »Am selben Abend rief Coor an, Coor Gendt, der beste Freund meines Mannes. Sie haben von ihm gehört? Nach dem Telefonat war Arie für eine Weile ganz ernst. Er hat mir dann gesagt, ich sollte das Bild gut weglegen und es nur dem geben, der mich ausdrücklich danach fragt. Und ich sollte mit keinem darüber sprechen. Einen Monat später war er tot. – Nun, bis jetzt hat keiner danach gefragt, auch nicht die Polizei, und das wird wohl auch keiner mehr tun. Nach Ihnen wird wohl keiner mehr kommen, der sich um die Sache kümmert – und Sie haben Beers richtig eingeschätzt.«

Das Bild war alt und damit eventuell ein Hinweis auf die Vergangenheit des Toten. Und genau danach hatte ich Schlaukopf ja gefragt. Also würde ich das Foto nehmen und mich mit Schouten, besser noch mit Rendorf darüber beraten.

»Das ist alles. Mehr fällt mir zum Ganzen wirklich nicht ein.«

Ich bedankte mich für alles und war im Begriff mich zu verabschieden, als ich, wahrscheinlich wegen des ziemlich identischen Alters der Bilder, auf die Idee kam, mir für kurze Zeit das Kriegsfoto ihres Mannes auszubitten. Ich musste hoch und heilig versprechen, es sofort zurückzubringen, und fuhr deshalb schnell in den Ort zu einem Fotohändler, um dort auf einem Laserkopierer ein paar Duplikate anfertigen zu lassen. Da ich einmal dabei war, machte ich auch Kopien des anderen Fotos, und nur eine Stunde später hatte Mevrouw Voorst die Originale wieder.

* * *

Es war vier Uhr nachmittags, als ich wieder nach Egmond fuhr. Auf meinem Anrufbeantworter teilte mir Schouten mit, dass, wenn ich es mit der Witwe von Gendt versuchen wolle, ich mich besser beeilen solle, da ihr ein längerer Kuraufenthalt in der Höhenluft der Schweizer Berge bevorstünde und nicht sicher gesagt werden könne, wie lange sie überhaupt noch ansprechbar sei. Deshalb am besten sofortiger Aufbruch.

Vorsichtshalber nahm ich mir die Karte vor und stellte fest, dass sie nördlich von Den Haag an der N 206 wohnte und daher leicht erreichbar sein müsste. Ich hatte mich zwar nach der heutigen Vielweiberei auf einen geruhsamen Solo-Alkoholabend eingerichtet, aber wenn ich die Gendt-Witwe auch noch visitierte, konnte ich die Hinterbliebenenakten endgültig zuklappen. Folglich biss ich in den sauren Apfel und startete durch.

Die Villa Gendt nahe der N 206 vermittelte mit ihrem alten Baumbestand den Eindruck, als hätte man einen Teil des Kremls in den Wald gesetzt, wenn auch die Farben nicht ganz stimmten. Der Palast war im Wesentlichen weiß, die Dächer waren dunkelblau und über allem thronte eine metallene Kuppel, die aufgrund der Oxydation hellgrün in der Abendsonne leuchtete.

Das Tor stand offen, was ich als Einladung wertete, bis vor den Haupteingang zu fahren. Zwischen zwei Säulen ging es eine Freitreppe hinauf, die vor einer zweieinhalb Meter hohen, doppelflügeligen Tür endete. Man hatte traditionsbewusst auf eine Klingel verzichtet, ganz zu schweigen von einer Videoüberwachung. Ich musste einem Messinglöwen ins Maul greifen und einen schweren Ring vor seine Reliefbrust schmettern, um mich den Bewohnern bemerkbar zu machen.

Die waren anscheinend geräuschempfindlich und ließen mich keine fünf Sekunden warten. Das Hausmädchen, das mir öffnete, war schon mit Rücksicht auf sein fortgeschrittenes Alter keines mehr und im Übrigen so hässlich, dass man ihm und jedem Leser eine nähere Beschreibung ersparen sollte. Dafür war es ortskundig, denn es brauchte nicht mehr als zehn Minuten und keinen Kompass, um mich treppauf, treppab um die verschiedensten Ecken herum in einen nach hinten raus gelegenen Raum zu führen, der mich stark an die Szenerie in *Dinner for one* erinnerte. Am meisten erinnerte mich daran aber die Witwe Gendt, die Freddy Frintons Partnerin an Alter und Runzlichkeit noch übertraf. Immerhin war für sie der Traum aller Frauen wahr geworden, keine Falten mehr bekommen zu können. Es war einfach kein Platz dafür übrig. Nach meinen Aufzeichnungen war

Gendt zum Zeitpunkt seines Todes Mitte siebzig. Seine Frau musste ihn schon bei seiner Geburt um eine Dekade überflügelt haben.

Meine unansehnliche Führerin stellte mich als den »Mijnheer, den der Advocaat Schouten avisiert hat« vor und verschwand im minoischen Labyrinth des alten Kastens. Hoffentlich war sie rechtzeitig vor meinem Abmarsch wieder zur Stelle. Alleine würde ich hier ohne Fadenknäuel nicht wieder hinausfinden.

»Nehmen Sie doch Platz, junger Mann.«

Ich setzte mich auf den Stuhl von Admiral von Schneider, weil der ausreichende Distanz und die Gelegenheit bot, meine Gastgeberin in Ruhe zu betrachten. Wenn ich gewusst hätte, was mir blühte, hätte ich vorher einen Besuch im ägyptischen Museum eingeschoben, um mir den richtigen Umgang mit Mumien beibringen zu lassen.

Dann hatte ich zum zweiten Mal am heutigen Tage das Vergnügen, mit der beängstigenden weiblichen Fähigkeit konfrontiert zu werden, in männlichen Gedanken lesen zu können wie in einem offenen Buch.

»Wir haben geheiratet, als Coor achtundzwanzig war und ich vierundvierzig. Coor war ein reicher Mann, sehr reich sogar, aber er hatte keinen Zugang zur Gesellschaft, keine Familie zum Vorweisen, eigentlich gar keine Familie. Meine Vorfahren gehören seit mehr als einhundertfünfzig Jahren zu den Honoratioren dieser Stadt. – Soviel dazu. Und jetzt stellen Sie Ihre Fragen!«

Was mich neben ihrer dunklen und festen Stimme beeindruckte, waren ihre Hände, die ein Eigenleben entwickelt hatten und ihren übrigen erstarrten Körper wie einen Vorhang wirken ließen, vor dem ein Fingertheaterstück aufgeführt wurde. Wächsern bleich und von dicken, blauen Adern durchzogen, begleiteten sie ihre Worte nicht nur, sondern schienen selbst eine Geschichte zu erzählen.

Mir war bei meinem Detektivspielchen mittlerweile aufgegangen, dass die Kernfrage in diesem Fall nur lauten konnte: Welchen Knackpunkt gab es in der Vergangenheit des Opfers? Also druckste ich nicht lange herum und kam gleich zur Sache. »Ich will Ihre Zeit nicht übermäßig in Anspruch nehmen, gnädige Frau, deshalb kann ich es kurz auf einen wesentlichen Punkt reduzieren. Wir sind ...« Wir! Mit mir war es weit gekommen. Jetzt redete ich schon in der Mehrzahl von mir. »... zu der Überzeugung gelangt, dass der Grund für den Mord an Ihrem Mann in der Vergangenheit zu suchen sein könnte. Falls Sie an irgendeinen Vorfall, mag er Ihnen auch noch so unbedeutend erscheinen, von damals ...«

Sie unterbrach mich mit einer herrischen Handbewegung. »Weder damals noch heute ist etwas passiert, das in meinen Augen Anlass für ein solches Verbrechen sein könnte. Ich habe Coor 1953 kennen gelernt, drei Monate später haben wir geheiratet. Meine Familie war verarmt, weil mein Vater alles verspielt und im Krieg obendrein auf die Nazis, also wieder auf die falsche Seite, gesetzt hatte. Ich konnte nicht zulassen, dass alles zerstört wurde, was Generationen aufgebaut hatten. Mein erster Mann ist im Krieg gestorben. Unsere Söhne haben wir rechtzeitig in der Schweiz untergebracht. So was kostet Geld. Coor hatte einen Sack voll davon, aber er war ein gesellschaftlicher Niemand. Ich glaube, wir passten ganz gut zusammen.«

Ich wollte Kritik anbringen und ihr sagen, dass ein Junktim von Asche und Ansehen noch lange keine Garantie für das ewige Leben sei – schließlich hatte die Entwicklung mir schon Recht gegeben –, aber sie wedelte meine Bedenken beiseite.

»Glauben Sie mir, junger Mann, ich habe meinen Coor vom ersten Tag an scharf im Auge behalten. Das tun Frauen sowieso alle, die so viel älter sind als ihre Männer. Bei mir kam aber noch die besondere Verpflichtung hinzu, die Ehre meiner Familie zu wahren. Ich hätte mich nie mit einem –

wie sagt man bei Ihnen in Deutschland, Windei? Nein, Windhund! – auf etwas eingelassen, niemals. Und hätte sich später etwas Ehrenrühriges herausgestellt, ich hätte ihn trotz seines Geldes davongejagt. – Nein, ich weiß keinen einzigen Grund. Wie ich schon sagte, kenne ich ihn seit `53 sehr genau. Was davor geschehen ist, weiß ich nicht. Aber seit dieser Zeit gibt es nichts, gar nichts. Da weiß ich alles von ihm. Bei dem Bekanntenkreis und den Beziehungen meiner Familie konnte er nicht einmal geheim halten, wo er sich seinen Spaß holte, für den ich längst zu alt war.«

Sie funkelte mich listig an und ließ ein Augenlid herunterklappen, was vermutlich ein Zublinzeln bedeuten sollte. »Ins *Casa Blanca* ist er gefahren und ich hab es ihm gegönnt, weil er immer dezent war und meinen Kindern in der Schweiz ein standesgemäßes Leben ermöglicht hat. Und was könnte so schwerwiegend sein, dass man einen Menschen dafür nach vierzig Jahren umbringt? – Nein«, dabei schlug sie mit ihrer knöchernen Hand auf der Sessellehne den Takt dazu, »er muss das Opfer einer Verwechslung geworden sein. Oder«, jetzt sprach sie so ruhig und überzeugend, dass sie mir wie Miss Marple vorkam, »er wurde getötet, weil man es auf Arie Voorst abgesehen hatte und keine Zeugen brauchte. – Forschen Sie in dieser Richtung, junger Mann, und lassen Sie meine Familie aus dem Spiel. Ich sage das nicht, weil ich Angst vor Enthüllungen hätte. Die gibt es nicht. Ich sage es, weil ich Ihnen unnütze Arbeit ersparen will.«

Meine Eltern hatten mir beizeiten beigebracht, von fremden Leuten nichts anzunehmen – am allerwenigsten einen guten Rat. Aber was sollte ich machen, um mehr aus ihr herauszuquetschen, ohne überhaupt zu wissen, ob mehr da war? Außerdem hatte ich gar kein Mittel, sie unter Druck zu setzen. So wie sie sich hier seit Jahren und Jahrzehnten kaserniert hatte, abgeschottet von der Außenwelt in ihrem Zuckerbäckerstil-Palast, wäre ihr Mann, der noch in der Realität gelebt hatte, der einzige Angriffspunkt gewesen. Doch der, wie Rendorf es sicherlich formuliert hätte, genoss aus der argumentativen Position der Witwe heraus den unbestreitbaren Vorzug, tot zu sein.

Mit blieb nichts anderes, als zustimmend zu nicken und mich unter Dankes- und Abschiedsfloskeln vom Acker zu machen.

* * *

Als ich mit meinem Wagen wieder auf die Bundesstraße bog, war es bereits dunkel. Der Rückweg war ein elend ermüdendes Gegurke. Zwar verlief die 206 zunächst schnurgerade, war aber als Baustelle mit Überholverbot ausgeschildert und die Höchstgeschwindigkeit hatte man auf achtzig beschränkt. Das wäre noch erträglich gewesen, hätte ich nicht vor meiner Nase einen antiken R 4 gehabt, der in einem so miserablen Zustand war, dass für ihn sechzig die Schallmauer darstellte. Als endlich das landschaftlich schönere Geschlängel durch das Waldgebiet anfing, konnte ich dies wegen der Dunkelheit nicht genießen und hatte obendrein fünfzehn Kilometer lang einen Lastwagen vor mir, gegen den der Renault wie ein Dragster beschleunigte.

Wieder in Egmond, musste ich mich für meine Mühsal mit einer tellerüberlappenden Seezunge im *De Klok* belohnen, um die Sache nicht an den Nagel zu hängen. Ich Meisterdetektiv hatte bis jetzt genau null Komma nichts zutage gefördert, und wenn mir morgen kein deus ex machina den Apfel vom Baum der Erkenntnis in den Rachen schieben sollte, konnte ich das Handtuch werfen.

Zwei gefrustete Witwen und eine vom Leben enttäuschte Geliebte, die allesamt so unvergleichlich tolle und beliebte Lebenspartner hatten, dass sich kurioserweise jemand nichts Schöneres vorstellen konnte, als sie umzubringen. Scheiße.

Ein Gutes hatte die Sache allerdings. Sie hatte mich zwar nicht von meiner Langeweile befreit, aber mich gelehrt sie zu schätzen.

Den Wagen ließ ich mal wieder leichtsinnigerweise vor dem Haus stehen, nahm aber nicht den kürzesten Weg hinter der Aussichtsdüne her, sondern ging den Zeeweg entlang in Richtung Strand. Erst, als ich da zehn Minuten lang durch den Sand gestolpert war und mir Lunge und Hirn freigeatmet hatte, war ich in der Lage, das anschließende Essen auch richtig zu würdigen.

Nach dem Essen setzte gegen meinen Willen das geistige Sortieren und Verarbeiten des Erlebten ein, und das, obwohl mir klar war, dass sich für die Nichtigkeiten die Mühe nicht lohnte. Das probate Mittel, mich von diesem Unsinn abzulenken, wäre eine intensive Jeneverkur im *t'Vlack* gewesen, aber ich wusste, welche Ausmaße das annehmen und wie ich mich morgen fühlen würde. Also siegte ein seltenes Mal die Vernunft und ich ging ins Bett.

Noch im Wegdämmern fiel mir ein, dass mir mal jemand, dem ich kein Gesicht mehr zuordnen konnte, bereits in meiner unergiebig verlaufenen Tanzstundenzeit gesagt hatte, ich würde nichts von Frauen verstehen. Abgesehen davon, dass dies im Kern auf jeden Mann zutrifft, hatte ich das Gefühl, dass von den drei hinterbliebenen Weibern nur die junge Frau Voorst wirklich betroffen war, obwohl die mit Abstand das größte Los gezogen hatte. Aber vielleicht hatte dieser frühere Jemand einfach zweihundertprozentig Recht.

5. Kapitel

Am nächsten Morgen war ich für meine Verhältnisse relativ fit, überdachte die magere Ausbeute vom Vortag und kam aus einem unbestimmten Gefühl zu dem Schluss, zunächst mit Rendorf über das ominöse Bild der Witwe Voorst zu reden und dann erst Schouten zu verständigen.

Ich erreichte ihn in seinem Büro und schilderte ihm die Sachlage. Mehr als ein »Hm, hm« ließ sich ihm nicht entlocken. Als ich das nach all meiner Herumfahrerei ein bisschen dürftig fand und mit meiner Meinung auch nicht hinter dem Berg hielt, kam erneut dieses »Hm, hm« und dann die Frage, ob ich Schouten schon informiert hätte. Ich verneinte und er riet mir, ihn wegen der Adresse des *Casa Blanca* zu kontaktieren und dort mit den Leuten zu sprechen, die Gendt gekannt hatten. Würde dies keinen neuen Anhaltspunkt erbringen, sollten wir uns zusammensetzen und abwägen, ob eine Fortsetzung meiner Mission noch Sinn hätte. Bei der Gelegenheit wollte sich Rendorf auch das beziehungsweise die Fotos ansehen.

Wie so oft erschien mir sein Vorschlag vernünftig, und nachdem wir unsere Verbindung unterbrochen hatten, ließ ich mich zu Schouten durchstellen. Das *Casa Blanca* war ihm ein Begriff – allzu viele Heimlichkeiten konnten die alten Wassersportler nicht voreinander gehabt haben – und er versprach, die Adresse für mich ausfindig zu machen. Ich sollte am Apparat bleiben.

Nach wenigen Momenten aber bedauerte er, mir die genaue Anschrift doch nicht nennen zu können, beschrieb mir aber die Lage so präzise, dass ich diesen Tempel der Lust kaum würde verfehlen können. Ich sagte zu, mich heute noch auf den Weg zu machen.

Mein Ziel lag in der Nähe von Elburg an der Straße nach Epe. Hier war die Landschaft ein wenig wellig und erschien in verschiedenen Abschnitten wie ein Double der Lüneburger Heide. Jetzt im Frühjahr fehlte ihr das kräftige Grün des Sommers und das leuchtende Violett des Herbstes. Das einheitliche Khaki weckte die Hoffnung auf besseres Wetter oder zumindest einen warmen Platz am Kamin.

Die Einfahrt zu dem Feudalpuff wurde von zwei niedrigen, weißen Mauern flankiert, die einen gebüschbestandenen Erdwall daran hinderten, auf die Straße zu rutschen. Fünfzig Meter dahinter befand sich Gendts siebenter Himmel.

Das von einem unsichtbaren Sensor gesteuerte Tor schwang auf, als ich mich mit dem 911 im Schritttempo darauf zubewegte. Während die Metallflügel hinter mir wieder zuschwangen, überlegte ich, ob es wohl eine Automatik gebe, die Autos jenseits der 150.000-Mark-Grenze erkannte und Corsa-Fahrer außen vor ließ. Im Moment jedoch wäre mir eine Schaltung am liebsten gewesen, die jedermann ohne Rücksicht auf den Wagentyp das blitzschnelle Verlassen des Grundstücks ermöglichte, denn mein Cabrio befand sich urplötzlich im Mittelpunkt des Interesses von drei ausgewachsenen Exemplaren der Gattung Rhodesian Ridgeback – eine Sorte von Kampfhunden, vor denen selbst ein Pitbull die Flucht ergreift.

Der rotgesichtige und rothaarige Mann, der in Breeches, Schaftstiefeln und Sakko auf mich zukam, die Hunde zu sich pfiff und mich zu einem Parkplatz neben dem Haus durchwinkte, hätte sich aufgrund seiner Statur ein gutes Zubrot als Dressman für Zwangsjacken verdienen können.

Als ich den Wagen abgestellt und vorsichtig die Tür einen Zentimeter geöffnet hatte, waren er und seine Kehlenbeißer verschwunden. Ich nahm das als Aufforderung, eine aus ganzen Sandsteinblöcken gehauene Treppe zum Hauseingang hochzugehen. Wieder brauchte ich mich nicht besonders bemerkbar zu machen; die Tür aus angelaufenem Kupfer glitt von alleine auf.

Den Dunkelhäutigen, der mich in Empfang nahm, hatte die Evolution als Bindeglied zwischen King-Kong und Arnold Schwarzenegger platziert. Der Überraschungseffekt wurde noch dadurch gesteigert, dass er die Besucher mit einer angenehm weichen Stimme und einer Freundlichkeit empfing, die Onkel Tom neidisch gemacht hätte. Er brauchte mich nicht erst von Kopf bis Fuß zu mustern, um sofort zu checken, dass ich das erste Mal hier war.

»Hat uns jemand empfohlen, Mijnheer?« Dabei blockierte er so massiv die ausladende Türfüllung, dass kein Sonnenstrahl an ihm vorbeipasste.

»Na klar! Ein Mensch, der es am allerbesten wissen muss. Die Ehefrau eines Ihrer Stammgäste.«

Mit den strahlend weißen Zähnen in seinem breiten Grinsen wirkte sein Schädel wie eine aufgeschlagene Kokosnuss. »Dann treten Sie doch bitte näher. – Hier entlang, wenn ich bitten darf.«

Immer seitlich von mir, vernachlässigte er seine Securityaufgaben nicht eine Sekunde. Ich hatte keine Ahnung, wie viel sie ihm bezahlten, aber er war mit Sicherheit jeden Cent wert.

»Nehmen Sie bitte einstweilen hier Platz. Die Chefin wird sich gleich um Sie kümmern.« Mit diesen Worten bugsierte er mich in einen Raum, der die Ausmaße eines Tanzsaals hatte, aber weitaus bequemer eingerichtet war.

Eine Glasfläche der Schaufensterkategorie bot den uneingeschränkten Blick auf einen Garten, der die Betrachtung allemal verdient hatte. Ich hätte wetten können, dass da ein japanischer Landschaftsarchitekt sein Meisterstück gemacht hatte. Helle Kieswege hier, dunkle Bachläufe da, bemooste Felsen im Wechsel mit Gruppen von Koniferen und meterhohen Ziergräsern ließen erahnen, welches Naturdenkmal sich dem Betrachter im Hochsommer präsentieren würde. Kein beheizter Pool, keine kleinen Lusthütten im Blockhausstil, erst recht keine Außenbar und kein Barbequeue. Man hatte gezielt auf alle diese Zutaten verzichtet, die im aktuellen Puffgeschäft die Oberklasse verkörpern sollen, um sich der wahren Spitze zu widmen – ohne Rücksicht darauf, ob der dämliche Gast dies überhaupt erkennt.

»Guten Abend.« Die Stimme in meinem Rücken war rau und tief. Ein Timbre, dass sich lebenskluge Männer die dazu passende Frau in der Realität gar nicht erst erhofften. Sie musste hässlich sein, weil es keine perfekten Frauen gibt. Eine einzige Ausnahme hatte ich mal erlebt, Rendorfs Freundin, aber sonst ...

Ich drehte mich ohne große Begeisterung um, um anschließend meine Gastgeberin mit der Intelligenz und Dreistigkeit eines Mondkalbs anzustarren.

Vor mir stand die Frau mit der Strelizie.

»Ich bin Mieke van Loon, die Betreiberin dieses Etablissements. Sind Sie jetzt schockiert?«

»Keinesfalls. Außerdem würde mir nie einfallen, mich über einen so traditionsreichen Beruf abfällig zu äußern.«

»Sie sind eben ein echter Gentleman.«

Ich war davon überzeugt, dass sie es als Kompliment gemeint hatte, auch wenn es keines war. Ein Gentleman ist nur ein intellektueller Eunuch, ein Mann, der genau weiß, wie es geht, es aber einfach nicht fertig bringt.

Ich stellte mich mit dem langweiligsten Namen der Welt vor, meinem echten und eigenen, und verbeugte mich leicht. »Danke für die Freundlichkeit, wenn ich auch meine, dass diese Bezeichnung nicht ganz den Kern der Sache trifft. Ein Gentleman genießt und schweigt. Ich bin jedoch nicht zum Schweigen hierher gekommen, sondern würde Ihnen gerne einige Fragen stellen.«

Sie lächelte auf eine Weise, die mich eine schlaflose Nacht gekostet hätte, wenn diese Art von Freizeitgestaltung bei mir nicht schon vor zehn Jahren ad acta gelegt worden wäre.

»Vom Finanzamt sind Sie nicht. Die kommen bei ihrem Gehalt nie an einen solchen Wagen. Von der Polizei sind Sie auch nicht. Die könnten sich bei den Bestechungsgeldern zwar auch einen Porsche leisten, aber dafür sind Sie zu nett. Sind Sie vielleicht ...«

Wir wurden von Schneeweißchen unterbrochen, der mir die Tür aufgemacht hatte und jetzt einen Servierwagen mit Sektkühler inklusive einer Flasche Veuve Cliquot und zwei Gläsern hereinschob, dicht gefolgt von Rosenrot ohne Hundemeute, der seiner Arbeitgeberin versicherte, dass ich alleine gekommen wäre.

Als beide wieder abgezogen waren, öffnete sie die Flasche ohne Zuhilfenahme eines Tuchs und ohne Plopp. Der eiskalte Champagner durchlief mich mit der Erkenntnis, dass das Leben eines Meisterdetektivs herrlich sein kann.

»Sind Sie nicht der Mann, der die Beerdigung mit einem Fernglas observiert hat?«

Fantastisch, auch sie hatte mich bemerkt. Aber vielleicht war es ja auch genau das, was Schouten gewollt hatte: ein Dilettant, der so zu Werke ging, dass er selbst den blödesten Serienkiller noch aufmerksam machen musste. Aus war es mit dem Traum vom gewieften Privatschnüffler. »Tja, das kann ich nicht abstreiten. Es ist nur ...«

Plötzlich war sie nur noch Geschäftsfrau, deren Laune sich auf Champagnertemperatur abgekühlt hatte. »Lassen Sie uns nicht lange herumreden. Was habe ich falsch gemacht, genauer, wer ist mit seinem Anteil nicht mehr zufrieden?«

Sie musste ein transsonisches Signal ausgesandt haben, denn im gleichem Moment öffnete sich wieder die Tür und der schwarze Gorilla betrat den Raum. Noch unschlüssig, ob er mich zerbröseln und ins Veleuwemeer streuen oder seinem Kumpel als Hundefutter überlassen sollte, versperrte er den einzigen Ausweg.

»Ich warte.«

Wie schaffen es schöne Frauen nur, so verdammt böse auszusehen? Ich muss beeindruckend dämlich aus der Wäsche geguckt haben. Jedenfalls entspannte sie sich merklich, lächelte sogar wieder und auch die hauseigene Mordmaschine entfernte sich so leise, wie sie gekommen war.

»Okay. Ich sehe schon, Sie haben keine Ahnung, was ich meine. – Dann lassen Sie die Katze mal aus dem Sack. Weswegen sind Sie hier?«

Ich erzählte die Geschichte der drei Morde in groben Zügen, gab die Version zum Besten, dass man mich als großen Aufklärer angeheuert habe, und stellte zuletzt die Verbindung zu ihr über Gendt her, der vom Club der dreizehn ihr Stammgast gewesen war.

»Nicht nur Gendt. Auch Doornik, Baltus, Siemerink und Brouwers. Ich habe aber keine Ahnung, ob die gegenseitig von ihren Besuchen wussten. Siemerink war von denen am häufigsten hier. Möglich, dass er den Burschen mal etwas vorgeschwärmt hatte. Ich hatte den Eindruck, dass die anderen mehr aus Neugier gekommen sind, Gendt ausgenommen. Die wollten sich hier nicht wirklich ausleben. Die waren auch nur ein- oder zweimal da. Siemerink dagegen kam ein- bis zweimal die Woche. Ich glaube, der hatte sich ganz schön in unsere Conny verknallt.«

Ehe ich darum bitten konnte, die kunstfertige Conny sprechen zu dürfen, klärte sie mich darüber auf, dass dieses Juwel ihrer Firma gegenwärtig in Urlaub auf Ibiza weile, um sich in der Sommersaison den Gästen nahtlos braun präsentieren zu können.

»Und wie hat die Conny die ganze Sache gesehen? Hatte sie sich in Siemerink verliebt? Hatte sie einen Freund, der eifersüchtig war?«

Sie schüttelte sehr bestimmt den Kopf. »Ich beschäftige hier nur echte Profis. Das heißt, Conny kann Job und Privatleben sehr gut trennen. Genau wie alle anderen. Und einen

Freund hat sie nicht. Die Kerle sollten selber ihre Kohle machen, sie habe keine Lust, so einen Schmarotzer mit durchzuziehen. Das hat sie immer gesagt. – Okay, sie konnte Siemerink wirklich gut leiden. Das ist ja gerade die Kunst in unserem Gewerbe, den Gast für den einen Abend zu lieben, an dem er da ist. Danach ist alles sofort Schnee von gestern. Aber wirkliche Gefühle über die strikt bemessene Zeit hinaus – niemals.«

Die weibliche Psyche wird mir auf immer ein Rätsel bleiben. »Gibt es eine Liebe, die immer nur Stunden dauert?«

»Das kommt auf die Sichtweise an. Fragen Sie am besten eine Eintagsfliege.«

Wir lachten beide, während sie uns nachschenkte. Sie war wirklich eine tolle Frau.

Weil ich merkte, dass ich auf Besorgnis erregende Weise anfing, mich hier wohl zu fühlen, und mich bereits mit dem Gedanken angefreundet hatte, dass mein Konto bei der Alkmaarer Rabo-Bank ohne weiteres einen kleinen Aderlass vertragen konnte, zwang ich mich nolens volens wieder in meine Ermittlerrolle. »Ich muss noch mal auf den Anlass meines Besuchs zurückkommen. Hat es irgendeine Veränderung im Verhalten von Siemerink gegeben oder von Gendt, die Sie stutzig gemacht hat? Hat einer mal irgendwelche Befürchtungen geäußert oder erwähnt, dass er bedroht worden sei? Oder, ganz anders, hat er mal etwas aus seiner Vergangenheit erzählt, was etwas außerhalb der Norm liegt?« Mein Gott, waren das präzise Nachforschungen!

Ich weiß bis heute nicht, wie sie es gemacht hat, aber nach ein paar Sekunden erschien wieder Schneeweißchen auf der Bildfläche. »Hol mir bitte mal den braunen Umschlag aus der rechten oberen Schreibtischschublade.« Und zu mir gewandt: »Es muss einige Wochen vor seiner Ermordung gewesen sein, da hat Coor mir ein Foto gezeigt, das ihm anonym in sein Büro geschickt worden war. Er wusste nicht viel damit anzufangen, eventuell eine Organisation, die Spenden sammeln wollte. Sie wissen doch, wenn zum Beispiel Greenpeace gegen den Robbenmord zu Felde zieht, dann verschicken die die blutigsten Aufnahmen von diesen Massakern. Aber dies Bild ist nicht blutrünstig, außerdem war keine Adresse angegeben und auch kein Begleitschreiben. – Er war nicht sonderlich beunruhigt. Trotzdem, einen Grund muss es gegeben haben, dass er das Ding nicht sofort in den Papierkorb geworfen hat. – Mir hat er gesagt, dass sein Partner Voorst und ich die Einzigen seien, mit denen er über die Sache geredet habe, nicht mit seiner Frau, noch nicht mal mit seinen Freunden. – Ihr Männer seid schon seltsame Wesen!«

Komisch, ich dachte immer, andersherum würde ein Schuh daraus. Aber die ewigen Differenzen zwischen den Geschlechtern waren hier und heute Nebensache. Dafür trat die Parallele zum Foto aus Voorsts Anzugtasche zu deutlich hervor. Ich war höllisch gespannt, was mir Mevrouw van Loon da präsentieren würde.

Als Sekunden später Schneeweißchen in gewohnter Geräuscharmut das Zimmer betrat und seiner Chefin einen braunen DIN-A5-Umschlag übergab, spürte ich ein Kribbeln entlang der Wirbelsäule, das sich angesichts meiner Ausgangsposition – ein bisschen Detektivspielen, einen Spinner beruhigen, Essen und Trinken auf anderer Leute Kosten und dann wieder ab nach Hause – gar nicht erst hätte einstellen dürfen.

Der Umschlag war ordnungsgemäß frankiert und in Amsterdam abgestempelt worden. Gerichtet war er an die Global-Bouw zu Händen von Mijnheer Gendt. Ein Absender fehlte. Sie entnahm ihm ein Foto von der Art, wie es auch Voorst erhalten hatte. Auf diesem hier war ein Mann zu sehen, dessen dicke Vermummung mit Jacke, Handschuhen und Kappe nur sein Gesicht freiließ. Er stand in einem flachen Bassin voll Wasser und zwei Männer in weißen Kitteln beschäftigten sich mit Leitungen oder Kabeln, die aus seiner Kleidung ragten. Weder auf der Vorder- noch auf der Rückseite war eine Beschriftung oder ein sonstiger Hinweis.

Ich wandte mich an die Madame des Hauses, die mich die ganze Zeit erwartungsvoll beobachtet hatte. Oh ja, für einen kriminalistischen Laien ist es immer wieder spannend, einen professionellen Ermittler bei seiner durchdacht routinierten Arbeit zu erleben.

Ich zuckte die Schultern. »Hat er Ihnen gegenüber etwas verlauten lassen, ob einer seiner Freunde ähnliche Post bekommen hat?«

»Dazu hat er sich nie geäußert.«

Grund genug für mich, über Voorsts Brief zu schweigen.

»Er hat aber noch ein Foto dazugelegt. Ich wollte wissen, warum, aber er hat das nicht kommentiert. Nur gesagt, dass es ihm schon immer gehört habe. Es ist aus dem Krieg und zeigt ihn und einige seiner Kameraden.«

Ich spürte wieder dieses Kribbeln, noch bevor sie mir das Bild herüberreichte. Es war genau so ein Abzug, wie ihn Frau Voorst in stiller Verehrung an die Wand gehängt hatte. Ich genehmigte mir einen hastigen Schluck, um mich nicht zu verraten. »Tja, für mich ist wohl nur das andere Foto interessant. Haben Sie etwas dagegen, wenn ich es mir kurz ausleihe und Kopien davon mache? Sie bekommen es bestimmt zurück.«

Sie lächelte milde. »Das können wir einfacher haben.«

Hätte es diesmal länger als zehn Sekunden bis zum Erscheinen von Schneeweißchen gedauert, ich wäre enttäuscht gewesen. Aber auf ihn war Verlass.

Exakt acht Minuten später überreichte er mir mehrere Farbkopien des Fotos, schon auf Originalgröße zurechtgeschnitten.

Was hielt meine geheimnisvolle Gastgeberin noch alles in ihrer Herberge zur siebenten Glückseligkeit für reiche, alte Männer bereit – eine Kegelbahn im Keller, einen Hubschrauberlandeplatz auf dem Dach und dazwischen einen stockwerkgroßen Viagraautomaten?

Ich bedankte mich für alles, versprach, sie bei Gelegenheit wieder aufzusuchen, um sie über meine Fortschritte zu informieren, und verabschiedete mich so schnell wie möglich. Ich hatte es eilig, mit Rendorf Kontakt aufzunehmen.

Außerdem war mir noch ein anderer Gedanke gekommen.

* * *

Wieder in Egmond, grub ich sofort Schoutens Liste aus und suchte die Telefonnummer von Klaas Revellius.

Ich hatte mir unterwegs überlegt, dass ich ihn nicht länger außen vor lassen konnte. Dafür war die Wahrscheinlichkeit einfach zu groß, dass sich von den Ermordeten aufgrund der Fotos jemand um Rat an ihn gewandt hatte. Immerhin kannten sie sich seit Urzeiten und Revellius war der Sicherheitsspezialist. Wenn sie ihm gegenüber die Karten nicht auf den Tisch gelegt hatten, bei wem dann? Ich war nämlich davon überzeugt, dass sowohl Voorst als auch Gendt die Sache nicht so einfach als belanglos abgetan hatten, wie ihre Witwen es darstellten; denn schließlich war die anonyme Post für beide Anlass genug, sich untereinander kurzzuschließen. Warum sollten sie da nicht auch Revellius befragt haben?

Nachdem ich mir geduldig seinen Firmenanrufbeantworter angehört hatte, der mich auf den nächsten Tag vertröstete und mir für den Notfall einen Mijnheer Dekker und dessen Telefonanschluss ans Herz legte, versuchte ich es mit der Handynummer, die Schouten mir ebenfalls notiert hatte.

Revellius meldete sich mit einem einfachen: »Ja?«

»Goeden avond, Mijnheer Revellius! Hier spricht Karl-Heinz Schmidt. Ich bin derjenige, der ...«

»Mit einem Fernglas die Beerdigung von Heinz beobachtet hat. Was kann ich für Sie tun?«

Karl-Heinz Schmidt, der unsichtbare Detektiv! Sicher, mein Auftrag von Schouten lautete, mich wie ein Detektiv zu benehmen, aber nicht wie ein Idiot, der einen Detektiv darzustellen versucht. Hoffentlich kam ich für den Inhaber eines millionenschweren Security-Unternehmens überhaupt noch als adäquater Gesprächspartner in Frage.

Revellius hatte mein Schweigen richtig gedeutet und lachte herzhaft in den Hörer. »Machen Sie sich nichts draus, Herr Schmidt. Ich war ja selber einer von denen, die für diesen Plan gestimmt hatten, um Brouwers und vor allem Beers zu beruhigen. Dass Sie mich jetzt anrufen, bedeutet aber wohl, dass etwas mehr daraus geworden ist, oder irre ich mich da?«

»Es ist mehr daraus geworden.«

Was sprach dagegen, Revellius ganz einzuweihen? Gut möglich, dass er mir noch behilflich sein konnte. Trotzdem ließ ich ihn mit dem Erzählen anfangen, um herauszufinden, wie weit er selbst schon gekommen war. Es stellte sich rasch heraus, dass Schouten ihm schon alles weitergegeben hatte, was er von Rendorf und mir erfahren hatte. Das war sein gutes Recht, denn schließlich war er der Auftraggeber und konnte mit den Informationen machen, was er für richtig hielt.

Anschließend war ich dran und berichtete von den Fotos. Das Gruppenbild war zwar Privatsache, aber kein Geheimnis, wie es so an der Schieferwand hing. Also würzte ich meinen Vortrag auch mit dieser Erkenntnis. Zuletzt fragte ich, ob ihn jemand aus seinem Bekanntenkreis auf solche Fotos angesprochen hätte.

Er verneinte, ohne lange nachdenken zu müssen. So etwas hätte er sich gemerkt. Aber er würde diesem Aspekt nachgehen und versuchen, den Clubmitgliedern auf den Zahn zu fühlen. Sobald er etwas erführe, würde er sich melden.

Wir wünschten uns noch einen angenehmen Abend und legten auf.

Mit Rendorf hatte ich ein Treffen in seinem Büro für den nächsten Tag vereinbart, einen Mittwoch. Den »heiligen Mittwoch«, wie er ihn zu nennen pflegte, weil er da grundsätzlich frei machte.

Ich war mittags auf die Autobahn gefahren, hatte das Radio angestellt und bummelte hinter einem Lastwagen her. Hier in Nordholland hatte man die A 9 vom Anfang bis weit hinter Schiphol mit stationären Radaranlagen zugepflastert und aus reiner Gemeinheit die Höchstgeschwindigkeit in Intervallen immer wieder auf 100 km/h abgesenkt. Ich hatte es nicht eilig und wollte kein Risiko eingehen. Weil der neue Wijkertunnel das Nadelöhr Velsen/Hoogovens entschärfte, gab es keinen Stau und ich schaffte es in zweieinhalb Stunden zu Rendorf in seine kleine Stadt im Ruhrgebiet.

Auf mein Klingeln hin drückte er den Öffner und ließ die Tür zu seiner Kanzlei im ersten Stock angelehnt. Als ich eintrat, blickte er kurz von einem Leuchtkasten hoch, den er vor sich auf seinem Schreibtisch aufgebaut und mit gerahmten Mittelformatdias belegt hatte.

Meine »Hallo, wie geht's«-Begrüßung konterte er mit einem »Bärtiger Krötenkopf«.

Ich war der Auffassung, gute Arbeit geleistet und einen solchen Empfang nicht verdient zu haben. »Ich weiß selber, dass ich nicht schön bin, aber ein bisschen freundlicher hätte das Hallo schon ausfallen können.«

»Quatsch, du Ignorant!« Er zeigte mit beiden Händen auf den Kasten. »Ich meine das Tier hier. Eine Krötenkopfagame aus Asien, genauer: ein bärtiger Krötenkopf. Ich dachte, ich tue dir einen Gefallen, wenn ich dich mit dem lateinischen Namen gar nicht erst behellige. Die Bilder habe ich vorige Woche bei einem Bekannten gemacht.«

Apropos Bilder. Damit waren wir sofort beim Thema. Ich bemühte mich, ihm meine tour de force durch die holländische Weiberei so wortgetreu wie möglich wiederzugeben, während er die drei Kopien examinierte, die jetzt an der Stelle des beiseite geräumten Leuchtkastens lagen.

Die Gruppenaufnahme mit Panzer fesselte dabei nicht so sehr seine Aufmerksamkeit wie die beiden anderen Bilder, die er schweigend eine volle Minute musterte.

Dann eröffnete er mir zu meiner großen Verblüffung: »Ich kenne diese Bilder. Nicht original genau diese hier, aber praktisch identische.«

6. Kapitel

Hirtreiter fröstelte. Warum hatten sie ihn nicht einfach schlafen lassen? Morgen fing schließlich sein Urlaub an, da hätten sie ihn diesen einen Tag nach der langen Spätschicht auch noch verschonen können. Aber nein, immer schön den Vorschriften entsprechend. Ist der Chef noch da, dann wird er auch in Anspruch genommen.

Bloß einen einzigen Tag noch und er hätte sich in den Urlaub rübergerettet. Er nahm jedes Jahr um diese Zeit eine Woche und flüchtete ins benachbarte Italien, um dem gigantischen Skizirkus zu entgehen, dessen Touristenlawine in jedem Januar das Achttausend-Seelen-Örtchen Kitzbühel mit verheerender Gewalt traf. Schlimmer als eine Naturkatastrophe. Die Abfahrt auf dem Hahnenkamm bewegte mit absoluter Zuverlässigkeit hunderttausend Touristen in den Straßen und Millionen Schilling auf den Konten. Wie sollte das erst mal in zwei Jahren werden, beim ersten Lauf im neuen Jahrtausend? Leider schien der Sport nur noch eine untergeordnete Rolle zu spielen. Dabei war in seinen fachkundigen Augen schon jeder ein Spitzenathlet, der die Streif heil herunterkam.

»Na, auf wen tätest wetten, Rudolf? I maan, wenns überhaupt wetten tätst.«

Irgendetwas stimmte mit der Heizung des Dienstwagens nicht. Obwohl sie voll aufgedreht und das Gebläse gegen die Scheibe gerichtet war, wurde es im Innenraum weder warm noch hörte das Beschlagen auf. Er nahm einen Lappen aus dem Handschuhfach und putzte über die Windschutzscheibe, erst vor dem Fahrer, dann auf seiner Seite.

»Wos is? Redest nimmer mit deine Untergebenen?«

Der Oberinspektor rutschte tiefer in seinen Sitz und nahm den Blick nicht von der Straße. »Ah, Schmarren! Ich bin noch nicht wach. Hättest du mich da nicht rauslassen können?«

Der zehn Jahre jüngere Bezirksinspektor schmunzelte. »Oba du bis der Booss. Und in Urlaub bist net und an Pensionist bist no lang net. Oiso, wos hät i denn tun solln?«

Lanninger hatte natürlich Recht. Trotzdem wäre er jetzt lieber im Bett gewesen als in diesem kalten, feuchten Wagen auf dem Weg zum Schwarzsee.

»Na, sags scho! Auf wen tätest wetten?«

Der Bezirksinspektor war selbst ein begeisterter Skifahrer. Hirtreiter wusste, dass er sich in diesem Thema verbissen hatte und keine Ruhe geben würde, bis er eine Antwort bekam. Es war erst vier Jahre her, da hatte sich Lanninger mit geliehener Rennausrüstung die Streif runtergestürzt und war sogar unten angekommen, ohne sich einen Knochen zu brechen. Seither hielt man ihn bei der Mordkommission für eine Art von Jung-Siegfried, der zumindest seine Haxen in Drachenblut gebadet hatte.

Hirtreiter gähnte. »Auf den Maier.«

So viel Sachverstand nötigte dem Bezirksinspektor ein anerkennendes Nicken ab. Ihm war bekannt, dass sein Chef jedesmal vor dem Ansturm der Fremden flüchtete. Doch das war typisch für ihn, sich auch in Sachen auszukennen, für die er sich eigentlich gar nicht interessierte. Vorsichtshalber fragte er aber dennoch: »Welchen maans denn?«

»Den mit ai natürlich, den Hermann Maier. – Und du?«

»Stimmt scho, obwohl, der Strobl, der is heuer ...«

»Welchen Strobl meinst?«

Donnerwetter, da schlug ihn der Kerl mit seinen eigenen Waffen. »Ei ja, den Fritz. Der hot derzeit ane brillante Form, heuer a bisserl besser ois der Pepi. Oba der Maier is scho recht. Des is an Viech. Do bin i zumindest sicher, dass der net o zum singen anfangt wie der Hansi.« Lanninger kicherte vor sich hin. »Der Monster-Maier, der ko ja net amol sprechen.«

Hirtreiter kannte die Schwäche seines Kollegen für Beatmusik aus den sechziger Jahren, obwohl er da gerade erst auf die Welt gekommen war. Lanninger verabscheute alpenländische Volksmusik, insbesondere aber Hans Hinterseer, den über die Landesgrenzen hinaus bekannten local heroe des Ötzi-Folk. Der Skifan Lanninger nahm dem Weltklasseabfahrer übel, dass der es nicht beim sportlichen Ruhm belassen hatte, sondern sich für dicke Kohle in der Stadlscheiße von Karl Moik wälzte und unter die Räder von Caroline Reibers rollendem R gekommen war. Maier war alpines Urgestein, Hinterseer ein Schnulzenstricher.

»Du kannst auch nicht richtig sprechen, mein lieber Martin, jedenfalls nicht nach der Schrift. Dabei wäre das in deinem Beruf viel wichtiger.«

»Wenn es darauf ankohommt, Herr Oberhofrat, dann kann i des scho.«

Der Wagen sprang und bockte über vereiste Miniaturwälle, zu denen der Verkehr vom Vortag den Schneematsch auf der Straße aufgetürmt hatte. Lanninger bog auf den Parkplatz des Freibades, auf dem bereits ein Einsatzwagen und zwei zivile Fahrzeuge der Gendarmerie standen. Hirtreiter war froh, aussteigen und sich strecken zu können. Für die schneidende Kälte wurde er vom faszinierenden Postkartenpanorama eines winterwonderland entschädigt, wie es Bing Crosby in dieser Vollkommenheit nicht schöner hätte besingen können. Erste Sonnenstrahlen brachen sich mit strahlenden Facetten in Myriaden von Kristallen unter einem Himmel von klarem, transparentem Blau.

Welcher Idiot suchte sich einen solch wunderbaren Tag zum Sterben aus?

Den Idioten lernten sie zehn Minuten später kennen, als sie sich in den Fußstapfen ihrer Kollegen am Zaun des Badegeländes entlang zum hinteren Seeufer vorgearbeitet hatten, das als Naturschutzgebiet ausgewiesen war. Vielleicht war er ja gar kein Idiot und hatte sich den Tag gar nicht ausgesucht? Der Mann war offensichtlich eines gewaltsamen

Todes gestorben, und Mörder fragen ihre Opfer in den seltensten Fällen, ob sie auch wirklich abtreten wollen.

Nach Hirtreiters Schätzung war der Mann über siebzig, machte aber einen kräftigen und gesunden Eindruck, sodass er sich mit der Natur durchaus noch auf einige Jährchen hätte verständigen können, hätte ihnen nicht ein Dritter dazwischengefunkt. Sein teurer, dick wattierter Skianzug war der letzte Chic, für die Pelzstiefel hätte ein Polizeibeamter einen Monatslohn hinlegen müssen. Die Handschuhe waren gefütterte Fäustlinge.

Der Körper war durch das brüchige Eis gesunken und schwamm im Wasser, während der Kopf durch eine halbkreisförmige, aufblasbare Schwimmhilfe im Nacken an der Luft gehalten wurde, sodass ein Ertrinken ausgeschlossen war. Hände und Füße waren mit dünnen Ketten aneinander gefesselt. Der Mund war verklebt, die Nase freigelassen – das Opfer hatte atmen sollen, aber nicht schreien können.

Hirtreiters erstem Eindruck zufolge hatte der Täter sein Opfer nicht ertränken, sondern erfrieren lassen wollen. Da hätte er ihn doch auch einfach im Schnee ... Blödsinn. Der Skianzug hätte die Kälte erst im nassen Zustand durchgelassen.

Trotzdem, warum die Mühe mit dem Wasser? Wenn es nur ums Erfrieren gegangen wäre, hätte er dem Mann bloß den Skianzug wegnehmen müssen, dann Hände und Füße fesseln, danach einfach liegen lassen. Der Täter hatte aber exakt diese Todesart für das Opfer gewollt, sonst hätte er die Schwimmhilfe nicht mitgebracht. Warum?

Hirtreiter war ungefähr zwanzig Meter vom eigentlichen Tatort entfernt stehen geblieben, um die Szenerie auf sich wirken zu lassen. Lanninger hatte in der Zeit die Kollegen befragt und einen Uniformierten zum Rapport rübergeschickt.

Dieser trat in der Kälte von einem Bein aufs andere und stieß beim Sprechen große Kondenswolken aus. »Also, Herr

Hofrat, Sie wollen es hier draußen bestimmt nur in aller Kürze. Deswegen ...«

Hirtreiter winkte unwirsch ab. »Ich bin nur Oberinspektor, aber ja, ich will es in aller Kürze.«

»Also, Tatzeugen keine, Spuren keine verwertbaren. Nicht einmal vernünftige Abdrücke im Schnee. Die vermuten, dass der Täter sich die Schuhe mit irgendwas umwickelt und dann stinknormale Einkaufsplastiktüten darübergezogen hat. Deshalb kann man nicht einmal die Schuhgröße bestimmen.«

Der Gendarm wies auf einen jungen Mann, der respektvollen Abstand zur Leiche wahrte, sich mit Lanninger unterhielt und neugierig zu ihnen herübersah. »Das ist Herr ... Moment ...« Er blätterte mit steifen Fingern in einem Notizbuch. »Herr Michael Böttcher aus Deutschland, genau gesagt aus Castrop-Rauxel.« Dabei schüttelte er den Kopf, als könne er nicht fassen, dass es im deutschsprachigen Raum eine Ortschaft gab, die nicht einen ähnlich normalen Namen wie Kirchbichl oder Eriklegg hatte. »Der wohnt da auf der anderen Seite vom Ort«, sein Arm deutete nach Kitzbühel hin, »und arbeitet im Cordial Hotel, wo er eine Ausbildung als Hotelkaufmann macht.« Der Arm zeigte jetzt in Gegenrichtung. »Der ist morgens immer früh dran, weil er zu Fuß geht und die Abkürzung hier hinterm See her nimmt, sagt er. Er wollte mal sehen, wie dick das Eis schon ist, und ist deshalb auf den Steg hinaus. Da hat er die Beine vom Toten drunter wegschau'n sehn. – Das Opfer war übrigens mit einer Schnur so am Steg angebunden, dass es nicht hervortreiben konnte. Ich vermute«, dabei blickte er mit wichtiger Miene von seinen Notizen auf, »dass der Täter sein Opfer möglichst lange möglichst unentdeckt halten wollte.«

Das passte zu Hirtreiters Vermutung, dass man den Mann nicht hatte ertrinken, sondern erfrieren lassen wollen. So was braucht Zeit. »Tja, gut, danke, Herr ...?«

Der Gendarm deutete eine leichte Verbeugung an. »Wondratscheck, Herr Oberinspektor, Adolf Wondratscheck.«

Warum nicht? Mit so einem Namen konnte man es in diesem Kaiserreich weit bringen. »Ja, Herr Wondratscheck, dann schicken Sie mir doch bitte mal Herrn Böttcher herüber.«

»Sofort, Herr Oberinspektor. Und noch eins – wir wissen schon, wer der Tote ist.«

Das war allerdings eine Riesenüberraschung. Schließlich trieb die Leiche immer noch im Wasser und war offensichtlich noch nicht nach Papieren durchsucht worden.

»Es ist nämlich so, dass der Tote Gast ist ... Gast war im Hotel, wo der Herr Böttcher arbeitet, im Cor ...«

»Sie sagten es bereits, im Cordial Hotel. Das möchte ich aber lieber alles aus erster Hand hören. – Sagen Sie jetzt bitte Herrn Lanninger, dass ich mit Herrn Böttcher sprechen möchte.«

Der Gendarm sprintete davon, soweit dies der kniehohe Schnee zuließ.

Cordial Hotel. Das war dieses neue Golfhotel, das sie im Stil eines italienischen Dorfes errichtet hatten. Kein Betonklotz, sondern mehrere kleinere Häuser unauffällig in die Landschaft gebettet. Einige Chalets, Römertherme, Dampfgrotte und alles erdenkliche Zick und Zack, das bei einer Grundmiete von vierzigtausend Schilling für sieben Tage ohne Zicken noch sehr zackig extra bezahlt werden musste. Wenn er sich eine solche Komfortwoche in einem Anfall von Realitätsverlust geleistet hätte, wüsste er danach nicht, wovon er in den folgenden Monaten leben sollte.

»Sie wollten mich sprechen, Herr ...?«

»Hirtreiter. Ich hab das Vergnügen, aufgrund Ihrer Entdeckung aus dem Schlaf gerissen worden zu sein, um hier in der Arktis die Ermittlungen zu leiten. – Nein, bitte, das soll kein Vorwurf sein. Selbstverständlich haben Sie sich korrekt und genau richtig verhalten. – Wie haben Sie uns überhaupt so schnell aus dieser Wildnis erreicht?«

Natürlich, ein Handy. Hirtreiter musste endlich begreifen, dass heutzutage selbst in der Ausbildung befindliche Almosenempfänger solche Statussymbole mit sich herumtrugen. Was, wie hier, im Einzelfall durchaus nützlich sein konnte. Er rief Lanninger rüber, dass der ihn später mit dem Wagen vom Cordial abholen solle, und ging mit Böttcher durch den Wald und über den Hügel zu dessen Arbeitsplatz, während er sich von ihm berichten ließ.

Böttcher war ein junger Mann von kaum zwanzig Jahren, in dem die Faszination, mitten in einer echten Polizeiermittlung zu agieren, und der Schock des plötzlichen Leichenfundes einen Kampf austrugen, der einer geordneten Geschehensschilderung nicht gerade zuträglich war. Daher erzählte er unterwegs auf dem gewundenen Waldpfad schon zum dritten Mal seine Geschichte. Der Mann im See hieß Bannister, hatte vor vier Tagen eingecheckt und das Leben eines typischen Wintertouristen geführt, der für rasante Abfahrten oder gefühlvolles Wedeln auf den Hängen schon zu alt war. Lange Spaziergänge in der gesunden Luft, noch längeres Ausschlafen, eine Fahrt mit dem Pferdeschlitten, gutes Essen und Trinken. Er war ein gern gesehener Gast an der Cocktailbar und hatte sich dort an jedem Abend spendabel gezeigt, was ein Pseudo-Reicher, der sich den Urlaub vom Mund absparen musste, bei den hiesigen Preisen höchstens eine Stunde durchgehalten hätte. Er war mit anderen Gästen gut klargekommen, hatte sich aber niemandem besonders eng angeschlossen. Alles in allem hatte er den Eindruck eines wohl situierten Seniors gemacht, der es sichtlich genoss, sich keinem Terminplan oder sonstigen Zwängen mehr unterwerfen zu müssen.

Dass er ihn hier unter dem Steg entdeckt hatte, war reiner Zufall.

Hirtreiter hörte schon nach dem zweiten Mal nicht mehr genau zu. Das ständige Auf und Ab im über einen Meter hohen Schnee hatte ihn ins Schnaufen gebracht. Noch mehr lenkte ihn aber ein vages Bild von der Geschichte des aufgeregten Hoteliers in spe ab, das sich immer wieder dann in Nebel auflöste, wenn es kurz davor stand Konturen anzunehmen. Ein Mann im Wasser, dicke Jacke und ...?

»Das war doch korrekt, Herr Hinterreiter, dass ich meinen Chef angerufen und ihm ...«

»Hirtreiter!«

»Wie bitte?«

»Mein Name ist Hirtreiter.«

»Oh, entschuldigen Sie bitte! Was für ein Fehler! Gut, dass mein Chef jetzt nicht hier ist. Das ist nämlich das Erste, was sie uns beibringen, dass wir uns die Namen unserer Gesprächspartner merken. So was schafft eine persönliche Beziehung und Vertrauen, wissen Sie? – Schön, dass Sie nicht böse sind, dass ich meinen Chef ...«

Ein Mann im Wasser, dicke Jacke, dicke Handschuhe und ...? Es fehlte nicht viel und der Oberinspektor hätte sich mit der Hand vor die Stirn geschlagen, um das wieder verblassende Bild in seinem Hirn festzunageln.

»Sehn Sie, da vorne ist es schon. Seien Sie nur vorsichtig auf der kleinen Brücke hier, darauf ist es immer so glatt.«

Es fehlte gar nicht mehr viel und der sonst so gelassene Oberinspektor hätte jetzt lieber den beflissenen Hotelkaufmann mit der Hand vor die Stirn geschlagen. Er beschränkte sich jedoch noch gerade rechtzeitig auf ein tiefes Durchatmen und bewältigte die letzten Meter im Eilschritt.

Ein merklich besorgter Direktor, der den überwältigenden Blick auf das Massiv des Wilden Kaisers genauso wenig würdigte wie die beiden, empfing sie am Rondell vor dem Haupteingang. Er brauchte gar nichts zu sagen, seine Augen flehten beredt genug: Bloß kein Skandal, bloß keine Verbindung des Toten mit diesem Hotel, bloß nichts an die Gäste weitergeben!

Hirtreiter kannte die Haupteinnahmequelle seines Heimatlandes und daher auch die Sorgen und Nöte eines Mannes, der ausschließlich vom Tourismus lebt. Deshalb sagte er nach der formellen Begrüßung nur: »Lassen Sie uns direkt auf sein Zimmer gehen.«

In der altrosa glänzenden Marmorhalle waren durch Kochmützen geadelte Hilfskellner damit beschäftigt, auf rustikalen Holzkarren ein deftiges Mittagsbüfett für die Gäste herzurichten und Fresspakete für die Skihasen zusammenzustellen, die erst nachts wieder im Hotel eintrudeln würden.

Während sie auf den Lift warteten, betrachtete Hirtreiter zwei an der Wand hängende geschlossenen Fensterläden, in die man *Unser größter Schatz* eingebrannt hatte. Der Oberinspektor wusste, zu wie viel Originalität seine Landsleute im Stande waren, und vermutete zutreffend einen Spiegel dahinter. Gab es tatsächlich noch Menschen, die sich nach dem Aufklappen hofiert und nicht verarscht fühlten? Bevor er seinen Tipp loswerden konnte, den Spiegel lieber ehrlich mit Dollarscheinen zu bekleben, öffneten sich die Fahrstuhltüren.

Als sie den Aufzug im zweiten Stock verließen, war Hirtreiter sofort klar, dass er seine Hoffnungen begraben konnte, im Zimmer etwaige Spuren des Täters zu finden. Aus der Tür des Nachbarzimmers schob eine gedämpft Fröhlichkeit verbreitende Putzkolonne den mobilen Reinigungswagen samt Staubsauger zum übernächsten Zimmer rüber. Kevin Bannisters – so hatte sich der Mann hier angemeldet und die Richtigkeit mit seinem Pass belegt – Feriendomizil, das so unverhofft zu seinem Sterbehospiz geworden war, hatte soeben eine Generalreinigung erfahren.

Hirtreiter versicherte dem Direktor ungefragt nochmals äußerste Diskretion und schickte ihn dann zusammen mit seinem Zauberlehrling weg. Bei der Durchsuchung wollte er nicht abgelenkt werden.

Bannister hatte nicht nur ein Zimmer gemietet, sondern eine ganze Suite. Das Wohnzimmer war größer als sein eigenes, im Schlafzimmer hätte man vor den Betten noch eine Tischtennisplatte aufbauen können und auf die Badezimmereinrichtung hätte er vier, eher fünf Jahre sparen müssen. Den Balkon betrachtete er nur durch die Scheibe, der dort liegende Schnee war unberührt.

Die Durchsuchung förderte nichts zu Tage, was für einen Touristen dieser Alters- und Vermögenskategorie ungewöhnlich wäre. Nichts, bis Hirtreiter in der Innentasche eines dezent gemusterten, dunklen Anzugs ein Foto erfühlte. Er zog es in der Erwartung heraus, ein Familienfoto, ein Bild der Enkel oder das Konterfei einer jungen Geliebten zu entdecken. Was er tatsächlich in Händen hielt, war die Schwarzweißaufnahme eines Mannes in SS-Uniform, der sich in einem Wald über einen am Boden liegenden KZ-Insassen beugte. An den Bäumen um ihn herum hatte man andere Gefangene an ihren auf den Rücken gefesselten Händen aufgehängt.

Die Geschwindigkeit, mit der sich die nebulöse Vision jetzt vor seinem geistigen Auge verfestigte, traf ihn wie ein Faustschlag in den Magen, traf ihn mit solcher Wucht, dass er sich auf das Bett setzen musste.

Ein Mann im Eiswasser, gefütterte Jacke, gefütterte Handschuhe ... und eine dicke Fliegerkappe!

Vor Jahren war er im Rahmen eines Austauschprogramms in München gelandet und hatte dabei auch eine Führung durch das KZ in Dachau mitgemacht. Dort hatten die Nazis an Gefangenen medizinische Versuche angestellt, unter anderem ausprobiert, welche Überlebenschancen ein abgesprungener Pilot hatte, der im Polarmeer gelandet war. In der ehemaligen Waschhalle, die Fotos von der Entstehung bis zur Befreiung des KZs zeigte, da, wo auch Bannisters Bild in Lebensgröße hing, gab es das Foto eines Russen, den man in voller Fliegermontur in ein Becken mit Eiswasser legte. Auf dem Bild daneben schwamm der Gequälte im Wasser wie Bannister im Schwarzsee, durch Landesgrenzen und mehr als ein halbes Jahrhundert voneinander getrennt. Brüder im Tode.

* * *

Auf der Rückfahrt sprachen Hirtreiter und Lanninger die Sache durch. Beide waren lange genug dabei, um schnell einer Meinung zu sein. Dies war wieder ein Verbrechen, das nicht aufgeklärt, geschweige denn gesühnt werden würde, sondern wieder nur verwaltet.

Der oder die Täter kamen mit an Sicherheit grenzender Wahrscheinlichkeit nicht aus Österreich. Bannister war nie zuvor im Lande gewesen, erst vor wenigen Tagen eingereist. Egal, wie perfekt er sich abgestrampelt hätte, sich aus welchem Grund auch immer Todfeinde zu machen, das ganze Mordarrangement wäre nicht in dieser kurzen Zeit über die Bühne gegangen. Und dass sein Exitus von langer Hand vorbereitet war, bewiesen die näheren Umstände seines Todes.

Hirtreiter hasste es, Fälle auf diese Weise abschließen zu müssen. Aber ihm war klar, dass es vor Ort keine Möglichkeit geben würde, die Sache erfolgreich zu Ende zu führen. Man müsste in der Heimat des Toten forschen können, seine Freunde und Verwandten ausquetschen. Er hatte den Tod mit ins Land gebracht, das war Tatsache. In Österreich würde es keine Lösung geben.

Aber eine Dienstreise nach Amerika, England, Australien, wo immer der Tote hergekommen war – bei den Kosten?

Also Verwaltung, nichts als Verwaltung. Zum Kotzen.

7. Kapitel

Ich beugte mich über seine Schulter und sah mir das Foto, auf das Rendorf tippte, zum wiederholten Male an.

»Im Konzentrationslager Dachau – da hängen ähnliche Bilder übrigens in riesigen Vergrößerungen – führte ein Dr. Rascher tödliche Experimente an lebenden Menschen durch, angeblich, um unter so echten Bedingungen wie nur irgend möglich auszuprobieren, wie man deutsche Soldaten aus Notsituationen retten könnte. Hier, der junge Mann, der in den Gurten hängt, befindet sich in einer Unterdruckkammer, in der man einen Flugzeugabsturz aus großer Höhe simulieren kann. Ich kann dir in einem Buch über das KZ eine komplette Bilderreihe davon zeigen. Auf dem letzten Foto siehst du das Gehirn bei abgesägter Schädeldecke. Der Mann auf dem anderen Bild, ein junger Russe in Kriegsgefangenschaft, hatte dieselben Überlebenschancen. Sie haben ihn zuerst in Fliegermontur und dann stundenlang in eiskaltes Wasser gesteckt, weil die Schweine mal sehen wollten, wie sich einer fühlt, der über dem Polarmeer abgesprungen ist.«

Ach du Scheiße! Das also war der Inhalt der anonymen Botschaft. Es ging um bei Experimenten zu Tode gemarterte Menschen. Aber das war natürlich nicht der ganze Inhalt. Ein paar Wochen später waren die Empfänger ermordet worden. Was wollte der Absender mit den Bildern bei den Opfern erreichen? Wollte er sie vor einer drohenden Gefahr warnen? War er mit dem Täter identisch und wollte seine Opfer vorher noch psychisch quälen? Sollte eine Erinnerung an frühere Ereignisse geweckt werden?

Auf meine entsprechenden Fragen hin wiegte Rendorf bedächtig den Kopf. »Ich weiß es wirklich nicht. Es ist einfach zu früh, sich bei den wenigen Erkenntnissen, die wir haben, jetzt schon auf eine Theorie zu versteifen. Vielleicht kämen wir weiter, wenn sich zwischen diesen Bildern und dem Gruppenfoto ein Zusammenhang herstellen ließe, aber du hast ja selbst gesagt, dass die nicht unbedingt etwas miteinander zu tun haben und du nur zufällig auf das erste Panzerbild gestoßen bist. – Wenn wenigstens Siemerink auch so ein Mordbild erhalten hätte, dann sähe ich schon etwas klarer, aber so?«

»Meinst du, weil wir dann als gesichert davon ausgehen könnten, dass alle drei von demselben Täter umgebracht worden sind?«

Meinem Freund war es sichtlich unangenehm, sich so die Würmer aus der Nase ziehen zu lassen, ohne sich selbst schon eine feste Meinung gebildet zu haben. Aber schließlich hatte ich eine ganze Masse Rennerei erledigt, da war er mir was schuldig.

»Das setze ich sowieso voraus. Aber überleg doch mal, wie die drei gestorben sind, heute, wo sie dir schon im Kindergarten für eine Flasche Wodka eine Automatik eintauschen. Warum nimmt jemand das Risiko in Kauf, dass die Tötung einige Zeit dauert beziehungsweise sogar total misslingt, weil ein Notarzt noch eintreffen kann oder so was? Einem ist der Schädel eingeschlagen worden, zwei wurden mit Abgasen erstickt. Das sind doch typische KZ-Todesarten. Die Wärter haben die Häftlinge zu Hunderten totgeprügelt und zu Tausenden vergast, zuerst in speziellen Lastwagen, dann in Gaskammern. – Wenn ich mich nicht irre, Karl-Heinz, dann ist hier jemand dabei, einige alte Männer auf die Weise zu ermorden, wie es die Nazis vor einem halben Jahrhundert mit den Juden gemacht haben. Was wiederum bedeutet, dass Brouwers kein Spinner, sondern sogar der einzige Realist dieses Yachtclubs ist.«

Er schob die Fotos von sich weg und lehnte sich in seinem Sessel zurück. »Du kannst deine Rolle als Schauspieler vergessen. Hier ist wahre Detektivarbeit gefragt.«

Rendorf nahm eine Flasche Old Smuggler mit zwei Gläsern von einem Schränkchen in der Ecke und wir gingen durch eine ausladende Schiebetür in den Nebenraum, wo wir es uns auf einer schweren Sitzgruppe aus dunklem Nappaleder bequem machten. Aus einem Wurzelholzhumidor bedienten wir uns mit Coronas, und als die Zigarren brannten, ging Rendorf noch mal zum Schreibtisch zurück und holte das Gruppenbild herüber. Er warf es mir in den Schoß und fragte: »Für was hältst du die Holzkonstruktion da im Hintergrund, dieses verschwommene Gebilde?«

Viel ließ sich nicht erkennen. Ich blieb bei der Meinung, die ich von Anfang an gehabt hatte. »Sieht aus wie ein Hochstand.«

»Genau. Und was für einen Zweck hat so ein Hochstand? Eine bessere Schussposition zu gewährleisten. Wenn man das nun in Verbindung mit einem KZ bringt, was könnte es dann sein? Meinst du nicht, dass ein Wachturm in Frage käme? – Ich sag dir ganz ehrlich, dass ich selbst sehr unsicher bin. Die zwei anderen Bilder stammen aus Dachau. Aber die Türme dort hatten fast schon Hausformat. In einen einzigen passten an die zwanzig Wächter. Dachau ist das nie und nimmer. Aber vielleicht ein Außenlager?«

Er nahm einen tiefen Zug, reicherte das Nikotin in seinem Körper mit zehn Jahre gelagertem Alkohol an und war zu einem Entschluss gekommen. »Du musst zurück nach Holland, Karl-Heinz. Du musst die Vanenburg fragen, ob Siemerink auch so ein Foto bekommen hat. Und du musst der alten Gendt das Gruppenbild unter die Nase halten und aus ihr rausquetschen, wen sie davon kennt. Ich kümmer mich um Ludwigsburg. – Vorher ist alles nur Spekulation.«

Bevor er sich wieder seinem Krötenkopf zuwandte, murmelte er noch: »Wir müssen tiefer graben, als ein Grab ist.« Weil er kein Kerl ist, der sich mit fremden Federn schmückt, setzte er gleich hinzu: »Trevor Howard in *Der dritte Mann*.«

Ich wählte die Route über den Markermeerdeich, weil der Himmel klar und trocken blieb, entschied mich aus Zeitgründen aber im letzten Moment dagegen. Auf der A 7 konnte ich es heute noch bis zu Anne Vanenburg schaffen, und – offen gestanden – es war mir nicht unangenehm sie wieder zu treffen. Eine solche Begegnung wollte ich mir nicht damit versauen, mich selbst unter Zeitdruck zu setzen und im Anschluss an eine Hetzjagd nach Süden runter in den zweifelhaften Genuss zu kommen, in Gegenwart der knorrigen Mevrouw Gendt den Tag beschließen zu müssen. Die Witwe Gendt würde ich mir für morgen lassen. Dann sollte genug Zeit sein, mir hinterher stundenlang den Frust aus dem Hirn zu spülen.

Im Gegensatz zu meinen schönsten Erwartungen ließ der Frust aber schon heute nicht lange auf sich warten. Meine erotische Anne war nicht zu Hause. Damit ich den Weg dennoch nicht ganz umsonst gemacht hatte, schob ich ihr Kopien der beiden KZ-Fotos unter der Tür durch, begleitet von einem schnell gekritzelten Kommentar plus Name und Telefonnummer.

Voorst und Gendt wurden diese Bilder kurz vor ihrem Tod zugestellt. Hat Siemerink auch so etwas bekommen? Bitte um baldigen Rückruf.

Weil der Tag damit sowieso im Eimer war, gab ich Gas und machte die Ochsentour nach Den Haag runter. Erst auf der N 206 fiel mir ein, dass ich verabsäumt hatte mich vorher anzumelden, und die Gnädigste wohl entweder schon auf dem Krankenhaustrip war oder mich wegen fehlender Besuchsankündigung aus purer Blasiertheit nicht vorlassen würde.

Solche Gedanken trugen nicht gerade dazu bei, meine Stimmung zu heben, stellten sich aber als überflüssig heraus. Frau Gendt war daheim und gewillt mich zu empfangen.

Ich hatte keine Laune auf eine lange Einleitung. Zusätzlich hatte mich der Marsch durch den häuslichen Irrgarten genervt, immer den Schwabbelarsch der abtörnenden Haushälterin vor Augen. Ich musste mich schwer zusammenreißen, um nicht meine Miesepetrigkeit an der unschuldigen Witwe auszulassen.

Ich machte es knapp. »Danke, dass Sie mich empfangen haben.« Diese originelle Einleitung brachte mir ein huldvolles Handwedeln ein. »Und ich will Sie auch nicht lange belästigen. Sehen Sie sich bitte nur kurz dieses Foto an und sagen mir einfach, ob Sie darauf jemanden erkennen.«

Die Zeit, die ich gebraucht hatte, um von Alkmaar hierher zu fahren, benötigte sie ihre Brille zurechtzufummeln, sie wieder abzunehmen, zu putzen, wieder aufzusetzen, geradezurücken. Dann kam die Stehlampenaktion, bei der ich auf ihr Geheiß die Funzel so lange umpositionieren musste, bis sie den Lichteinfallswinkel für blendfrei hielt.

»Junger Mann, ich bin sicherlich alt, aber noch lange nicht senil. Ich werde doch meinen Mann noch erkennen, egal, wann das Foto gemacht worden ist. Da, sehen Sie«, die Gichtkralle schabte in der linken Bildhälfte herum, »der dritte, das ist er. Und sofort daneben sein ewiger Freund und Blutsbruder Arie Voorst. Die zwei Unzertrennlichen, hoho. Und ganz rechts, der Kleine, das ist dieser kribbelige Pieter, wie heißt der doch noch gleich ... Beers, ja genau, Beers. Die anderen kenn ich nicht. – War das alles?«

Gott sei's gedankt, ja, das war alles. Karl-Heinz Schmidt konnte seinen berühmten Alarmstart hinlegen und flüchten.

Sie musste auch Columbo gesehen haben, denn als ich unter vielen Dankesbezeugungen schon die rettende Tür erreicht hatte, kam ihre Frage: »Was machen die Jungs sich denn da eigentlich für einen Spaß mit den Verkleidungen, was soll der Schabernack?«

»Das, gnädige Frau, sind Uniformen. Das Foto ist im Zweiten Weltkrieg gemacht worden, die Männer waren Soldaten.«

Sie gab sich keine Mühe, den gehässigen Unterton in ihrer Stimme zu verbergen. »Ich wiederhole mich ungern, junger Mann. Wenn ich Ihnen sage, dass ich nicht senil bin, dann können Sie mir ruhig glauben. Ich weiß, dass das Uniformen sind und die Männer auf dem Bild Soldaten waren. Ich habe den ersten und den Zweiten Weltkrieg mitgemacht und weiß, wie Soldaten aussehen. Insbesondere weiß ich, wie unsere Soldaten aussehen. Und eines ist mal sicher, was Ihnen anscheinend nicht aufgegangen ist: Die Uniformen auf dem Bild sind keine holländischen!«

* * *

Diesmal stellte ich den Wagen in die Garage und ging langsam von der Rooseveltstraat am Zierteich mit seiner Miniaturmenagerie vorbei zur Torensduin. Ich brauchte jede ruhige Sekunde zum Nachdenken.

Aber wie ich auch grübelte, die Sache wurde und wurde nicht rund.

Ich als typisches Nachkriegskind und demonstrierender Achtundsechziger kannte mich mit Militaria nicht aus. Bei Uniformen konnte ich einen Luftwaffengeneral vom Straßenbahnschaffner, einen Admiral vom Hotelportier nicht unterscheiden. Hier musste Rendorf, dem die falschen Uniformen auch nicht aufgefallen waren und der also ungefähr mein Fachwissen haben dürfte, seine Beziehungen aktivieren.

Aber eine Idee, die ich für brauchbar hielt, kam mir, als ich zu Hause mein Telefon sah. Ich nahm mir Schoutens Liste vor und wählte die Nummer von Beers.

Er war so schnell dran, als hätte er neben dem Apparat auf meinen Anruf gewartet.

»Mijnheer Beers? Hier spricht Karl-Heinz Schmidt. Nur eine kleine Frage zur guten Nacht. Wer sind eigentlich die anderen drei Männer, die neben Ihnen, Voorst und Gendt vor dem Panzer posieren?«

Sekundenlang war Stille im Hörer, der dann ganz, ganz vorsichtig aufgelegt wurde.

* * *

Am nächsten Morgen holte mich zu ungewöhnlich früher Stunde Rendorfs Anruf aus dem Schlaf.

»Du bekommst Besuch aus England.«

Der Wecker neben mir zeigte halb sechs. »Was soll der Scheiß, Armin? Bist du auf der anderen Seite der Welt und hast die Zeitverschiebung nicht mitgekriegt? Hier ist es ...«

»Halb sechs, genau wie bei mir. Ich habe die Nacht noch aufgesessen, die leidige Herpetologie, wie du weißt. Und ich wollte dich noch informieren, bevor ich mich hinlege. Ich habe mit Ludwigsburg gesprochen, das heißt, ein Freund von mir mit den entsprechenden Beziehungen hat ...«

Ich gähnte in die Muschel und bekam daher seine letzten Worte nicht mit. »Langsam, langsam, ich bin noch nicht wach. Was hat das überhaupt auf sich mit Ludwigsburg und so?«

»Ludwigsburg, mein beharrlich die jüngere Geschichte unserer Heimat ignorierender Freund, beherbergt die zentrale deutsche Verfolgungsstelle für nationalsozialistische Verbrechen, die sich folglich auch und primär mit den von den Nazis eingerichteten KZs befasst. Ich habe mir die Reise erspart und einen befreundeten Oberstaatsanwalt um Hilfe gebeten, dem ich dein Gruppenbild rübergefaxt habe. Er hat den Hintergrund sofort als einen Teil von Kolmburg identifiziert, einem winzigen KZ in der Nähe von Bergen-Belsen. Soviel man weiß, war es kein typisches Vernichtungs- oder Durchgangslager, sondern mehr so etwas wie eine Notbremse der Politbonzen. Man hatte dort Spezialisten zusammengezogen, die Falschgeld und fremde Pässe herstellen sollten, bloß für den Fall, dass es mit dem Endsieg nichts werden könnte, du verstehst? Das konnte man im RSHA natürlich nicht an die große Glocke hängen. Was hätte das für einen Eindruck gemacht, wenn auf diese Weise herausgekommen wäre, dass die Nazibosse ihren eigenen Parolen nicht trauten? Und das schon seit `42 nicht, so lange gab es das Lager nämlich schon. Es wurde im Sommer `45 von den Engländern auf eine äußerst kuriose Weise befreit, kurios vom Ergebnis her. Bei ihrem Eintreffen hatte die SS alle Gefangenen umgebracht. Der folgende Kampf hat dann den mehr als merkwürdigen Verlauf genommen, dass dabei alle Deutschen getötet worden sind, auf englischer Seite aber nicht einmal ein einziger Verwundeter zu verzeichnen war. Ist das nicht eine sonderbare Fügung des Schicksals, mein hoffentlich jetzt hellwacher Freund? Hinzu kommt, dass die Befreier das Lager vierzehn Tage später bei ihrem Abmarsch gesprengt haben. Merkwürdig, nicht wahr, wo man längst überall dazu übergegangen war, solche Orte zu Beweiszwecken für die Gräuel zu erhalten und die deutsche Zivilbevölkerung dort antreten ließ, um ihr zwangsweise vor Augen zu führen, was sie jahrelang nicht hatte sehen wollen. Und um dich noch ein bisschen mehr aufzumuntern, gleich noch eine weitere Kuriosität hinterher. Mein hilfsbereiter Oberstaatsanwalt Bärsch hat die Uniformen eindeutig als englisch bestimmt. – Was war das wohl für eine Scharade, die unsere drei Holländer in fremder Kleidung da aufgeführt haben? Aber sorge dich nicht, du musst das Rätsel nicht alleine lösen. Wir haben die Adresse eines Veteranen aufgetrieben, der damals live dabei war. Langer Rede kurzer Sinn: Der treffliche Bill Flanagan – er ist schon seit Generationen nicht mehr irisch und ein N in seinem Namen bereits bei der Übersiedlung von der grünen auf die dreckige Insel auf der Strecke geblieben, das hat er mir jedenfalls am

Telefon erzählt – wird übermorgen in Schiphol eintreffen und dort von Schouten in Empfang genommen werden. Von dem erfährst du dann mehr. Und jetzt, mein geschwätziger Freund, wünsche ich dir noch einen geruhsamen Rest der Nacht.«

Damit legte er auf, ohne mir die Chance zu geben, mit »Auf Wiederhören« wenigstens etwas von Belang gesagt zu haben.

* * *

»Na, das ist aber mal verflucht nobel von Ihnen, Sir, so'n alten Hund wie mich in so'n schniekes Lokal einzuladen. Und dann noch die Getränke inklusive, wirklich, Sir, ohne Scheiß!«

Wir saßen zu dritt im *Oude Clipper* und warteten nach einem Lachscarpaccio und einem Filetsteak in Barolosauce auf ein Baiser mit Eisfüllung. Es war Vorsaison und daher ausreichend Platz. Weil wir aber ungestört sein wollten, hatten wir die hintere Abteilung des Restaurants belegt, die Yanni, die ebenso beliebte wie beleibte Wirtin, nur in absoluten Stoßzeiten öffnete. Oder auf Wunsch eines Stammgastes, so wie jetzt.

Wir – das waren außer mir Schouten, der unseren Gast vom Flughafen abgeholt, im Suiderduin einquartiert und danach hierher geschleppt hatte, und ein überaus dankbarer Bill Flanagan, der sich gar nicht darüber beruhigen konnte, dass man einen pensionierten Briefträger mit so exquisiten lukullischen Genüssen überhäufte.

Ich wusste nicht, wen mein Unterbewusstsein erwartet hatte. Wahrscheinlich einen dieser Panavision-Colonels mit sandfarbenen, angeklatschten Haaren, Seitenscheitel und exakt gestutztem Schnurrbart, die beim Reden stehen und auf den Fußballen wippen. Dieses Exemplar eines körperlich leicht qualligen, dabei ständig grundgütig landpfarrerisch lächelnden Alten hatte schwarzgraue Haare, deren Mittelscheitel neunzig Prozent der Schädelfläche einnahm. Was ihn bei seiner Größe von knapp einsfünfundsechzig adelte, war der Umstand, dass er sich in seinen flachen Schuhen nicht dadurch erniedrigte, sich selbst durch Einlegesohlen zu erhöhen. Beim heiteren Beruferaten wäre sein Schweinderl zehnmal voll gewesen, bevor jemand auf Kriegsheld getippt hätte.

Auf der anderen Seite hatte er gegen Hitler und Himmler gekämpft. Die hatten auch nicht ausgesehen wie Mister Universum und trotzdem die Welt in Atem gehalten. Im Gegensatz zu ihnen hatte mein Gast den Krieg überlebt, und obendrein als Sieger. – Ich würde ihn nicht unterschätzen.

Ich wollte Informationen von ihm und er sich nach Kräften revanchieren. Deshalb hatte er uns bei Vorspeise und Hauptgang schon beinahe alles über den Teil seines Lebens erzählt, den er für den wichtigen hielt. Es war die Zeit, in der er im Zweiten Weltkrieg in der englischen Armee gedient hatte.

Vorher hatte er sich zum Fernmeldetechniker ausbilden lassen und kaum seine Stelle bei der Post angetreten, als er eingezogen wurde. Weil er vergessen hatte, sich rechtzeitig den Heimatschuss zu holen, kam er als einer der Letzten zurück und musste sich mit den Jobs bescheiden, die die schlauen Frühheimkehrer den Helden übrig gelassen hatten. So wurde er Briefträger, weil das die einzige Möglichkeit für ihn war, wieder eine Uniform zu bekommen. Das hielt er zehn Jahre durch, als verlockendes Fernziel eine magere Rente vor Augen. Als er eines Abends bei einem Gläschen Stout seine Situation überdachte, kratzte er seine wenigen Spargroschen zusammen und machte sich auf den Weg nach Kanada, wo er sich als Bergmann, Schweinezüchter, Holzfäller, Aushilfe in einem Drugstore und sonst was versuchte. Obwohl er in einem wunderschönen, sauberen Land lebte, ließ ihn die Erinnerung an sein schmutziges Wohnviertel in Cardiff nicht los. Deshalb hatte er sich vor einem Jahr wieder ans Geldzusammenkratzen gemacht und war zurückgekommen, um feststellen zu müssen, dass ihm die alte Heimat noch fremder geworden war als die Fremde, und von seinen alten Freunden und Bekannten nur das geblieben war, was er schon als Erinnerung mit nach Übersee genommen hatte.

So war sein Leben vor dem Krieg öde gewesen und danach hatte es sich auch nicht verbessert. Dazwischen aber lagen vier gloriose Jahre.

Aufgrund seiner Fähigkeiten wurde er als junger Rekrut einer Einheit des SAS zugeteilt, für die er Leitungen anzapfen und Feindgespräche abhören musste. Dabei entdeckte man sein eigentliches Talent, Minen und Sprengfallen sowohl herstellen als auch entschärfen zu können. Folglich brachte man ihn bei einer Spezialtruppe unter, die aus den unterschiedlichsten Armeeteilen zusammengestellt worden war und die Drecksarbeit erledigte, die etwas jenseits der herkömmlichen »sauberen« Kriegsführung lag. Unter anderem befassten sie sich mit der Aufbringung von Resten des Volkssturms, der Verfolgung so genannter Wölflinge und der Aushebung von KZs und Arbeitslagern.

Wenn er von dieser Zeit sprach – einer »verflucht guten Zeit«, wie er sie nannte –, fand eine rückläufige Metamorphose statt und man konnte sich vorstellen, wie dieser stolze Schmetterling beschaffen war, der sich in öden, gleichförmigen Jahrzehnten in die welke, kleine, haarlose Puppe verwandelt hatte, die mit uns am Tisch saß und ihre wahren Fähigkeiten nur durch ein Blitzen der nach wie vor klaren, hellblauen Augen verriet.

Bill Flanagan musste ein verflucht gefährlicher Gegner gewesen sein.

Ich hatte mit ruhigem Gewissen – alles lief sowieso auf Schoutens Rechnung und das war nicht mehr als recht und billig – Johnny Walker Black Label auffahren lassen, weil es bei diesem Wetter vor einem flackernden Gaskamin kaum ein Schmiermittel geben konnte, das die Erinnerungsmaschinerie besser ölen und der Bereitschaft, über alte Zeiten zu reden, förderlicher sein würde.

Unser Nachtisch kam und mit ihm der Bericht über Kolmburg. Sie waren mit Bergen-Belsen fertig, das sie der regulären Truppe überlassen hatten, und zogen weisungsgemäß nach Süden, um im Ruhrgebiet versteckte Arbeitslager aufzuspüren. Dabei stießen sie auf Kolmburg, von dem sie nie zuvor gehört hatten. Flanagan beschrieb das Lager in allen Einzelheiten. Ausgelöst durch die grauenvolle Entdeckung der vergasten Juden hatte sich alles, was dort geschah, tief in sein Gedächtnis gegraben.

»Das ist schwer zu verstehen, Sir, wenn man es nicht selbst gesehen hat. Ich bin auf schlimmere KZs gestoßen, das können Sie mir glauben, aber es haute einen immer wieder um. Auch wenn man irgendwann meinte, jetzt gäb's nichts Neues mehr, kam dann wieder 'ne andere verfluchte Geschichte, die noch schlimmer war. Es gab da in den Lagern Bedingungen für die Leute ... man kann sich nicht ausmalen, was die für menschliche Monstrositäten hervorgebracht haben.« Er machte mit einem Schluck sein Glas halb leer und sein Blick wanderte durch Jahrzehnte in die Vergangenheit.

»Meinen Sie auf Seiten der Nazis, Mr. Flanagan?«

»Auf beiden Seiten, Mr. Schouten, auf beiden Seiten. Ich hab Brüder gesehen, die sich um das erste Stück Brot, das wir ihnen gegeben haben, den Schädel einschlagen wollten. – In Kolmburg, in der Gaskammer, da lagen die schwachen Leute unten.«

Schouten und ich machten wohl einen so verständnislosen Eindruck, dass er das Gesagte ohne Aufforderung erklärte.

»Das Gas, dieses Zyklon B, fällt nach unten. Es lagert sich erst auf dem Boden ab und steigt, wenn immer mehr Gas dazukommt, langsam höher. Die beste Luft in so einem Raum ist also oben, klar, nich? Weil, unten ist man ja sofort tot. Da sind die Starken auf die Schwachen gestiegen, um ein bisschen länger atmen zu können. – Oh, verdammt. Die haben ihre Kumpels nach unten getreten, um auf ihnen hochklettern zu können. – In so 'ner Art Werkstatt haben wir dann später noch vier Leichen entdeckt, das heißt, der Captain hat sie uns gezeigt. Auch vergast. – Na ja, Sie können sich vielleicht denken ...«

»Würden Sie sich bitte diese Bilder einmal ansehen.« Ich zeigte ihm die Bilder von den Menschenversuchen. Für diese Nummer hatte ich mir beide Originale geholt.

Ihm genügte ein flüchtig hingeworfener Blick. »Kenn ich. Hat bei uns allen die Runde gemacht. In der Schreibstube lag ein ganzer Stapel davon rum. Hat aber mit Kolmburg nicht das Geringste zu tun. Der ganze Laden da war auf so was nicht eingerichtet. – Ist ja 'n Ding, verflucht. Hätte nie gedacht, dass ich die noch mal in die Finger kriege.«

Ich brachte nur noch ein flaches Atmen zustande. Das war mehr, als ich erwartet hatte. »Wollen Sie damit sagen, dass Sie exakt diese Exemplare damals in der Hand gehalten haben, vor mehr als fünfzig Jahren?«

»Will ich, Sir, will ich, verflucht sicher. Sehn Sie den Rand, den ausgezackten? So was erreicht man mit einem kleinen Handschneidegerät, ähnlich wie 'ne Brotmaschine, aber statt des runden Messers und der Kurbel 'ne ausgezackte Klinge an 'nem Hebel, der wie an einem Lineal entlangsäbelt. Hab mich mächtig gewundert, wie einer mitten im Krieg genug Muße hat, solche Kleinarbeit zu erledigen. Ich bin selber Hobbyfotograf, müssen Sie wissen. Nichts Besonders, Sir, nur 'ne kleine Schwarzweiß-Dunkelkammer, aber mir reicht's. Deshalb hab ich auch auf das Papier geachtet.«

Er drehte die Rückseite nach oben und hielt mir den Abzug hin. »Agfa-Papier, sehen Sie? Hier der blasse Aufdruck!

Ist mir damals gleich aufgefallen. Ich wär nämlich froh gewesen, wenn ich in der Zeit auch so was gehabt hätte.«

Ich hielt den Atem ganz an. »Können Sie sich erinnern, was aus den Fotos geworden ist?«

»No, Sir, ganz bestimmt nicht.« Er machte sein Glas leer und schenkte sich selbst nach. Das sollte keine Kunstpause werden, es war eher ein Moment der Sammlung.

Mir war klar, dass jetzt der schwierigste Teil kommen würde. Wie es in Kolmburg weitergegangen war, darüber gab es bisher keine gesicherten Erkenntnisse. Wenn überhaupt, war überall nur die Version zu lesen, mit der Rendorf mich schon am Telefon konfrontiert hatte.

Zuerst war der Jubel groß über den Zusammenbruch des Dritten Reiches. Da wollte keiner was von etwaigen Kriegsverbrechen der Alliierten wissen. Dann brauchte man das Wirtschaftswunderdeutschland als starken Partner gegen die Russen. Da interessierten dann wieder die Kriegsverbrechen, aber nur Stalins. Als nach Jahrzehnten endlich die Vergangenheit insgesamt aufgearbeitet werden sollte, waren die meisten Spuren schon verwischt und die Historiker darauf angewiesen, dass sich einige Trottel selbst in die Pfanne hauten wie die Amis mit Dachau. Die Engländer waren da geschickter gewesen und hatten geschwiegen. Bis jetzt.

»Ich weiß, was Sie von mir hören wollen, und Sie haben mich ja auch fürstlich dafür bezahlt. Okay, ich werde auspacken. Aber nicht, weil Sie mich gekauft haben. Der ganze verfluchte Scheiß liegt jetzt mehr als ein halbes Jahrhundert zurück, das ist alles Schnee von gestern und ich kann bei Gott immer noch nicht einsehen, dass wir damals was falsch gemacht haben sollen.«

Endlich, endlich würde es losgehen, würden wir dem Kern der Sache näher kommen. Ich schenkte nach, damit Flanagan es sich nicht plötzlich anders überlegen würde.

»Sie wollen wissen, wie es möglich ist, dass wir alle Krauts erledigt und selber keinen Kratzer abgekriegt haben? Klar, das wollen alle wissen. Und gedacht hat es sich schon jeder.«

Ich hatte den Eindruck, dass es ihn nicht nur erleichterte, dass ihm vielmehr ein riesiges Felsmassiv von der Seele gerutscht war, jetzt, nach so vielen Jahren, darüber sprechen zu können. Ich sah mich vorsichtshalber noch einmal um, ob uns auch keiner belauschte. Wir waren ganz alleine. Das Feuer im Kamin blakte, die Kerzen in den geschmiedeten Haltern verbreiteten ihr warmes Licht und wir drei gesättigten Kerle konnten uns über unseren Bauch streichen und den Herrgott einen guten Mann sein lassen. Eine Altherrenidylle, die verdiente, von Rembrandt gemalt zu werden. Nur unser Thema passte nicht.

»Wir haben sie umgebracht. Alle. Und, verflucht noch mal, es tut mir kein Stück Leid.«

Die nächste Viertelstunde war angefüllt mit einer sehr detaillierten Schilderung des Ablebens der KZ-Mannschaft, wobei auch der unrühmliche Tod des Kommandanten nicht ausgespart wurde.

»Sie müssen das verstehen, das war alles ganz normal. Der Krieg war doch eigentlich schon vorbei, verflucht. Und da bringen die elenden Krauts noch 'ne ganze Belegschaft um, für nichts, Scheiße, für gar nichts.«

Ich bestellte einen neuen Black Label, obwohl er gar nicht mehr nötig war. Bill Flanagan war jetzt so weit, dass nicht einmal eine persönliche Depesche der Queen ihn noch hätte stoppen können.

»Klar, dass ich mich nicht mehr an alle erinnern kann, die damals dabei waren, aber Charly, den Ripper, den werd ich nie vergessen. Der Kommandant, der Nazibastard, der hatte das tausendmal verdient, aber der Teufel soll mich holen, Sir, ich hätte das nie gebracht. Schlitzt der ihm doch glatt den Bauch auf, einfach so. Mannomann, das war vielleicht ein Ding.«

Die neue Flasche kam just in dem Moment, als Wild Bill der alten den Gnadenstoß gegeben hatte.

»Das ist mal wirklich großzügig von Ihnen, Sir, alles was recht ist. – Na ja, was soll ich sagen, wir haben sie hinter der Baracke erschossen.«

Das hatte ich mir alles schon unter Rendorfs Anleitung zusammengereimt. Was mich interessierte, waren nicht die Toten, sondern die Überlebenden. »Wollen Sie damit sagen, dass kein Mensch Kolmburg überlebt hat, sowohl von den Gefangenen als auch von der Wachmannschaft?«

Er hatte die neue Flasche ohne unser Dazutun in Angriff genommen und sich insoweit als sehr professionell erwiesen. Wenn das so weiterging, würde ich in den nächsten Wochen vom Flaschenpfand leben können.

»Kein Mensch, Sir, absolut keiner. Ich bin mir nicht mal sicher, ob nicht sogar welche von uns draufgegangen sind. Das ist nämlich so: Ein paar Tage nach der Einnahme des Lagers waren auf einmal fünf Kameraden weg. Weg, einfach futsch. Sogar der Captain war dabei und der Leutnant, deshalb wurden die da oben ganz schön nervös. War ein riesen Hallas, das kann ich Ihnen sagen. Die haben sogar so 'n ganz geheimen Commander geschickt mit neuen Leuten, die die Sache untersuchen sollten. Alle möglichen Spekulationen haben die aufgestellt. Ob sie nicht ermordet worden wären und irgendwo verscharrt, weil Fahnenflucht bei Kriegsende ist doch einfach zu blöd, oder nicht? Vielleicht, dass sie auch abgehauen wär'n wegen dem Massaker von wegen Kriegsgericht und so? Wer weiß? Die sind jedenfalls nie wieder aufgetaucht. – Was wollten Sie noch wissen, Sir? Ach so, ja, keiner hat überlebt. Das heißt, einer schon, aber der zählt nicht, weil der sich schon vorher abgeseilt hatte. – Nur ein kleiner Jude, der dann für uns als Dolmetscher gearbeitet hat.«

Eine Information, nur eine unter vielen. Trotzdem, Schouten hakte nach: »Das müssen Sie uns erklären. Der zählte nicht?«

»Nein, Mann, äh, Entschuldigung, Sir, der zählte nicht. Der war nämlich schon vorher abgehauen. Teamwork sozusagen, 'ne Art von Völkerverständigung. So 'n junger Nazi hatte den ein paar Tage vorher zur Flucht überredet, als der Endsieg im Arsch war, für jeden Gescheiten jedenfalls. Die wollten sich gegenseitig Hilfestellung geben, so hat der uns das jedenfalls erzählt. Irgendwann, als die sich im Wald versteckt hatten, hat er dann wohl geschnallt, dass der verfluchte Nazi ihn erledigen würde, wenn er ihn nicht mehr brauchte. Na ja, da ist der Bursche ihm eben ein bisschen zuvorgekommen, wenn man so will. – Er hat dem Kraut die Birne eingehauen. Teufel noch eins, wer soll ihm das denn übel nehmen? Der hat doch eigentlich nur sein Leben gerettet. – Tja, Scheiße, Mann, die Welt ist mal 'n Tollhaus, da gibt's nichts. Ich war das, ich, Bill Flanagan, und mein alter Saufkumpel James Weatherby – übrigens auch einer von den Verschollenen –, wir haben den Burschen im Wald geschnappt, kurz vorm Verrecken, den kleinen Judenschwengel, der alle überlebt hat.«

Schouten rutschte unruhig auf seinem Stuhl hin und her, als wäre der Whisky ein Anabolikum für Hämorrhoiden. »Äh, Mr. Flanagan, einen Moment. Wie können Sie so sicher sein, dass das wirklich ein Jude war, den Sie da gerettet haben? Vielleicht war es ja der junge Nazi, der den Juden erledigt hatte und praktisch in dessen Haut geschlüpft war? Sie sagen doch selbst, dass Sie in einer Sondereinheit waren, die immer damit rechnen musste, auf getarnte Nazis zu stoßen.«

Flanagan schaffte es, gleichzeitig zu trinken und zu lachen, was für einen angestammten Iren kein Problem darstellt, wie er später noch mehrfach demonstrierte. »Na, das ist mal 'ne Frage, Sir. Die armen Schweine kriegten doch im KZ gleich 'ne Nummer verpasst, schön deutlich und unauslöschlich links auf den Arm tätowiert. Da gibt's nichts zu rütteln. So was hatten die alle. Da hab ich sofort nach geguckt, als

Jamie-Boy dem Burschen noch die Knarre vor die Brust hielt. Das war 'n waschechter Jude, Sir, dafür lass ich mir die Eier abschneiden, wenn's recht ist.«

Man merkte Flanagan an, dass er nicht so abgebrüht war, wie er uns weismachen wollte. Bevor er uns nach seiner permanenten Selbstbedienung aus der Flasche vollends abdriftete, legte ich das Gruppenfoto auf den Tisch. »Sagt Ihnen dieses Bild etwas?«

Er nahm es auf und hielt es sich im schwachen Licht der Kamin- und Kerzenbeleuchtung dicht vor die Augen. Dann umspielte ein Lächeln seine Lippen. »Soll wohl so sein, Sir. Bin ja schließlich noch nicht ganz verkinscht. Das Bild da, das muss einer gemacht haben, da hatten wir gerade das Lager eingenommen. Ist schon richtig, dass ich mich nicht an jeden mehr erinnern kann. Hab ja schon gesagt, dass unsere Truppe ein verflucht zusammengewürfelter Haufen war. Wir hatten sogar zwei Sikhs dabei, die immer mit Turban rumgerannt sind. Scheißegal, das waren prima Schnüffler, wenn es um verbuddelte Minen ging. Und nicht nur das, bei uns lief sogar fast ein Jahr ein Schotte rum, verflucht wahr, Sir, ein Schotte, kaum zu glauben. – Na ja, Sir, wie Sie so fragen, das da ist unsere Truppe, ganz ohne Zweifel.«

Schoutens Nervosität griff auf mich über. »Sie meinen, Sie kennen alle diese Leute da auf dem Foto.«

»Na klar, Sir, kennen tu ich die alle. – Aber heute doch nicht mehr. Wie schon gesagt, wir waren so was wie ... na, wie soll ich sagen, so 'ne wechselnde Besetzung. Und über fuffzig Jahre ist das her, wenn's recht ist. Da isses nicht mehr viel mit Identifizierung. Aber wir waren das, da auf dem Bild, unsere Truppe, da beißt keine Maus 'nen Faden von ab.«

Das war schon mehr, als ich erhofft hatte. Aber ich musste nachsetzen. »Sie sagten eben, Sie waren ein zusammengewürfelter Haufen, habe ich Recht?«

Das nächste Kunststück von Billyboy bestand darin, gleichzeitig zu nicken und zu trinken.

»Haben dann auch die Holländer bei Ihnen dazugehört?«

Flanagan guckte mich an, als hätte ich sein Quantum gesoffen. »Sir, ohne Scheiß jetzt, welche Holländer?«

»Na, die da auf dem Bild.«

Er sah es sich noch einmal genau an, so übertrieben präzise, wie es nur Angetrunkene schaffen. Danach war er sich genauso sicher wie vorher. »War keine leichte Aufgabe, Sir, war verflucht nicht immer einfach. Aber Holländer haben wir trotzdem nicht gebraucht.«

»Was meinen Sie damit?«

»Was soll ich schon meinen, Sir, wir waren alles Jungs aus dem Commonwealth. Andere waren einfach nicht dabei. Wir haben mit Fremden nichts am Hut, gottverdammt, so ist das nun mal.«

»Und die drei hier?« Ich zeigte auf Voorst, Gendt und Beers.

»Was soll ich dazu sagen? Klar, dass ich mich nicht an alle mehr erinnern kann. Die sechs Typen da, die hab ich das letzte Mal gesehen, da wurd Fett noch mit O geschrieben, wie man so sagt. Aber Holländer? Nie im Leben. – Wenn's Ihnen hilft, Sir, einen kenn ich für alle Zeiten. Der hier, das ist mein alter Kumpel James Weatherby, von dem ich eben schon erzählt hab, hundert Pro. Und der Saufkopp Jamie stammt nicht von so 'm Holzschuhtänzer ab, Sir, da will ich verflucht noch mal verdammt sein. Der ist noch britischer als ich.«

Der Mann, auf dessen Kinnspitze sein manikürter Fingernagel lag, war mir posthum als Arie Voorst vorgestellt worden.

Zwischen Schouten und mir ging Flanagan ab zum *Suiderduin*. Dabei erzählt er uns davon, wie er nach seiner Rückkehr aus Kanada versucht hatte, Kontakt zu seinen Kriegskameraden aufzunehmen, denn Familie hatte er nicht. Aber wenn er den Behörden mit seiner Geschichte kam, schaffte er es nicht einmal am Pförtner vorbei und konnte froh sein, dass sie ihm nicht noch die Kosten für den Exorzisten aufs Auge drückten, der nach seinem Abmarsch das Entree für die hohen Herren wieder passierbar gemacht hatte.

An einige wenige Adressen konnte er sich noch grob erinnern, aber die waren schon Jahrzehnte nicht mehr frisch. Er hatte es trotzdem versucht und tatsächlich den einen oder anderen Sohn aufgetrieben, einmal nur einen Enkel. Von den alten Kameraden lebte keiner mehr. ›Mein Vater ist vor zwölf Jahren von einem Auto überfahren worden.‹ – ›Wären Sie mal fünf Jahre eher gekommen, bevor ihn der Infarkt erwischt hat.‹ – ›Mein Opa ist ertrunken, aber das ist bald dreißig Jahre her.‹ Das waren die Antworten, die er bekommen hatte.

Bei allem begleitete uns ein feiner Nieselregen, der es schaffte, meine Jacke unmerklich in einen feuchten Schwamm zu verwandeln. Wir mussten unterwegs dreimal anhalten; zweimal, damit er pinkeln, einmal, damit er brechen konnte. Damit war aller Welt demonstriert, dass Flanagan wirklich nichts vor uns zurückgehalten hatte. Als wir ihn endlich nach einem Weg voller Mäander im Foyer ablieferten, war ich felsenfest davon überzeugt, dass wir die ganze Zeit völlig zu Recht gesungen hatten: »It's a long way to Tipperary.«

* * *

Wie mir meine Uhr zeigte, hatten wir unsere Arbeit am Alkohol konzentriert und zügig verrichtet. Deshalb war es erst halb elf, als ich nach Hause kam.

Früh für einen einsamen Frührentner, spät für einen Anruf. Aber kein Lehrer und keine noch so strengen Eltern haben uns einen derart ausgeprägten Gehorsam anerzogen wie die Klingel eines Telefons. Also meldete ich mich, obwohl ich hundemüde war.

Dieser Zustand änderte sich allerdings sehr schnell, denn am anderen Ende der Leitung war Anne Vanenburg.

»Es tut mir Leid, dass ich so spät noch störe. Aber ich habe es den ganzen Abend über versucht und Sie waren nicht da. Sie haben mir doch diese Bilder hinterlassen, deshalb habe ich geglaubt, dass es wichtig ist. – Ich habe auch solche Exemplare gefunden.«

Ich musste mich erst ein bisschen sammeln und außerdem die nasse Jacke loswerden. »Einen Moment, bitte. Ich bin gerade erst zur Tür rein.«

Als Junggeselle, der seinen Dreck selbst wegmachen muss, gehen einem ökonomische Verhaltensweisen in Fleisch und Blut über. Zuerst kam also die Jacke zum Trocknen auf einen dick gepolsterten Bügel, damit die Schultern nicht ausbeulten. Dann rubbelte ich mir in Sekundenschnelle mit einem Handtuch die Haare trocken und war zurück am Hörer.

»So, da bin ich wieder. Sie meinen diese KZ-Bilder?«

»Ja, genau wie die, die Sie mir gegeben haben. Am besten sehen Sie es sich selber an.«

»Wann wäre es Ihnen denn recht?«

»Das ist mir ganz egal. Kommen Sie, wann Sie wollen. Ich weiß ja nicht, wie dringend es bei Ihnen ist. Meinetwegen können Sie auch sofort vorbeikommen.«

Wie ich sie mir so vorstellte, war es bei mir sehr dringend. Allerdings nicht unbedingt wegen der Bilder. »Das wäre nicht schlecht. Aber ich will Ihnen nicht Ihre Nachtruhe stehlen.«

»Keine Sorge. Ich gehe immer spät ins Bett – wenn ich allein bin.«

Wenn man mir etwas Gutes in Aussicht stellt, bin ich leicht zu überreden. Deshalb setzte ich mich in meinen Wagen und fuhr los. Wie idiotisch das angesichts meines Alkoholkonsums war, ging mir erst auf, als ich Alkmaar längst passiert hatte. Da war aber der Weg zurück bereits weiter als der zum Ziel – und völlig idiotische Sachen mach ich auch im Vollrausch nicht.

Ich kannte den Trick mit dem Tor und fuhr bis zum Haus durch. Ich erwartete nicht, von einer Frau im Nachthemd mit Gurkenmaske im Gesicht in Empfang genommen zu werden, und wurde nicht enttäuscht. Sie trug wieder eines dieser dunklen, körperbetonenden Kleider aus glattem Stoff und war so zurecht gemacht, als wollte sie in eine Nobeldisco.

Diesmal lernte ich ihr Wohnzimmer kennen, das mit schweren, alten Eichenmöbel ausgestattet war und einen offenen Kamin besaß, der noch richtig mit Holz befeuert werden musste. Auf dem Tisch standen eine Flasche Weißwein in einem Plexiisolierer und zwei langstielige Gläser. Sie hatte aber auch eine Flasche Dimple und Whiskygläser dazugestellt, für den Fall, dass es mit dem Rebensaft zu langsam ging und man die schnelle Kopfschussmethode bevorzugte.

Für die meisten Kerle ist es wirklich deprimierend zu erleben, wie viel Frauen mehr von Männern verstehen als umgekehrt.

»Wenn ich gewusst hätte, was Sie bereits den Abend über getrunken haben, hätte ich versucht, dieselbe Sorte aufzutreiben.«

Aha, wieder die Hellsehernummer. Aber diesmal hatte ich es der Magierin auch verdammt leicht gemacht. Black Label hat ein durchdringendes Aroma.

Sie lächelte mich an mit einem Anflug von Spott in den Mundwinkeln. »War das vernünftig von Ihnen, in dem Zustand noch zu fahren?«

»Wahrscheinlich nicht. Aber wenn ich nicht gekommen wäre, hätte ich mich noch unvernünftiger gefühlt. Sehr gemütlich hier, aber ich sollte nicht vergessen, was der Zweck meiner Fahrt ist.«

Ihr Lächeln vertiefte sich und verlor dabei ein wenig den Spott. »Dann sollte ich Ihnen am besten zeigen, wo ich es gefunden habe.«

Was jetzt kam, kannte ich aus Filmen, die mir nicht sonderlich gut gefallen hatten, weil ihr Handlungsverlauf zu vorhersehbar war. Erraten, wir landeten in ihrem Schlafzimmer. Es lag im ersten Stock – also unter dem Dach – und vermittelte aufgrund von zwei schrägen Wänden trotz seiner großen Grundfläche sofort einen anheimelnden Eindruck. Hinzu kam, dass es nicht wie ein durchschnittlicher Schlafraum, sondern eher wie ein Appartement eingerichtet war. Natürlich gab es ein Bett, französisch und geschätzte zwei mal zwei Meter. Aber es standen auch zwei Sessel um ein Tischchen, es gab ein Fernsehgerät auf einer kleinen Bar mit Kühlfach, daneben eine Stereoanlage und an der geraden Wand zu meiner Rechten stand ein klotziger Bücherschrank, der mit den unterschiedlichsten Sach- und belletristischen Werken angefüllt war. Durch eine halb geöffnete Tür in der Ecke konnte man sehen, dass auch eine Toilette vorhanden war.

Das hier war mehr der Hobbyraum für zwei Leute, die sich in den Pausen ungern weiter als nötig vom Bett entfernten, und nicht die Kemenate für jemanden, der nach des Tages Müh und Plage einsam in einen traumlosen Schlaf fällt.

Bevor es wie im Film weitergehen konnte, erinnerte ich vorsichtshalber wieder an den Zweck meines Besuchs.

Sie ging zum Bücherschrank rüber. »Die untere Reihe gehört mir. Alle anderen sind von Heinz. Er hat immer gesagt, dass er hier wirklich abschalten und sich auf seine Bücher konzentrieren kann. – Ich hab nach Ihrer Nachricht seine Sachen noch mal durchsucht. Es ist mir aufgefallen, weil es verkehrt herum eingefächert war.«

Das Buch, das sie mir in die Hand drückte, war eine Paperback-Ausgabe von Eugen Kogons *Der SS-Staat*. Darin steckte zusammengeschnitten und zurechtgefaltet die Kopie der Postkartenfotos, die Voorst und Gendt bekommen hatten.

»Hat er jemals den Besitz dieser Bilder erwähnt beziehungsweise wann oder wie er sie bekommen hat?«

»Nichts, gar nichts in der Art. Wenn ich nicht extra gesucht hätte, wäre es mir nie aufgefallen. Auch wenn ich bloß so das Buch durchgeblättert hätte, hätte ich es für so was wie ein Lesezeichen gehalten.«

»Kann ich mir die ausborgen?«

»Selbstverständlich.«

Ich wusste nicht, was ich davon halten sollte. Ich musste die Sache unbedingt mit Rendorf besprechen.

Während ich aus dem Fenster in die Nacht sah und weit entfernt die Schemen von zwei Windmühlen erkennen konnte, die von einem scharfen Wind gedreht wurden, hatte sie zwei Gläser mit einem Obstbrannt eines mir unbekannten Herstellers gefüllt und stieß mit mir an. »Du solltest deinen Führerschein nicht riskieren.«

Weder den wollte ich riskieren, noch von ihr oder mir für einen Volltrottel gehalten zu werden. Und der wäre ich zweifellos, wenn ich dieses Zimmer verlassen hätte, bevor die Sonne am Himmel stand.

Als ich nach dem Frühstück nach Hause fuhr, wusste ich, was die reichen Jungs aus dem Yachtclub, die sich alle möglichen Finessen dieser Welt leisten konnten, an Mevrouw Vanenburg so begeistert hatte.

8. Kapitel

»Das war die Ausgangsposition. Mit Ausnahme von Pieter Beers haben schließlich die meisten ausdrücklich dafür gestimmt, einen Detektiv hinzuzuziehen. Ich weiß, dass alle – und da schließe ich mich selbst nicht aus – nicht damit gerechnet haben, dass irgendetwas dabei herauskommen könnte. Seien wird doch ehrlich, es ging nur darum dich zu beruhigen, Kees. Aber wider Erwarten ist mehr daraus geworden. Und das erzählt jetzt am besten der Mann, der das alles ans Licht gebracht hat.« Beim seinem letzten Satz zeigte Schouten auf den Mann hinter der Theke, auf mich.

Vierzehn Tage waren ins Land gegangen, seit Anne mich wegen des Bildes angerufen hatte. Gleich am nächsten Tag hatte ich mich mit Rendorf kurzgeschlossen und ein Treffen für das folgende Wochenende vereinbart. Mit rauchenden Köpfen hatten wir die Angelegenheit von einer Seite auf die andere gewendet und wieder zurück, ohne zu wirklich gesicherten Erkenntnissen zu gelangen. Wir waren beide überzeugt, dass wir der Wahrheit ein ganzes Stück hätten näher kommen können, wenn das eine oder andere Clubmitglied sein Schweigen gebrochen hätte. So blieb uns keine andere Wahl, als mit Fragmenten in einer Grauzone zu lavieren.

Aber einiges hatten wir und daraus ließ sich eine Theorie zimmern, die auch unter logischem Aspekt zu einer Antwort auf die Frage führen konnte, ob auch andere Clubmitglieder nach den drei Todesfällen ihre Ermordung zu befürchten hatten.

Wir überdachten das Ganze noch ein paar Tage, in denen Rendorf weitere Informationen aus Ludwigsburg einholte, schlossen uns danach telefonisch zu einer letzten Manöverkritik kurz und waren übereinstimmend der Meinung, dass wir so viel herausgebracht hatten, wie es nach einem halben Jahrhundert nur möglich war.

Dann hatte ich für diesen Abend die Zusammenkunft einberufen, zu der mich Rendorf leider nicht begleiten konnte, weil von ihm im Ausland etwas zu erledigen war, was er als eine »foreign affaire« bezeichnete. Ich hatte wohlweislich nicht weiter nachgefragt.

Da ich nicht einsah, warum ich in dieser Sache lange durch die Gegend gondeln sollte, hatte ich die Betreffenden nach Egmond zitiert. Zwar hatte ich kurz daran gedacht, das Treffen in meiner eigenen Wohnung abzuhalten, aber die Idee gleich wieder verworfen, weil ich es für besser hielt, mich nach Beendigung meines Parts zu entfernen und die Burschen in ihrem eigenen Saft schmoren zu lassen.

Außerhalb der Saison war mittwochs Ruhetag im *t'Vlack*, das mir die Wirtin nach Alies Fürsprache überließ, ohne viele Frage zu stellen. Damit war ich der Zapfer und der Inhaber des Hausrechts. Wenn ich gehen wollte, brauchte ich nur anzurufen, und fünf Minuten später würde eine Bedienung übernehmen, die dann selbst entscheiden konnte, ob sie den anderen noch etwas servierte oder sie an die Luft setzte.

In Abstimmung mit Rendorf hatte ich Schouten, Brouwers, Beers, Doornik, Helling, Revellius und Anne Vanenburg hergebeten. Anne, damit sie das Ergebnis unserer Erwägungen nicht aus zweiter Hand erfuhr, Revellius auf Rendorfs Anraten praktisch als seinen Ersatzmann, falls es zu hoch hergehen sollte und ich jemanden zur Unterstützung brauchte.

Mittlerweile waren alle eingetroffen, hatten sich auf den Hockern vor der Theke aufgereiht und sich Schoutens Eröffnungsrede angehört, in der er noch einmal die Steine genannt hatte, aus denen dann die Lawine geworden war, die ihren guten Ruf zu begraben drohte, und nun war ich an der Reihe, das Kaninchen aus dem Zylinder zu ziehen.

Ich vergewisserte mich durch einen schnellen Rundblick, ob ich meine Zapferpflicht nicht vernachlässigt hatte, und legte los. »Zuallererst möchte ich feststellen, dass ich weder ein Hellseher noch ein Voodoozauberer oder Kadeitschamann bin. Ich kann nicht in die Zukunft sehen und habe selbst dann noch größte Schwierigkeiten, wenn es darum geht, in die Vergangenheit einzudringen. Deshalb ist alles, was ich Ihnen gleich darlegen werde, graue Theorie. Deshalb werden auch dann noch offene Fragen bleiben, wenn ich hier fertig bin. Aber ich bin sicher, dass der eine oder andere von Ihnen diese beantworten kann, wenn er nur will. Obendrein kann ich, glaube ich, meinen Gedankengängen eine gewisse Wahrscheinlichkeit unterstellen, ohne die man bei keiner Beweisführung auskommt. – Wenn Sie den Eindruck haben, dass ich zu großen Unsinn rede, unlogisch bin oder zu sehr in den Science-fiction-Bereich abdrifte, unterbrechen Sie mich ruhig, aber nur, wenn Sie Fakten beizusteuern haben, die sonst noch keiner kennt. – Also, entspannen Sie sich und hören Sie sich eine Geschichte an, von der Sie nachher selber entscheiden können, ob sie Moritat oder Realität ist. Alles hat vor mehr als einem halben Jahrhundert seinen Anfang genommen. Es war Anfang bis Mitte `45 und der Zweite Weltkrieg praktisch vorbei. Die großen KZs waren alle befreit, als eine englische Spezialeinheit, die sich in Gedanken schon wieder zu Hause gesehen hatte, auf ein winziges, verstecktes Lager stieß, das einige vorsichtige Nazibonzen eingerichtet hatten, um dort für eine eventuelle Flucht fremde Währungen und Dokumente, insbesondere Pässe, fälschen zu lassen.«

Während ich mit einem Schluck Hoppe meine Stimmbänder ölte, beobachtete ich meine Zuhörer. Revellius, der Hut und Mantel an den Haken gehängt und es sich auf einem Schemel in Türnähe bequem gemacht hatte, blieb gelassen und distanziert, während Beers auf seinem Hocker herumhampelte und erst auf ein Zeichen von Schouten hin etwas ruhiger wurde. Anne war mit hinter die Theke gekommen und hatte es übernommen, für frisches Bier zu sorgen.

Alle anderen bemühten sich, einen unbeteiligten Eindruck zu machen.

»Das Lager fiel ihnen ohne Gegenwehr in die Hände, aber die Nazis hatten es im letzten Moment noch geschafft, alle Juden umzubringen. Beim Anblick der Menschen, die vor wenigen Augenblicken so sinnlos gestorben waren und so leicht hätten gerettet werden können, verloren die Befreier die Fassung und brachten alle Nazis um, teils auf bestialische Weise. So wurde zum Beispiel der Kommandant auf eine mittelalterliche Weise zu Tode gemartert, wobei sich ein Sergeant besonders hervorgetan hat, der danach den Spitznamen ›Charly the ripper‹ bekam.«

Langsam, ganz langsam fiel bei Helling und Doornik die Maske der Distanziertheit und Beers hatte Mühe, sich auf seinem Sitz zu halten.

»Als sich die erste Aufregung gelegte hatte, die Denkfähigkeit wieder einsetzte und man kapierte, dass man in eine größere Scheiße reingetaumelt war als die Amis in Dachau, dämmerte einigen, dass ihnen ein Kriegsgerichtsverfahren drohte, insbesondere nämlich dem Captain und dem Leutnant, die diesem Haufen vorstanden. Sie brauchten nicht lange zu überlegen, um einen zügigen Abgang und ein Untertauchen in den Wirren der Nachkriegsjahre für die beste Lösung zu halten. Ich kann mir durchaus vorstellen, dass auch Charly, der Ripper, einen guten Grund sah, schnellstens zu verschwinden.«

Damit hatte ich das Stichwort für den kleinen Beers und seine Chamäleonnummer geliefert, der blitzschnell die Farbe von aufgeregt-rot zu totenbleich wechselte. Die anderen beiden hielten die Luft an.

»Aber wohin? Im Osten war der Russe, der erkennbare Feind von morgen, der sie womöglich als Spione sofort liquidieren würde. Im Süden war der Amerikaner, der sie den eigenen Leuten überstellen würde, die den Norden kontrollierten. Was blieb, war der Westen – und da direkt dieses wunderschöne Holland hier.«

Schoutens Gesicht zeigte ein angedeutetes Grinsen, alle anderen blieben unverändert.

»Holland war seit jeher ein freiheitliches, tolerantes Land, in dem jeder nach seiner Facon selig werden konnte. Außerdem sprach fast jeder englisch. Das waren beste Voraussetzungen für unsere Fahnenflüchtigen. Aber sie wollten hier ja nicht als geduldete oder sogar willkommene Engländer leben, sie mussten untertauchen, also selber Holländer werden. Die entsprechenden Pässe konnten sie in Kolmburg, so hieß dieses KZ übrigens, leicht herstellen. Sie hatten dort ja eine komplette Fälscherwerkstatt. Doch da blieb noch die Sprachbarriere. Fast jeder Holländer kann englisch, aber welcher Engländer spricht holländisch? Wie wollten die in drei, vier Tagen akzentfrei holländisch lernen? – Ich weiß nicht, für welche Papiere sie sich entschieden haben, aber ich hätte in ihrer Situation australische Pässe genommen. Man hätte jedem, der fragt, sagen können, dass die Vorfahren vor Generationen ausgewandert wären und man jetzt, nachdem das Leben in Europa wieder lebenswert geworden war, zurück in das Land der Väter wollte. Jahre später, nachdem man die Sprache aus dem Effeff beherrschte, konnte man in eine fremde Stadt übersiedeln – und alles wäre in Butter. So weit, so gut. Aber dann kam schon die nächste Schwierigkeit. Welche Namen sollte man wählen? Sie müssen sich den psychischen Druck vorstellen, unter dem diese jungen Burschen standen. Keiner von denen hatte bis nach dem Massaker an den Nazis auch nur einen Gedanken an Holland verschwendet. Jetzt mussten sie urplötzlich die Weichen für eine Zukunft stellen, die ihnen im Traum nicht eingefallen wäre. Der einzige Name, den sie vielleicht kannten, wenn überhaupt, war Johannes Heesters. Der langte nicht für alle. Aber was einmal im Pass stand, musste für alle Zeit halten.

Da brachte ihnen die Ruhrgebietskarte, auf der ihre nächsten Einsatzplätze verzeichnet waren, die Erleuchtung. Auf der war nämlich noch ein ziemliches Stück vom Niederrheingebiet mit drauf. Das ist übrigens bei den heutigen Karten nicht anders, deshalb bin ich«, der untreue Watson schmückte sich mit Holmes' Federn, aber Rendorf hatte mir schon ex ante verziehen, »überhaupt erst darauf gekommen. Sie suchten sich auf der Karte Städte aus, die nach ihrem Empfinden am ehesten als Personennamen durchgehen konnten, und schon war Holland um die Neubürger Voorst, Gendt, Beers, Doornik und Helling reicher. Die fünf wurden ebenfalls reich. Ich kann insoweit nur vermuten, dass sie noch Zahngold gefunden und es mitgehen lassen haben, oder etwas in der Art.«

Überraschenderweise war es plötzlich Beers, der Doornik und Helling zum Schweigen brachte, als diese protestieren wollten. Ich machte unbeirrt weiter.

»Alle fünf blieben schön beieinander, machten Geschäfte miteinander und wurden so noch reicher, kontrollierten sich auf diese Weise aber auch permanent gegenseitig, um das Geheimnis zu wahren. Die kleinen, ängstlichen Soldaten, sie führten nun ein märchenhaftes Leben. Und wenn sie nicht gestorben sind, dann leben sie noch heute. Aber sie sind gestorben, jedenfalls schon zwei von ihnen. Es gab da nämlich jemanden, der sich auch nach so vielen Jahren nicht damit abfinden konnte, dass die Menschen, die seine Kameraden abgeschlachtet hatten, nicht nur straflos davongekommen waren, sondern auch noch in Saus und Braus lebten. Ein Nazi war ihnen damals durch die Lappen gegangen, und das sollte sich jetzt bitter rächen. Nach meinen Informationen haben die Tommys ihm dummerweise sogar noch alle Mittel in die Hand gegeben, um später in Ruhe seinen Rachefeldzug ...«

Es war Doornik, ein hagerer, blonder Mann mit tief liegenden Augen, der die Beherrschung verlor und sich weit über die Theke beugte: »Ich weiß schon, worauf Sie hinauswollen, aber das ist Quatsch, kompletter Quatsch. Sie meinen den jungen Burschen, der aus dem Lager entkommen ist, den unsere Wache im Wald aufgegriffen hat, ja? Ha ha, das ist der Knacks in Ihrer Logik, damit bricht Ihre ganze Theorie zusammen.«

Er war so in Rage, dass er seinen Fehler gar nicht bemerkte. Indem er sein Wissen von dem Ausbrecher offenbarte, bestätigte er die Richtigkeit meiner Geschichte. Doornik stand damit als einer der desertierten Engländer fest – und also stimmte auch alles andere. Das hatte sogar Beers gemerkt, aber er konnte ihn nicht bremsen.

»Der Junge war nämlich Jude, einwandfrei! Und die hatten ja wohl gar keinen Grund, sich an uns zu rächen. Ihre ganzen Hirngespinste basieren doch nur auf der Annahme, dass sich ein Nazi die«, trotz seiner Aufregung ging ihm das Wort nicht leicht von den Lippen, »Mörder, ja meinetwegen, die Mörder seiner Kameraden vornehmen will. Aber ich hab die Nummer auf seinem Arm gesehen, mit eigenen Augen hab ich sie gesehen. Ich ...«

»Sei endlich still, du Idiot!« Beers machte Anstalten, den Hocker zu erklimmen und ihm den Mund zuzuhalten, aber Doornik drückte ihn mit einer Hand wie einen lästigen Kastenteufel zurück in seine Schachtel.

»Ach, halt's Maul, du Hosenscheißer! Was hab ich denn zugegeben? Dass ich damals abgehauen bin und einen gefälschten Pass gehabt hab, vor über fünfzig Jahren? Das interessiert doch heute kein Schwein mehr. Ist etwa bewiesen, dass ich einen umgebracht hab? Nein, ich bin bloß abgehauen, weil ich vom Krieg die Schnauze voll hatte. Wer will mir das heute verdenken? Und wenn Ihr alle schön die Klappe haltet, dann bleibt das für uns auch alles so, wie es ist. Wir sind immerhin mit die fettesten Steuerzahler des Landes, aufrechte Bürger, Arbeitgeber. Kein Schwein kümmert sich um das, was mal war. Und euer neunmalkluger Meisterdetektiv wird da nichts dran ändern! Ein Nazirächer, dass ich nicht lache! Der hatte die KZ-Tätowierung auf dem linken Unterarm. Das war einwandfrei ein Jude – und der rächt sich an uns, weil wir die Mörder seines Volkes umgebracht haben, was?«

Während Doornik mit Siegermiene sein Bierglas in einem Zug leerte, war es totenstill im Raum. Die beste Gelegenheit, die selbstgefälligen Millionäre auf den Boden der Tatsachen zu holen. »Ich muss zugeben, dass mir der jüdische Faktor dieser Angelegenheit, wenn ich ihn einmal so nennen darf, an mehreren Punkten Kopfzerbrechen bereitet hat. Aber nicht von Dauer, um das vorwegzunehmen. – Da waren einmal diese Bilder.« Ich legte die Kopien der KZ-Versuche auf den Tresen und redete weiter, während sie von Hand zu Hand gingen. »Sie zeigen, wie Lagerinsassen von der SS zu Tode gequält wurden. Diese Fotos haben Voorst und Gendt als Originale etwa einen Monat vor ihrer Ermordung anonym zugespielt bekommen. Sie werden mir sicherlich zustimmen, wenn ich behaupte, dass das der Täter getan hat, um sie an ihre frühere Tat zu erinnern und leiden zu lassen, ähnlich wie bei einem Kandidaten in der Todeszelle. Denn hätte sie jemand damit warnen wollen, hätte er ihnen eine unmissverständliche, klarere Botschaft zukommen lassen, damit sie rechtzeitig Schutzmaßnahmen hätten ergreifen können. Nein, die stammen zweifellos vom Täter selbst. Ich weiß aus zuverlässiger Quelle, dass sich die Originale mit etlichen ähnlichen Motiven in Kolmburg befunden haben, wo der Täter sie an sich gebracht haben muss. Ich habe daher anfangs geglaubt, der Mörder hätte es auf Juden abgesehen, denn Voorst und Gendt sind wie Juden vergast worden. Aber erstens waren Voorst und Gendt keine Juden, und zweitens ist der Mann in dem Wasserbecken von dem Foto aus Dachau auch keiner, sondern ein russischer Kriegsgefangener. Ich gehe deshalb davon aus, dass der Täter nicht Juden als Opfer erwählt, sondern die Mörder seiner Kameraden, der KZ-Wachmannschaft, so umbringen wollte, wie man eben damals die KZ-Insassen, egal, ob Juden oder sonstige, ermordet hat. Tja, Mijnheer Doornik, Sie haben schon Recht, wenn Sie meinen, dass mein Denkmodell nur funktioniert, wenn der Täter ein Nazi ist. Und das ist er auch. – Vielleicht kann Ihnen Ihr Freund Schouten mal erklären, was eine Knasttätowierung ist. Der dürfte beruflich oft genug mit Knackis zu tun haben.«

Schouten war für einen Moment verdattert, so plötzlich wieder in die Rolle des Erzählers gedrängt worden zu sein. »Was, Knasttätowierung, ich weiß nicht ... ja doch, das meinen Sie bestimmt. Also, im Gefängnis, in dieser Eintönigkeit, dieser Gleichförmigkeit im Essen, im Trinken, in der Kleidung, in einfach allem, da wollen sich die Menschen etwas Individualität verschaffen, und, na ja, da tätowieren sie sich manchmal, gegenseitig oder allein. Das machen sie mit Tinte oder verbrannten Streichholzresten mit Nadeln oder spitzgefeilten Metallstückchen. Sieht meistens sehr dilettantisch aus, für diese Leute erfüllt es aber seinen Zweck.«

Ich griff den Faden wieder auf. »Und für den Nazi hat es auch den Zweck erfüllt. Der ist abgehauen, als er gesehen hat, dass das tausendjährige Reich keine tausend Stunden mehr überdauert, hat sich einen jungen Juden unter den Arm geklemmt, um von dem was über dessen Volk und dessen Besonderheiten zu lernen – nicht viel natürlich, nur, um nicht gleich nach zwei Fragen schon aufzufallen –, und hat ihn umgebracht, als er ihn nicht mehr brauchte. Obendrein konnte er sogar dessen Originalnummer vom Arm übernehmen, um gar kein Risiko einzugehen. Dass ihn die dusseligen Besatzer auch noch als Übersetzer in ihre Dienste genommen und so mit Informationen versorgt haben, die er für seine spätere Rache brauchte, ist dabei die größte Ironie des

Schicksals. Ich konnte natürlich in der Kürze der mir zur Verfügung stehenden Zeit nicht allzu viel zusammentragen, aber ich kann nicht ausschließen, dass von der Befreiungstruppe etliche Mitglieder eines gewaltsamen Todes gestorben sind und ein und derselbe Täter dahinter steckte. Oh ja, mein selbstsicherer Mijnheer Doornik, Sie hätten wirklich alle Veranlassung, um Ihr Leben zu zittern.«

Schouten, der alte Advocaatenfuchs, den der Beruf zum Wortklauber gemacht hatte, schaltete am schnellsten: »Hätten, nicht haben? Meinen Sie, die Gefahr ist vorbei? Wie kommen Sie darauf?«

»Weil sich bei Siemerink die Kopien dieser Bilder gefunden haben, die Kopien, wohlgemerkt.«

Anne setzte ein Bierglas so hart auf der Theke ab, dass der gläserne Fuß abbrach. Es tat mir Leid, dass ich keine Gelegenheit gehabt hatte, sie vorher zu informieren. Aber die entscheidenden letzten Aspekte hatte Rendorf mir erst vor wenigen Stunden telefonisch durchgegeben. Wichtiger war mir die Reaktion der anderen. Die Fassade der illegalen Einwanderer bröckelte, allmählich aber stetig. Beers unterdrückte kaum sein Zittern, Helling, ein unauffälliger, schmalgesichtiger Mann mit kurzen, grauen Haaren, schnaufte hörbar, und im Gesicht von Doornik, der auf einmal verstummt war, tickte in Augenhöhe ein Nerv.

»Ich habe mich schon gewundert, warum mich niemand nach Ihrem alten Freund Siemerink gefragt hat. Er war doch schließlich jahrelang Ihr Freizeitpartner, ist ebenfalls umgebracht worden und außer Brouwers interessiert dieser Tod keine Sau! Insbesondere die alten Soldaten Ihrer Majestät kratzt das Ableben nicht. Warum? Weil Sie genau zu wissen glauben, dass es keine Verbindung zu Siemerink gibt. Siemerink war keiner von ihnen, er war damals ja nicht dabei, also musste sein Tod eine andere Ursache haben. Er hatte ja mit allem, was damals war, nichts zu tun. – Irrtum, meine

Herren! Siemerink ist der Schlüssel zu allem. Mit höchster Wahrscheinlichkeit hat seine Ermordung nichts mit dieser Sache zu tun. Das ist mir jedenfalls eben erst von dritter Seite bestätigt worden.«

Rendorf hatte Lauri kontaktiert, dessen Nachforschungen ergeben hatten, dass Siemerink wohl tatsächlich in ein krummes Nebengeschäft verwickelt gewesen war. Es erstaunte mich nicht übermäßig, dass Lauri so bereitwillig mit der Information umging. Zwischen den beiden bestand wohl eine Art unsichtbare Nabelschnur. Vielleicht bahnte sich da sogar eine neue Geschäftsverbindung an.

Diesmal war es Brouwers, der einen klaren Verstand bewies. »Aber wie passt dann die Tatsache ins Bild, dass man auch bei Siemerink solche KZ-Aufnahmen gefunden hat?«

»Das ist genau die Frage, deren Beantwortung das ganze Rätsel löst. Hätte Siemerink auch so ein Originalfoto erhalten, ich hätte nicht mehr weitergewusst, denn die Originalfotos gingen immer an die Opfer. Er hatte aber nur Kopien. Wie das zu werten ist, hängt davon ab, ob Sie sich endlich dazu durchringen können, mit der Wahrheit herauszurücken, meine Herren. – Hat Siemerink in den Wochen vor seinem Tod mit einem von Ihnen über diese Bilder gesprochen? Sie sollten sich jetzt wirklich nicht in eine Lüge flüchten. Ihr Leben kann davon abhängen, ob ich die Situation zutreffend beurteile.«

Im Verhalten von Helling und Beers änderte sich nichts. Die trugen keinen inneren Kampf mit sich aus, ob sie etwas preisgeben sollten. Die beiden wussten nichts.

Aber Doornik meldete sich zu Wort. »Okay, hören Sie zu! Damals, kurz vor dem Doppelmord, hat Gendt mir so ein Ding gezeigt und mich gefragt, ob ich mir einen Reim darauf machen könne. Ich hielt es für einen schlechten Scherz, den sich jemand mit ihm erlaubt hat, und hab die Sache vergessen. Schließlich ist er erst Wochen später umgebracht worden, und nach dem Tathergang – auf einer Yacht durch Abgase erstickt, also vielleicht bloß ein Unfall, den der Täter in dieser Konsequenz gar nicht wollte – hat sich mir kein Zusammenhang mit diesem alten Bild aufgedrängt. Danach hab ich solche Fotos nicht mehr gesehen, erst jetzt wieder, hier auf der Theke. Und Siemerink hat mir schon gar keine gezeigt.«

Ich wandte mich an Revellius. »Das ist der eigentliche Grund, weswegen ich Sie dazugebeten habe, Mijnheer Revellius. Sie sind der Fachmann für Gefahrenabwehr, wenn ich es auf diesen einfachen Nenner bringen darf. Ich kann mir vorstellen, dass Siemerink, der ja zweifellos nicht zu dieser geheimen England-Connection Ihres Yachtclubs gehörte, bestimmt Sie um Rat gefragt hätte, wenn er selber von einer Bedrohung ausgegangen wäre. Also, hat er Ihnen gegenüber etwas erwähnt?«

Revellius schüttelte den Kopf. »Mit keinem Wort.«

Ich hätte den drei Einwanderern jetzt gerne ein Grinsen im Stil von Jack Nicholsen geschenkt, befürchtete aber, mich mit einem misslungenen Versuch zu blamieren. »Das dürfte sehr beruhigend für Sie sein, meine Herren Deserteure, denn das bedeutet, dass in Zukunft keine Gefahr mehr besteht.«

Ich genoss meine Kunstpause und ein frisches Bier, das mir eine sichtlich aufgewühlte Anne Vanenburg in die Hand drückte. »Wie kommt ein Mann an die Kopie von Fotos, die der Täter seinen Opfern schickt, von deren Existenz er nichts wissen kann, wenn er ... nicht selbst der Täter ist?«

Anne stellte ihr eigenes Glas ab und setzte sich auf einen Hocker in der Zimmerecke, das Gesicht zur Erde gebeugt. Wie muss sich jemand fühlen, der lange mit einem Menschen zusammengelebt hat, ihn heiraten wollte, und nach dessen Tod erfährt, dass der Partner von Tisch und Bett ein mehrfacher Mörder war?

Ich hob beschwichtigend die Hände, um in dem Tumult, den meine Frage ausgelöst hatte, für ein wenig Ruhe zu sorgen. »Ich würde nicht so weit gehen, Siemerink exhumieren zu lassen, aber ich bin fest davon überzeugt, dass sie an seiner Leiche wenigstens zwei Tätowierungen feststellen würden beziehungsweise die Spuren ihrer kosmetischen Entfernung. Einmal auf dem Unterarm und einmal in der Achselhöhle. Die SS tätowierte nämlich nicht nur die Lagerinsassen, sondern auch sich selbst, und zwar aus Sicherheitsgründen. Um einen Verwundeten aus den eigenen Reihen besser versorgen zu können, bekam jeder seine Blutgruppe eingeprägt. – Siemerink war der geflohene junge Nazi, der sich bei seinem Aufgreifen als entkommener Jude präsentiert hat, und dem Sie durch seine selbst gemachte Tätowierung auf den Leim gegangen sind. – Ich weiß nicht, warum die Morde erst jetzt geschahen und nicht schon Jahre vorher. Es spricht einiges dafür, dass Siemerink auch verschiedene Ihrer alten Kameraden umgebracht hat. Von denen sind, wie ich von einem Überlebenden weiß, viele keines natürlichen Todes gestorben, für meinen Geschmack zu viele, um an einen Zufall zu glauben. Die Leute in seiner näheren Umgebung waren vielleicht die Hauptverantwortlichen, für ihn wohl die sichersten Kandidaten, die hat er sich als besonderen Leckerbissen bis zum Schluss aufgehoben. Stalin, ein Mann, der die persönliche Rache quasi kultiviert hat, hat einmal gesagt: ›Sich seine Opfer aussuchen, seine Pläne bis ins kleinste Detail ausarbeiten, einen unersättlichen Rachedurst stillen und dann schlafen gehen ... etwas Schöneres gibt es auf der ganzen Welt nicht.‹ Und das war ein Mann mit sehr viel Übung im Morden, der musste es schließlich wissen. – Das ist eigentlich alles, was ich zu diesem ganzen Komplex zu sagen habe. Es wäre an Ihnen, meine Herren Emigranten, Ihren einheimischen Freunden hier zu offenbaren, wer von Ihnen wer ist beziehungsweise war und wie sich damals alles genau ereignet hat. Aber das ist Ihre ureigenste persönliche Sache, und das Wichtigste an der Angelegenheit ist für mich, dass sie hier und heute für mich erledigt ist. Mich interessieren die Nuancen nicht. Wie Sie wissen, bin ich Deutscher und also Angehöriger eines Volkes, das man nach zwei verlorenen Weltkriegen mit Fug und Recht als kriegsmüde bezeichnen kann. Und zwar so müde, dass ich nicht mal mehr etwas vom Krieg hören will. Ich rufe jetzt die Wirtin an. Mit der können Sie sich dann einigen, ob Sie hier weitermachen oder woanders hingehen wollen. – Ich für meinen Teil empfehle mich.«

Ich hatte zunächst mit dem Gedanken gespielt, Anne zu fragen, ob heute nicht sie ihren Führerschein aus der Gefahrenzone bringen und lieber bei mir übernachten wolle. Aber wie sie da so paralysiert in der Ecke saß, gab es keinen Zweifel, dass sich der Rest der Nacht mit ihr nicht übermäßig amüsant gestalten würde. Deshalb zog ich besser alleine ab.

Zu Hause schaltete ich aus reiner Gewohnheit das Fernsehgerät an und wurde als Erstes mit einem Filmbericht über die Metzeleien in Zentralafrika konfrontiert. Als in der Werbepause von *Time-Life* eine Videokassettenreihe über den deutschen U-Boot-Krieg angepriesen wurde, schaltete ich ab, bevor zum Programmschluss eine Führerrede die aktuelle Nationalhymne ersetzen konnte.

II. TEIL

9. Kapitel

Der Sommer war herrlich und ereignislos. Nach einem ersten Sonnenbrand im Mai hatte ich unter Missachtung jedweden Hautkrebsrisikos die Tönung eines erfolgreich Sozialämter in Serie abkassierenden Schein-Asylanten angenommen und genoss nach der deprimierenden Exkursion zu den Ängsten geldgesegneter Kriegsveteranen meine wiedergewonnene Langeweile.

Zur Erhaltung meiner guten Laune vermied ich die Nachrichtensendungen im Fernsehen und bezog mein aktuelles Wissen aus Zeitungen, die deutsche Kurzurlauber an den Strandbuden oder auf der Terrasse vom *De Boei* liegen gelassen hatten. Claudia Schiffer hatte ihre magische Verbindung entzaubert, Lothar Matthäus liebäugelte mit einer letzten Saison in einem fernen Land, dessen Sprache er noch weniger beherrschte als die seiner Heimat, und ein besser unbekannt gebliebener Welfenprinz prügelte sich seinen Weg zu Caroline durch ein Spalier von Journalisten. Diese Seite-eins-Aufmacher hielten in meinem Gedächtnis nicht länger vor als die Druckerschwärze der Balkenüberschriften an meinen Fingern.

Ich hatte mich darum bemüht, Anne Vanenburg wiederzusehen, und damit Erfolg gehabt. Ob das ein Grund zur Freude war, stand allerdings auf einem anderen Blatt.

Sie hatte ihr Anwesen in Maßen renoviert, hier und da gestrichen, den alten Mercedes zugunsten eines benzinsparenden, kleinen Japaners abgestoßen und sogar die Lücke in der Beetumrandung durch Versetzen der Steine beseitigt. Alles wirkte ein bisschen neuer und frischer, aber sie selbst schien einiges von ihrer früheren Lässigkeit eingebüßt zu haben. Als ich sie auf diese Veränderungen ansprach, erklärte sie mir auf eine umständlich-indirekte Art, wie es nur Frauen können, dass sie das Gefühl gehabt hätte, etwas verändern zu müssen, ohne genau zu wissen, was. Ich konnte nur hoffen, dass sie mich nicht heiraten wollte.

Weil sie nach wie vor über einen ordentlichen Vorrat an Spirituosen verfügte und zum Glück nicht der Abstinenz zuneigte, gestalteten sich unsere Treffen zunächst sehr vergnüglich. Ich bin kein egoistischer Mensch und es machte mir nichts aus, in einem Bett zu liegen, das schon die Bekanntschaft mit etlichen Kerlen aus dem Yachtclub gemacht hatte und – da war ich mir sehr sicher – obendrein mit einigen, die mir nie über den Weg gelaufen waren. Ihr Schlafzimmer unter dem Dach wurde zwar nicht zu einer Kultstätte, weil wir unseren Emotionen dafür nicht blauäugig genug gegenüberstanden. Aber möglicherweise war es ja gerade diese Entspanntheit auf beiden Seiten, die verhinderte, dass der Genuss mit belastenden Erwartungshaltungen überfrachtet wurde.

Der erste Wermutstropfen, der in dieses kleine Glück fiel, war ein dünner Lackkratzer auf dem linken Heckkotflügel meines 911. Ich entdeckte ihn, als ich mittags nach unserem zweiten Treffen wieder nach Egmond wollte. Möglich, dass ich schon einige Tage damit herumgefahren war, ohne ihn zu bemerken. Jedenfalls ließ sich jetzt nicht mehr feststellen, wo und wann ich ihn mir zugezogen hatte. Mit relativ wenig Geld zu beseitigen, aber ärgerlich.

Dann kamen die Wermutstropfen wie ein Landregen.

Nach meinem fünften oder sechsten Besuch hatte der Frontkotflügel eine Schramme und vierzehn Tage später funkelte mir in der Mittagssonne auf Annes Hof ein tiefer Ratscher entgegen, der sich quer über die Kofferraumhaube zog. Das war kein Zufall, was sogar einem Superdetektiv wie mir aufging.

Anne druckste nur herum und war ziemlich verlegen. Ich bin zwar kein armer Mann und es hätte mich nicht an den

Bettelstab gebracht, den Wagen neu lackieren zu lassen. Das änderte aber nichts an meiner Stinkwut. Deshalb ließ ich auch nicht locker, denn nach meiner Überzeugung wusste sie ganz genau, wer hinter diesen Aktionen steckte.

Sie faselte erst noch was von »Is doch alles gar nicht so schlimm«, rückte dann aber damit heraus, dass es wohl Wim Jonker wäre. Dem Auto eines früheren Freundes wäre es genauso ergangen. Das Bürschchen war in ein Alter gekommen, in dem es in Mevrouw Vanenburg nicht mehr nur die Tante Anne sah. Der Hosenscheißer war eifersüchtig.

Von meinem klugen Rat, den Eltern eine Therapie anzuempfehlen, wollte sie nichts wissen. Die Kröte auf althergebrachte, höchst erfolgreiche Weise zu verprügeln, auch nicht. Und weil sich meine liebe Anne nicht mal dazu durchringen konnte, den Bengel vom Hof zu jagen, war das das Ende unserer Beziehung.

Sie würde auch ohne mich zurechtkommen. Lange würde es bei ihr nicht dauern und sie hätte einen neuen alten Tröster gefunden. Irgendwann würde ich vielleicht interessehalber Schouten anrufen und ihn fragen, welches Yachtclubmitglied sich aktuell darüber freuen durfte, dass seine Seniorenwehwehchen wie weggeblasen waren.

Fräulein Minkema war von meiner langen Abstinenz, was Verabredungen mit ihr anbelangte, nicht angetan und ließ sich in der Redaktion bei meinen Anrufen regelmäßig verleugnen.

Mit anderen Worten: Ich hatte meine uneingeschränkte Freiheit wieder und konnte tun und lassen, was ich wollte.

Ich telefonierte ein paar Mal mit Rendorf und ließ mich von seiner herpetologischen Begeisterung kurzzeitig so weit anstecken, dass ich nach einem gemeinsamen Besuch in einem Reptilienzoo in Moers vorübergehend mit dem Gedanken spielte, einen Leguan in meinem Blumenfenster herumkrabbeln zu lassen.

Bei einem Tagesausflug nach Medemblik traf ich Brouwers zufällig im Restaurant an der Stirnseite des Yachthafens und aß mit ihm zusammen gebackenen Seewolf. Klar, dass sich dabei das Gespräch wieder um die alte Geschichte drehte. Er war sehr zufrieden mit deren Verlauf und bedankte sich noch mal für meinen sachkundigen und diskreten Einsatz, was sich ganz konkret darin äußerte, dass er die Rechnung übernahm.

Damit hätte die Angelegenheit nun wirklich abgetan sein sollen, wäre es nicht zu einer Koinzidenz von Geschehensabläufen gekommen, die unleugbar bewiesen, dass ich ein miserabler Detektiv und – weit schlimmer – dass die Sache noch lange nicht vorbei war.

Es war im September, als ich eine Nachricht von Mevrouw Voorst erhielt, die sich während meiner nachmittäglichen Heineken-und-Jenever-Kur im *Uitkijk* intensiv mit meinem Anrufbeantworter unterhalten hatte. Ich hätte mich doch so für die alten Fotos und die Kriegserlebnisse ihres Mannes interessiert. Falls insoweit noch Bedarf bestünde, sollte ich mal vorbeikommen. Sie hätte eine Entdeckung gemacht. Zwar wüsste sie von Schouten, dass Siemerink der Mörder ihres Mannes und alles damit wohl erledigt wäre. Aber wenn ich trotzdem mal vorbeigucken wollte?

In den üblichen Krimis hätte ich sofort ins Auto springen und losfahren müssen, nur um just die Zeitspanne zu spät zu kommen, die der Täter brauchte, um die Kronzeugin umzubringen und es trotzdem nicht mehr schaffte, die belastenden Beweise zu vernichten. Dies hier war aber das tägliche Leben, noch dazu in seiner nordholländischen und folglich gemächlichsten Form. Außerdem erwartete ich keine wirklich neuen Fakten. Also rief ich erst am nächsten Tag zurück und vereinbarte einen Termin.

Diesmal machte es Spaß, die Strecke zu fahren. Es war gegen fünfzehn Uhr und die Sonne stand hoch am Himmel. Ich hatte das Dach zurückgeklappt, was bei diesem Modell von einer ausgeklügelten Mechanik auf Knopfdruck innerhalb von dreizehn Sekunden erledigt wurde. Ein ähnlich teurer Sportwagen ausländischer Fabrikation wäre in derselben Zeit nicht einmal angesprungen. Auf Windschott und sonstigen Weicheierfirlefanz hatte ich von Anfang an verzichtet. Deshalb trennte mich jetzt nur noch die Windschutzscheibe von der lauen Spätsommerluft und sonst gar nichts. Egal, was mir die Witwe Voorst präsentieren würde, heute war der Weg das Ziel.

Sie hatte mich durch die riesige Wohnzimmerscheibe die Auffahrt herankommen sehen und mich an der Tür in Empfang genommen. Obwohl wir alleine im Haus waren, hielt sie ihre Stimme zu einem Flüstern gesenkt, als wäre die Bude bis unter den First verwanzt, weil alle Geheimdienste dieses Milchstraßensystems unsere Pläne für den militärischen Einmarsch in Liechtenstein belauschen wollten. Auch sonst wirkte sie ziemlich verstört, verunsichert von der Notwendigkeit, sich plötzlich in einer Umgebung zurechtfinden zu müssen, die sie so noch nicht gekannt hatte.

Sie kam gleich zur Sache, ohne mir etwas zu trinken anzubieten. Sie musste wirklich sehr verstört sein. »Am besten zeige ich es Ihnen an Ort und Stelle.«

Die kleine graue Maus wackelte mit dem Hintern eines genauso grauen Elefanten vor mir die Treppe zum Hobbykeller runter, die, wie es sich für einen Freund der Seefahrt gehörte, mit einem Schiffstau als Geländer abgesichert war. Wir passierten eine mit maritimen Accessoires vollgestopfte Bar und kamen in einen Weinkeller, an dessen Wänden wohlgefüllte Regale bis unter die Decke reichten.

»Ich habe den Mechanismus durch Zufall entdeckt, als ich mir eine Flasche Pinot raufholen wollte.« Sie fummelte an einer Querstrebe in Bodennähe und – Simsalabim – schwang ein etwa türgroßer Teil des Regals samt dahinter gelegener Wandattrappe nach vorne. Der Sesam, der sich geöffnet hatte, war ein kaum mehr als speisekammerkleines Zimmerchen, dessen Wände ebenfalls mit Regalen überzogen waren. Diese enthielten aber keinen Wein und waren überwiegend leer. Viele geheime Schätze hatte der Verstorbene in seinem langen Leben wohl nicht angehäuft. Auf einem Bord lagen zwei alte Pistolen, eine C 96, wie ich sie von Rendorf kannte, allerdings im Kaliber 7,63 und eine 08. Wahrscheinlich Überbleibsel aus dem Krieg. Es gab eine Münzsammlung, die neben Mohuren und Dukaten auch Goldstücke jüngerer Prägung beinhaltete wie vierzig Krügerrand und zwanzig Mapleleaf. In einem Plexiglaskästchen lagen auf Samt fünf Taschenuhren, deren Wert ich ebenso wenig schätzen konnte wie den dreier glasierter Papageien aus Meißener Porzellan. Falls es sich nicht um Glasscherben oder den Hauptgewinn einer Wundertüte handelte, dürfte der Inhalt eines Ledersäckchens den wertvollsten Teil der Kollektion ausgemacht haben: zwei rechteckige grüne Edelsteine, die lange Seite ungefähr zwei Zentimeter, vier quadratische blaue, jeweils anderthalbmal so groß, zwei vergleichbare rote und zehn kleine farblose. Ich klassifizierte die Klunker laienhaft als Smaragde, Saphire, Rubine und Diamanten. Wenn ich bis dahin keinem Irrtum erlegen war, vertrug ihr Wert bestimmt keine Einschätzung unterhalb des Prädikats »beträchtlich«.

Drei schweinslederbezogene Bücher, die unschwer als Fotoalben auszumachen waren, drückte die Hausherrin mit beiden Händen und dem Bemerken an sich, sie enthielten nur sehr private Erinnerungsfotos ihres verstorbenen Mannes, die mit der Sache nichts zu tun hätten. Ich antwortete nicht, sondern grinste mein wissendes Detektivgrinsen, weil ich mir denken konnte, was für Ferkeleien da drinsteckten.

Der erfolgreiche Geschäftsmann hatte sich ein kindliches Gemüt bewahrt und einen Winkel für die Schätze seiner ersten Jahre reserviert. Eine kleine Sammlung von Blechspielzeug hätte im heutigen Gameboy-Zeitalter kein Kinderauge mehr leuchten lassen, aber bestimmt das Sammlerherz eines Connaisseurs im Rentenalter entzückt. Ein aufziehbares Schuco-Auto, das über einen Draht, den man ins Dach stöpseln musste, ferngelenkt wurde. Ein Förderband mit Handkurbel, dessen Gummiauflage sich langsam zersetzte. Ein Feuerwehrwagen mit Löschanhänger, der richtig mit Wasser spritzen konnte. Eine Eisenbahn, die als letzten Wagen einen Raubtierkäfig zog, in dem ein Tiger durch die Bewegung der Räder auf und ab wippte.

Ich stellte den Fernlenkwagen wieder zurück aufs Regal. Das war also das unterirdisch-intime Reich des Herrn Voorst. Eine Ansammlung von frühen Träumen und Notgroschen, nichts dabei, was einen als neue Erkenntnis hätte umhauen können.

Das, weswegen wir uns in die Unterwelt begeben hatten, lag auf der anderen Seite neben den Papageien. Ein Päckchen Briefe in aufgeschlitzten Couverts, durch eine Gummiflitsche zusammengehalten.

»Ich hab sie natürlich gelesen, aber wieder so hingelegt, wie ich sie gefunden habe.«

Sie war wirklich herrlich naiv. »Das war schon ganz richtig so, Mevrouw Voorst, aber sollten wir die jetzt nicht lieber mit nach oben nehmen? Es ist da einfach bequemer.«

Im Wohnzimmer bekam ich dann doch noch meinen Wein, während ich die Post durchsah. Es handelte sich um eine Korrespondenz, die sich über Jahre hinzog und mit einer Ausnahme zwischen Voorst und einem Kevin Bannister aus Leeds stattgefunden hatte. Obwohl vermutlich vollständig, erschien sie deshalb lückenhaft, weil verschiedentlich auf Telefonate der beiden Bezug genommen wurde. Aus den alltäglichen Belanglosigkeiten kristallisierte sich ein Kernproblem heraus, das sich als roter Faden durch den gesamten Briefwechsel zog, von dem mir leider nur die eine Hälfte zugänglich war. Es ging um die Kontaktaufnahme mit alten

Kriegskameraden durch Bannister, der zusammen mit Voorst in Kolmburg gewesen war.

Damit hatte ich den Beweis, dass meine Theorie von den desertierten Engländern, die sich in Holländer verwandelt hatten, richtig war. Diese Bestätigung schien mir zum gegenwärtigen Zeitpunkt allerdings weniger bedeutungsvoll als der Umstand, dass es Bannister in all den Jahren nicht gelungen war, auch nur einen einzigen lebend anzutreffen. Sicher, es waren alles keine Jünglinge mehr, aber nur ein beunruhigend kleiner Prozentsatz war eines so genannten natürlichen Todes gestorben, selbst wenn man diesen Begriff zeitgemäß auf ärztliche Kunstfehler ausdehnte.

Von acht Mann hatte Bannister die Adressen auftreiben können und immer war er zu spät gekommen. Zwei hatten im Krankenbett das Zeitliche gesegnet, der eine relativ kurz nach Kriegsende an einer Lungenentzündung, der andere an Speiseröhrenkrebs. Zwei weitere waren bei Autounfällen ums Leben gekommen, beide Male war der Fahrer flüchtig. Einer war im Urlaub beim Baden ertrunken, einer in einem zwielichtigen Viertel von Manchester erschlagen worden, einer in Cornwall von einer Klippe gestürzt, und einer war, ohne dass es für Selbstmord einen nachvollziehbaren Anlass gegeben hätte, in einem Wald bei Nottingham erhängt aufgefunden worden.

Im Laufe des Briefwechsels wurden die anfänglichen Belanglosigkeiten weniger, bis sie schließlich ganz verschwanden und es nur noch um Nachforschungen in einer vermeintlichen Mordserie ging. Im letzten Brief berichtete Bannister davon, dass es ihm nun endlich gelungen wäre, einen gewissen Brandtstätter – sie mussten sich schon telefonisch über ihn unterhalten haben – zu einem Treffen zu bewegen. Es sollte im Januar `98 in Kitzbühel stattfinden, weil sich Bannister dort das Hahnenkammrennen angucken und die andere Sache gleich miterledigen wollte.

Ein weiterer Brief vom Februar `98 stammte von einem Walter Gilford, einem Nachbarn Bannisters, den dieser gebeten hatte Voorst zu benachrichtigen, falls ihm etwas zustoßen sollte. Auftragsgemäß teilte der zuverlässige Bekannte in druckscharfer Altherrenschrift mit, dass Bannister im Urlaub in Österreich in den zugefrorenen Schwarzsee eingebrochen und dadurch gestorben wäre.

»Sie können die Briefe gerne mitnehmen, wenn sie Ihnen etwas nützen.«

Es gibt viele Methoden, sich das Leben zu versauen. Eine höchst erfolgreiche besteht darin, sich in die Angelegenheiten anderer Leute einzumischen. Ich war unter völlig anderen Voraussetzungen in diese Sache hineingezogen worden und war aus ihr zum Glück vor Monaten unbeschadet wieder herausgekommen. Ich hatte gelernt, im Einklang mit meiner Langeweile zu leben. Das, was sich hier andeutete, sprengte ohnehin jeden Rahmen. Darum sollten sich die Leute kümmern, die sich dazu berufen fühlten. Ich hatte nicht vor, ein Buch über einen Serienkiller herauszugeben. Siemerink war tot und begraben, wie viele er im Endeffekt umgebracht hatte – wurscht .

»Ich glaube nicht, dass ich damit irgendjemandem nützen werde. Ich glaube auch nicht, dass heute überhaupt noch jemand wissen will, ob an dem Verdacht Ihres Mannes, es könnte sich um eine ganze Mordserie handeln, wirklich etwas dran ist. Wenn Sie ganz sicher gehen wollen, wird das Beste sein, Sie informieren Schouten, oder Sie legen die Briefe einfach wieder dahin, wo Sie sie gefunden haben. Allzu viel Platz nehmen sie ja nicht weg. – Aber jedenfalls herzlichen Dank, dass Sie mich angerufen haben.«

Ich informierte Rendorf und Schouten und tat dann das aus meiner Sicht Vernünftigste: Ich hakte die Sache ab.

In den folgenden Tagen waren die Medien voll von den Schatten, die der Millenniumswechsel vorauswarf. Wo würde es die angesagtesten Feten, die gigantischsten Bühnen, die berühmtesten Stars geben? Im Verhältnis dazu wurden selbst große Sportereignisse nebensächlich, Unwichtigkeiten wie Kriege auf dem Balkan oder in Afrika rückten auf die Seite drei, und nicht einmal bizarre Morde wurden gebührend gewürdigt.

Das änderte sich aber, als das FBI einen wahren Knaller zündete. Mordserien sind eben doch noch interessanter als der Übergang von einem Jahrtausend zum nächsten.

Der freie Westen hatte sich endlich wieder auf sein altes Konkurrenzdenken besonnen, das ihn immer wieder dazu getrieben hatte, den Osten auf fast allen Gebieten zu überflügeln. Nun war man dabei, auch bei den Serienkillern die Russen, die mit Andrej Schikatilo und seinen dreiundfünfzig Opfern enorm vorgelegt hatten, in die Schranken zu weisen. Die Amerikaner warteten mit einem gänzlich uncharismatischen Wanderarbeiter mexikanischer Abstammung auf, der in freier Natur irgendwelche ekligen Morde an herumstreunenden Halbwüchsigen beiderlei Geschlechts beging. Und Merry Old England, das im Zweiten Weltkrieg gelernt hatte, wie schnell man bei Teilnahme der Amis nur noch die zweite Geige spielt, konterte unverzüglich mit einem von der Presse zum Dr. Tod markengezeichneten Mediziner, der in bester Agatha-Christie-Manier ältliche Patientinnen über den Jordan spritzte – und das in bislang ausgebuddelten knapp siebzig Fällen.

Demgegenüber war das Ableben von Doornik nicht mehr als ein Furz im Wirbelsturm. Er war, wie so viele Holländer, die sich nicht damit abfinden können, dass die höchste Gebirgskette ihres Landes ein Konvoi von Containerschiffen auf dem Nordhollandkanal ist, ein begeisterter Fan von Schwarz-, Wester- und jedem anderen hügeligen Wald, den

Deutschland zu bieten hat, ganz zu schweigen von den Alpen. Deshalb war es auch nicht weiter verwunderlich, dass er beim Kraxeln abstürzte und sich dabei den Schädel einschlug. Er hatte Urlaub in Pfronten-Steinach gemacht und sich für seine Bergtour von den dorfumzingelnden Breitenberg, Falkenstein und Kienberg ausgerechnet letzteren, den kleinsten, aber wegen seines losen Gerölls gefährlichsten und für weiträumige Bergwanderungen gesperrten Felsbrocken ausgesucht. Für die Einheimischen also nichts Neues und der lokalen Presse mal gerade eine Fünfzehn-Zeilen-Notiz ohne Namensnennung des Betroffenen wert.

Was dieses an sich banale Ereignis für Doorniks Freunde aus dem Yachtclub dennoch wichtig machte, war der Umstand, dass man in seinem Fremdenzimmer in einer Privatpension hinter dem Gasthof Aggenstein ein braun-monochromes, postkartengroßes Foto fand, das einen Zivilisten zeigte, der am Rand einer Grube saß und darauf wartete, von einem hinter ihm stehenden Uniformierten mit Genickschuss getötet zu werden.

* * *

»Ich bleibe dabei, dass wir nicht darum herumkommen, Kolmburg näher unter die Lupe zu nehmen.«

Mit dieser telefonisch geäußerten Ansicht hatte Rendorf zweifellos Recht, falls er mit seinem »wir« nicht auch mich meinte; denn für mich war die Sache erledigt. Ich hatte von diesem Verwirrspiel endgültig die Nase voll. Zugegebenermaßen wurmte mich alles, weil ich entscheidend an der fehlerhaften Siemerink-Theorie beteiligt gewesen war und diese Scharte wieder auswetzen wollte, scheiß auf alle guten Ratschläge, die ich mir selbst gegeben hatte. Aber weiter den dummen August zu spielen ohne einen konkreten Anhaltspunkt, das war nicht mein Ding.

Schouten war völlig aus dem Häuschen, als er von der Karte erfahren hatte, und klemmte sich sofort hinter meinen Freund, der sich der Sache mit nunmehr ungeteiltem Engagement annehmen sollte. Dass unsere Theorie vom Nazimörder Siemerink, der es auf die letzten KZ-Befreier abgesehen hatte, kläglich gescheitert war, bedurfte keiner besonderen Erwähnung. Was allerdings mangels anderweitiger gesicherter Erkenntnisse vice versa die Möglichkeit eröffnete, dass der große Unbekannte sich sämtliche Clubmitglieder der Reihe nach vornahm. War Siemerink nicht der Täter, was nun feststand, war er Opfer, was schon immer feststand. Bei dreizehn Mitgliedern vier Morde innerhalb von weniger als drei Jahren – insoweit von verschiedenen Tätern auszugehen, war absurd. Ich vermutete, dass der sonst so abgeklärte Schouten jetzt auch ein wenig um seine eigene Person zitterte.

Aber wer war dieser eine Mann und welche Macht trieb ihn nach mehr als einem halben Jahrhundert an zu töten, so unerbittlich zu morden, dass er seinen Opfern ihren Tod vorher durch diese schrecklichen Karten ankündigte?

Apropos Karten. Rendorf war auf Nummer Sicher gegangen und hatten das Originalexemplar zu Flanagan geschickt, der es vorbehaltlos als echt einstufte. Drei der Opfer waren in Kolmburg gewesen, die Drohkarten stammten ebenfalls aus Kolmburg und ein Mann war damals davongekommen. Da brauchte es für das weitere Procedere kein großes brainstorming mehr.

In diesem Sinne bedankte ich mich bei Rendorf für seinen Anruf und lud ihn nach Holland auf eine exzessive Jenever-Nacht ein. Die jedoch ohne jede Diskussion der alten Geschichte, sonst würde ich mich sofort vom Acker machen. Wir wussten ja alle, dass ohne Identifizierung des Flüchtlings der Fall niemals zu lösen war. Sollte er also weiter forschen – ohne mich!

Das tat Rendorf dann auch, indem er wieder seine Beziehungen zu Ludwigsburg aktivierte. Vier Tage später kam er vorbei, und nachdem wir in *De Zilvermeuve* jeder drei kleine gegrillte Seezungen zu Mittag gegessen hatten, die nun dabei waren, in einem sich beständig vergrößernden Meer aus jungem Hoppe herumzuschwimmen, setzte mein Freund zu einem verdammt linken Trick an. Als er das Thema auf die leidige Angelegenheit brachte, hätte ich sofort aufstehen und gehen sollen, aber mittlerweile waren die Beine schwer und – obwohl ich kein Fiaker bin – das Blut luftig und leicht wie der Wind. Meinen halbherzigen Widerstand gegen seine Erzählung überwand er deshalb mühelos.

»Hör mir nur fünf Minuten zu, allein schon mit Rücksicht darauf, dass du mich wegen der Briefe aus dem Voorst-Keller angerufen hast. Wenn du danach nicht interessiert bist, verspreche ich dir, dass ich dieses Thema nie wieder anschneiden werde.«

Ich war zu faul zum Nicken und blinzelte nur schläfrig.

»Was die Bedeutung von Kolmburg für diesen Fall anbelangt, sind wir uns einig, nicht war?«

Ich antwortete auf die erprobte Weise.

»Deshalb habe ich mich mal ganz einfach für die interessiert, die sich für das Lager interessiert haben. Die gewissenhaften Beamten in Ludwigsburg haben Buch geführt über alle Personen, die ein berechtigtes Interesse an Kolmburg dargetan und denen man deshalb Akteneinsicht gewährt hat. In den letzten zehn Jahren war das nur ein einziger Mensch gewesen und dessen Name sollte dir geläufig sein.«

Mit meinem Gähnen strafte ich meine Worte Lügen. »Mach's nicht so spannend, Armin!«

Seine Antwort elektrisierte mich so, dass er mich nicht mehr zum Mitmachen überreden musste, weil ich selbst ohne ihn wieder in die Sache eingestiegen wäre.

»Brandtstätter.«

Ich musste nicht alleine weitermachen. Diesmal hatte ich Rendorf an meiner Seite, konkret, auf dem Fensterplatz mir gegenüber. Er war mitgekommen, um als ausgewiesener Anwalt und der damit einhergehenden Seriosität meinen Einstieg bei Brandtstätter zu erleichtern. Als ich sein Spiegelbild in der Scheibe betrachtete – ein zottelmähniger Späthippie in Lederkluft –, kamen mir diesbezüglich erhebliche Zweifel. Doch ihn dabei zu haben, konnte nie schaden, egal, unter welchem Aspekt.

Außerdem hatte er in Kitzbühel einen Polizisten namens Lanniger aufgetrieben, von dem er sich Auskunft darüber erhoffte, ob Voorsts toter Brieffreund auch so eine Karte im Gepäck gehabt hatte. Wenn ja, wären alle eingeborenen holländischen Yachtclubmitglieder aus dem Schneider, dann ginge die Stoßrichtung des Täters eindeutig in Richtung Kolmburgbefreier – und Siemerink wäre nur ein mörderisches Abfallprodukt.

Baustellen waren denkbar ungeeignet, um in ihnen den Fahrspaß mit einem schnellen Sportwagen auszuleben, aber andere Autobahnen gab es in Deutschland nicht mehr. Wir hatten uns daher für die Eisenbahn entschieden und den *Annette Kolb* genommen, der es in knapp acht Stunden von Münster nach München schaffte.

Vorsorglich hatten wir uns zwei Plätze in der ersten Klasse reservieren lassen und das Abteil für uns. Rendorf war die Strecke schon oft gefahren, um seine Freundin in München zu besuchen. Ich war seinem Rat gefolgt und mit ihm zwischen Koblenz und Mainz in den Speisewagen gegangen. Bei Chefsalat und einem hemmungslos überteuerten Bier überzeugte ich mich selbst davon, dass dieses Stück des Rheintals der schönste Streckenabschnitt war. Zwar herrschte im Moment nicht das beste Wetter, aber gerade bei verhangenem Himmel und sich an den Hängen abregnenden Wolken konnte man sich mit etwas Fantasie durchaus vorstellen, wie es gewesen sein musste, als Hagen von Tronje vor der Kulisse düsterer Schieferfelsen den Nibelungenhort in den Bach kippte.

Ein paar japanische Schüler, die von einer sporadisch auftauchenden Aufsichtsperson durch ihren Ganz-Europa-in-drei-Tagen-Trip gepeitscht wurden, renkten sich die Halswirbel aus, um die Loreley, die feindlichen Brüder und den Mäuseturm mit den Abbildungen in ihren Reiseführern zu vergleichen und festzustellen, dass – wie immer – die Realität weit hinter der Erwartung zurückblieb. Zwei von ihnen dösten mit geschlossenen Augen vor sich hin, noch halb erschlagen vom Eiffelturm gestern Abend. Übermorgen würden sie in Kobe viel zu berichten haben über den Tower an der Seine, den Triumphbogen auf der Zugspitze und die Brücke von Remagen, die über den Tiber führt.

Bei Mainz klarte der Himmel auf und bei unserem Halt im Bahnhof von Mannheim waren die Regenwolken ganz verschwunden. In Höhe der Geislinger Steige hatten mich die Krankenhausluft aus der Klimaanlage und das gleichförmige Fahrgeräusch geschafft und ich tat es im Abteil den schläfrigen Schlitzaugen nach. Bei Augsburg wurde ich wach und ließ die reizlose Landschaft in goldener Abendsonne an mir vorüberziehen, bis wir mit einer Minute Verspätung um achtzehn Uhr siebzehn München erreichten.

Hier wohnte in der Franz-Marc-Straße der an Kolmburg so interessierte Herr Brandtstätter, der – so wollte es jedenfalls die einschlägige Literatur wissen – den Namen des letzten Lagerkommandanten und – das hatten uns die Briefe im geheimen Keller verraten – der Person trug, die Voorsts Kumpel kurz vor seinem Tod in Kitzbühel treffen wollte.

Ich fand es irgendwie passend, dass so ein Mensch in München lebte. München war mit seiner Feldherrenhalle so was wie ein Graceland für Alt- und Jungnazis. Hier hatte der braune Krebs angefangen zu wuchern, von hier aus hatte er über die Lymphbahnen der Propaganda seine Metastasen in die Welt geschickt. Sollte die deutsche Nachkriegspolitik noch einmal einen ähnlich aussichtsreichen Kandidaten in der Hitlernachfolge hervorbringen wie Franz Josef Strauß, würde auch der bestimmt aus München kommen.

Rendorf hätte selbstverständlich bei seiner Freundin in Grünwald wohnen können, aber wir wollten aus Gründen eines besseren Informationsflusses zusammen Quartier nehmen. Ein ruhiges Plätzchen war zu dieser Zeit, im bayerischen September, nicht zu bekommen. »O'zapft is« – dieser Beschwörungsformel folgten rund sieben Millionen Menschen mit zehn Tagen voller Kollektivkotzen, Nepp und Salmonellenvergiftung. Der Wahn des Oktoberfestes machte sie alle gleich: Amerikaner, die sich ihren Pinsel an den überteuerten Andenkenfilzhut steckten, Japaner in unbezahlbaren Hirschledertrachtenanzügen, und gelegentlich sogar ein waschechter Bayer – der natürlich in Jeans und Turnschuhen. Alles das in einer Stadt, die sich so gerne für die heimliche Hauptstadt Deutschlands hielt und bei der der Schwindel schon damit anfing, dass sie sich auf getürkten Fotos gerne mit den Alpen im greifbar nahen Hintergrund darstellen ließ, obwohl sie in einer so platten Landschaft lag, dass die höchste Erhebung im Umkreis von hundert Kilometern der Misthaufen eines Großbauern in Pöring war.

Hundertfünfzig Meter von diesem Misthaufen und fünfunddreißig Kilometer vom Stachus entfernt fanden wir schließlich, nachdem wir den Tank unseres Leih-BMW halb leer gefahren hatten, eine Pension, die uns zwei spartanische Einzelzimmer mit Frühstück zu einem Preis überließ, für den wir im Sommer die König-Ludwig-Suite mit Vollpension bekommen hätten. Wir schafften unser Gepäck auf die Bude und begnügten uns anschließend in der Kaminstube mit einem Essen, das jeder Masochist als opulent tituliert hätte.

Zwei Alka-Selzer später war immer noch später Abend und also knappe Zeit, noch einiges zu erledigen, es zumindest zu versuchen. Deshalb vergewisserten wir uns kurz, ob kein kleptomanischer Dorftrottel das Einwickelpapier unserer Ersatzschuhe für den Playboykalender gehalten hatte, schluckten zur Magenberuhigung einen Underberg aus der Kofferapotheke und stiegen in unseren Mietwagen. Mithilfe eines aktuellen Stadtplans, der im Handschuhfach lag, bedurfte es keiner ausgefuchsten Gehirnakrobatik, die Dachauer Straße – schon wieder Ironie des Schicksals – auszumachen und auf ihr die Franz-Marc-Straße anzulaufen.

Brandtstätter lebte in einem Gebäudekomplex, der nach seinem philanthropischen Erbauer Borstei benannt war und von seiner Größe und Ausdehnung her an eine erst kürzlich renovierte Kaserne erinnerte. Die Innenhöfe waren mit Springbrunnen, Zierteichen, Skulpturen und altem Baumbestand als ein Park gestaltet, der einem Fürstenschloss zur Ehre gereicht hätte. Alles machte einen ruhigen und vornehm-gediegenen Eindruck. Hier eine Wohnung zu ergattern, kam angesichts der Münchener Immobilienmarktlage einem Sechser im Lotto gleich.

Es war zwar schon nach zehn und also nicht damit zu rechnen, dass Brandstätter uns heute noch Stunden seiner Zeit widmen würde. Aber wir hatten keine Telefonnummer von ihm finden können und mussten daher zumindest einmal kurz zu ihm vordringen, um überhaupt ein Treffen vereinbaren zu können. Da Münchner im Allgemeinen eher als Nachtschwärmer denn als Federviehsodomisten galten, konnten wir es genauso gut jetzt noch probieren.

Wir fanden seinen Namen als obersten auf einer schnörkeligen Messingtafel, drückten auf die dazugehörige Schelle und nach wenigen Sekunden öffnete uns ein Summen das schwere Holzportal unter einer schmiedeeisernen Halbrosette.

Die Reise in die Nazi-Vergangenheit konnte beginnen.

Vorab wurde es jedoch ein Trip in die Nazi-Gegenwart. Brandtstätter wohnte im fünften Stock unter dem Dach. Als wir uns über knarrende Holztreppen bis zum vierten hochgearbeitet hatten, wurde uns dort der Weg von zwei jungen Männern versperrt, deren gekonnt zur Schau gestellte Dämlichkeit ein Blinder mit seinem Stock hätte ertasten können. Skinheads in der üblichen Montur mit Bomberjacke und Springerstiefeln.

»Ihr könnt gleich wieder abziehen. Der Professor ist für euch nicht zu sprechen.«

Der Typ, der uns so freundlich willkommen hieß, stand breitbeinig mitten auf dem Treppenabsatz. Er war groß, breitschultrig und strahlte die permanente Bereitschaft aus, jedermann mit einem saftigen Arschtritt klarzumachen, wer hier das Sagen hatte. Sein Kumpel lehnte feixend im Rahmen einer geöffneten Wohnungstür, auf der fett das Schild einer deutschnationalen Partei prangte, die in Bayern in den letzten Jahren durch finanzielle Zuschüsse eines Ortsfremden beachtlichen Zulauf zu verzeichnen hatte.

Rendorf zog schweigend den Reißverschluss seiner Jacke auf und gab so den ungehinderten Blick auf seine C 96 im Schulterholster frei. »Wir möchten zu Herrn Brandtstätter.«

Der Breitschultrige musterte ihn belustigt von oben bis unten. »Den wirst du hier nicht finden.«

»Und warum nicht, wenn ich fragen darf? Ist er nicht hier?«

»Du wirst ihn hier nicht finden, *weil* er hier ist. Er will nämlich seine Ruhe haben.«

»Oh, er wird vermutlich in der Lage sein, mir das selber sagen zu können. Ich glaube nicht, dass es eine kluge Entscheidung ist, mich daran hindern zu wollen ihn zu treffen.«

Das Lächeln blies sich zu einem fetten Grinsen auf. Der Hüne legte seine klodeckelgroße Hand auf Rendorfs Mauser. »Glaubst du Wicht wirklich, du könntest mir mit deinem antiken Spielzeug imponieren?«

Rendorf änderte seinen Tonfall um keinen Deut. »Sie sind sicher ein sehr gefährlicher Mann, wie ich annehme.«

Der überdimensionierte Idiotentiger hatte nicht begriffen, dass ihm die große Kanone nur als Ziege unter die Nase gehalten worden war. Bevor er unter lautem Lachen zu Ende genickt hatte, spürte er die Mündung der PPK, die Rendorf aus der Hosentasche geholt hatte, auf seinem Bauchnabel.

»Und Sie werden sehr viel sicherer ein sehr toter Mann sein, wenn Sie jetzt eine falsche Bewegung machen.«

Immerhin hatte die Natur dem Zerberus so viel an Verstand mitgegeben, dass er seine momentane Situation richtig einschätzte. Sein Freund und er hoben gleichzeitig die Arme und ließen sich von Rendorf in die Wohnung dirigieren.

Während mein Freund die beiden filzte, verschaffte ich mir einen kurzen Überblick. Wenn ich aufgrund des Türschildes auf Hitlerbilder und eine Reichskriegsflagge an der Wand sowie kistenweise Nachdrucke von *Mein Kampf* gesetzt hätte, wäre die Wette für mich verloren gegangen. Wir standen in einem Eiche-rustikal-Wohnzimmer, wie es wohl für bayrische Verhältnisse als normal gelten muss. Nicht einmal der Herrgottswinkel fehlte.

Rendorf hatte die Burschen, denen er zwei Klappmesser, einen Totschläger und einen Schlagring abgenommen hatte, auf ein durchgesessenes Sofa beordert und ihnen gestattet, die Hände wieder runterzunehmen. Dann zog er die Mauser und drückte sie mir in die Hand. »Mal sehen, was hier sonst noch für Überraschungen auf uns warten. Ich werde lieber erst mal allein das Terrain sondieren.« Damit verschwand er in den Hausflur.

Nach einer Minute hörte ich von draußen leise Stimmen, zu leise um etwas verstehen zu können. Nach fünf Minuten war Rendorf wieder da. Die beiden Helden hatten sich in der Zwischenzeit nicht bewegt und nicht geredet, noch nicht einmal laut geatmet. Bei aller Dummheit hatten sie begriffen, dass sie mit ihrem Imponierballett diesmal an einen Mann geraten waren, der sich auf keinen Ritualtanz einließ, sondern Ernst machen würde. Ihrem Gesichtsausdruck nach wussten sie ihr Überlebensglück zu würdigen.

»Da haben wir uns anscheinend in der Person des Adressaten geirrt. Das da oben ist nicht unser Mann. Lass uns gehen.«

Ich bemühte mich, kein überraschtes Gesicht zu machen, und nickte stattdessen weise.

Wir verzichteten darauf, die konfiszierten Eisenwaren mitzunehmen. Für weniger als hundert Mark hätten die beiden überall Ersatz bekommen, und das war es einfach nicht wert.

* * *

»Sie können es mir glauben, mein Großvater war kein Massenmörder. Kolmburg war kein Vernichtungslager, ganz im Gegenteil. Die Insassen wurden dort gut behandelt. Es sollte dort niemand getötet werden. Es ging um eine kriegswichtige Aufgabe, die zu erledigen war. Die Insassen, die dafür ausgesucht waren, wurden gehegt und gepflegt, wie man so sagt, so blöd sich das anhört.«

Das Gesicht dieses weichlichen Stubenhockers glühte förmlich, wie er so besessen dozierte. Dabei war unsere Umgebung eher dazu angetan, sich locker zurückzulehnen und Freizeit pur zu gestalten. Wir saßen im *Egger*, einer Kneipe auf der Hohenzollernstraße, die mit ihrem hallenartigen Charakter, dunkler Holzvertäfelung und Stuckdecke wie eine alte, bayerische Schenke wirkte, jedoch erst vor wenigen Jahren für ein studentisches Publikum neu konzeptioniert worden war und zu kleinen Preisen sehr gutes, reichhaltiges Essen bei dezenter Rockmusik anbot. In buntem Mix hockten allein erziehende Väter, allein umherziehende Mütter, alte Schüler und junge Rentner mit und ohne Dackel an den Tischen und kommunizierten querbeet. Es waren nur wenige Plätze besetzt, wofür als umfassende Erklärung das Zauberwort »Oktoberfest« genügte.

19 Uhr im Egger hatte Brandtstätter, der nicht wusste, ob man in der Wohnung von unten seine Unterhaltung mit Rendorf mithören konnte, auf einen Zettel gekritzelt, den mein Freund an mich weitergegeben hatte. Rendorf selbst war schon am Vormittag nach Kitzbühel aufgebrochen. Er hatte mir Brandtstätter als einen farblosen Intellektuellen von etwa vierzig Jahren beschrieben, der so unauffällig wirkte, dass man ihn eben daran erkennen würde.

Brandtstätter und ich saßen nach einem Salat mit Putenfilet bei einem Halben und Smirnoff in einer Ecke, die durch drei freie Tische von den nächsten Gästen getrennt war. Fats Domino sang gerade »Margie« und trug damit das Seine dazu bei, dass wir nicht belauscht werden konnten.

Nachdem mein Gegenüber verinnerlicht hatte, dass ich kein Journalist war, der im Zeitalter finanzieller Wiedergutmachung an den Zwangsarbeitern medienopportun gegen seine Vorfahren zu Felde ziehen wollte, war er direkt froh, über Kolmburg reden zu können. Ich hatte den Eindruck, dass ihm die Sache sogar mehr am Herzen lag als mir.

Er war Studienrat für Deutsch und Geschichte, was selbst in dieser braunen Metropole mit einem KZ-Kommandanten als Großvater im Gepäck schwer genug war. Sein Leben wurde dadurch nicht leichter, dass er nur eine dreiviertel Stelle bekleidete und die üppigen Münchener Preise darauf keine Rücksicht nahmen. Da hatte er kaum die Wahl, das Angebot der DVU abzulehnen, als die davon Wind bekommen hatte, dass er es sich zur Aufgabe gemacht hatte, seinen Großvater zu rehabilitieren, indem er die Flucht nach vorne antrat und dessen Rolle im System der Konzentrationslager näher beleuchten wollte. In der Hoffnung, es möge etwas dabei herauskommen, was im Stil der so genannten »Auschwitz-Lüge« von den Neonazis für ihre Wahlkämpfe fruchtbar gemacht werden könnte, zahlten sie ihm die Miete und erschlossen ihm ihre eigenen Informationsquellen.

Der Pferdefuß an der Sache war, dass er ihnen seine Seele verkaufen musste. Seine Bereitschaft, sich ohne Überwachung mit einem Fremden zu treffen und sein Wissen preiszugeben, war der Versuch, sich ein Stück von ihr zurückzuholen.

Ich hatte den Yachtclub aus dem Spiel gelassen und nur die alten Fotos als Aufhänger für meine Theorie genommen, dass Engländer nach der Befreiung von Kolmburg desertiert waren und der Grund für ihr Verschwinden für mich von größtem Interesse wäre. Noch mehr würden mich allerdings Identität und Verbleib der Person interessieren, die vermutlich ein als Jude getarnter Nazi war und für die Engländer als Dolmetscher gearbeitet hatte. Damit ging zwingend die Frage einher, was es mit Kolmburg überhaupt auf sich hatte, welchem wahren Zweck es diente.

Der farblose Bursche mit den strähnigen Haaren und der Hiram-Holliday-Brille blühte förmlich auf, als ihm so die Chance gegeben wurde, nicht vor einen Propagandakarren gespannt zu werden, sondern sich ohne Korsett und Maulkorb als Historiker im klassischen Sinne betätigen zu können. Er entwickelte mir das, was ich schon wusste, dass nämlich Kolmburg kein Vernichtungslager gewesen, sondern eine staatlich eingerichtete Fälscherwerkstatt mit zwangsrekrutiertem Arbeiterstab war. Er tendierte mehr zu der Annahme, dass die gefälschten ausländischen Währungen dazu dienen sollten, die Wirtschaft der Feinde zu unterminieren, konnte aber aufgrund der Tatsache, dass auch falsche Pässe hergestellt wurden, nicht ausschließen, dass es sich zumindest auch um Fluchtgeld handeln sollte.

Er hatte das große Glück, dass es seinen Sponsoren gelungen war, über dunkle Kanäle Originalunterlagen der Lagerverwaltung aufzutreiben, unter anderem eine Art Logbuch, das sein Großvater geführt hatte. Darin war als eine der letzten Eintragungen verzeichnet, dass im Mai `45 der Jude Josef Rosenfeld und der Soldat Michael Henneke durch ein Loch im Zaun verschwunden waren. Da Brandtstätter senior die Lagerbefreiung nur sehr kurz überlebt hatte, war es ihm nicht zu verübeln, dass er zur Aufklärung dieses Komplexes nicht mehr beitragen konnte. Sein Enkel, für den Kolmburg zur fixen Idee seines Lebens geworden war und der beweisen wollte, dass nicht alle SSler skrupellose Mörder waren – insbesondere sein Opa nicht – hatte alles ausgegraben, gesichtet, gelesen und geprüft, was es über Kolmburg zu wissen gab. Er hatte sogar vor Jahren mit einigen Engländern sprechen können, die Wochen nach der Befreiung unter der Führung eines Commanders nach Kolmburg geschickt worden waren, um dort das Verschwinden einiger Landsleute aufzuklären. Aber auch die hatten nichts zur Identifizierung des einzigen Kolmburg-Überlebenden beitragen können.

Damit war das Thema im Grunde erschöpft. Für das bisschen Erkenntnis hätte ich nicht nach München gemusst.

Eigentlich hätten wir uns jetzt voneinander verabschieden und auseinander gehen müssen, aber Brandtstätter blieb sitzen und drehte sein leeres Glas in den Händen, als wäre auf seinem Boden etwas zu entdecken, das ihm einen Grund gab, noch bleiben zu können.

Ich kann mich wirklich keiner großartigen Menschenkenntnis rühmen. Erst recht traue ich mir kein Urteil zu, wenn ich jemandem zum ersten Mal begegne. Doch hier konnte jeder merken, dass Brandtstätter hin- und hergerissen wurde zwischen dem Bedürfnis, sich einem anderen Suchenden mitzuteilen, und dem Wissen, dass nicht zu schweigen einen Fehler bedeuten könnte. Ich bemühte mich, ihm bei der Entscheidungsfindung zu helfen.

»Herr Brandtstätter, wenn es noch etwas gibt, das Sie mir sagen wollen, dann sollten Sie das tun. Sicher, Sie haben nicht mehr als mein Wort, dass ich über unsere Begegnung mit niemandem reden werde, der Ihnen schaden könnte. Das ist eine verdammt schwache Garantie durch einen Mann, den Sie eben erst kennen gelernt haben. Aber glauben Sie mir, alles, was Sie mir über Kolmburg sagen, könnte dazu beitragen, dass zukünftige Gewaltverbrechen verhindert werden – und zwar sehr konkrete Verbrechen an Männern, die mir persönlich bekannt sind. Wenn Sie noch etwas von Bedeutung haben, dann sagen Sie es mir bitte. Ich will versuchen, mich auf meine Weise zu revanchieren. Wenn der Mann mitspielt, woran ich keinen vernünftigen Zweifel habe, werde ich ein Treffen arrangieren können zwischen Ihnen und einem englischen Veteranen, der selbst bei der Befreiung in Kolmburg dabei gewesen war und Ihnen haarklein berichten kann, was damals tatsächlich passiert ist – wenn Sie das denn so genau überhaupt wissen wollen.«

Damit hatte ich ein Fass voller Fragen angestochen, dessen Inhalt jetzt über mich sprudelte. Ich wollte ihm aber den Tod seines von ihm so hoch verehrten Großvaters nicht ausmalen, ich wollte auch keine weiteren Theorien zum Besten geben. Diese Informationen sollte er sich alle zu gegebener Zeit von Flanagan holen. Ich beschränkte mich darauf, ihm meinen trinkfesten Veteranen weiterhin als Köder unter die Nase zu halten. Als ich seiner Beamtenseele versicherte, auch die Kosten des Treffens – drei Tage Nordholland, all inclusive – übernehmen zu wollen, schnappte er zu.

»In Kolmburg wurde an einer viel wichtigeren Sache gearbeitet als nur der Fälschung von Geld und Papieren. So wichtig, dass sie möglicherweise kriegsentscheidend geworden wäre. Ich erzähle es Ihnen. Ich erzähle es Ihnen auch auf die Gefahr hin, dass Sie mich für einen kompletten Spinner halten. Aber nicht hier. Zu viele Ohren.«

Meines Erachtens übertrieb er seine Paranoia mit dem Verfolgungswahn beträchtlich. Aber ich wollte ihn bei Laune halten. Wenn er seine konspirative Szenerie haben wollte, sollte er sie bekommen.

»Gut, ich rufe ein Taxi. Und wohin sollen wir fahren?«

»Grundsätzlich wäre der Englische Garten richtig. Der wird um diese Zeit nur von ausgesprochenen Wiesnfeinden frequentiert und davon gibt es in ganz München keine Hand voll. Aber dafür ist es heute schon zu spät. Am besten, wir treffen uns morgen wieder.«

Ich schaute auf die Uhr und sah, dass er Recht hatte. »Einverstanden, machen wir es so. – Trotzdem, so informationshungrig kann ich nicht ins Bett gehen. Einen kleinen Brocken werden Sie mir schon hinschmeißen müssen. Also, was ist das nun für eine Wunderwaffe, mit der Onkel Adolf dem Rest der Welt den heiligen Schrecken einjagen wollte?«

»Nicht Adolf Hitler und auch keine Wunderwaffe. – Die Krone des Wittekind.«

10. Kapitel

Im Raum war es totenstill. Andreas Brehme lief an. Der Mann, der mit beiden Füßen gleich platziert und hart schießen konnte, zog ab, der Ball war drin. Der aufbrandende Torjubel sprengte fast die Lautsprecher des Fernsehgeräts.

In der Kneipe blieb es sekundenlang ruhig. Dann brach der Tumult los. Der Erste, der seine Enttäuschung artikulierte, war Dennis, ein junger Schichtarbeiter, der seinen Arbeitsplatz nur vier Straßen weiter im Hafengebiet von Cardiff hatte. »Scheiße, Scheiße, Scheiße! Die Schweine hätten schon gegen uns rausfliegen müssen. Da kommen sie nur durch Elfmeter weiter, jetzt werden die durch so 'n Dingen sogar Weltmeister. Ich fass es nicht.«

Keiner blieb mehr sitzen. Alles krakeelte und schrie durcheinander. Einer schmiss vor Wut sein leeres Bierglas auf den Boden.

Fast alle hier waren in seinem Alter, hatten, wenn sie nicht arbeitslos waren, einen ähnlichen Job wie er, waren, was das Spiel anbelangte, seiner Meinung. Klar, den Argentiniern hätten sie vorher den Sieg auch nicht gegönnt, der Falklandkrieg lag erst acht Jahre zurück. Aber die waren heute eine Ewigkeit, denn der Elfmeterkrimi im Semifinale der Fußballweltmeisterschaft gegen Deutschland war erst eine Woche alt.

Dann war auf einmal die Mattscheibe schwarz. Als sich die Ersten zum Tresen umdrehten, um sich beim Wirt zu beschweren, schaltete der gerade mit der Fernbedienung auf einen anderen Kanal, in dem eine uralte amerikanische Komödie gezeigt wurde. Jack Landers war über einsneunzig und hatte früher selbst erst auf der Zeche, dann in den Docks gearbeitet. Er konnte heute noch den stärksten seiner grölenden Stammkunden mit einer Backpfeife vom Stuhl fegen.

Deshalb erschöpfte sich nun auch der schärfste Protest in etwas Gemaule und einem halblauten: »Ej, was soll der Scheiß, Jack?«

»Der Scheiß soll, dass hier Ruhe ist. Setzt euch wieder auf eure Ärsche und hört mit der Randale auf. Wenn einer noch was bestellen will, ist jetzt Gelegenheit. Und du, Benny, bezahlst das Glas!« Damit schaltete er zurück zum Fußball.

»Was regt ihr euch überhaupt so auf, ihr jungen Bengels? Ich hab euch doch gleich gesagt, dass die Deutschen gewinnen. Die gewinnen immer.« Der alte, gebeugte Mann mit der karierten Schlägermütze und den schäbigen Klamotten nahm einen Schluck aus seinem Glas und amüsierte sich über die Burschen, die aus Angst vor Jack nicht so handgreiflich reagieren konnten, wie sie es gerne getan hätten.

»Ach, halt doch dein Maul, Charly Pringle! Was verstehst du schon von Fußball?«

»Mehr als du begreifen kanns', Dennis, mehr, als in dei'm ganzen Leben in dein' Schädel reingeht. Ich hab schon ...«

Dennis schlug in gespielter Verzweiflung beide Hände vors Gesicht. »Oou Scheiße nee, und ich Idiot geb auch noch das Stichwort! Kommt jetzt wieder deine alte Litanei, die wir hier alle schon singen können, ja, Charly?« Er verstellte seine Stimme: »Was wisst ihr jungen Burschen denn vom Fußball, wen habt ihr von den Großen denn überhaupt persönlich gekannt? – Und wenn du mit dem Kack fertig bist, was kommt denn dann, Charly? Wieder die alte Geschichte, wie du im Krieg das geschafft hast, was unsere Kicker nicht mehr hinkriegen, wie du die Deutschen geschlagen hast, du Superagent, KZ-Befreier und Bauchaufschlitzer, Charly, der KZ-Kommandanten-Killer? – Mann, verpiss dich doch einfach, Charly!«

Damit drehte sich Dennis wieder zu seinen Altersgenossen um, die ihm dafür, dass er allen aus der Seele gesprochen hatte, anerkennend auf die Schulter klopften. Charly war abgemeldet, man konzentrierte sich auf die letzten Spielminuten und hoffte, dass Maradona und Co. den Spieß doch noch umdrehen würden.

»Sie scheinen bei den jungen Sportfreunden auf wenig Verständnis zu stoßen, Sir. Darf ich Sie zu einem Glas einladen?«

Der Fremde neben Charly war dessen genaues Gegenstück. Zwar in seinem Alter, aber größer und gerade gewachsen. Teurer Kammgarnanzug, Schuhe der preislichen Oberklasse. Ein Geschäftsmann wie aus einer Börsenzeitung.

»Sehr freundlich von Ihnen, Sir, da bin ich gerne dabei. – Wenn Sie mir meine Neugier gestatten, aber ich hab Sie hier noch nie gesehen. Ha'm Sie hier in der Gegend beruflich zu tun?«

Der Wirt, immer bemüht sich neue Gäste zu erhalten, stellte die zwei Bier hin und wandte sich an Charly. »Trink dein Bier und nerv den Gentleman nicht, Charly! Du hast ja gesehen, was bei deinen Sprüchen rauskommt.«

»Machen Sie sich keine Sorgen, Sir.« Der Fremde stieß dabei mit Charly an. »Ich finde eine Unterhaltung mit diesem Gentleman sehr erhellend. Ich habe mich zwar nie besonders für Fußball interessiert, aber es kann nicht schaden, die Meinung von jemandem zu hören, der sich wirklich in seinem Fach auskennt. Der Tipp auf den deutschen Sieg scheint gar nicht so schlecht zu sein.«

Zwei Minuten später hatten sie die Bestätigung. Das Spiel wurde beim Stand von 1:0 abgepfiffen, Deutschland war Fußballweltmeister 1990.

Entsprechend war die Stimmung der übrigen Gäste. Charly war kurz davor, seine Glückssträhne überzustrapazieren, und wollte eine Diskussion mit Dennis über den Fußball im Allgemeinen und die momentane internationale Schwäche des englischen Fußballs im Besonderen anfangen. Aber Dennis schien durchaus bereit, das Risiko einzugehen, vom Wirt hinausgeworfen zu werden, wenn er es nur schaffte, Charly vorher auf die Nase zu hauen. Und weil Jack, der in den Jahren hinter der Theke einen siebten Sinn für heraufziehenden Krawall entwickelt hatte, den Eindruck machte, Charly für seine Stichelei ebenfalls eine zu verpassen, kam das Angebot des Fremden gerade im rechten Augenblick.

»Was halten Sie davon, einen kleinen Lokalwechsel vorzunehmen und uns ein Plätzchen zu suchen, an dem die Stimmung für Sie ein bisschen weniger feindselig ist. – Sie sind natürlich mein Gast. Also, kennen Sie eine Gaststätte in der Nähe, in der man einen guten Maltwhisky bekommt?«

Der Fremde sah nicht aus wie der Weihnachtsmann, aber er musste es sein. Maltwhisky hatte es für Charly bei seiner knappen Rente schon seit Jahren nicht mehr gegeben. Er schnappte sich seinen Krückstock und folgte seinem Gönner nach draußen.

»Es ist nich weit, Sir, gar nich weit. Mein Name ist übrigens Charly Pringle, wie Sie vielleicht da drin schon mitbekommen haben. Und nochmals vielen Dank für die Einladung. Ich will ja nich neugierig sein, Sir, aber Sie sind kein Engländer, nich wahr. Oh, Sie sprechen unsre Sprache wirklich ausgezeichnet, nur ...«

»Sie haben Recht. Auch damit, dass ich hier beruflich zu tun habe. Ich bin Niederländer und suche hier im Hafengebiet für meine Firma einige Lagerhallen. Mein Name ist übrigens ...Wraak van Oorlog.«

Charly Pringle kicherte. »Das hört sich aber komisch an, so, wie Sie das aussprechen.«

Der Fremde lachte ebenfalls. »Ja, das würden sogar meine Landsleute komisch finden.«

Das *Black swan* war nur eine Ecke weiter, der Whisky für Charly heute kostenlos und der Fremde ein guter Zuhörer. Mit der Abteilung Sport war Charly schnell fertig, sodass er endlich zu seinem Lieblingsthema überwechselten konnte: der Zweite Weltkrieg und wie er von Charly Pringle gewonnen worden war. Der Alkohol hatte alle Vorsicht hinweggeschwemmt, Charly ausgiebig über Kolmburg referiert. Der Fremde hielt sich mit Kommentaren zurück und ließ seinen Gast reden, so lange reden, bis sie die letzten Gäste waren und der Wirt die Schließung des Lokals anmahnte. Der Mann beglich die Rechnung und beide traten hinaus in die Nacht.

»Tja, Mr. Pringle, da ist die Zeit wie im Fluge vergangen, so interessant, wie Sie erzählen können. Jetzt hätte ich doch fast vergessen, Sie zu fragen, ob Sie Lust auf eine kleine Nebenbeschäftigung hätten. Wenn das mit den Hallen klappt, brauche ich einen zuverlässigen Mann, der ein waches Auge drauf hat und sich hier in der Gegend auskennt. Wie ich vorhin gesehen habe, kennen Sie hier jeden Typen. Die würden sich dreimal überlegen, ob sie einbrechen kämen, wenn Sie da wären. Sollte mich freuen, wenn wir ins Geschäft kämen.«

Das musste heute Charlys Glückstag sein. »Oh Mann, das wär ja mächtig klasse, Sir. So 'n paar Pfund nebenher kann man immer gebrauchen. Und Sie könnten sich hundertprozentig auf mich verlassen. Ich weiß hier Bescheid, ich erkenn meine Schweine am Gang, wie man so sagt. Dieser Dennis – Sie wissen, wen ich meine, ne? – ist ein ganz mieser Patron. Dem trau ich so was schon zu. Vor dem muss man sich in Acht nehmen, sag nich nur ich. Stimmt vielleicht, dass ich 'n bisschen viel von den alten Zeiten quatsche, aber was der sich erlaubt! Ist so zehn Tage her, da krieg ich 'nen Brief, einen ohne Absender. War nur 'n olles Foto drin, so ganz gilb. Wie einer tot im Stacheldraht hängt. So was gab's früher in Deutschland im KZ, wissen Sie. Klar wissen Sie. Nur, wie kommt dieser Dennis an so 'n Foto? Aber das krieg ich noch raus. – Oh, Sir, da hab ich doch gar nicht mehr auf den Weg geachtet. Wir sind ja wieder mittendrin im Hafen. Aber is vielleicht gar nich schlecht, oder? Kann ja sein, dass wir direkt noch 'ne Halle finden, die gut für Sie is. – Oh Mann, Mist!«

Der Whisky war Charly in die Beine gefahren. Der alte Mann war auf dem Kopfsteinpflaster mit dem Fuß an einem hervorspringenden Stein hängen geblieben und hatte bei dem Versuch, das Gleichgewicht nicht zu verlieren, seinen Stock fallen gelassen. Sein Begleiter hob ihn auf und wog ihn prüfend in den Händen.

»Das ist ja ein besonders schönes Stück, das Sie da haben. Tolle Arbeit, dieser Messingknauf. Ist das ein Tigerkopf?«

»Leopard, Sir, ist ein Leopard. Hat ein Matrose aus Übersee mitgebracht und ihn bei Landers vergessen. Ich wollt ihm den bringen, aber da war das Schiff schon wieder ausgelaufen, ehrlich. Ich nehm ihn immer mit zu meinem Schutz. Vor dem Ding hier hat sogar der Dennis Schiss.«

Der Fremde schwang den Stock prüfend durch die Luft. »Kann ich mir gut vorstellen. – Das Foto aus dem KZ habe übrigens ich Ihnen geschickt.«

Bevor Charly – der Ripper – Pringle auch nur anfangen konnte sich zu wundern, traf ihn der Leopardenkopf mit voller Wucht in den Magen. Der Hieb hatte ihm alle Luft genommen und er knickte auf das Pflaster, ohne einen Laut von sich zu geben.

Als Charly sich auf den Rücken wälzte, legte der Fremde den Stock über seinen Hals und stellte sich mit den Füßen auf die Enden. Das Letzte, was er hörte, war der Satz: »Ich hoffe, du erinnerst dich daran, wie es ist im KZ.«

Doch er lebte nicht lange genug, um den Satz noch begreifen zu können.

11. Kapitel

»Das meinen Sie doch wohl nicht ernst, das ist doch ein Witz.« Was er da andeutete, schien mir eine absurde Parallele zur momentanen Bernsteinzimmerhysterie zu sein. Wer war so verrückt zu glauben, dass die Überreichung einer Krone einen Weltkrieg beenden könnt, und zwar mitten im 20. Jahrhundert, nicht etwa vor tausend Jahren?

Aber Brandtstätters Fanatismus war fest einzementiert. Wir hatten uns mittags am Chinesischen Turm verabredet und uns von da auf den Weg in Richtung Seehaus gemacht. Diese sonst so graue Maus legte einen Elan an den Tag, den niemand bei ihr vermutet hätte. Er war nicht wiederzuerkennen, wenn er sich mit dem zentralen Thema seines Lebens beschäftigte. Dann wurde es auch für einen skeptischen Menschen wie mich schwierig, sich seiner Begeisterung zu entziehen. Trotzdem, das, was er da vorbrachte, war einfach zu fantastisch.

»Wieso zweifeln Sie daran? Bedenken Sie nur, was in der Geschichte schon alles durch eine bloße Geste bewirkt worden ist. Der Trojanische Krieg wurde dadurch entschieden, dass man den Göttern ein Opfer zurückließ, nämlich das hölzerne Pferd. Oder Heinrichs Gang nach Canossa. Pilgertour, Buße und schon waren die alten Machtverhältnisse wiederhergestellt, verstehen Sie? Ein Zeichen, ein Symbol, so etwas kann viel bewirken.«

Mit rudernden Armen und erhobener Stimme hatte er sich in einen missionarischen Eifer hineingesteigert, der dringend einen Dämpfer brauchte, sonst würde man uns noch am Monopteros hören. »Ihre Beispiele überzeugen mich nicht. Das Pferd mag den Trojanern als ein Götteropfer erschienen sein, tatsächlich aber war es im wahrsten Sinne des Wortes ein Vehikel, um eine Voraustruppe in die Stadt zu schmuggeln. Und Heinrich war ein kluger Politiker, der erkannt hatte, dass die Kirche zumindest zum damaligen Zeitpunkt ein zu gewaltiger Machtfaktor war, als dass er sie hätte ignorieren können. Er hatte eingesehen, dass er nicht plötzlich an der Existenz einer Institution rütteln konnte, die sich in den Köpfen des Volkes über Jahrhunderte verfestigt hatte. – Und vor allem: Das ist alles Jahrhunderte her.«

Doch so leicht war Brandtstätters Überzeugung nicht auszukontern. Er hatte sich über Jahre allen möglichen selbst ersonnenen Argumenten ausgesetzt, die gegen seine Version sprachen, und sie alle widerlegt.

»Ach ja? Sie wollen ein Beispiel aus der Neuzeit, am besten aus der europäischen Politik? Wie wäre es mit Willy Brandt und seinem Kniefall am Mahnmal auf dem Gelände des ehemaligen Warschauer Ghettos? Meinen Sie nicht, dass der für die Entspannung mit Osteuropa mehr getan hat als alle Verträge und jahrelanges Verhandeln?«

Damit hatte er meine Verteidigung bereits sturmreif geschossen. »Das wird dann jetzt wohl eine längere Geschichte. Was halten Sie von einem Halben im Seehaus?«

Wir hatten von unserem Standort beste Sicht hinüber zum Biergarten auf der anderen Seite des Sees, in den sich keine zehn Leute verirrt hatten. Als er sah, dass seine Furcht vor heimlichen Lauschern unbegründet war, willigte er ein. In seinem Eifer machte er aber schon jetzt weiter.

»Sehen Sie doch einfach nur mal die Ausgangsposition. Deutschland war im Osten so schnell vorangekommen, dass man von einem Blitzkrieg sprach. Das Debakel Stalingrad zeichnete sich noch lange nicht ab und die Verblendeten unter den Herrenmenschen an der Regierungsspitze konnten sich gar nicht vorstellen, dass es nicht immer so weitergehen würde. Aber die waren nicht alle blöd und vernagelt, die Nazibonzen. Es gab einige, die wussten sehr wohl, dass man nicht gegen den ganzen Globus kämpfen konnte, schon allein deshalb nicht, weil die nötigen Rohstoffe fehlten. Gut, die Ölfelder in Rumänien wären eine akzeptable Ausgangslage, trotzdem, das würde nicht ewig so laufen. Über kurz oder lang würde der Rest der Welt Deutschland in die Knie zwingen. Und das sehr nachhaltig. Da würde man nicht besiegt in den Trümmern sitzen und von den Gegnern mit Cognac bewirtet, bevor die einen in allen Ehren auf ein Rittergut in Ostpreußen verabschiedeten. Da würde es Auge um Auge und Zahn um Zahn gehen und auch die Generäle und Politiker ihre eigenen Köpfe hinhalten müssen. Das hatten zwar viele auch am Schluss noch nicht begriffen. Denken Sie nur an die alberne Szene, wie Keitel zur Unterzeichnung der Kapitulationsurkunde den Raum betritt und in seiner billigen Theatralik die Russen mit erhobenem Marschallstab grüßt.«

Da setzte er bei mir ja einiges voraus. Dass Keitel ein hochrangiger Militär gewesen und im Nürnberger Prozess zum Tode verurteilt worden war, das war mir noch geläufig. Was das mit dem Stab und der Urkunde sollte, davon hatte ich allerdings keinen Schimmer. Egal, ich wollte seinen Redefluss nicht stoppen.

»Aber ein paar hatten ihren Verstand immer gebraucht und rechtzeitig eine akzeptable Lösung vorbereiten wollen. Ich muss an dieser Stelle einflechten, dass mein Großvater in einem Versteck seiner Familie Unterlagen hinterlassen hat, die jeden Zweifel an dem, was ich Ihnen weiter erzählen werde, restlos ausräumen. Es werden darin jedoch auch Aspekte beleuchtet, die niemanden außerhalb der Familie etwas angehen, verstehen Sie? Deshalb werden Sie mir nachsehen müssen, dass ich sie Ihnen nicht vorlege. Aber ich schwöre Ihnen, dass alles wahr ist.«

Er setzte bei mir noch etwas anderes voraus – Duldsamkeit. Hinterher aber musste ich ihm zugestehen, dass sein permanentes Nachhaken, sein penetrantes »Verstehen Sie?«, angesichts dessen, was er mir an Ungeheuerlichkeiten präsentierte, durchaus nicht ohne Berechtigung war.

»Es gab, was unsere Geschichtsschreibung weitestgehend ignoriert, in höchsten Diplomatenkreisen eine Gruppe, die nie an den Endsieg geglaubt hat, sich wenigstens immer noch eine Hintertür zur eigenen Rettung offen zu halten trachtete. Dabei will ich nicht so weit gehen zu behaupten, dass sie nur ihr eigenes Schäfchen ins Trockene bringen wollten. Falls möglich, wollten sie auch das Beste für Führer und Vaterland herausholen, aber eben nur falls möglich, verstehen Sie? Sollte der Krieg verloren gehen, brauchte man auf der Siegerseite eine Art Pendant, jemanden, der mit den Deutschen am ehesten auf einer Wellenlänge funkte und vielleicht verständigungsbereit war. Dabei müssen Sie nicht nur die militärische, sondern auch die geographische Lage in ihr Kalkül mit einbeziehen. Deshalb scheiden die Amerikaner nämlich gleich aus. Die kommen buchstäblich aus einer anderen Welt. Die sind in einen Krieg gezogen, der keine ihrer Grenzen angekratzt hat. Der hat keinen ihrer Bürger unmittelbar betroffen – von Pearl Habour mal abgesehen. Den hohen Blutzoll für den Kriegseintritt konnte die Regierung vor dem Volk nur dadurch rechtfertigen, dass sie ihm die Deutschen sämtlich als sadistische Schweine verkaufte, die ähnlich wie bei einer Invasion aus dem Weltall die Menschheit versklaven wollten. Mit solchen Wesen kann man nicht nach Kriegsende von heute auf morgen ein Bier trinken und zur Tagesordnung übergehen, verstehen Sie? Oh klar, hinterher würde der Coca-Cola-Imperialismus das Seine zur Befriedung tun, aber niemals in Zusammenarbeit mit den alten deutschen Führern. Die mussten vor einem öffentlichen Tribunal angeklagt werden und jede Chance zur Rechtfertigung bekommen, nur um anschließend in bewährt amerikanischer Tradition umso sicherer hingerichtet zu werden. – Das war aber haargenau das, was die Betroffenen vermeiden wollten. Genauso deutlich scheiden die Russen aus. Die sind ...«

Nun musste ich ihn doch unterbrechen. »Eine Frage nur kurz zwischendurch, wenn Sie gestatten, damit für mich nicht alles so abstrakt ist. Wer gehörte denn zum Beispiel zu dieser politischen Gruppierung, die ...«

Er war mächtig in Fahrt und bestrebt, die Sache chronologisch durchzuziehen. »Heß natürlich, allen voran Heß. Aber auch der viel unterschätzte Ribbentrop. Bei von Schirach bin ich mir selber nicht sicher, vielleicht noch Speer, aber das ist auch gleichgültig. Die ... wo war ich? ... ach ja, die Russen. Die waren ja der Erzfeind überhaupt. Das waren neben den Juden die Untermenschen. Die haben enorm gelitten an dem Krieg, ganz enorm. Die würden keinen Hauch Gnade gewähren. Reden konnte man mit denen schon gar nicht. Obendrein bezweifle ich, dass die Deutschen das überhaupt gewollt hätten. Ich glaube, mit denen hätten sie eine Verständigung aus eigenem Antrieb abgelehnt, völlig egal, was für sie selbst auf dem Spiel gestanden hätte, verstehen Sie?«

Brandtstätter verstummte für wenige Augenblicke, in denen er wohl einige Denkmodelle Revue passieren ließ, wie man die Herren- und die Untermenschen womöglich doch an einen Tisch gekriegt hätte. Nachdem er sich in stummem Disput von ihrer Irrealität überzeugt hatte, dozierte er weiter.

»Im Westen hätte man es – Belgier und Holländer waren selbstverständlich zu unbedeutend, als dass einer der Alliierten auf sie gehört hätte – mit den Franzosen versuchen können. Dafür sprach einiges und das nicht zu Unrecht, wie die nachfolgende geschichtliche Entwicklung mit Adenauer und De Gaulle gezeigt hat. Man berief sich ja sogar zu gleichen Teilen auf einen gemeinsamen Nationalhelden, Karl den Großen. Aber die Franzosen hatten die SS im eigenen Land erlebt. Die ›boches‹ auf den Champs-Elysées! Vor allem aber, der Erste Weltkrieg war noch lange nicht vergessen. Der hat ihnen viel mehr Tote gebracht als der Zweite; Stellungskriege, Grabenkämpfe, Giftgas, das ganze Zeug, verstehen Sie? Außerdem saß der Stachel der Vichy-Regierung noch zu tief. Wie hätten sie mit Leuten wie Laval aufräumen und die Nazi-Drahtzieher laufen lassen können? Wegen der gleichen Abstammung würde man sich mit dem Volk aussöhnen, aber nicht mit seiner Ver-Führern, die mussten weg! Es blieben nur die Engländer. Die hat selbst Hitler als fast gleichrangig akzeptiert. Auch ein Volk mit alter Kultur, Dichtern und Denkern. Und ein Volk, das sich an überkommene Werte klammert, das sich sogar noch eine Monarchie leistet.«

Beim Stichwort König müssen mir Zweifel und Irritation aus allen Körperöffnungen gequollen sein, denn er fühlte sich wieder zu einer speziellen Erklärung genötigt.

»Das glauben Sie nicht, dass man darauf einen Plan aufbauen kann, einen realistischen? Dann sehen Sie sich mal die Menschen um Sie herum an, hier in Bayern! Ludwig II. hier, Ludwig II. da. Das ist nicht nur ein Popanz der Kitsch- und Tourismusindustrie. Wenn Sie diesen Mann wieder auferstehen lassen und an die Spitze einer Partei stellen könnten, meinen Sie wirklich, die Fünf-Prozent-Hürde wäre für die ein Problem? Dieser Kini war schwul, hatte keinen gesunden Zahn im Maul, dafür erhebliches Übergewicht und war geistig umnachtet. Obendrein hat er das Volk finanziell ruiniert. Aber es liebte ihn! Ihn, seine Vor-, Hinter-, Neben- und Nachfahren und jeden König, der noch kommen kann. Die Engländer sind da nicht anders. Denen kommt es dabei noch nicht mal auf die Abstammung an. Queen of the hearts, dass ich nicht lache! Was hätte es Schöneres für das Volk gegeben, als dieses Saudi-Liebchen neben Charles auf dem Thron zu sehen? An so einer Einstellung der breiten Masse kann ein kluges Parlament nicht vorbeiregieren, verstehen Sie das nicht?«

Diesmal war es wohl wirklich als Frage gemeint. Ich wartete mit meiner Antwort, bis der Ober zwei frische Krüge, die ich per Fingerzeig bestellt hatte, zusammen mit einem Korb Laugenbrezeln – pardon, Brezn – vor uns hingestellt und sich wieder entfernt hatte. Ich wiegte meinen Kopf, was eine Gans ganz in der Nähe wohl als provokante Imitation aufgefasst hatte, die nun mit gesenktem Kopf und Gezische näher kam und von mir erst mit einem Bissen aus dem Korb besänftigt werden musste, bevor ich in Ruhe antworten konnte. »Dass sich eine Regierung im Endeffekt nach dem Volk richten muss, jedenfalls dann, wenn sie als demokratisch gelten will, ist mir schon klar. Ich sehe nur den Zusammenhang nicht.«

Er nahm einen tiefen Schluck und strahlte dabei große Zufriedenheit aus, ein Jäger, der sein Wild endlich gestellt hatte. »Sie sehen ihn nicht, weil Sie von einer Regierung nur erwarten, dass sie regiert. Aber gerade in schweren Zeiten wie zum Beispiel dem Krieg muss eine Regierung auch mal den Weihnachtsmann spielen können, wenn sie richtig gut sein will. Wenn die Chance besteht, dem Volk weiteres Leid zu ersparen, indem man den Krieg gegen *die* Supermacht schlechthin beendet, und gleichzeitig noch ein Märchen wahr werden zu lassen, indem man ihm einen weiteren Königstitel schenkt – gibt es etwas Besseres?«

Meine Mimik war ein beredter Zeuge meines Unverständnisses. Doch mein Dozent unterrichtete anscheinend immer dumme Schüler. Sehr dumme Schüler, denn er war noch längst nicht entmutigt und ließ auch sonst nicht erkennen, dass ich in seinen Augen ein Trottel sein musste. Er machte mit Engelsgeduld einfach weiter und gestattete sich als dezente Kritik lediglich einen zarten Seufzer.

»Lassen Sie es mich ein wenig abstrahieren. Die besagte Gruppe X in Deutschland will den Frieden. Sie können nicht offen agieren und deshalb nicht an allen Fronten verhandeln, ohne aufzufliegen und als Vaterlandsverräter hingerichtet zu werden. Sie konzentrieren sich auf ein Land, England, und schicken einen Unterhändler, der die Friedensbedingungen besprechen und mit einem Symbol bekräftigen soll, einem Geschenk, das in Aussicht gestellt wird. Dieses Geschenk ist die Krone, die in Kolmburg angefertigt werden sollte und, wie ich aus den Aufzeichnungen meines Großvaters weiß, auch tatsächlich angefertigt worden ist.«

Selbst die Angst vor der lauernden, gefräßigen Gans am Seeufer konnte das Wackeln meines Kopfes nicht verhindern. »Das ist doch Science-Fiction! Die Engländer gehen plötzlich mit den Nazis auf Schmusekurs, nur weil man ihnen einen meinetwegen sehr dicken Goldklumpen in den Schoß wirft? Bei allem Respekt, aber da ist Ihr Großvater mächtig ins Fabulieren geraten.«

Bei so viel Begriffsstutzigkeit meinerseits schwang leichte Verzweiflung in seiner Stimme. »Ich habe es Ihnen doch schon eben erklärt, es ist symbolisch gemeint. Der materielle Wert des Geschenks ist völlig bedeutungslos. Es geht um die Idee, die darin verkörpert ist. Wittekind war ein heidnischer Sachsenkönig, der lange gegen Karl den Großen gekämpft und schließlich verloren hat. Sachsen beziehungsweise Angelsachsen sowohl in Deutschland als auch in England, ein Volk, Sie verstehen? Wittekind hat sich Karl unterworfen und ist zu seinem Verbündeten geworden, nachdem er sich hat taufen lassen.«

»Na schön, die Deutschen hätten sich also symbolisch unterworfen unter Berufung auf Parallelen in der Historie. Okay, so was kommt sicher gut an bei englischen Nostalgikern. Aber was steckt konkret hinter der Geste, was haben die Deutschen geboten, damit die Engländer alle anderen dazu bringen sollten, nicht mehr auf uns zu schießen?«

Jetzt leuchteten seine Augen heller als das Sonnenlicht, das sich auf der gekräuselten Seeoberfläche brach, hell wie beim

Lehrer eines Autisten, dem es gelungen war, aus seinem Schüler Dieter-Thomas Heck zu machen. »Deutschland hätte das System der konstitutionellen Monarchie übernommen. Aber das war noch nicht der eigentliche Clou. – Der englische König wäre gleichzeitig auch der König von Deutschland geworden!«

* * *

Das Licht der Mittagssonne wurde von der spiegelglatten Oberfläche des Sees ungebrochen reflektiert. Libellen tanzten gelangweilt darin herum, in der unerschütterlichen Gewissheit, über Wochen genug Mücken zu finden, um satt zu werden. Auf einem ausgeblichenen, rindenlosen Baumstubben, den die wechselnde Witterung in den Jahren nach seinem Absterben silbrig gefärbt hatte, sonnte sich eine Zauneidechse.

Rendorf, der sich bis auf drei Meter genähert und dabei darauf geachtet hatte, dass sein Schatten nicht auf das Tier fiel, bedeutete seinem Begleiter mit ausgestrecktem Arm stehen zu bleiben. »Lacerta agilis«, flüsterte er. »Sehen Sie die grünen Flanken? Es ist ein männliches Tier. Ein wunderbares Exemplar! Sehen Sie, dass es keinen Regeneratschwanz hat? Die Tiere haben hier wirklich optimale Versteckmöglichkeiten. Es muss für sie ein wahres Paradies sein. – Ich bin allerdings erstaunt, dass es sich um lacerta agilis handelt und nicht vivipara.«

Oberinspektor Lanninger fuhr sich mit den gespreizten Fingern durch die Haare und unterdrückte ein Stöhnen. Was war das für ein seltsamer Kauz, der hier mit ihm den Schwarzsee umrundete? Er hatte von vorgesetzter Stelle, aber inoffiziell, den Wink bekommen, sich mit diesem Burschen zu treffen und seine beruflichen Kenntnisse aus dem Mordfall Bannister privat an diesen Herrn Rendorf weiterzugeben. Eine höchst merkwürdige Angelegenheit. Lanninger war nicht dumm und wusste, dass seine schnelle Beförderung mit seinen Ermittlungen in der Mordsache – aber mehr noch mit seiner Mitwirkung beim Verschleiern der wahren Tatumstände – zu tun hatte. Und jetzt sollte er auf einmal einem Ausländer gegenüber die Karten auf den Tisch legen? Aber die Anweisung war unmissverständlich und machte ihm damit eines ganz gewiss: Sein Besucher musste über beste Beziehungen verfügen.

»Wie hoch ist dieser Ort eigentlich gelegen, können Sie mir das sagen?«

Lanninger kratzte sich den Kopf. Was sollte denn dieser Quatsch? »Tut mir Leid, Herr Rendorf, das weiß ich wirklich nicht. Wenn man hier in der Gegend geboren ist, hält man alles für selbstverständlich. Da kümmert man sich nicht um solche Feinheiten.«

Er hatte es ironisch gemeint, sein Gesprächspartner nahm es jedoch für bare Münze. »Verstehe. Ich bin nur etwas ins Zweifeln gekommen, weil angesichts der unbestreitbaren Höhenlage die andere Art eher zu erwarten war. Vivipara, die Lebendgebärende. Sie müssen wissen, dass die Natur es auf wunderbare Weise geschafft hat, ihre Geschöpfe den jeweils herrschenden Bedingungen anzupassen. Generell ist es so, dass in Höhenlagen die Temperaturen niedriger, die Winter länger, die Sommer entsprechend kürzer sind. Würde es also im Tiefland von der Zeit her genügen, dass die Echsen Eier in den Boden legen und von der Sonne ausbrüten lassen, wie es zum Beispiel in allen heißen Ländern dieser Welt die Regel ist, wäre in kälteren Regionen die Hitze nicht ausreichend beziehungsweise nicht ausreichend lang, sodass die Gelege absterben würden. Da nun Reptilien bedauerlicher- oder glücklicherweise – die Beurteilung hängt von Ihrer Affinität zu dieser Spezies ab – nicht befähigt sind, das Wetter zu manipulieren, mussten sie ihre Art und Weise des Gebärens modifizieren.«

Der Herr aus Deutschland schien zu bemerken, dass Lanninger nicht auf die Eidechse, sondern zum Hahnenkamm hinübersah.

»Ich langweile Sie doch hoffentlich nicht?«

»Oh keineswegs, ich finde das hochinteressant!« Ein Oberinspektor als verlogener, silberzüngiger Teufel.

Rendorf fuhr fort: »Das freut mich, weil heutzutage die allerwenigsten Menschen noch ein Verständnis für die Natur aufzuweisen haben. – Kurzum, die Tiere bringen also entweder schon fertige, lebende Junge zur Welt, oder bleiben beim Eierlegen, wenn man das so ausdrücken will, legen die Eier aber nicht irgendwohin, sondern behalten sie im eigenen Bauch und trennen sich erst von ihnen, wenn die Jungen schlüpfreif sind. Eierlegen, Ausbrüten und Gebären fallen damit praktisch zusammen. Ovovivipar nennt man das. Wie gesagt, deshalb hätte ich in dieser Region eher die Waldeidechse vermutet, die sich dieser Technik bedient. Aber es ist hier unbestreitbar eine normal Eier legende Zauneidechse. Faszinierend!«

Mein Gott, sie hatten ihm einen Verrückten geschickt!

»Hinzu kommt, dass die Luft an diesem Ort bei dieser Witterung durch die Wassernähe etwas dumpfig ist, aber anscheinend macht das den Tieren nichts aus. Wirklich faszinierend. – Ach ja, ist das hier ungefähr die Stelle, an der der Tote gefunden worden ist?«

* * *

»Haben Sie denn irgendeinen anderen Anhaltspunkt für Ihre Hypothese als bloß die privaten Aufzeichnungen Ihres Großvaters?«

»Nur inoffizielle Quellen, nichts Schriftliches, nur mündliche Hinweise.«

Oje, ich war an einen Verrückten geraten. So interessant es mit Brandtstätter begonnen hatte, im Endeffekt schien er nichts anderes als ein Alchimist zu sein. So verbohrt, dass ich es andersherum anging. »Na schön, unterstellen wir einmal die Richtigkeit Ihrer Theorie. Aber wie soll ...«

Dieses äußerliche Weichbrot war ein zäher Brocken. »Das ist mehr als eine Theorie, ich schwöre es Ihnen. Wenn sich zum Beweis nur die Krone ...«

Ich winkte ab. »Nehmen wir also alles, was Sie mir berichtet haben, als historisches Faktum. Inwieweit soll diese Geschichte dann dazu angetan sein, Ihren Großvater zu rehabilitieren. Ich sehe keinen Unterschied, ob so eine Krone in Kolmburg unter Brandtstätter angefertigt wird oder in Auschwitz unter Höß.«

»Aber die ganze Lagerkonzeption spricht doch dagegen! Keine Erschießungsmauern, keine als Duschen getarnte Gaskammern, keine Krematorien. Während der Existenz von Kolmburg sind dort nur vier Juden ums Leben gekommen und die sind an Krankheiten gestorben. Die Insassen waren wichtig. Die wurden gut versorgt, um ihre Aufgabe erfüllen zu können, verstehen Sie?«

Meine Vorbehalte blieben in meinem Gesicht ablesbar und entgingen seiner Musterung nicht.

»Ich sehe schon, ich muss mit Ihnen nach Dachau fahren, damit Sie einen ganz direkten Eindruck davon kriegen, wie ein ›normales‹ Konzentrationslager aufgebaut war. Dann werden Sie am ehesten begreifen, dass Kolmburg mit den anderen Lagern nicht zu vergleichen ist.«

Das schien mir ein vernünftiger Vorschlag. Zum einen hatte ich selbst noch nie ein KZ von innen gesehen, zum anderen würde ihn der Ortswechsel hoffentlich ein wenig von seiner Kronenspinnerei ablenken. Ich wusste, dass Dachau nur einen Steinwurf von München entfernt war. »Gut, dann lassen Sie uns doch am besten gleich aufbrechen.«

Während ich auf den Ober wartete um zu zahlen, mümmelte er an einer letzten Brezn, die Gans in Habacht-Stellung neben sich. Mehr als Selbstgespräch kam es dabei aus ihm heraus: »Über zwanzig Jahre beschäftige ich mich mit diesem Thema. Anfangs habe ich noch mit anderen Leuten darüber diskutiert, mit Kollegen oder Historikern, die ich noch aus meiner Studienzeit kannte. Ich hatte immer das Gefühl, dass mich nie einer richtig ernst genommen hat. Auf die Idee, mich mal etwas dazu zu fragen, ist sowieso keiner gekommen. Und dann sind Sie plötzlich in diesem Jahr schon der Zweite.«

Er schüttelte dabei den Kopf, als hätte er Zweifel an seinen eigenen Überlegungen. Die Gans plusterte sich auf und zischte leise.

Ich spürte eine leichte Versteifung im Nacken, merkte, wie mein Atmen flacher wurde. »Jahrelang, jahrzehntelang nichts und dann zwei Besucher innerhalb einiger Monate in ein- und derselben Sache? – Wie hieß der Mann?«

»Ich habe ein furchtbar schlechtes Namensgedächtnis. Idiotisch für einen Geschichtslehrer, finden Sie nicht? Ich vergesse öfters Namen schon nach ein, zwei Tagen. Diesen habe ich behalten, weil er nicht alltäglich war, sogar ... irgendwie bedeutungsvoll.«

Es ist schon komisch, wie der menschliche Verstand manchmal funktioniert. Geht es um etwas wirklich Wichtiges, kann es sein, dass er ohne nachvollziehbaren Grund umschaltet und sich mit den abwegigsten Dingen beschäftigt. Mir wollte er ausgerechnet jetzt vor Augen führen, in welch hollywoodesker Situation wir uns befanden, hier auf unserem filmreifen Set. Der Detektiv und sein Informant. Der Detektiv, der das Kribbeln spürt und weiß, dass jetzt der entscheidende Hinweis kommen muss, mit dem er den Fall knacken kann. Der Informant, der sein Geheimnis bis zuletzt bewahrt, nur Andeutungen macht und um den heißen Brei herumredet. Und dann, wenn er endlich mit dem Zauberwort herausrücken und den Namen des großen Unbekannten preisgeben will, trifft ihn das tödliche Geschoss und er ist vor dem Exitus nur noch zu einem unverständlichen Röcheln fähig.

Nein, nichts dergleichen passierte. Brandtstätter streckte sich in die Höhe und holte tief Luft. Es hatte ganz den Anschein, als sei es für ihn eine bedeutungslose Nebensächlichkeit, mir den Namen zu verraten, als er ungerührt sagte: »Revellius.«

* * *

Bakschisch wurde nicht von den Orientalen erfunden, sondern von den Österreichern. Gegen einen Obolus von nur fünfzig Schilling konnte man sich ein mühevolles und umständliches Promovieren ersparen, falls es einem genügte, dass derjenige, der einen mit »Herr Doktor« anreden sollte, nur Zimmerkellner war.

Natürlich konnte Rendorf Lanninger kein Bargeld anbieten. So etwas musste subtiler über die Bühne gebracht werden. Also lud er ihn im Anschluss an die Besichtigung des Tatorts zum Essen in das Hotel an der Bergstation ein. Von dort aus betrachtet war der Schwarzsee eine funkelnde Opalscheibe in einer smaragdenen Modelleisenbahnlandschaft. Von dort aus betrachtet waren dann offensichtlich auch Laningers Bedenken, einen Fremden in die Geheimnisse seines Berufs einzuweihen, auf Miniaturgröße geschrumpft. Hinzu kam, dass Rendorf ihn psychologisch klug mit endlosen Details über kriechende, schuppige Viecher mürbe gemacht hatte und Lanninger allem Anschein nach froh war, endlich über etwas anderes reden zu können.

Nach dem dritten Mirabellengeist erfuhr Rendorf, dass auch in Bannisters Hinterlassenschaft ein Foto gefunden worden war, das ganz in die Reihe derjenigen passte, die im Umfeld der verblichenen Herren des Yachtclubs aufgetaucht waren.

»Das Tor war früher auf der anderen Seite. Da, durch das Jourhaus, da musste man rein. Wenn wir nachher dran vorbeikommen, werden Sie auch die Inschrift sehen, *Arbeit macht frei*. Die hat es hier zum ersten Mal gegeben, noch vor Auschwitz.«

Wir hatten Brandtstätters alten Opel auf der Zufahrtstraße zu einem kleinen Wohngebiet abgestellt, nur zweihundert Meter vom Eingang der Gedenkstätte entfernt. Auf den ersten Blick fiel eine Weite des Areals auf, die ich auf keinem der dokumentarischen Fotos oder in Fernsehberichten bemerkt hatte. Es lag am Fehlen fast aller Baracken.

»Die hat man kurz nach der Befreiung verbrannt. Wegen der Seuchengefahr, verstehen Sie? Hier wurden nämlich auch Malariaversuche gemacht. – Da hinten sind zu Dokumentationszwecken einige wieder aufgebaut worden. Die können wir auch besichtigen, wenn Sie wollen.«

Wissen, wie sich der Häftling eines Konzentrationslagers gefühlt haben muss, wird man wohl nie können. Dazu sind die damals allgegenwärtige Todesgefahr, die Schikanen, die Martern, die menschenunwürdige Unterbringung, der jede Sekunde herrschende physische und psychische Druck, das Bewusstsein, beständig Bestien ausgeliefert zu sein, die bar aller Regeln jederzeit buchstäblich alles mit einem machen können, was ihnen ihre perverse Fantasie eingibt, einfach zu unfassbar. Aber den Hauch einer Ahnung können Sie bekommen, wenn Sie nach Dachau gehen, auch heute noch, mehr als ein halbes Jahrhundert danach. Und die felsenfeste Gewissheit, dass Sie als Gefangener nicht die kleinste messbare Zeiteinheit hier verbringen wollen.

Sie brauchen dazu keinen besonders kalten Wintertag abzupassen, an dem den Häftlingen bei stundenlangem Appellstehen in Schnee und Eis das Blut auf den wundgescheuerten Füßen gefror. Es ist kein trüber Herbsttag nötig, an dem die unzureichende Häftlingskleidung, eher Schlafanzügen gleich als ordentlichem Arbeitszeug, vom Regen bis auf die Haut durchweicht wurde. Es ist nicht erforderlich, auf einen Frühlingstag zu warten, an dem der Wind die Gefangenen so zittern ließ, dass sie nicht einmal ihre Nummern verständlich herausbrachten.

Nehmen Sie sich einen warmen Sonnentag, so wie wir, an dem die Leute in den Biergärten lachen oder beim Grillen am Isarufer den letzten Sieg der Bayern in der Champions League diskutieren. Wenn die Sonnenstrahlen auf Ihrem Rücken dieses Rundumwohlfühlempfinden erzeugen, Ihre einzige Sorge darin besteht, in welchem Nobelrestaurant Sie heute Abend den Pommery genießen wollen und Sie die Wahl anhand des günstiger gelegenen Parkplatz entscheiden.

Sehen Sie sich das Wirtschaftsgebäude an, in dem Häftlinge, denen man irgendwelche absurden Nichtigkeiten angelastet hatte, an den Pfahl gehängt wurden, bis ihnen die Arme ausgerenkt waren, oder auf den Bock gespannt wurden, wo man ihnen mit einem Ochsenziemer das Fleisch zerschlug. Gehen Sie zum Lagerarrest, dem so genannten Bunker, wo die SS alle Strafarten durchprobierte, die sie ersinnen konnte. Vergegenwärtigen Sie sich die wohl durchdachte Infrastruktur der Anlage mit ihren Zufahrtswegen, Schleusen und Toren, die perfekte Massenvernichtungsmaschinerie. Gehen Sie zur Erschießungsmauer, zu den Gaskammern, zum Krematorium.

Und gehen sie anschließend ganz schnell irgendwo anders hin. Irgendwo hin, wo Sie auf andere Gedanken kommen. Wenn Sie nämlich noch länger darüber nachgrübeln, dass es so was nicht vor Millionen Jahren in einem anderen Milchstraßensystem, sondern vor nicht einmal einem Menschenalter in Ihrer Heimat gegeben hat, besteht die ernste Gefahr den Verstand zu verlieren.

Brandtstätter, der schon mehrfach hier gewesen war, spürte, was in mir vorging. »Ich glaube, Sie haben jetzt eine ungefähre Vorstellung davon bekommen, dass hier jede Sekunde für einen Menschen unerträglich sein muss, dass wirklich jeder Augenblick zählt, den er eher aus dieser Hölle erlöst wird. Sie werden jetzt aber auch verstehen, wie unerträglich es für mich sein muss, dass mein Großvater als Monster, der so etwas selbst betrieben haben soll, in den Geschichtsbüchern stehen bleiben könnte.«

Ich sah den Mann plötzlich in einem anderen Licht. Jetzt verstand ich ihn auch ohne besondere Nachfrage.

* * *

»Tja, nur ein paar Minuten mit dem Wagen und schon ist die Welt wieder eine andere.«

Wir hatten gar nicht erst bis München gewartet, sondern waren gleich im Ort in ein Café gegangen. Das Erdgeschoss war ein Bäckerladen aus der Tante-Emma-Zeit und strahlte genau die geballte Gemütlichkeit aus, die wir nach unserer Exkursion in die Vergangenheit bitter nötig hatten. Im ersten Stock befand sich die eigentliche Gastronomie mit völlig unterschiedlich eingerichteten Zimmern und darauf abgestimmter Musik. Wir entschieden uns für einen engen, langen Raum, in dem allerlei Krimskrams aus der Jukebox-Ära stand, und setzten uns an die winzige Bar, um dort mit zwei Whiskys die Eindrücke von vorhin auf Distanz zu bringen. Das klappte zwar auch nach der nächsten Runde noch nicht richtig, half aber dabei, das Vergangene als Geschichte zu begreifen, aus der wir zwar lernen, die wir aber nicht ändern konnten.

Ich hatte schon vom Parkplatz aus Rendorf zu erreichen versucht und probierte es jetzt wieder, um ihm von Revellius zu erzählen, bekam aber nicht mal seine Mailbox dran.

Als ein Tisch frei wurde, setzten wir uns rüber und bestellten den Apfelkuchen des Hauses. Die mittelalte Wirtin mit ihrer nachblondierten Turmfrisur der frühen Sechziger, dem langen, schwarzen Abendkleid und den weißen, flachen Stoffturnschuhen, war eine Mischung aus Puffmutter und Altenpflegerin und behandelte uns wie Stammgäste. Nach einem Kännchen Kaffee und einem Abschiedsschnaps fühlten wir uns in der Lage, den Weg zurück nach München anzutreten und die Gegenwart wieder so zu nehmen, wie sie war.

Ich wäre von Dachau aus schneller wieder in Pöring gewesen, ließ mich aber auf den Umweg ein, weil Brandtstätter, der mir nun uneingeschränkt vertraute, unbedingt noch etwas zeigen wollte.

Er manövrierte seinen Wagen durch den Feierabendverkehr, als liefe er auf Schienen, und wunderte sich lautstark darüber, dass wir in keinen Stau geraten waren. Mir selbst kam die Fahrt relativ kurz vor, allerdings wohl eher deshalb, weil ich mich in Gedanken immer noch nicht ganz von dem KZ gelöst hatte. Mir gingen die riesigen Vergrößerungen auf den Plakatwänden im ehemaligen Wirtschaftshaus nicht aus dem Kopf, die wie Duplikate der Schreckenskarten wirkten, die der Mörder an seine Opfer geschickt hatte.

Als wir die Borstei erreichten, brauchte Brandtstätter eine zusätzliche Viertelstunde zum Herumkurven in einem Gewirr von Einbahnstraßen, bis ein Parkplatz in der Nähe seiner Wohnung freigeworden war. Im Hausflur trafen wir auf keinen anderen Menschen. Die Tür der Zerberushöhle ein Stockwerk tiefer blieb geschlossen.

Brandtstätters Domizil war nicht sonderlich groß, doch wurde dies durch den unverwechselbaren Charme einer Dachgeschosswohnung wieder wettgemacht. Überall, wo es die Schrägen zuließen, standen Bücherschränke auf den Parkettböden, selbst noch im Korridor. Es waren fast ausschließlich geschichtliche Sachbücher, die da aufgereiht waren, bevorzugt solche über das Dritte Reich. Demgegenüber war es beruhigend festzustellen, dass sich mein Gastgeber nicht ausschließlich in die Nazivergangenheit verbohrt hatte. Er schien ein Faible für die indische Mythologie zu besitzen, denn hier und da entdeckte man kleinere bis mittelgroße Bronzestatuetten hinduistischer Gottheiten. Der absolute Blickfang war eine einen Meter hohe und über einen halben Zentner schwere Statue des Gottes Ganesha, die gegenüber der Eingangstür den Gast empfing und ihm für seine weiteren Wege und Reisen Erfolg bringen sollte. Ich hoffte sehr, dass der Zauber auch bei mir helfen würde.

Was Brandtstätter mir keinesfalls vorenthalten wollte und weswegen er mich hierher geschleppt hatte, war eine Zeichnung, die sein Großvater noch selbst per Hand angefertigt hatte. Es war die schematische Darstellung einer für meinen Geschmack relativ einfach gehaltenen Krone, die live ihre Wirkung aus dem überreichen Besatz mit Edelsteinen beziehen musste, die hier mit Buntstift eingemalt waren. Brandtstätter wurde nicht müde zu betonen, dass es in Kolmburg grundsätzlich nur um die Schaffung dieser Krone gegangen sei, die allen den Frieden bringen sollte.

Aber der jüngste Mord an Doornik hatte gezeigt, dass jemand, der in Kolmburg gewesen beziehungsweise dessen Schicksal zumindest eng mit Kolmburg verknüpft war, mit Frieden am allerwenigsten im Sinn hatte. Ihm ging es darum, alte Männer umzubringen, und mir war kein Grund ersichtlich, warum er plötzlich damit aufhören sollte. Deshalb interessierte es mich, wenn Brandtstätter schon keinen Hinweis auf die Person des damaligen Dolmetschers geben konnte, viel mehr, was es mit dem Auftauchen von Revellius auf sich hatte.

Leider konnte er mir dazu nicht viel sagen. Er wusste nicht einmal mehr genau, wie lange der Besuch schon zurücklag. Verwundert hätte ihn die Sache bloß deshalb – und auch nur deswegen könne er sich noch daran erinnern –, dass überhaupt in all den Jahren mal jemand bei ihm erschienen war, der sich um Kolmburg kümmerte. Wäre nicht das schon fast peinliche Desinteresse seiner Freunde und Bekannten an seiner Arbeit gewesen und im Kontrast dazu dieser Mann, der sogar von der Existenz der Krone wusste, er hätte dieses Intermezzo nicht dauerhaft registriert. Doch sonst war ihm nichts Besonderes aufgefallen, außer – aber das hatte mit der Sache selbst ja nichts zu tun –, dass sein Besucher die ganze Zeit über seinen großen, schwarzen Hut aufgelassen hätte. Jedenfalls hätte dieser Mann auch gerne Auskunft über den wiedergekehrten Flüchtling gehabt. Schade, dass er ihm insoweit nicht weiterhelfen konnte.

Ja, wirklich schade, dass er davon nichts wusste, das fand ich auch. Ich versuchte von Brandtstätters Apparat aus ein letztes Mal, mit Rendorf Kontakt aufzunehmen. Als dies wieder nicht gelang, bat ich meinen Gastgeber mir ein Taxi zu rufen. In der Wartezeit versicherten wir uns mehrfach, uns wechselseitig zu informieren, sollten wir etwas Neues über Kolmburg ausgraben.

Zum Abschied drückte mir Brandtstätter noch eine Kopie der Kronenzeichnung in die Hand und ich machte mich an den Abstieg aus dem fünften Stock.

Im Wagen grübelte ich lange über den Mann mit dem Hut nach, der auch hinter dem einzigen Überlebenden aus Kolmburg her war und es niemandem verraten hatte.

12. Kapitel

In Pöring angekommen, lag die Pension in der Dunkelheit ruhig und verlassen vor mir. Der Parkplatz war weitgehend geräumt, nur wenige Lichter im Haus brannten. Die ganze Bande war wohl zur Wiesn gewallfahrt. Durch ein Fenster im Erdgeschoss sah ich Karl in der Küche werkeln, einen krummrückigen Mann unbestimmbaren Alters, der eine mir unbekannte Sprache sprach, vermutlich Bayrisch, und hier wohl schon der Karl-Faktor war, als das Haus noch als Bauernhof betrieben wurde.

Ich bezahlte den Straßenräuber, dem es trotz seiner waghalsigen Überholmanöver im Gegenverkehr nicht gelungen war mich umzubringen, mit einer exorbitanten Summe. Bevor ich den Dorfgendarmen zur Hilfe rufen konnte, ließ er den Rückwärtsgang reinkrachen und zog so schnell mit seiner Beute ab, wie es sein Diesel erlaubte.

Das einzig Positive an ihm war gewesen, dass er mich während der Fahrt nicht mit dem üblichen Kutschergeschwätz genervt hatte. Das war das Letzte, was ich gebraucht hätte. Dazu hatten mich die abenteuerliche Geschichte von der Krone des Wittekind und die Eindrücke in Dachau doch zu sehr verwirrt. Ich will allerdings nicht verhehlen, dass der Trank des Vergessens, den ich mir aus jetzt schon vergessenen Sorten Alkohol und Kaffee in meinem Magen angerührt hatte, diesen Zustand sehr unterstützte.

Andererseits soll das keine Entschuldigung dafür sein, dass mir Meisterdetektiv ein kleiner, aber wesentlicher Aspekt durch meine Großhirnlappen gegangen war, als ich mich unbeholfen bemühte, meine Zimmertür aufzuschließen. Es war der Umstand, dass eines der wenigen erleuchteten Zimmer im Hause mein eigenes war. Dass nach meinem Eintreten ein langläufiger 3.57er Revolver auf mich gerichtet wurde, dessen Mündung auf meinen Bauch zeigte, trug nicht dazu bei, das Durcheinander in meinem Kopf zu beseitigen.

Revellius, ganz vollendeter Gastgeber, lud mich mit einer nonchalanten Bewegung seiner freien Hand ein, Platz zu nehmen. »Ich habe Sie viel eher zurückerwartet. Oder hat dieser Einfaltspinsel Sie auch nach Dachau geschleppt?«

Er hatte einen langen Ledermantel an und trug seinen obligatorischen breitkrempigen Hut. Die Kanone sah aus wie ein Peacemaker, aber mit überdimensioniertem Lauf und buntgehämmertem Messingrahmen. Viel zu schade, um damit zu schießen. Das war es aber nicht, weswegen ich keine Angst hatte, obwohl ich im Allgemeinen nicht zu den besonders Mutigen gehöre. Da stand mir zwei Jahrtausende nach Christi Geburt in einem bayerischen Kuhdorf der Sheriff von Dodge-City gegenüber, weil ich in der Nazi-Vergangenheit von jemandem herumstöberte, den ich selbst nicht kannte. Die ganze Situation war einfach zu bizarr, um real zu sein.

Außerdem war ich von der Latscherei durch Park und Gedenkstätte viel zu müde, um mich auf ein Ich-zähle-jetzt-bis-drei-Spielchen einzulassen. Deshalb verzichtete ich darauf, meine Hände hochzuheben, und ließ mich einfach ihm gegenüber auf die Couch fallen, deren geblümter Bezug eine Fröhlichkeit ausstrahlte, zu der ich verständlicherweise nicht in der Lage war.

»Wenn Sie hier schon ein- und ausgehen und den Hausherren mimen, sorgen Sie wenigstens dafür, dass Ihr Gast was zu trinken kriegt. Ich muss mich nämlich erst wieder nüchtern saufen, bevor ich ein solides Erschießungsopfer abgebe. Und außerdem könnten Sie mit dem Komödienstadl eigentlich Schluss machen, weil ich viel zu groggy bin, um mir vor Angst in die Hose zu scheißen. Sagen Sie, was Sie wollen, fragen Sie, was Sie wollen, vielleicht geb ich sogar eine Antwort, und dann schießen Sie oder hauen Sie ab. – Aber vorher bringen Sie mir gefälligst einen Drink!«

Revellius setzte sich ebenfalls, veränderte aber die Position der Waffe nicht. Er schwieg. Anscheinend passte meine Reaktion nicht in sein Schema.

»Machen Sie sich nichts draus, bester Freund! Heute Mittag hätte ich Ihnen allein auf die Nennung Ihres Namens hin am liebsten sofort Rendorf auf den Hals gehetzt. Andererseits, ein paar Stunden früher hier in der Bude und Sie hätten wahrscheinlich Ihre helle Freude daran gehabt, wie ich beim Anblick Ihrer Dicken Berta um mein Leben bettele. Aber, wie gesagt, irgendwann ist auch das größte Potential an normalen Verhaltensweisen aufgebraucht. Ich war heute in Dachau lange genug gezwungen, mich zusammenzureißen und mich wie ein zivilisierter Mitteleuropäer zu benehmen. Jetzt bin ich nur noch platt. – Wo bleibt übrigens mein Drink?«

Es dauerte noch ein paar Sekunden, bis Revellius die Knarre auf den Tisch legte und laut zu lachen anfing. »Mannomann, Sie sind wirklich Ihr Geld wert. Als ich Sie in s'Herenberg da auf dem Damm stehen sah, hab ich nur gedacht: Was für ein Clown! Aber wie Sie dann weiter vorgegangen sind, hat mir imponiert. Als wir den Abend im *t'Vlack* waren, musste ich meine Meinung vollends revidieren. Respekt, ganz ehrlich! Das war schon klasse, wie Sie darauf gekommen sind, dass dieser einzige Überlebende von Kolmburg ein als Jude getarnter Nazi sein muss. – Wo haben Sie denn hier eigentlich die Gläser?«

Bei seinem letzten Satz hatte er eine flache Silberflasche aus der Innentasche seiner Jacke gezogen. Ich glaubte nicht, dass er es mit mir machen wollte wie Canino in *The big sleep* mit dem armen Mr. Jones, und war bereit mitzutrinken. Weil mir nichts Besseres einfiel, holte ich zwei dickwandige Zahnputzbecher aus Pressglas aus dem Badezimmer, die schon bei der ersten Füllung den ganzen Inhalt seiner portablen Minibar verschlangen. Wir prosteten uns zu.

»Na, ganz so brillant kann ich wohl nicht gewesen sein. Immerhin habe ich mich auf Siemerink als Täter festgelegt und der kann Doornik kaum erledigt haben.«

Revellius war anscheinend ein überzeugter Fan von mir und nicht so leicht zu erschüttern. »Richtig, Doornik geht nicht auf sein Konto. Aber damit ist er noch lange nicht aus dem Schneider. Schließlich wurden die Duplikate der Fotos bei ihm gefunden. Wer sagt denn, dass wir es nur mit einem Alleintäter zu tun haben? Ich bin wie Sie der Ansicht, dass der, nennen wir ihn der Einfachheit halber Dolmetscher, dahintersteckt. Aber warum soll der nicht noch andere eingeweiht und sich nicht Komplizen gesucht haben? Leute, die einfach in seinem Sinn weitermachen?«

Da ich nach wie vor keine Idee hatte, was sein Ziel war, konnte ich dieses Denkmodell genauso wenig verwerfen wie gutheißen. »Mag alles sein, mag aber auch alles nicht sein. Ich will Ihnen ganz offen sagen, dass ich langsam den Eindruck habe, immer weniger zu wissen, je tiefer ich meine Nase in die Sache hineinstecke. Aber da gibt es ja zum Glück noch Punkte, die wenigstens Sie mir erklären können. Zum Beispiel, was machen Sie hier und wie haben Sie mich überhaupt gefunden?«

Revellius schien die Angelegenheit sichtlich amüsant zu finden. Andernfalls hätte er nicht so überzeugend geschmunzelt. »Das mit dem Finden ist kein Problem. Sie wissen doch, dass ich eine Sicherheitsfirma betreibe, und die ist mit um die achtzig festen Beschäftigten nicht gerade klein. Ich hab zwar in München keine Zweigniederlassung, sondern in Hannover und Stuttgart, aber Beziehungen. Die bleiben in dem Gewerbe nicht aus, wenn Sie nur lange genug dabei sind. Die Jungs haben Sie vom Bahnhof an beschattet. Außerdem stand ja fest, dass Sie zu Brandtstätter wollten. Und bevor Sie danach fragen; nicht nur Rendorf hat einen heißen Draht nach Ludwigsburg. Ich bin schon vor Jahren auf den Namen Brandtstätter gestoßen, und als die Sache mit den Fotos publik wurde, habe ich ihn besucht. Nur herausgekommen ist dabei nichts. – Was wollten Sie sonst noch wissen? Ach ja, was ich hier mache. Ich habe Ihre Sachen durchsucht, weil ich herauskriegen wollte, worum es Ihnen wirklich geht. Ich hab nämlich die Erklärung von Schouten nie gefressen, der arme Brouwers dreht nach den Todesfällen durch und wir müssen ihn durch einen Detektivschauspieler beruhigen. Der Schouten ist ein Fuchs, ein Anwalt, der reden kann wie ein Buch. Der Brouwers war gar nicht so nervös, aber für Schouten haben schon ein paar Nachfragen als Vorwand genügt, den alten Säcken seinen Plan unterzujubeln, und – schwupp – erscheint ein Fremder auf der Bühne, der in der Vergangenheit gräbt und Schouten Rapport erstattet. Das mit der Nervenberuhigung von Brouwers ist doch kalter Kaffee! Wohinter sind Sie wirklich her und für wen arbeiten Sie in Wahrheit?«

Die lange Rede hatte mir Gelegenheit gegeben, mit meinem Becher zur Hälfte fertig zu werden. Glenfiddich. Schade, dass die Flasche so klein war. »Fragen Sie Schouten. Der wird Ihnen bestätigen, dass ich gar nicht hinzugezogen werden sollte, dass ich nur eine Vertretung für Rendorf bin, tatsächlich nur um etwas zu schauspielern. Und fragen Sie Brouwers. Der wird Ihnen sagen, dass er mich angeheuert hat, die Komödie zu vergessen und der Sache auf den Grund zu gehen. Nicht mehr, nicht weniger. – Aber jetzt verraten Sie mal mir, weswegen Sie auf einmal so ein verstärktes Interesse an der Sache haben. Vorher haben Sie sich doch offensichtlich nicht gerührt, dann wird Doornik ermordet und Sie sind mittendrin.«

»Da irren Sie sich aber gewaltig, ich meine, damit, dass ich mich erst jetzt damit beschäftige. Ich bin schon seit Jahren an der Sache dran. Deshalb bin ich ja überhaupt diesem geriatrischen Verein beigetreten. Ich passe vielleicht vom Alter her dazu, aber diese unschuldige Segelei, das bisschen Kartenspielen, und dann traut sich doch der eine oder andere glatt, einmal im Jahr 'ne Nutte kommen zu lassen. Toller Verein! Meinen Sie ernsthaft, dass ich solche Typen brauche, um meine Freizeit zu gestalten? Menschenskinder, das liegt doch auf der Hand, was ich will. Ich will die Krone des Wittekind!«

Ich hatte Revellius nicht oft getroffen und kaum Gelegenheit gehabt, mir eine Meinung über ihn zu bilden. Ich weiß nicht, wofür ich ihn bis dahin gehalten hatte, aber bestimmt nicht für einen Schatzsucher.

»Dann glauben Sie dieses Märchen also? Wo es nur den verblendeten Fanatiker Brandtstätter gibt, der nichts als ein paar Briefe und eine kindliche Kritzelzeichnung seines Opas hat? Jetzt enttäuschen Sie mich aber. Wäre es da nicht sinnvoller, im Bermudadreieck nach versunkenen Galeonen zu tauchen?«

Revellius tat es mir nach und trank ebenfalls aus. Schade, schade, in beiden Bechern nichts mehr drin. Dabei war doch hier alles so schön. Zwei alte Männer erzählten sich Märchen, einer hatte sogar eine märchenhafte Knarre dabei. Und da sollte es nichts mehr zu trinken geben? Aber nein, da war ja noch meine Bordapotheke. Ich holte unaufgefordert eine Flasche Paddys aus dem Koffer.

Er ließ sich Zeit mit seiner Antwort, länger als ich zum Einschenken brauchte. »Sind Sie überhaupt noch aufnahmefähig? Na gut. – Ich habe die Originalakten gesehen. Sie waren versteckt in einem Ordner mit dem Aufdruck *Geheime Reichssache*. War natürlich keine, klar, in Gegenteil. Im RSHA durfte außerhalb der Eingeweihten ja keiner was davon wissen, wenn sie nicht alle ihr Leben riskieren wollten. War nur ein kleiner zusätzlicher Schutz vor zufälliger Entdeckung. Aber ich habe sie gesehen.«

»Wollen Sie mir damit schonend beibringen, dass Sie ein alter Nazi mit heißem Draht zur Führungsspitze sind?«

Revellius schnappte sich seinen Revolver schneller, als ich gucken konnte, aber nur, um ihn unter der Jacke verschwinden zu lassen. Mit seinem verschmitzten Lächeln hatte er etwas von einem kleinen Jungen, bevor sein Gesicht ausdruckslos wurde. »Warum nicht? Trauen Sie mir das nicht zu? Ich habe schon mehrfach Aufträge für die Nazis ausgeführt, für Alt- wie für Neonazis. Den Kronen-Auftrag hab ich übrigens ganz hochoffiziell vor Jahren von den Republikanern bekommen, die sich wahrscheinlich selber nicht mehr daran erinnern. Ich weiß nicht, ob sie das Ding nur wollten, um ihre Parteikasse aufzubessern, oder es als Symbol für die Weitsicht und Friedensliebe ihrer Vorbilder ausgestellt werden sollte. Die kannten keine Einzelheiten, hatten die Geschichte nur als Gerücht gehört. Ich glaube, für die war das bloß ein Versuchsballon.«

»Warten Sie einen Moment!« Ich ging ins Badezimmer und schluckte zwei Aspirin, zog mein Hemd aus und hielt den Kopf unter die kalte Dusche. Nach einer Minute hatte ich das Gefühl, wieder einigermaßen klar denken zu können. Ob ich es mir nur einbildete oder wirklich konnte, erforderte einen Test. Ich ging zurück ins Zimmer und hielt zur Sicherheit meinen abfrottierten Schädel noch in die kühle Nachtluft. Eine nicht unbedingt gesundheitsfördernde Rosskur, aber für etwas anderes als einen Crashkurs im Ausnüchtern hatte ich keine Zeit.

Da fläzte sich ein sehr merkwürdiger Mensch auf meinem gemieteten Blümchensessel. Er lebte als holländischer Staatsbürger, spielte dort den amerikanischen Cowboy und arbeitete gelegentlich für die Nazis. Ein wahrhaft vielschichtiger Charakter, mein Gegenüber. Aber auch das war noch nicht das kleinste Püppchen in der dicken Babuschka. Ich feuerte einen Schuss ins Blaue. »Sie sind Jude, stimmt's?«

Zunächst zeigte er gar keine Reaktion, dann begann die Partie um seine Augen herum zu lächeln, ohne dass sein

Mund mitmachte. Aber er ließ die Kanone stecken. »Wie kommen Sie darauf?«

»Eine winzige Nebensächlichkeit, kaum der Rede wert, mehr eine Ahnung als ein Indiz und ein Beweis schon gar nicht.«

»Trotzdem, was war es?« Dabei hob er sein Glas.

»Ihr Verhalten auf dem Friedhof, damals, bei Siemerinks Beerdigung.«

»Bei der Beerdigung? Was hab ich denn da so Besonderes gemacht?«

»Das ist es ja gerade. Sie haben überhaupt nichts gemacht. Sie haben nämlich Ihren Hut nicht abgenommen. So schlimm war das Wetter auch wieder nicht, dass Sie befürchten mussten, sich dadurch den Tod zu holen. Die wenigen Sekunden am Grab hätten Sie schon ohne Kopfbedeckung durchgestanden. Sie haben den Hut nicht abgenommen, weil es Ihnen als Jude verboten ist barhäuptig zu sein, wenn Sie mit Ihrem Gott Zwiesprache halten. Ich bin kein Religionssachverständiger, aber damit habe ich doch Recht, oder?«

Er nickte, und dies, wie ich meinte, ausgesprochen anerkennend. »Da hab ich ja noch mal verdammtes Glück gehabt, dass es jemand entdeckt hat, der nicht mein Feind ist. Sie haben sich nicht geirrt, ich bin Jude und es macht mir einen Riesenspaß, dass mich Neonazis dafür bezahlt haben, eine Arbeit fortzusetzen, die ich schon vor Jahrzehnten begonnen habe.«

»Dann legen Sie mal los. Ich hoffe, ich kapiere dann endlich, warum ich mich bei meiner Suche nach der Wahrheit bis jetzt nur wie eine japanische Tanzmaus um die eigene Achse gedreht habe.«

Revellius gönnte sich eine kleine Verschnaufpause, bevor er sich bemühte, die Sache so ökonomisch wie möglich anzugehen. »Ich kann mir viel Geschwätz ersparen, wenn Sie mir vorab berichten, was Ihnen Brandtstätter für eine Story aufgetischt hat.«

Die war schnell zusammengefasst, weil mir der Enthusiasmus und das Sendungsbewusstsein des Lagerleiterenkels fehlten, um weitschweifig seinen Opa aus der ideologischen Jauchegrube zu ziehen. Mein Zuhörer nickte an den verschiedensten Stellen und sagte zum Schluss: »Exakt das hat er mir auch erzählt. Der arme Traumtänzer, er ist auf dem richtigen Weg und begreift trotzdem nichts!«

Ich konstatierte mit Freude, dass sich die Alkoholschwaden allmählich aus meinem Hirn verflüchtigten und in gleichem Maße meine Denkfähigkeit wieder zunahm. »Wie darf ich denn das verstehen? Muss ich jetzt diesen Blödsinn von der Krone für bare Münze nehmen oder nicht, oder meinen Sie etwa, dass an der Sache sogar noch mehr dran ist?«

»Da ist noch viel mehr dran, darauf können Sie Gift nehmen. Sie können alles das zugrunde legen, was Sie von Brandtstätter gehört haben. Er sieht aber die gesamte Tragweite der Angelegenheit nicht, weil er alle seine Nachforschungen immer nur auf die Rehabilitierung seines Großvaters ausgerichtet hat. Alles andere, was er dabei erfahren hat, war für ihn nur Abfallprodukt, obwohl gerade diese Punkte für die Weltgeschichte wichtig wären. Sein Großvater bedeutet demgegenüber rein gar nichts. – Ich sehe, Sie trinken nicht mehr. Aber ich kann mich doch noch bedienen?«

Auf mein Nicken hin füllte er seinen Becher. Ich lehnte mich zurück und machte mich auf einen langen, historischen Vortrag über Politik und Geheimbündelei gefasst, dessen Wahrheitsgehalt ich mit keinem Lexikon würde nachprüfen können.

»Was ich Ihnen zu erzählen habe, ist so eng mit der Geschichte des Zweiten Weltkriegs verknüpft, dass wir Tage darüber reden könnten, um alle möglichen Aspekte zu beleuchten. Ich werde mich bemühen, mich auf das für uns Wichtige zu beschränken. Falls es mir nicht gelingt, und das befürchte ich jetzt schon, fahren Sie mir ruhig in die Parade. Also. Sagt Ihnen die Bezeichnung JBG etwas, oder kennen

Sie die Namen Chaim Miller und Olie Giv-on? Ich frage deshalb, weil die mit ihrer Story schon im Fernsehen waren.«

Mein Kopfschütteln galt allen dreien.

»Miller und Giv-on waren österreichische und damit deutschsprachige Juden, die zwar ihre Verwandten vor den Nazis nicht hatten retten können, denen aber selber die Flucht nach Palästina gelungen war. Dort schlossen sie sich zunächst der Haganah an, wurden dann aber auf eigenen ...«

»Was zum Teufel ist nun wieder die Haganah? – Entschuldigen Sie, aber Sie haben mich selber aufgefordert, Sie zu unterbrechen.«

»Die Haganah ist eine jüdische Untergrundbewegung, die von den Einwanderern zum Schutz vor Übergriffen der Araber ins Leben gerufen worden ist. Ohne die hätten meine Landsleute dort nicht überlebt. Die Araber hätten sie ins Meer gejagt. Wenn Sie so wollen, sehen Sie die Haganah als Vorläufer des Mossad an. Das dürfte die historisch zutreffende Würdigung sein. – Weil den beiden das Schicksal ihrer Eltern nicht aus dem Kopf ging, wollten sie aber lieber gegen ihren Erzfeind kämpfen und traten deshalb als Freiwillige in die englische Armee ein. Es gab dort eine eigene jüdische Abteilung, die JewishBrigadeGroup, mit dafür besonders geeigneten Leuten bestückt – zum Beispiel deutschsprachig, wie hier in unserem Fall –, die in deutsche Uniformen gesteckt wurden und hinter den feindlichen Linien Sabotageakte durchführen sollten. Die beiden waren, wie man so sagt, mit Feuer und Flamme dabei und waren deshalb schnell enttäuscht, als sie feststellen mussten, dass es für sie nicht mehr viel zu tun gab. Zu dem Zeitpunkt hatte Monty Rommel nämlich schon gut im Griff. Also gingen etliche Mitglieder der JBG auf den europäischen Kriegsschauplatz, der praktisch auf Deutschland zusammengeschrumpft war, und befreiten KZs. Und für ein paar von ihnen war auch das nicht genug. Sie ermittelten auf eigene Faust gegen Kriegsverbrecher, hielten eine Art kurzes Standgericht ab und führten in eigener Verantwortlichkeit Erschießungen durch.«

Die Erinnerungen wurden für ihn wohl zu stark, um noch im Sessel sitzen bleiben zu können. Mit dem Becher in der Hand wanderte er langsam im Raum herum.

»Bei einer solchen Aktion bin ich auf die beiden gestoßen. Ich hatte mich im Keller eines ausgebombten Hauses versteckt und wollte immer noch nicht glauben, dass der Krieg vorbei war. Die ursprünglichen Bewohner, Deutsche, Arier, waren vor dem heranrückenden Feind geflohen. Kaufmannsfamilie mit Geld. Ich hatte als Kind öfters für sie Botengänge gemacht, hier und da geholfen. Die hatten einen Sohn in meinem Alter, mit dem ich oft gespielt habe. Da haben sie mich versteckt, Gott sei Dank. Ich weiß überhaupt nicht, was aus ihnen geworden ist. Jedenfalls hab ich alles vom Kellerfenster aus gesehen und mitbekommen, um was es da ging. Deshalb hab ich mich zu erkennen gegeben und die beiden haben mich mitgenommen.«

Er setzte sich wieder und beschäftigte sich kurz mit meinem Paddy, bevor es weiterging. »Na ja, was dann kam, tut hier nichts zur Sache. Im Endeffekt wurde ich auch Mitglied der Haganah und landete schließlich beim Mossad.«

Mossad. Wohl so was wie der G-Punkt bei den Frauen. Jeder redet davon, aber keiner weiß, worum es sich genau handelt. Doch ich wollte ihn nicht aus dem Konzept bringen.

»Dort hab ich das erste Mal von der Krone des Wittekind erfahren. Ich hatte den Eindruck, dass sie auch unter den Kollegen von den allermeisten mehr als Scherz abgetan wurde. Eine der vielen Idiotien der Kriegs- und Nachkriegszeit, vor denen keine Nation gefeit war. Denken Sie nur an den schwachsinnigen Morgenthauplan.«

Ob der schlau oder dumm war, wusste ich nicht, weil ich ihn nicht kannte. Deshalb beließ ich es bei meinem erfolgreichen Schweigen.

»Es gab da aber einen alten Oberst, den Namen kann ich Ihnen nicht verraten, der nicht besonders glücklich war über die Rolle, die England bei der Gründung des Staates Israel gespielt hatte, und der keine Gelegenheit ausließ, den Briten ans Bein zu pinkeln. Der hatte, eher privat, höchstens halbamtlich, alles zusammengetragen, was es über diese Wittekindaktion gab. Bei dem hab ich auch diesen Originalaktendeckel gesehen, Sie erinnern sich? Und der hatte auch herausgefunden, was tatsächlich bezweckt wurde, aber das war zu fantastisch, als dass die anderen es ihm abgekauft hätten. Kurz und gut; was wirklich erreicht werden sollte, war, dass England mit Deutschland einen Friedensvertrag abschließt – der Deal mit der Krone wäre dabei das Tüpfelchen auf dem I gewesen –, aber darüber hinaus seine kriegerischen Aktionen nicht etwa einstellt, sondern seine Bomber einfach umleitet. Die anderen hätten dann gar nicht anders gekonnt, als mit den Briten mitzuziehen, und Deutschland wäre ...«

»Moment, Moment, nicht so schnell! Was, um Himmels willen, sollten die Tommys denn statt Deutschland bombardieren? Es waren außer den Japanern doch keine nennenswerten Gegner da, gegen die ...«

»Moskau natürlich, was denn sonst? Und was das Allertollste an der Sache ist: Die Engländer waren einverstanden!«

13. Kapitel

Der alte Mann hatte eine unruhige Nacht in seiner Zelle in Spandau. In einem Traum, halb erschöpftes Wachsein, halb dämmernde Erinnerung, sah er auf einem Platz aus roter Asche zwei Frauen gegeneinander Tennis spielen. Lange, weiße Röcke, klobige Sportschuhe, die dauergewellten Haare von breiten Stoffbändern zurückgehalten. Mit seinen weit über neunzig Jahren hätte er große Mühe gehabt, die massiven, hölzernen Schläger hochzuheben.

Was bedeutete es, dass gestern ein deutsches Mädchen die Nummer eins einer Computerweltrangliste geworden war? Wie funktionierte so was, wo sie doch im Endspiel gar nicht gegen die vorherige Nummer eins gekommen war? – Was für eine verrückte Zeit – aber ein deutscher Erfolg, der von der Welt beachtet wurde! Maria Graf hieß sie, oder Stephanie? Nein, Stephanie Maria Graf, da war er sich jetzt sicher. Zur Vorsicht würde er es morgen noch einmal in der Zeitung nachschlagen. Dann fiel er endlich in den ruhigen Schlaf, der ihn schon seit Monaten im Stich gelassen hatte.

So dankbar war er für dieses Geschenk der Natur, dass er den vorsichtigen Tritt der Männer gar nicht wirklich hören wollte, die sich wenig später in seine Zelle schlichen.

Er sträubte sich nicht dagegen, aus seinem Bett gehievt und zum vergitterten Fenster hinübergetragen zu werden. Es machte ihm nicht einmal etwas aus, dass sie ihm etwas Glattes um den Hals legten, das sich im diffusen Schein der Notbeleuchtung als das Kabel einer Nachttischlampe entpuppte. Hauptsache, sie störten seinen Schlaf nicht nachhaltig und holten ihn nicht wieder in diese gichtige, atemlose, bronchienrasselnde Realität zurück.

Als sie ihn für Sekunden anhoben und dann losließen, durchzuckte ihn die Idee, dass die Nachwelt wohl nicht begreifen würde, wieso er sich mit einem solchen Kabel erhängt hatte, obwohl es in seiner Zelle nie eine dazugehörige Lampe gegeben hatte.

Damit hatte der bestbewachte Gefangene der Welt aufgehört zu existieren. Mit ihm war der letzte Beteiligte am Plan *Wittekindkrone* beseitigt.

* * *

Sie hatten sich beeilen müssen mit seinem Tod, der für sie gerade noch rechtzeitig kam. Für ihn selbst kam er, obwohl er ihn so begrüßt hatte, zwei Jahre zu früh. Dann hätte er nämlich mit dem Fall der Mauer einen viel größeren deutschen Triumph erleben können.

Aber genau das mussten seine Mörder verhindern.

14. Kapitel

Ich war versucht, nach meinem Becher zu greifen, ließ es aber bleiben. Besser, mein Gehirn blieb aufnahmefähiger als mein Magen. »Wollen Sie mir allen Ernstes einreden, es hätte alles nur am seidenen Faden gehangen und England wäre aus der Phalanx der Alliierten ausgeschert, um mit den Nazis gemeinsame Sache zu machen? Mein lieber Mijnheer Revellius, haben Sie mal versucht, bei Spielberg einen Job als Drehbuchautor für *Starwars 5* zu kriegen?«

Falls er mit jemand anderem über dieses Thema gesprochen haben sollte, musste der ähnlich reagiert haben. Er zeigte sich jedenfalls nicht im Mindesten verunsichert.

»So, wie Sie das formulieren, ist es bestimmt auch nicht gewesen. Es ging darum, dass ... Nein, lassen Sie mich das Pferd von der anderen Seite aufzäumen. Wussten Sie, dass General McArthur nach der japanischen Niederlage sofort weitermarschieren und die Chinesen erledigen wollte, weil er damals schon in ihnen die kommende große Bedrohung für den Weltfrieden gesehen hat? Und wussten Sie, dass man General Patton nicht lange hätte überreden müssen, um mit den Russen das Gleiche zu machen? So viel zur Bereitschaft der Amerikaner, gegen ihre Feinde vorzugehen, insbesondere gegen Kommunisten. Selbstverständlich hätten die Briten nicht zusammen mit den Deutschen gegen den restlichen Globus gekämpft. Der Plan war, dass die Bluthunde in der deutschen Führung kaltgestellt würden, Hitler, Himmler, Goebbels und Konsorten, und eine gemäßigte Regierung wäre an die Macht gekommen. Ribbentrop hatte ja schon jahrelang den englischen Dandy gespielt. Der wäre der ideale Verbindungsmann gewesen. Das alliierte Oberkommando hätte auch den Befehl über die deutschen Truppen übernommen und es hätte kein Stalingrad gegeben. Glauben Sie mir, die Amerikaner hätten nicht lange gezögert sich anzuschließen. Das Problem wären die Franzosen gewesen, die ›grande nation‹. Die hatten im ersten Weltkrieg zu viele Federn lassen müssen. Aber letztlich hätten sie mitgezogen, ganz einfach, weil es aus praktischen Gründen nicht anders gegangen wäre. In diesem Krieg hätte keine der so genannten Großmächte neutral bleiben können. Außerdem wären die nie das Risiko eingegangen, im Falle ihrer Verweigerung gegenüber England den Einfluss auf das Nachkriegseuropa zu verlieren. Sehen Sie doch selbst, was uns die Geschichte nach nur fünfzig Jahren gelehrt hat! Deutschland liegt strategisch so günstig und exponiert, das kann man bei einem angestrebten vereinten Europa nicht ignorieren. Da ändern auch Naziterror, Unmenschlichkeit und sechs Millionen tote Juden nichts dran. Der Plan war daher nur auf den ersten Blick utopisch, tatsächlich war er visionär. Deshalb schickten sie `41 schon Heß mit dem Fallschirm auf die Insel. Der wurde offiziell arretiert, verhandelte aber hinter den Kulissen mit Churchill und einigte sich mit ihm. Heß musste nach außen hin Gefangener bleiben, denn er sollte später ja nach Deutschland zurück. Er war als der Stellvertreter des Führers zwar der zweite Mann im Staate, aber Hitler hätte keine Sekunde gezögert, ihn liquidieren zu lassen, wenn er seine Macht durch ihn bedroht oder auch nur eingeschränkt gesehen hätte. Denken Sie nur an Röhm. Ich bin überzeugt davon, dass alles geklappt hätte, wenn man nur schnell genug gewesen wäre. Aber der fette Churchill bekam den Hals nicht voll. Er hatte ganz eigene Vorstellungen davon, wie sich die Sache entwickeln sollte. Deutschland so lange hinhalten, bis die sechste Armee im russischen Winter die Drecksarbeit erledigt hätte, aber selber dabei ausgeblutet wäre. Dann schnell die Tommys mit reichlich Luftunterstützung hinterher und man hätte den kompletten europäischen Teil von Russland einkassiert. Den Sieg hätte man sich alleine gutgeschrieben, die deutsche Führung wäre abserviert worden, egal, ob radikal oder gemäßigt, und man hätte aus Deutschland und Russland harmlose Agrarstaaten gemacht. Die Amis hätten dazu Beifall geklatscht, weil die Idiotenidee vom Bauernstaat auf dem Mist ihres Morgenthau gewachsen war. Aber alle hatten sich in den Russen getäuscht. Die stoppten die deutschen Heere nicht nur, die vernichteten sie. Jetzt gegen die Russen loszuschlagen, gegen ihre eigenen Verbündeten, wäre nicht nur moralisch ein Debakel gewesen, sondern auch militärisch. Aus dem Fiasko des gescheiterten deutschen Einmarschs hatte auch der Dümmste die Lehre gezogen, dass man Russland nicht besetzen konnte. Und ein so riesiges Land, das nicht dauerhaft zu besetzen ist, ist auch nicht endgültig zu besiegen. Obendrein hätten die Tommys jetzt ihre eigenen Truppen opfern müssen, die deutschen existierten nur noch als Kriegsgefangene. Was bedeutete, dass die Riesensauerei der Briten, einen Verbündeten zu hintergehen und heimtückisch anzugreifen, endgültig gestorben war. Im Gegenteil. Es musste sogar alles getan werden um zu verhindern, dass etwas davon publik wurde. Was wiederum zur Folge hatte, dass Heß auf einen Schlag die unerwünschteste Person in England war. Allein seine Existenz war brandgefährlich. Ich wundere mich heute noch, warum sie ihn nach Stalingrad nicht sofort umgebracht haben. Wer weiß? Vielleicht warteten sie auf einen V3- oder V4-Angriff und brauchten ein Tauschobjekt. Möglich, dass sie den Amis auch nicht das Potential zutrauten, das später in der Normandie angelandet wurde, und also nicht mit einer Kapitulation Deutschlands rechneten. Dann hätten sie ihren ›Gast‹ Heß gut als neues Staatsoberhaupt gebrauchen können. Sei es, wie es sei, er blieb jedenfalls lebendig. – Sagen Sie, haben Sie eigentlich auch was zu Essen hier? Mir wird langsam flau von dem Whisky.«

Er unterbrach seinen Vortrag, bis ich in meinem Gepäck eine noch halb volle Rolle Kekse aufgestöbert hatte. Wir teilten ungleich zu seinen Gunsten, bevor er fortfuhr.

»Wie der Krieg weiterging, wissen Sie ja. Militärisch wurde Heß mit seinem Angebot nicht mehr gebraucht. Der hoffte aber immer noch darauf, mit der nun stark abgewerteten Geste der Kronenübergabe wenigstens den Tod seiner Gruppe abwenden zu können. Deshalb wurde die Anfertigung plötzlich mit Hochdruck betrieben. Sie zu früh fertig zu stellen, hätte die Aufdeckung des Plans allzu sehr heraufbeschworen. Aber jetzt war es fünf Minuten vor zwölf. Nach seiner Meinung. Tatsächlich war es schon halb eins, denn Kolmburg wurde befreit, bevor die Krone nach England geschleust werden konnte. Den hohen Herren auf der Insel muss ein komplettes Felsmassiv vom Herzen gefallen sein, nachdem sich das Ding in Luft aufgelöst hatte und es nun keinen Beweis für ihren beabsichtigten Verrat gab. Hätte Heß geredet, wäre das als Geschwätz eines Irren abgetan worden. Der arme Kerl hatte nichts in der Hand. Dinge von solcher Tragweite lassen sich aber nie völlig geheim halten. Auch in diesem Fall war etwas zu den Russen durchgesickert. Aber, wie gesagt, es gab keine greifbaren Beweise. Heß jetzt noch zu töten, wäre zu belastend gewesen. Das hätte wie ein Schuldeingeständnis gewirkt. Die Tommys versprachen ihm, dafür zu sorgen, dass er am Leben blieb, wenn er den Mund hielte. So kam es dann doch noch zu einer Vereinbarung zwischen den Briten und dem Stellvertreter des Führers, allerdings anders, als sie es sich erträumt hatten. Später bei den Nürnberger Prozessen hielt Heß die Klappe und die Briten ihr Wort. Der zweite Mann des tausendjährigen Reiches bekam nur lebenslänglich. Der vergleichsweise unbedeutende Außenminister Ribbentrop wurde als letzter der in alles eingeweihten Mitwisser aufs Schafott geschickt und so für immer mundtot gemacht. Von Schirach und

Speer, die nicht alle Details kannten und immer nur von der Absicht ausgegangen waren, mit England einen separaten Friedensvertrag zu schließen, wurden für zwanzig Jahre zusammen mit Heß nach Spandau geschickt. Das mit Spandau hatten die Russen so eingefädelt. Die hofften immer noch auf Informationen von Heß und wollten nicht jede Kontrolle über ihn verlieren. Aber der verriet nichts und deshalb durfte er weiterleben. Als sechsundsiebzig die zwanzig Jahre um waren, war von ursprünglich sechs Gefangenen nur noch Heß übrig. Der hockte da Jahr um Jahr, während Speer zum Beispiel sich an der Veröffentlichung seiner Tagebücher und Erinnerungen, die alle Bestseller wurden, dull und dämlich verdiente. Es gab jede Menge Gnadengesuche für den einzigen Häftling dieses burgartigen Gefängnisses, aber die Russen schmetterten alle ab. Die Amerikaner, Engländer und Franzosen hätten gerne Schluss mit dieser Farce gemacht und den alten Mann laufen lassen. Heß, der Mann, der mit einem Symbol Deutschlands Kopf hatte aus der Schlinge ziehen wollen, war selber zum Symbol geworden. Der letzte große Nazi wurde in der Vier-Mächte-Stadt Berlin im Wochen-Turnus wechselnd von Soldaten der Großmächte bewacht. Bloß, in einer Zeit, in der selbst die Beatles zum alten Eisen gehörten, hatte das Symbol sehr an Bedeutung verloren. Die Westmächte wären ihn schon alleine aus Kostengründen gerne losgeworden. Aber die Russen ließen nicht locker. Er hockte also weiter da und war inzwischen dreiundneunzig Jahre alt. Und plötzlich machte das Zauberwort Perestroika die Runde. Keine leere Versprechung. Zwei Jahre später sollte die Berliner Mauer fallen. Das hatte natürlich mit Heß nicht das Geringste zu tun, aber die schlauen Russen ließen ihn immer wieder Fernsehen gucken, wie Gorbatschow so publikumswirksam den Friedensengel spielte. Sie redeten dem Greis so lange und überzeugend ein, dass er nicht nur freigelassen würde, sondern sie nur für ihn die Mauer abbrechen würden, wenn er endlich den Mund aufmachte. Kein Kohl, kein Schäuble würden die Wiedervereinigung herbeiführen, sondern er, Rudolf Heß, würde diese einzigartige Tat für Deutschland vollbringen, wenn er vorher für rückhaltlose Aufklärung sorgte. Der senile Kerl ist darauf hereingefallen. In alter Nibelungentreue müsste er sich aber erst noch mit den Tommys beraten. Die Russen hatten kein Mittel ihn umzustimmen. Das war sein Todesurteil. Die Briten täuschten einen Selbstmordversuch vor und verschleppten ihn in ihr Militärhospital, wo sie ihm total den Garaus machten. Damit war der letzte Zeuge beseitigt, der diese linken Vögel noch vor aller Welt hätte diskreditieren können. Ende der Sendung.«

Wir brauchten beide eine Pause. Er zur Erholung, ich zur geistigen Verdauung. Revellius durchstöberte die Keksverpackung nach letzten Krümeln und spülte diese mit einem Schluck Paddys hinunter.

»Und Sie glauben an die Existenz der Krone?«

»Oh ja, das tue ich. Und ich will sie haben, verdammt noch mal. Diesbezüglich bin ich so etwas wie ein Diener dreier Herren. Die Neonazis wollen sie ganz einfach deshalb, weil es noch ein Stück aus der glorreichen deutschen Vergangenheit ist. In Kolmburg waren einzigartige Spezialisten am Werk. Die hatten alles, um eine perfekte Fälschung samt künstlicher Alterung zu schaffen. Noch den einen oder anderen Hinweis in falschen Urkunden aus dem zehnten oder elften Jahrhundert und das Ding wäre für alle Zeiten als echt durchgegangen. Die Juden wollen es als Symbol für den Verrat der Welt an ihnen, gemacht aus dem Zahngold ihrer Verwandten. Und ich will sie für mich, um mir damit in der Karibik eine eigene Insel zu kaufen, auf der mich jeden Tag nackte, schwarze, junge Weiber so lange umtanzen, bis ich schwindelig werde.«

»Wär das mit dem schwindelig werden nicht einfacher, wenn Sie gleich bei Paddys blieben?«

Er strahlte mich an, als hätte er die Krone schon im Koffer. »Wohl wahr. Aber Sie wissen, was ich meine. Tun Sie doch nicht so, als wenn Ihnen das nicht auch gefallen würde. Deshalb werden Sie mir auch helfen das Ding aufzutreiben, weil ich Ihnen nämlich ein Angebot machen werde, das Sie nicht ablehnen können.«

»Und das wäre?«

»Fifty-fifty!«

* * *

»Fifty-fifty, das ist ja ein tolles Angebot. Die Hälfte von nichts ist gar nichts. Oder glaubst du etwa diesen ganzen Schwindel von Krone und Hochverrat? Schade, dass sie schon tot sind. Ich hätte diese Geschichte gerne verfilmt gesehen mit Errol Flynn als Rudolf Heß und Bette Davies als Adolf Hitler, Regie Woody Allen.«

Ich hatte Rendorf noch nie so unbeschwert lachen gesehen. Er hockte auf demselben Sessel wie Revellius am Abend zuvor und bediente sich aus einem der bewährten Becher.

Ich muss gestehen, dass ich etwas pikiert war. Zugegeben, das Ganze klang fantastisch. Aber war das erwiesene Vorhaben der Nazis, mit Falschgeld die Wirtschaft fremder Länder zu unterminieren, etwa realistischer? Oder die Geheimwaffe, die mit weit abgestrahlten Schallwellen im untersten Frequenzbereich schleichende Gesundheitsschäden hervorrufen sollte? Der verschwundene Schliemannschatz, das verschollene Bernsteinzimmer? Was mich aber am meisten an Rendorfs bodenloser Heiterkeit wurmte, war der darin steckende Zweifel an meiner Fähigkeit, die Sache nüchtern und distanziert zu würdigen, wie es sich für einen richtigen Detektiv gehörte.

»Und warum soll an allem nichts dran sein, mein unfehlbarer Herr Anwalt? Passt es nicht ganz in das alltägliche

Raub- und Mordschema? Kann nicht sein, was nicht sein darf?«

Rendorf, immer noch feixend, hob abwehrend die Hände. »Oh bitte, nicht auch noch falsche Zitate! Ich bin ein so treuer Freund, dass ich sogar diese märchenhafte Kröte schlucken würde. Aber was hast du denn schon in den Händen, um die Richtigkeit dieser Theorie – mehr ist es doch nicht, höchstens eine Theorie – zu belegen? Einen weltentrückten Kauz, den nach eigenem Bekunden nicht einmal seine Kollegen ernst nehmen, der fanatisiert aus seinem Großvater-Saulus einen Paulus machen will und dafür bereit ist, einen Läusefurz für den Atem des Schicksals zu halten. Und einen alten Juden mit ausgeprägter Schatzsuchermentalität, der am liebsten als Wyatt Earp auf die Welt gekommen wäre und selber auf die Geschichte eines noch älteren Juden reingefallen ist. Wenn du wissen willst, wie viel deine Story wert ist, versuch mal, sie an *Spiegel-TV* zu verkaufen. Die lachen sich tot. Weil du nicht den kleinsten Beweis hast.«

Freunde kennen deine Schwächen am besten. Deshalb können auch nur Freunde einen richtig auf die Palme bringen. Ich musste mich sehr beherrschen, um nicht aus der Rolle zu fallen. »Wenn ich nun doch einen hätte, einen winzig kleinen Beweis?«

Rendorf gluckste beim Trinken. »Wie soll der denn aussehen?«

»Rot, grün, blau, weiß.«

Sein Stimmungshoch blieb ungetrübt. »Aaah, ein Rätsel! Ist die Farbkombination beliebig? Also, da hätte ich anzubieten ... einen Besoffenen, der sich unter einer Ampel mit einer Tüte Milch wieder nüchtern trinken will ... oder – klar, das ist es, du alter Hollandfreak! – die holländische Nationalflagge flattert auf dem Deich? – Nein? Na, dann wirst du wohl die Katze aus dem Sack lassen müssen.«

»Edelsteine. Edelsteine in einer geheimen Tresorkammer von Voorst!«

»Edelsteine, schön und gut. Hast du mir nicht erzählt, dass er da auch noch einige andere Dinge von Wert als Altersversorgung gebunkert hatte? Bei allen vorsichtigen Menschen, die ihr Vermögen streuen, gehören Edelsteine einfach dazu.«

»Gehören bei allen vorsichtigen Menschen auch Edelsteine dazu, die vom Schliff und der Größe her exakt zu der Skizze passen, die mir Brandtstätter von der Krone gegeben hat?«

15. Kapitel

Es wäre absolut hirnrissig, bei diesem Wetter nach draußen zu gehen. Im Fernsehen und im Radio hatten sie ein Unwetter angekündigt. Man müsste mit Windstärken bis zu zwölf rechnen. Aber dieser ganze Fall war hirnrissig, warum sollte da das Wetter eine Ausnahme machen? Je mehr wir herausbekamen, desto weniger passte alles zusammen.

Wir waren nicht so blöd, wie man es nach der ganzen Zeit und unseren vergeblichen Bemühungen annehmen konnte. Rendorf und ich hatten uns schon unsere Gedanken gemacht. Für uns lag auf der Hand, dass die »fünf holländischen Städte« bei der Befreiung von Kolmburg auf die Krone des Wittekind gestoßen waren. Während sich ihre Kameraden daran delektierten, die Nazimannschaft in eine bessere Zukunft zu befördern, von der keiner wusste, ob sie wirklich eine bessere war, hatten sie eine sehr viel bessere konkret vor Augen. Natürlich hatten sie keine Ahnung, was dieses Gebilde sein, was es in der Weltgeschichte für eine Rolle spielen sollte. Aber sie hatten verflucht schnell kapiert, wie viel Wert der brillantveredelte Goldklumpen hatte. Sie versteckten ihren Fund und brauchten ein paar Tage, um das Für und Wider gegeneinander abzuwägen. Familienbande, Freunde, ein Zuhause auf der einen, nie wieder arbeiten müssen auf der anderen Seite. Der Geldgeilste wird dem Familienabhängigsten so lange in den Arsch getreten haben, bis auch der erkannt hatte, dass Gefühle vergehen, aber Edelmetalle bestehen. Dann klemmte man sich die Krone unter den Konsortiumsarm und machte sich mit den neuen Pässen aus dem Staub.

Sie hatten den Brocken zersäbelt, verhökert und sich mit dem beachtlichen Reibach den Einstieg in die Welt der Millionarios erkauft.

Diese Erkenntnis war nicht das Produkt von langem Turnen am intellektuellen Hochreck. Nach den gesicherten Fakten konnte es einfach nicht anders sein.

Aber war das auch der Grund, die Befreier von Kolmburg in Serie abzuschlachten? Mein alter Kumpel Armin und ich hätten es noch begriffen, wenn ein armer, zu kurz gekommener Oberst aufgetaucht wäre, vergeblich seinen Anteil erbeten hätte und dann zum Racheengel geworden wäre, obwohl er dabei nichts anderes gerächt hätte als seine enttäuschte Erwartungshaltung. Aber solche Typen waren nicht in Sicht, Bettelbriefe in keinem Nachlass aufgetaucht. Und nach der Erfahrung von Freund Flanagan konnten wir davon ausgehen, dass etliche andere Truppenangehörige abgemurkst worden waren, die mit keinem Pfennig oder Cent an der Krone partizipiert hatten.

Es hatte die Kronendiebe getroffen, es hatte auch andere erwischt – es ergab keinen Sinn.

Noch weniger Sinn machte es, bei diesem Wetter vor die Tür zu gehen. Aber in unserer Situation griff man auch nach einem Strohhalm, wenn er sich bei Windstärke zwölf bog.

Wir waren uns, was unsere Aufklärungschancen betraf, in einem Punkte einig. Der Casus Knacktus musste in der Vergangenheit und dort in Kolmburg liegen. Damit blieben uns nur zwei, auf die wir uns stürzen konnten.

Es sei denn, man war so misstrauisch wie Rendorf. »Deine Gutgläubigkeit in allen Ehren, aber mir ist dieser Brandtstätter junior nicht geheuer. Du hast dich ja lange mit ihm unterhalten und kannst dir deshalb natürlich einen viel besseren Eindruck von ihm machen als ich, der ich ihn nur für zwei Minuten erlebt habe. Aber ich bin grundsätzlich jedem gegenüber vorsichtig, der mit einer solch unglaublichen Geschichte aufwartet. Besser, ich bleibe noch eine Weile in München und behalte diesen komischen Vogel im Auge. Revellius und du, ihr könnt euch Beers und Helling zur Brust nehmen.«

So in etwa hatten auch Revellius und ich das schon in Pöring gesehen und sie unter uns aufgeteilt. Er würde sich um Helling kümmern, ich um Beers.

Aber der Mensch denkt und Gott – wer immer das sein mag – lenkt. Und so sollte ich mich nicht um Beers kümmern, sondern Beers kümmerte sich um mich.

* * *

Sein Anruf kam, als ich erst drei Tage aus Deutschland zurück war. Der Wetterbericht hatte für meine Rückreise eine Sturmwarnung herausgegeben, die sich als Ente erwies. Deshalb war ich auch heute skeptisch, was die Zuverlässigkeit der Prognose anging, die für die kommende Nacht einen Höllensturm prophezeit hatte. Ich hätte vernünftigerweise mehr Zutrauen in die Sachkunde der Wetterfrösche setzen sollen, aber so was weiß man immer erst hinterher.

Am späten Vormittag hatte ich im Bademantel mit Zeitung, Milch und Marmeladentoast am Frühstückstisch gesessen und war vom Läuten des Telefons nicht sonderlich begeistert. Weil ich meinte, der Anrufer würde meiner leicht verkaterten Stimme den Unmut über diese frühe Störung anmerken, wunderte ich mich nicht, dass nach meinem gekrächzten »Ja?« erst einmal Ruhe in der Leitung war. Einige Sekunden später kam ein leises »Wir müssen uns treffen. – Hier ist Beers, Sie wissen schon«.

Oh ja, ich wusste schon. Eine solch bombastische Gedächtnisleistung durfte man von mir durchaus erwarten.

»Männer mit einer dunklen Vergangenheit gehen mir nicht so schnell aus dem Kopf, Mijnheer. Was ist der Grund für Ihr Begehren? Wollen Sie endlich dabei behilflich sein, die Morde an Ihren Freunden aufzuklären, oder sind Ihnen die anderen immer noch piepegal und Sie sind nur deshalb von plötzlicher Auskunftsfreude übermannt, weil Ihnen jemand ein Foto geschickt hat und es jetzt um den eigenen Hals geht?«

Ich hoffte, er saß vor Angst bis zu eben diesem Hals in der Scheiße und würde nun endlich auspacken, um sein eigenes Leben zu retten. Seine Stimme zitterte, aber er wollte zumindest den Schein wahren.

»Sie haben kein Recht, so mit mir zu ...«

Ich legte auf.

Eineinhalb Marmeladentoasts später läutete es wieder. Ich gab ihm zehn Intervalle lang die Chance, es sich noch anders zu überlegen, dann ging ich ran.

»Ich habe jedes Recht, so mit Ihnen zu reden, weil Sie bis jetzt durch Ihr kindisches Schweigen sämtliche Bemühungen torpediert haben, Licht in diese Sache zu bringen. Sie lassen einen Mörder frei herumlaufen, weil Sie verheimlichen wollen, dass Sie vor einer Zeit, in der ein Diebstahl zigmal verjährt, einen Goldklumpen geklaut haben. Sie haben doch in Kolmburg zusammen mit Helling, Voorst, Gendt und Doornik die Krone mitgehen lassen und geteilt, oder nicht?«

Fast hätte ich ihn soweit gehabt es zuzugeben, fast. Aber dann räusperte er sich nur und sagte: »Wir müssen alles persönlich bereden, nur Sie und ich. Wir müssen uns heute Abend treffen.«

»Klar, am besten setzen wir uns auf eine Strandterrasse und warten darauf, dass der Orkan uns bis zur Bohrinsel fegt. – Haben Sie schon mal aus dem Fenster geguckt?«

»Ja ja, aber das ist die beste Deckung, die wir uns wünschen können. Er wird nicht damit rechnen, dass ich mich in dieser Nacht raustraue. Das ist unsere ...«

»Wer, er? Wissen Sie denn, wer hinter Ihnen her ist?«

»Natürlich nicht. Was für eine dumme Frage!«

Der kleine Scheißer wurde ganz schön kess für seine Verhältnisse. Ich würde ihn bei unserem Treffen auf das angemessene Maß zurechtstutzen müssen.

»Deshalb will ich ja, dass wir unser Wissen in einen Topf werfen. Ich habe meine Beobachtungen angestellt und jemanden im Visier. Wenn das, was Sie mir eventuell mitteilen können, dazu passt, haben wir den Täter. Aber es muss heute sein. – Werden Sie kommen?«

»Und wohin?«

»Ich werde nach Egmond rüberfahren – aber nicht zu Ihnen ins Haus. Ich will einen Platz, den ich gut übersehen kann, nach allen Seiten. Wir treffen uns auf dem großen Parkplatz am *t'Lido*. Ich muss noch auf eine Nachricht warten. Die krieg ich aber erst so gegen drei Uhr in der Nacht. Was soll's? Dann können wir wenigstens sicher sein, dass dort nicht zufällig ein Fremder auftaucht. Ich brauch noch etwas Zeit zum Hinkommen. Also um vier, mitten auf dem Platz.«

Dann war die Leitung tot.

Diese kleine Ratte! Bestimmt war ein Haufen Mist bei dem, was er da gerade abgesondert hatte. Aber was der Mist und was die Wahrheit war, würde ich nur herausfinden, wenn ich mich in Sturm und Regen stürzte. Ich konnte wegbleiben und mir im warmen Bett einen abfreuen, wie der blöde Gnom draußen von den Naturgewalten durchgebeutelt wurde. Und anschließend konnte ich mir dafür selbst eine scheuern, dass ich mit dem Fall nicht weiterkam. Beers mochte alles Mögliche sein, aber ein schlechter Psychologe war er nicht. Er wusste, dass ich pünktlich vor Ort sein würde.

Seine ganze Psychologie hätte ihm nichts genützt, wenn ich vorher geahnt hätte, welches Ausmaß das Unwetter annehmen würde. Das *Noordhollands Dagblad* würde in seiner Ausgabe vom 4. Oktober auf seiner Titelseite die zertrümmerte Strandbude *De Schelp* mit weggerissener Glasveranda präsentieren und die Vorfälle der kommenden Stunden als »echt een nachtmerrie« klassifizieren. Damit hatten die Presseleute ausnahmsweise stark untertrieben.

Der Wagen begeisterte mich, wirklich und wahrhaftig. Der letzte automobile Klassiker der Sportwagengeschichte, von der Optik her unverwechselbar, von der Technik her das Maß aller Dinge. Carrera 4, der Orgasmus aller Porsche-enthusiasten. Und dann noch als Cabrio. Sollte ich ein solches Wunderwerk der Technik aus der Garage holen und den Unbilden der Natur aussetzen?

Den Ausschlag gab, dass es bis zu meiner Garage ungefähr genauso weit war wie zum Strand.

Vor meinem Abmarsch tat ich noch einen Blick in den mannshohen Garderobenspiegel. Ich sah mit dunkelblauem, knöchellangem Kunststoffregenmantel, Gummistiefeln und Baseballkappe aus wie der Billigclown bei einem Straßenfest.

Ich hatte die Alternative, den Zeeweg hoch zu gehen, die direkte Linie zum Strand, dafür ohne jede Deckung. Dabei hätte mich der Sturm als superschweren Leichtbaugleiter bis nach Schiphol blasen können. Oder ich orientierte mich in Richtung Stadtmitte und torkelte über die Straßen im Wechselschritt von einer Kneipe zur nächsten Bäckerei, je nach dem, wer wo wie weit sein Vordach ausgebaut hatte.

Habe ich schon erwähnt, dass ich diesen unbezahlten Job liebte?

Ich entschied mich für den Wechselschritt und wurde für meine kluge Wahl schnell dadurch belohnt, dass mir kurz vor der *Slijterij* gegenüber dem *Kooperen Visch* ein Schwall Wasser in den Nacken klatschte, der die ganze Zeit in der durchhängenden Markise nur auf meinen Auftritt gelauert hatte. Glück im Unglück, denn durch den eisigen Guss war ich hellwach und sah rechtzeitig das Reklameschild durch die Luft wirbeln, das mir sonst einen Scheitel gefurcht hätte.

So gewarnt, drückte ich mich auf meinem Marsch in jeden verfügbaren Hauseingang und peilte für die jeweils nächsten zehn Meter die Lage neu an. Bis zum Boulevard kam mir kein einziges Lebewesen entgegen, kaum ein Licht brannte hinter den Wohnungsfenstern.

Ich schaffte es heile bis zum *De Boei* und quetschte mich unter das kleine Vordach des Nebeneingangs, mehr aus Instinkt als aus Vernunft. Der Regen kam so schräg, dass er mich auch da mit voller Breitseite erwischte.

Das kalte Wasser hatte noch einen weiteren Ernüchterungseffekt. Ich war plötzlich von einer ungewohnten Hellsichtigkeit, die mir eine Idee eingab, die eigentlich nie abwegig gewesen war. Was, wenn Beers hinter allem steckte? War mir dieser Gedanke nur deshalb nicht gekommen, weil er klein und mickrig war und erfolgreiche Mörder immer Riesenschränke sein müssen? Da hatten wir gegrübelt und gegrübelt und keinen Gedanken daran verschwendet, dass Beers als Drahtzieher genauso in Frage kam wie jeder andere auch. Und trotzdem stand ich Traumtänzer hier mutterseelensolo ohne Rückendeckung, und meine PPK lag in Selm, meinem ersten Wohnsitz, in ihrem Buchversteck. Sollte ich umkehren und so tun, als hätte es keine Verabredung gegeben? Das wäre vielleicht vernünftig gewesen, aber wie so oft siegte die Neugier.

Ich trat auf die Straße raus und konnte den Platz ganz übersehen. Die wenigen Autos, die dort standen, waren am Rand geparkt. In der Mitte stand nur ein alter Renault, um den sich keiner mehr Sorgen machte. Von Beers weit und breit keine Spur.

Noch gut eine Viertelstunde Zeit und mein Standort wurde immer ungemütlicher. Deshalb entschloss ich mich, in einer der Telefonzellen am Abgang zum *Uitkijk* unterzukriechen. Die hatten zwar leider die Rückseiten zum Parkplatz gewandt und gewährten mir also keine Einsicht, schienen mir aber gegen das Wetter der sicherste Unterstand.

Nach acht Minuten kam ein Wagen vom Leuchtturm her im Schritttempo den Boulevard runter und bog auf den Platz ein. Ein dunkler Jaguar, der von Beers selbst gesteuert wurde. Er folgte dem Herdentrieb und stellte sich zu den anderen Karossen an den Rand.

Jetzt hatte ich keinen Grund mehr, mich noch länger dem Schutz der holländischen Telefongesellschaft anzuvertrauen. Als ich mich aufraffte, lehnte Beers schon in der Mitte des Platzes an der alten Rostlaube, auf die er nervös mit der Hand trommelte. Kostümiert war er noch abenteuerlicher als ich, weil er auf dem Kopf einen original Südwester trug. Wahrscheinlich hatten alle im Yachtclub so ein Ding.

Als ich ihn erreicht hatte, ließen Sturm und Regen ein wenig nach. Wir waren beide nicht böse darüber.

»Zwei Dinge vorab, Mijnheer Beers. Danke, dass Sie pünktlich sind. Und ansonsten – Sie sind ein Idiot, sich so einen blöden Treffpunkt auszudenken, bei so einem Wetter.«

Beers war in mauliger Stimmung. »Sie hätten ja nicht zu kommen brauchen, wenn Sie so wasserscheu sind. – Und jetzt sagen Sie mir, was Sie wirklich im Schilde führen.« Dabei klopfte er wieder gegen den Wagen.

Im ersten Moment war ich geplättet. »Was ist los? Ich soll was erzählen? Sind Sie völlig verrückt geworden? Sie lotsen mich in schwärzester Nacht raus in ein Wetter, in dem ein Nichtschwimmer ertrinken und die Wasserleiche anschließend wegfliegen kann, und alles nur mit dem Vorwand, mir eine tolle Neuigkeit offenbaren zu können, und jetzt soll ich etwas erzählen? – Wenn das ein Scherz sein soll, Beers, dreh ich Ihnen den Hals um!«

Wieder klopfte es gegen den Wagen, aber es war nicht Beers. Das Bumsen wurde lauter und dann sprang mit einem Schlag die Kofferraumhaube auf. Heraus kam ein Riese von Mann, der sich in seinem Versteck wie ein Schlangenmensch zusammengefaltet haben musste.

Er hatte das Gesicht des mittleren Bruders zwischen Oliver Kahn und Dieter Bohlen. Das ist an sich schon schlimm genug und kann einem zart besaiteten Wesen das ganze Leben versauen. Schlimmer ist, wenn sich der Hass auf das eigene Spiegelbild nach außen kehrt und solche gestraften Typen es ihren Mitmenschen heimzahlen wollen. Dieses rachsüchtige Exemplar hier kam jedenfalls schon mit einem Revolver in der Hand aus dem Kofferraum geklettert und zielte mit der Kanone unentwegt auf meinen Kopf.

»Na endlich, du Klootzak! Ich dachte schon, du schaffst es überhaupt nicht mehr da raus. – Und Sie, Mijnheer Schmidt, keine Fisimatenten. Hat er mich als Nächsten auf der Liste, bin ich als Nächster dran? Raus mit der Sprache, oder Sie sind tot, gleich hier!«

»Woher, zum Teufel, soll ich wissen, ob Sie als Nächster dran sind. Sie waren doch am Abend im *t'Vlack* dabei, als ich Ihnen allen meine Theorie entwickelt habe. Okay, Siemerink muss als Täter ausgeschieden werden. Aber im Prinzip ändert sich nichts. Hier läuft ein verrückter Nazi rum, der die Tommys von Kolmburg umbringt. Ich weiß nicht, wie viele er schon erledigt hat und wie viele noch auf seiner Liste stehen. Sie und Ihre Kumpel von damals, Sie haben sich doch alle die größte Mühe gegeben, alles totzuschweigen und bloß nichts zur Aufklärung beizusteuern. – Sie sind ein alter Schwachkopf, Beers! Hätten Sie beizeiten das Maul aufgemacht, könnte zumindest Doornik noch leben und Sie müssten nicht mit voller Hose nachts auf einem Parkplatz Ihre kindische Show mit dem Neandertaler da abziehen.«

Der Sturm war mein Verbündeter und kaschierte mit seinem heulenden Auf und Ab das Zittern in meiner Stimme. Meine Hose war bestimmt voller als die von Beers, aber ich befürchtete, dass er, bemerkte er nur einen Funken Unsicherheit bei mir, dies als Bestätigung seiner Ideen ansehen und mich als geständigen Feind sofort erledigen lassen würde.

Beers war noch keineswegs überzeugt. Im Gegenteil, er winkte seinen Spannemann näher zu uns heran – bessere Schussmöglichkeit bei schlechter Sicht.

Wer quatscht, der mordet nicht. Ich musste unsere Unterhaltung in Gang halten, so einseitig sie auch sein mochte. »Strengen Sie Ihren Verstand an, Beers! Sie wissen doch selbst, wie ich in die Sache reingekommen bin. Für mich war alles zunächst nur ein Spiel. Erst, als ich gemerkt habe, dass hier jemand blutigen Ernst macht, habe ich richtige Nachforschungen angestellt. Nachgeforscht, Beers, aber nicht gemordet! Zu welchem Zweck auch? Was sollte ich für ein Motiv haben?«

»Das weiß ich selber, dass Sie so kein Motiv haben, von früher, mein ich. Aber was ist mit Geld? Wie viel Geld bekommen Sie dafür, dass Sie dem Mörder ...«

»Seien Sie nicht blöd, Mann! Fragen Sie doch die anderen vom Yachtclub, wieso es dazu kam, dass ein Außenstehender hinzugezogen wurde. Meinen Sie, der Täter kam anscharwenzelt und hat mich gefragt, ob wir nicht gemeinsame Sache machen könnten? Woher soll ich wissen, wer der Mörder ist? Ich bin angeheuert ...«

Beers, der mir bis dahin noch schwankend erschien, bekam plötzlich den Gesichtsausdruck eines religiösen Eiferers, den sein spezieller Gott in einer persönlichen Nachhilfestunde erleuchtet hatte. Leider war nicht ich dieser Gott. »Sie scheinheiliger Kerl, Sie lügen doch. – Los, mach ihn fertig, Wim!«

Scheiße, Scheiße, wir drei waren die Einzigen weit und breit. Um uns tobte ein auf Orkanstärke angewachsener Sturm, der abwechselnd Sandfahnen wie Nebelschwaden über die Küste blies und Regentropfen auf uns herunterprasseln ließ, als würden wir mit kleinen Steinen beworfen. Selbst wenn um diese Zeit in den weit entfernten Häusern jemand am Fenster gestanden hätte, erkannt hätte er nichts.

»Kann ja sein, dass Sie am Anfang keine Ahnung hatten, inzwischen wissen Sie alles ganz genau. Sie Lügner!« Wim hob den Revolver und spannte den Hahn. »Sie arbeiten doch mit dem Mörder zusa...«

Halb fünf. Der Orkan brach los, der in die Geschichte der Stadt Egmond eingehen sollte. Überall krachten Balken, splitterte Glas, flogen Abfalltonnen, Windschirme und Dachpfannen durch die Gegend. Der Sand wurde einem karrenweise um die Ohren gepeitscht und von sintflutartigen Regengüssen eher festgeklebt als weggewaschen. Ich warf mich auf alle Viere, um nicht selbst davongeschleudert zu werden.

Dann geschah das eigentliche Wunder. Aus zu Spalten gekniffenen Lidern sah ich im unwirklichen Licht der wenigen Laternen, wie sich vom Strand hinter den Dünen her ein riesiges Flugmonster in die Lüfte erhoben hatte und auf uns zugesegelt kam. Ein fossiler Pterodaktylus aus schimmerndem Kristall schwebte unschlüssig über den Platz, bis er den Neandertaler als Opfer ausgemacht hatte und sich mit Macht auf ihn stürzte.

Der Anprall war so ohrenbetäubend, dass selbst der Sturm ihn nicht überdecken konnte. Das Monster krachte im Sturzflug auf meinen Widersacher und zerplatzte auf dem Asphalt. Glas- und Holzsplitter wirbelten um uns herum, trafen meinen Körper, meinen Kopf, und schlugen mich ganz zu Boden.

Ich brauchte einige Augenblicke, um in die Realität zurückzufinden. Drei Meter von mir entfernt lag der überdimensionierte Friesenjunge in seinem Blut, das ihn einheitlich braunrot färbte. Er stützte die Arme auf und hob kurz den Kopf, das Gesicht mit einer Kriegsbemalung einem Höhlenmenschen ähnlicher denn je. Die herabrinnenden Tropfen atomisierte der Sturm wie ein Parfümzerstäuber zu einem roten Nebel. Dann brach er vollends zusammen.

Als ich mit den Augen den Platz absuchte, sah ich Beers in Richtung Strandpromenade mit einer Geschwindigkeit davonrennen, die ich ihm nicht zugetraut hätte.

Ich war verwirrt und halb betäubt, fühlte selbst Blut über mein Gesicht rinnen, ohne einen Schmerz zu spüren. Immerhin war ich geistesgegenwärtig genug, den Revolver einzustecken, den der Lange verloren hatte. Das Ding fühlte sich gut an und ich wetzte hinter Beers her. Der hatte inzwischen sein Auto am Rand des Platzes erreicht und sah mich kommen. Er kramte kurz im Fußraum herum und förderte einen klobigen Gegenstand zutage, den er auf mich richtete, als ich noch zwanzig Meter weit weg war.

Ich ließ mich im selben Moment zu Boden fallen, als aus dem Ding ein Blitz zuckte und der Knall einen Sekundenbruchteil den Orkan besiegte. Die tödliche Wolke jagte knapp einen Meter über mich hinweg.

Eine abgesägte Schrotflinte.

Ich versuchte mich auf dem Asphalt so platt zu machen wie mein Leibgericht auf dem Meeresgrund. Dabei rammte ich im Übereifer meinen Schädel so heftig auf den Boden, dass ich mich beinahe selbst k.o. geschlagen hätte. Bei Flanagan hatte ich nicht den Fehler gemacht, den alten Elitekämpfer nur wegen seiner Optik zu unterschätzen. Und Flanagan stand auf unserer Seite.

Zum Glück hatte Beers das Interesse am mir verloren und seinen Wagen in Gang bekommen. Als ich den Kopf hob, sah ich ihn schon um die Kurve hinter dem *De Boei* biegen.

Wie in Trance taumelte ich den Zeeweg entlang zu meinem Haus. Ich weiß noch, dass ich meine Sachen dort fallen ließ, wo ich gerade ging, und nach dem Waschen feststellte, dass es nur ein ganz kleiner Schnitt auf der Stirn war, der schon aufgehört hatte zu bluten. Aber ein Stück Rahmen der Verandaverkleidung von *De Schelp* musste meinen Schädel gestreift haben, so rumorte es darin. Ich schaffte es noch die Treppe hoch und bis zum Bett, war aber schon weggetreten, als ich mich hineinfallen ließ.

Erst gegen Mittag war ich soweit, mich wieder unter die Leute zu trauen. Die Aufräumarbeiten lieferten mir einen prima Vorwand, den Parkplatz unauffällig in Augenschein zu nehmen. Dort, wo sich die Blutlache gebildet hatte, war der Asphalt eine Nuance dunkler als üblich. Aber niemand außer mir registrierte es, die Ölflecken der Touristenautos hatten dort in all den Jahren noch tiefere Schattierungen hinterlassen.

Eine weitere Spur des friesischen Assassinen gab es nicht. Beers war davongerannt, ohne sich nur einmal nach seinem blessierten Spannemann umzusehen, und ich hätte bei aller Bewunderung für Albert Schweitzer den Teufel getan und einem Kerl bei der Rekonvaleszenz geholfen, der mich noch Sekunden vorher für immer hatte abservieren wollen. Einen sonstigen Mittäter gab es sicher nicht, sonst wären die beiden einfach anders vorgegangen. Es hätte mir nicht den Appetit auf eine Seezunge verdorben, die Leiche des Schweinehundes hier zu finden, aber es gab keine. Nach dem Motto *Der Schein trügt, sagte der Scheintote und zerriss den Totenschein* hatte sich der Bursche aus eigenen Kräften vom Acker gemacht. Vermutlich sogar mit seinem eigenen Wagen, denn auch die alte Kiste war verschwunden. Blieb nur der Schluss, dass die Verletzungen sehr viel dramatischer ausgesehen haben mussten, als sie es tatsächlich waren. Keine Seltenheit übrigens bei Schnittverletzungen im Kopfbereich, ich hatte es ja am eigenen Leibe erfahren.

Ich wanderte langsam zu *De Schelp* runter, um zu sehen, welches Ausmaß die Verwüstungen dort angenommen hatten. Das komplette Menschenterrarium war vom Winde verweht. Ich war nicht böse drum. Im *De Schelp* war man auf die glorreiche Idee verfallen, den deutschen Urlaubern eine Umgebung zu bescheren, in der sie sich total zu Hause fühlen mussten. Alles war auf spanisch getrimmt. Eine hermetische Glaskastenabschottung sorgte dafür, dass die Stickluft genauso kotzmäßig-miefig war wie in einer mallorkinischen Knoblauchabdeckerei, die Reisebustouristen so gerne für einen Gourmet-Tempel halten. Damit das enervierende Getobe sandteerhundescheiß-verkleisterter Blagen antiautoritär erzogener/erziehender Eltern in dem durchsichtigen Resonanzkasten normale Menschen, die die Überbevölkerung als die Wurzel allen Übels erkannt hatten, nicht von vornherein abschreckte, wurde das atonale Chaos in maximaler Lautstärke vom penetranten Tacka-Tacka-Sound der unsäglichen Gypsy-Kings überlagert. Doch damit war es jetzt vorbei. Von der gläsernen Außenverkleidung dieses Gewächshauses des ungehemmt wuchernden schlechten Geschmacks war nicht eine Scherbe übrig geblieben. Ich ergötzte mich am Anblick des Wracks der Restbude und war froh, dass die Natur zurückgeschlagen hatte.

Auf dem Rückweg ging ich noch einmal über den Parkplatz, wo immer noch eifrig gefegt und eingesammelt, an Autos gebastelt und gebogen wurde.

Mit einem letzten Blick auf den dunklen Fleck, eine Stelle, die ich in Zukunft mit Genuss passieren würde, machte ich mich auf den Heimweg. Egal, wie diejenigen darüber denken mochten, die schlecht oder gar nicht versichert waren und denen der Sturm nicht nur ein Loch ins Dach, sondern auch in den Geldbeutel gerissen hatte. Ich schickte meine Dankgebete zu Boreas, der mir in seiner Ausgelassenheit das Leben gerettet hatte, und war von nun an davon überzeugt, dass an dem Sprichwort *Scherben bringen Glück* viel Wahres dran ist.

* * *

Nach einem Stockbroodje gezond im *De Klok* war es höchste Zeit, sich an die Fersen von Beers zu heften. Mein Verstand hatte zwar kapiert, dass diese kleine Zecke mich umbringen wollte, aber mein Gefühl hatte das noch nicht verinnerlicht.

Unterwegs nach Amsterdam ließ ich mir durch den Kopf gehen, was Beers auf dem Parkplatz alles zusammengequasselt hatte. Viel war es ja nicht gewesen. Im Grunde gab es nur einen einzigen interessanten Aspekt. Er glaubte, dass ich mit dem Mörder zusammenarbeitete. Aber wen konnte er damit meinen? Meine jüngste Geschäftspartnerschaft war die Fifty-fifty-Vereinbarung mit Revellius, aber die war so frisch, dass niemand von den Clubmitgliedern etwas davon wissen konnte. Ebenso wenig dürfte er meine Übereinkunft mit Brouwers kennen, für den ich tatsächlich detektivisch tätig werden sollte. Blieb Schouten, der mich ganz offiziell angeheuert hatte. Aber warum sollte der so blöd sein, noch fremde Leute hinzuzuziehen, wenn er selbst der Täter war? Es blieb nur ein Schluss übrig und den hatte ich schon lange gezogen. Beers war ein Spinner. Allerdings ein nicht zu unterschätzender, wie die letzte Nacht gezeigt hatte. Also schön vorsichtig, alter Junge.

Was das eigentliche Dynamit in Beers' Gerede war, ging mir erst auf, als ich von der Autobahn ins Zentrum abbog. Manngottes, bin ich ein dämlicher Schnüffler! Wenn Beers behauptete, ich würde mit dem Mörder unter einer Decke stecken, konnte das doch nur bedeuten, dass er den Mörder kannte!

Ich fuhr an den Straßenrand, um diese neue Wahrheit erst einmal zu verdauen. Als das Gehupe hinter mir unerträglich wurde, suchte ich mir einen Parkplatz. Dann schaute ich noch einmal auf der Liste nach, die Schouten damals für mich gemacht hatte: Der Laden lag an der Rokin, also beste Adresse.

Das Antiquitätengeschäft befand sich zwischen einem noblen Hotel der Vier-Sterne-Kategorie und einem gepflegten Bistro, das nicht nach Touristenfalle aussah. Sein Name *The Good Old One* prangte in schnörkeligen Goldlettern auf beiden schmalen Schaufenstern rechts und links von der

Eingangstür, die in dem dunklen Grün gestrichen war, in dem Jaguar so gerne seine Sportwagen lackiert.

Die Dekoration bestand überwiegend aus Möbeln einer Epoche, in der man sich um das Sterben des Regenwaldes noch weniger Gedanken machte als jetzt: ein so genannter Kapitänsschreibtisch aus Mahagoni mit eingelegten Lederplatten, eine Esszimmereinrichtung inklusive Sideboard und Geschirrschrank, zwei ebenfalls lederbeschichtete Beistelltischchen. Darauf alle möglichen Arten von Krimskrams aus Sterlingsilber wie Kaffeekannen, Kaminuhren und Servierplatten. Es gab auch Tassen und Kannen aus Porzellan und mehrere handkolorierte Stahlstiche von Jagdszenen. Alles in allem keine ungewöhnliche Kollektion, aber eine teure. Vermutlich eine sehr teure, denn Beers hatte darauf verzichtet, die Sachen preislich auszuzeichnen.

Das Geschäft war geschlossen. Kein Wunder, wir hatten Sonntag.

Auf der Briefkastenklappe in der Tür stand nur *Beers*. Ich ging davon aus, dass es keinen weiteren Eingang gab, dass die Wohnung im ersten Stock nur durch das Geschäft zu erreichen war. – Eine Klingel war nirgendwo zu entdecken.

Ich ignorierte das Hotel zu meiner Linken. Es sah so vornehm aus, dass man dort einem Burschen wie mir über nichts und niemanden Auskunft geben würde. In dem Pub nebenan lief das Geschäft um diese Tageszeit erst langsam an. Es waren nur zwei Tische besetzt und der Kellner hatte noch ausreichend Muße, dem Barmann hinter der Theke beim Polieren der Gläser zu helfen.

Er war ein für holländische Verhältnisse eher kleiner Mann in mittleren Jahren mit dunklem Haar, der darauf verzichtet hatte, durch Loser-Accessoires wie Armreif oder Ohrstecker sein Erscheinungsbild aufzumotzen. Keiner der Typen, denen die stolze Mutter schon im Kinderwagen prophezeit hatte, er würde es mal weit bringen, und der dann später als

Karl Arsch des Teams die Kännchen immer zu den Gästen am äußersten Terrassenende schleppen musste.

Ich hatte mich nach draußen an einen der vier Tische gesetzt, weil ich in dem Bereich der einzige Gast war.

»Was kann ich Ihnen holen, Mijnheer?« Dabei wedelte er mit einer blütenweißen Stoffserviette imaginäre Krümel vom Tisch.

»Ich möchte einen Kaffee und einen jungen Jenever, Hoppe oder Bokma, wenn's geht. Und dann wüsste ich gerne, wie ich am schnellsten den Inhaber von nebenan erreichen kann. Am Laden habe ich jedenfalls keine Anschrift oder Telefonnummer gesehen.«

Seine Miene verriet nicht, ob er mich für einen solventen Kunden hielt, der nur wenig Zeit hatte, oder bloß für einen Wichtigtuer.

»Das wird schwierig sein, Mijnheer. Das Geschäft ist nämlich nur die seltenste Zeit besetzt. – Einen Moment bitte, ich gebe bloß eben Ihre Bestellung weiter.«

Anderthalb Minuten später war er wieder da und setzte die Getränke vor mir ab.

»Der Laden öffnet sehr unregelmäßig. Manchmal bleibt er eine ganze Woche am Stück zu. Ich habe den Eindruck, dass der Besitzer gar nicht auf die Einnahmen angewiesen ist. Die Wohnung darüber soll auch dazu gehören, aber die steht fast immer leer. Dabei sind die Sachen wirklich schön, man könnte hier einen guten Umsatz machen. Sie sind nicht der Erste, der danach fragt. Es waren öfters Gäste hier, die etwas kaufen wollten und dann ganz enttäuscht waren. Tja, mehr weiß ich auch nicht. – Noch einen?« Dabei hielt er mein leeres Glas in die Höhe.

Als er das neue brachte, legte er einen Zettel daneben, den er vom Additionsblock abgerissen hatte. Darauf standen ein Name und eine Adresse aus Ijmuiden.

»Ich habe mit meinem Kollegen gesprochen. Der ist im Gegensatz zu mir jeden Tag hier. Der hat mir die Adresse von einem Mann gegeben, der in dem Laden wohl so was wie ein Gehilfe ist. Taucht gelegentlich auf, holt die Post, putzt Staub. Ich hab ihn selber nur ein-, zweimal gesehen. Er sieht, offen gestanden, ziemlich heruntergekommen aus, nicht so wie jemand, den man in einem solchen Geschäft erwarten würde. Aber das geht mich nichts an. Jedenfalls hat dieser Typ mal seine Anschrift hier gelassen, nur für den Fall, dass mit dem Laden mal was Dringendes sein sollte. – Mehr kann ich leider nicht für Sie tun.«

»Vielleicht doch.« Ich beschrieb ihm den Parkplatzhünen der gestrigen Nacht, so gut ich ihn in Erinnerung hatte. Als ich zu dem Primatenschädel kam, nickte er heftig. Jeder Zweifel an einer Identität war ausgeschlossen.

Ich trank aus, bedankte mich für seine Hilfe und drückte ihm statt der geforderten Elffünfundsiebzig drei Zehnguldenscheine in die Hand.

Anschließend ging ich noch mal zum Geschäft und hoffte auf den Zufall, dass Beers in der Zwischenzeit gekommen sei und zwischen seinen Pretiosen herumturne. Aber natürlich war er nicht da. Was sollte er auch in seinem Laden, wo er mich doch prima von der Straßenseite gegenüber beobachten konnte, wie mir die Spiegelung in der Scheibe verriet.

Er war aus der Richtung Zwanenburgwal gekommen, deshalb hatte ich ihn vorher nicht gesehen. Wir mussten uns im selben Moment entdeckt haben, denn als ich mich zu ihm umdrehte, war er schon auf dem Rückzug.

Beers hatte bereits in der vorherigen Nacht seine beachtlichen Sprinterqualitäten demonstriert. Der kleine Schurke fegte wie ein Irrwisch die Rokin hoch zum Dam hin und vergrößerte den Abstand zwischen uns beständig.

Aber Beers war kein Langstreckler, was bei Leuten von über siebzig nicht verwundert. Nach dreihundert Metern hatte ich ein Stechen in der Brust und ein Rasseln in der Lunge, während es in der Magengegend beklemmend wurde, aber ich kam ihm näher. Als ich bis auf fünfundzwanzig Meter an Beers heran war, dessen verzweifeltes Keuchen ich schon zu hören glaubte, begann unsere große Nummer: das Seniorenjoggen.

Ich musste ein Autofan werden, weil die Natur mir keine andere Chance gelassen hatte. Schnell oder ausdauernd laufen konnte ich noch nie. Dazu kam mein Übergewicht. Ich hatte das Gefühl, bis über die Knie in einem Meer aus Gelatine zu waten, die um meine Füße klumpte und an meinen Beinen zerrte. Beers ging es nicht anders. Zwei alte Säcke, der eine klein und ausgemergelt in dunklem Geschäftsanzug, der andere einen mächtigen Wanst vor sich her schiebend, lieferten an einem goldenen Herbsttag an Land ein Unterwasserballett ab. Vielleicht hätte alles nicht so lächerlich gewirkt, wenn wir Trainingsanzüge angehabt hätten. Aber so konnten wir unsere Nummer als den größten Hit für den nächsten Königinnentag patentieren lassen.

Wir hatten uns mittlerweile auf einem Geschwindigkeitsniveau eingepegelt, dass uns junge Mütter, die an den Schaufenstern vorbeiflanierten, samt Kinderwagen überholten. Immer mehr Leute blieben stehen und ergötzten sich an unseren verzerrten Gesichtern, dem Japsen nach Luft und den Zeitlupenbewegungen. Ganze Gruppen klatschten und feuerten uns an. Ein etwa fünfzehnjähriger Junge ging neben Beers her und hielt ihm unter dem Gejohle der Menge zur Stärkung eine Dose Cola hin.

Beers wechselte die Richtung und bog zur Kalverstraat ab. Ich hatte ein Stadium erreicht, in dem es vor meinen Augen flimmerte und ich den vor mir Laufenden kaum erkannte. Das war auch nicht nötig, weil ich Beers an seinem Gestöhne lokalisieren konnte. Es musste ihm noch viel dreckiger gehen als mir, denn plötzlich blieb er einfach stehen und lehnte sich an eine Hauswand, die Hände auf den Oberschenkeln abgestützt. Er war erledigt.

Und gerade, als der sportlich-durchtrainierte Meisterdetektiv die Hand auf den Gauner legen wollte, rammte mir von rechts ein Fahrrad in die Seite. Es hätte weniger Schwung genügt, mich zu Boden zu befördern.

Beers türmte. Ich blieb eine Zeit lang liegen und empfand den Zustand fast als Erholung. Die Kraft, dem Verkehrsrowdy ordentlich in die Fresse zu hauen, hatte ich sowieso nicht mehr. Außerdem sind Fahrradfahrer hier in Holland so was wie weiße Kühe in Indien. Hinzu kam, dass der Fahrer des Drahtesels eine Frau war. Die besaß wenigstens so viel Anstand, mich unter halbherzigen Entschuldigungen zum nächsten Straßencafé zu schleppen, wo ich mich auf einen Stuhl fallen ließ und nach ihrem Abgang drei Flaschen Wasser *ohne* Jenever bestellte.

Das war innerhalb kürzester Zeit der zweite Versuch, den Beers unternommen hatte mich umzubringen. Ich würde es mir merken.

* * *

Beers' Lakai hieß Jaap Waard und wohnte rund dreißig Kilometer nördlich in einer Stadt, zu der der größte Fischereihafen der Niederlande gehörte. Ich war gespannt, ob auch ich dort meinen Fisch an Land ziehen würde.

Nachdem ich es erfreulich glatt bis zum Autobahnanschluss geschafft hatte, dauerte es nur noch fünfundzwanzig Minuten, bis ich den Wagen vor meinem Ziel ausrollen lassen konnte.

Ich hatte überlegt, ob ich für meinen Besuch eine Knarre mitnehmen sollte. Die Schusswaffe, über die ich verfügte, war eine Walther PPK im Kaliber 7.65. Die kennen Sie sicher aus den James-Bond-Filmen, sodass mir eine nähere Beschreibung entbehrlich erscheint. Doch die Waffe lag in Selm.

Es hätte nicht allzu viel Zeit gekostet, eben in Egmond vorbeizuschauen und den Revolver zu holen, den mir der Mann unfreiwillig dagelassen hatte, den ich jetzt besuchen wollte. Ich bin ein deutscher Frührentner aus einem winzigen Fischerdorf und nicht Wild Bill Hickock aus Tombstone. Daher ist es für mich nicht selbstverständlich, tagsüber mit zwei Revolvern am Gürtel herumzulaufen und nachts mit einem Derringer unter dem Kopfkissen zu schlafen. Was ich vorhatte, sollte eine lockere Plauderei über alte Zeiten werden, die nur aus dem gestrigen Abend bestanden. Klar, dass ich auf niemanden gut zu sprechen war, der mich umlegen wollte. Andererseits war mein Rachedurst nicht so groß, dass ich wie die Kavallerie über ihn hereinbrechen wollte. Mir würde es genügen, wenn er ein paar Informationen über seinen Chef herausrückte. Dafür würde ich den Vorfall vom Parkplatz auf sich beruhen lassen. Ich baute darauf, dass ich ihn durch Zureden zur Vernunft bringen konnte. Dafür stünden die Sterne aber schlecht, wenn ich ihn dabei in den Lauf seiner eigenen Kanone gucken ließ. Also hatte ich auf den Umweg verzichtet.

Das etwa zehnstöckige Haus lag am Rand des Industriegeländes, wo Wohnbebauung in Hafenanlagen überging. Es war die steingewordene Idee von *Hässlicher Wohnen*, einer dieser anheimelnden Menschensilos, in denen man den Tod eines Nachbarn nur dann bemerkt, wenn der Dauerauftrag nach Monaten das Konto geleert hat und keine Mietzahlungen mehr eingehen.

Ich arbeitete mich auf einer Art Wendeltreppe um den defekten Aufzug herum in den fünften Stock hoch und war froh, an einem zerschlagenen Flurfenster richtig durchatmen zu können. Ein paar Minuten streckte ich den Kopf ins Freie und genoss die Brise, die vom Meer herüberwehte. Dann hatte ich den Mief aus gekochtem Fisch, verspritztem Heizöl und Babywindeln halbwegs aus der Nase und fühlte mich in der Lage, seine Wohnungstür ausfindig zu machen.

Die Bude lag am Ende eines langen, vor dem Krieg gegen die Spanier vielleicht einmal grün gestrichenen Korridors. Ein Pappschild mit seinem per Kugelschreiber draufgekritzelten Namen war mit durchsichtigem Tesafilm überklebt und so auf der wackeligen Tür befestigt worden. Das Holz um das Schließblech herum schien erst kürzlich notdürftig geflickt worden zu sein. Möglich, dass eine Bande gleichermaßen intelligenter wie geschickter Jungeinbrecher hinter dieser Palastpforte den Schatz des Ali Baba vermutet hatte. Wahrscheinlicher erschien mir allerdings, dass der Hausherr selbst seine Schulter als Türöffner benutzt hatte, nachdem im Anschluss an seine Zechtouren einmal mehr der Schlüssel verschwunden geblieben war. Dort, wo ein Klingelknopf hingehörte, ragten aus einem Loch in der Wand zwei Drähte heraus.

Ich gab mir den Anstrich eines halbwegs zivilisierten Menschen und klopfte. Nichts rührte sich, weder hinter der Tür noch auf dem Gang. Nachdem ich meine Bemühungen dreimal und immer lauter wiederholt hatte, lag der Schluss nahe, dass er nicht zu Hause war. Eventuell hatte er sich auf den Weg zum Sozialamt gemacht, um die Öffentliche Hand zu schütteln.

Als ich schon fast wieder die Treppe erreicht hatte, hörte ich, wie in meinem Rücken leise eine Tür geöffnet wurde. Der schlacksige Junge, der um die Ecke linste, war vielleicht elf, zwölf Jahre alt. Da ich mir nicht zutraute, den Jargon der Saison zu treffen, den MTV seiner kindlichen Klientel verpasst hatte, versuchte ich es ganz förmlich, als hätte ich einen Erwachsenen vor mir.

»Guten Tag! Ich würde gerne Herrn Waard sprechen. Kannst du mir sagen, ob der jetzt zur Arbeit ist und wann ich den wohl am ehesten erreichen kann?«

»Herr? Arbeit? – Ach du Teufel! Sie wollen zum blonden Affen dahinten, und Sie meinen, der geht arbeiten?« Er konnte ein abgeklärtes Grinsen nicht zurückhalten, das auf seinem Gesicht frühestens in dreißig Jahren hätte auftauchen dürfen. »Der geht genauso oft arbeiten wie mein Vater, als der noch bei uns gelebt hat.«

Der blonde Affe. Kein schlechter Titel, kam mir irgendwie bekannt vor. Ich ging zu ihm rüber, langsam, um ihn nicht zu verschrecken. »Hast du eine Ahnung, wann er wohl wiederkommt, der blonde Affe?«

Nur ein knappes Kopfschütteln. »Der kommt und geht, wie er will. Hat keinen Job außer Saufen, obwohl er immer damit angibt, dass er für so einen feinen Furz arbeitet. Kleiner alter Pinkel in so 'nem Bestattungskostüm, Sie wissen schon. Den gibt's tatsächlich, hab ihn einmal hier gesehen. Der war ...«

»Bestattungskostüm?«

»Na, so 'n Anzug eben in Dunkel, mit Schlips und so. Wenn er blau und am Protzen ist, dann erzählt er überall rum, dass er für den als Konnsersch arbeitet oder so ähnlich. Von dem kriegt er immer Geld zum Saufen, ich kapier nicht, wofür.«

»Hm, du meinst wohl Concierge, das heißt Hausmeister. Ja, das hab ich auch schon gehört. – Wie auch immer, ich muss ihn sprechen. Wirklich keine Ahnung, wo ich ihn auftreiben kann?«

Wieder dieses knappe Kopfschütteln.

Dann hatte ich plötzlich eine andere Idee. »Ich würd gerne mal einen Blick in seine Wohnung werfen. Meinst du, das lässt sich einrichten?«

Ich hatte meine Stimme auf Verschwörertonfall gesenkt und ihn dabei so verstohlen angesehen, wie er es von mir erwarten durfte. Mike Hammer auf vollen Touren.

»Mir egal ... wenn Sie unbedingt kotzen wollen. Ich war einmal drin in der Bude, ach du Scheiße!«

»Okay, ich versuch's. Wär nur zu blöd, wenn der Affe dann grad nach Hause käme. – Äh, wie heißt du eigentlich? Mein Name ist Wachtendonk.« Schöne, kleine Stadt an der deutsch-holländischen Grenze. Nicht nur Engländer sind erfinderisch.

Er schlug in meine ausgestreckte Hand ein. »Ich heiße ... alle sagen Ben zu mir.«

Also Benjamin. Kein angemessener Name, wenn man vorhat, mal zwei Meter groß zu werden. »Okay, Ben, wir machen ein Geschäft.«

Ich hätte ihm einen ganzen Zehn-Gulden-Schein geben können. Aber bei einem Burschen, der für Mike Hammer schwärmt, hielt ich einen halben Fünfundzwanziger für angemessener. So was ist stilvoll in unseren Kreisen.

Er starrte begeistert auf den durchgerissenen Schein. Seine Kumpel würden vor Neid tot umfallen, wenn er ihnen mit der Story kam. »Ich brauch 'nen Partner, der die Gegend im Auge behält und mir ein Zeichen gibt, wenn der Affe auftaucht. Aber rechtzeitig. Traust du dir das zu?«

Die Bewegung war wieder knapp, aber diesmal ein Nicken. Zur Unterstreichung bezog er sofort Posten an der Treppe. Eine bessere Rückversicherung würde ich mir hier und jetzt nicht kaufen können. Also konnte ich genauso gut anfangen.

Ich versuchte es noch einmal mit Klopfen und lehnte mich dann mit meiner Breitseite gegen die morsche Tür, wobei ich den Druck beständig verstärkte. Ein Knirschen, ein Knacken, dann ein gedämpftes Kracks und ich stand im Korridor. Ich lehnte die Tür wieder an und machte mich ans Werk.

Nach rechts ging das Badezimmer ab. Ein Klotopf mit Druckspüler, eine Duschtasse, in der ein heruntergerissener Brausekopf lag. Ein braunfleckiges Waschbecken, ein gesprungener Spiegel ohne Ablage davor, kein Wandschrank. Dieser Albtraum eines Villeroy&Boch-Vertreters hielt kein

Geheimnis für mich parat. Das Schlafzimmer links war dagegen ein Wunschtraum in Askese. Ein Säulenheiliger führte ein bequemeres Leben. In der Mitte lag eine stinkige Matratze unbestimmbarer Farbe mit einer in ihrem Siff harmonisch darauf abgestimmten Decke. An den Wänden selbst gebastelte Regale voller ziemlich teurer Spirituosen.

Der Knalleffekt erwartete mich im kombinierten Koch-Wohnraum. Frau Holle hatte eine Party gegeben. Jeder Quadratzentimeter im Raum war mit Federn bedeckt. Der Täter hatte zu viele Filme gesehen und geglaubt, dass ein Kopfkissen den Abschuss dämpfen würde. Das tut es auch normalerweise. Nur hätte er dann nicht eine Flinte mit 12er-Schrot nehmen dürfen. Sein Glück war, dass es in diesem Bau niemanden störte, wenn der Nachbar mit einer Panzerfaust übt.

Ich ließ jeden Gedanken an eine weitere Examinierung der Bude sausen und konzentrierte mich auf den Hausherren, der in einem Sessel der Tür direkt gegenübersaß. Die Wand hinter ihm war mit Blutspritzern, Knochensplittern, Gehirnmasse und Einschusslöchern übersät. Wie er so dasaß, machte er auf mich einen ziemlich kopflosen Eindruck. Ganz wie Ludwig XVI. bei seiner umjubelten Schlussvorstellung, nachdem das letzte Messer gefallen war. Beers hatte aus dem Intermezzo auf dem Parkplatz gelernt und war diesmal mit seinem Schießprügel nahe genug herangegangen, um einen lästigen Mitwisser einer radikalen Schönheitsoperation zu unterziehen.

Leider bin ich nicht so abgebrüht, wie ich gerne erscheinen möchte. Ich brauchte ein paar Minuten, um mich wieder ins Lot zu bringen. Wenn ich in der Zwischenzeit etwas getan hatte, dann war das von mir nicht registriert worden. Scheiße, was hatte ich alles in die Finger genommen?

Ich hatte in der Wohnung auch vorher einiges angefasst und versuchte zu rekapitulieren, was es war. Ich schmeichle mir gerne, indem ich annehme, über ein ausgesprochen gutes Erinnerungsvermögen zu verfügen, aber allzu viel Vertrauen in die eigene Speicherkapazität hat schon manchen dazu gebracht, sein Gedächtnis in einer überbelegten Gemeinschaftszelle voller Notschwuler zu trainieren. Jahrelang. Deshalb ging ich kein Risiko ein und versuchte erst gar nicht, die Einrichtung mit Papiertuch und Wunderreiniger blank zu scheuern. Das würde ich denen überlassen, die sich mit meinem Werk nicht anfreunden könnten. Die von Beers kreierte Frostlandschaft hatte mich inspiriert.

Ich ging zurück auf den Flur und schnappte mir den Minimax, der im Treppenschacht hing, entfernte den Sicherungsdraht, entriegelte den Schlauch und haute oben auf den Auslöseknopf. Es dauerte drei Strophen *Leise rieselt der Schnee,* dann war jeder Quadratzentimeter der Bude zu einem Winterparadies geworden, um das mich jeder Dekorateur beneidet hätte. Wer den Schmier wegputzen wollte, würde mehr Fingerabdrücke abschrubben, als ich in einem Jahr hinterlassen konnte. Den Feuerlöscher wischte ich ab und schmiss ihn ins Schlafzimmer. Mit dieser Bude und ihrem Besitzer war ich fertig.

Ben erhielt die andere Hälfte des Scheins mit dem Auftrag, eine Stunde nach meinem Abmarsch die Polizei anonym auf seinen Nachbarn hinzuweisen. Ich baute das als Notbremse ein. Sie würden die Todeszeit bestimmen und mich damit als Täter ausschließen, falls sie je nach dem Herrn Wachtendonk suchen sollten, der heute Nachmittag in der Wohnung des Verblichenen gewesen war.

Außerdem tat ich damit dem Vermieter einen Riesengefallen. Die Leiche würde abgeräumt, bevor aus der Wohnung eine Madenzucht werden konnte.

16. Kapitel

Weil keine Saison war, gab es kaum Verkehr auf dem Zeeweg, der mich hätte aus dem Schlaf reißen können. Als ich ohne Hilfe eines Weckers wach wurde, war es bereits halb elf. Ich stand auf, bereitete mir mein Frühstück und dachte über die Konsequenzen der gestrigen Ereignisse nach.

Ein Punkt stand für mich außer Zweifel: Beers hatte seinen Gehilfen umgebracht. Dafür sprach unüberhörbar die Tatwaffe, die mir von letzter Nacht noch lautstark in Erinnerung war. Warum er es getan hatte, war mir gleichgültig. Dafür konnte es viele Gründe geben, Streit unter den Komplizen, Beseitigung eines lästigen Mitwissers – wer weiß. War Beers aber damit auch der Haupttäter in diesem vertrackten Fall? Dagegen stand, dass er auf dem Parkplatz so geredet hatte, als wäre ein Dritter der Mann im Hintergrund und ich würde obendrein mit ihm zusammenarbeiten. Jetzt war der Affe tot, das Gerede hatte an Bedeutung gewonnen. Wenn er das ernst gemeint hatte, kamen grundsätzlich vier Mann in Frage, von denen ich Rendorf vorab ausschied. Revellius strich ich als Nächsten. Wir hatten uns zwar zusammengetan, was die Krone anbelangte, aber von dieser Partnerschaft konnte Beers nichts wissen. Außerdem war ich der Überzeugung, dass nur einer allein hinter allem steckte, und der musste eine höllisch starke Triebfeder für seine Taten besitzen. Mochte Revellius auch noch so scharf auf die Krone sein, es gab für ihn nicht den geringsten Anlass, reihenweise alte englische Elitesoldaten abzumurksen.

Blieb Schouten, der mich offiziell zugezogen hatte. Über den hatte ich nichts Be- oder Entlastendes.

Blieb Brouwers, der mich inoffiziell zum Weitermachen bewogen hatte. Für den galt dasselbe.

Daneben gab es aber noch einen gänzlich anderen Aspekt, der geeignet war, alle diese Überlegungen zu kippen. Das Gelaber von Beers konnte nämlich auch eine Tarnung sein, ein geschicktes Manöver, um von seiner Person abzulenken. Diesem Gedanken zufolge hatte er auf dem Parkplatz eine kleine Scharade inszeniert, für die das Unwetter den perfekten Hintergrund abgab. Der Affe sollte mich gar nicht umlegen. Wäre nicht die Scheibe angesegelt gekommen, hätte Beers es auch so schon irgendwie gedreht, dass ich abhauen konnte – in der Gewissheit, der arme, verfolgte Mann hätte sich zu dieser Kurzschlusshandlung hinreißen lassen, weil er eine so übermächtige Angst vor meinem Partner hatte, dem Mörder aus der Vergangenheit. Ein klasse Trick, der mich von seiner Unschuld überzeugen sollte. Und ein einleuchtendes Motiv für den Mord an Waard, der die ganze Schauspielerei nun nicht mehr aufdecken konnte.

Ich griff zum Telefon und versuchte vergeblich, Revellius und Rendorf zu erreichen. Als ich so den Hörer in der Hand hielt, ritt mich der Teufel und ich probierte die Nummer von Beers. Natürlich ging keiner an den Apparat. Das wär ja auch zu schön gewesen.

Dann spielte ich kurz mit dem Gedanken, meine Telefonitis auszuleben und Schouten und Brouwers anzurufen, um ihnen wegen Beers auf den Zahn zu fühlen. Weil der aber diese Andeutungen gemacht hatte, ließ ich es besser bleiben.

Ich hing noch bis Mittag herum, unentschlossen und übellaunig, ohne einen konkreten Grund dafür zu haben. Es musste daran liegen, dass ich der Lösung des Falles keinen Millimeter näher kam. Immer, wenn ich der Hydra einen Kopf abgeschlagen hatte, wuchsen an seiner Stelle nicht nur zwei, sondern gleich drei nach. Hatte ich vorgestern noch gehofft, durch eine Unterredung mit Beers den Kreis der

Verdächtigen wenn schon nicht enger ziehen, so doch wenigstens erkennen zu können, hatte ich nun das Resultat, dass mir als Ansprechpartner auch Schouten und Brouwers verloren gegangen waren.

Es war alles verratzt. Aber mich zu besaufen, würde mich auch nicht weiterbringen. Deshalb schaltete ich total ab. Ich holte den Wagen aus der Garage, fuhr die wenigen Kilometer nach Bergen aan Zee und sah mir zum x-ten Mal das Aquarium an.

Nachdem ich den Rundgang im Kurschritt absolviert hatte, war ich in Stimmung für eine Fortsetzung der Fahrt in den Norden. Ich ließ den Wagen auf der Dijk-en-Duinenstreek nach Den Helder rollen, parkte dort gegenüber dem Marinemuseum und sah mir die ein- und auslaufenden Fährschiffe an, während ich den Strand entlangspazierte. Nach zwei Stunden hatte sich mein inneres Gleichgewicht wiederhergestellt. Ich wunderte mich sogar darüber, wie ich zuvor an einem so schönen Tag eine so miese Stimmung haben konnte.

Zurück nahm ich die östliche Seite nach Medemblik runter, wo ich mir in einem Lokal am Yachthafen einen gebratenen Seeteufel gönnte.

Auf dem Heimweg testete ich meine Selbstbeherrschung, indem ich mich für die Straße vorbei am Grundstück der Anne Vanenburg entschied. Ich bin ein harter Brocken und hielt nicht an.

Zuhause legte ich mich aufs Sofa und sah mir eine *Deep-Space-9*-Folge im Originalton mit holländischen Untertiteln an. Ich kannte sie schon und dämmerte ein.

Eine halbe Stunde später schreckte mich das Telefon hoch. Es war Revellius, der mich fragte, ob er morgen mal auf eine kurze Manöverkritik vorbeikommen könne. Das war mir sehr recht, schließlich hatte ich ihm einiges zu berichten.

Danach war ich dumm genug, meinen Wagen nicht in die Garage zu fahren, aber ausreichend schlau, nicht auf dem Sofa weiterzupennen, sondern nach oben zu gehen. So wurde mein Schlaf dann doch noch erholsam.

* * *

Revellius trudelte am frühen Nachmittag ein. Er kam in einem silbergrauen Audi A 8, einem Sportwagen im Limousinengewand.

»Ich wollte nur mal vorbeischauen, um zu sagen, dass es eigentlich nichts zu sagen gibt. Helling scheint dabei zu sein, ein neues Lokal zu eröffnen, ganz in der Nähe der deutschen Grenze. Er ist jedenfalls pausenlos auf Achse. Das kommt mir nicht so vor, als würde er sich um sein Leben oder die Zukunft Sorgen machen.«

Ich hielt ihm die Tür zum Wohnzimmer weit auf.

»Na, dann setzen Sie sich erst mal, bevor es Sie umhaut. Da hab ich ganz andere Sachen zu berichten.«

Mein Gast war von meiner Story so fasziniert, dass er erst an seinem Jenever nippte, als ich bereits fertig war.

»Da haben Sie ja ein Riesenglück gehabt, dass alles so glimpflich abgegangen ist. Dass Beers vielleicht absichtlich vorbeigeschossen hat, können Sie vergessen. Ich kenne den Mann jetzt ... ich weiß nicht, wie viele Jahre schon. Wenn der sich dazu hinreißen lässt, selber zu einer Waffe zu greifen, dann ist das schiere Verzweiflung. Dann will er sie auch gebrauchen, und das nicht nur, um Löcher in die Luft zu ballern. – Sie haben wirklich Glück gehabt.«

Er schwieg eine Weile und ging im Geiste noch einmal die Checkliste durch, die er von seinem alten Clubkameraden gemacht hatte. »Ja, ich glaube nicht, dass ich mich irre. Beers muss sich sehr in die Ecke getrieben fühlen. Das mit diesem Waard – ich hab den in der ganzen Zeit vielleicht zwei- oder dreimal gesehen – ist eine typische Kurzschlusshandlung. Beers beißt jetzt um sich wie ein Tier, das in der Falle sitzt. Die Frage, die sich mir stellt, ist, warum er ausgerechnet jetzt so reagiert. Was hat sich an seiner Situation so verändert, dass er auf diese Weise handelt? Die wahrscheinlichste Erklärung ist, dass er auch so ein Bild bekommen hat. Aber die Frage wird er uns nur selber ...«

Hatte der Münchner Ganesha eine solche Fernwirkung und war dafür verantwortlich, dass in diesem Moment das Telefon klingelte und Beers höchstselbst am Apparat war? Ich hatte, während ich Revellius zuhörte, mechanisch die Hand nach dem Hörer ausgestreckt und meinen Gast sofort mit einem Zeichen unterbrochen, als ich die Stimme erkannte. Ich drückte die Lautsprechertaste, damit er mithören konnte.

»Sind Sie allein? Ich traue niemandem mehr. – Hier ist Beers. Ich muss Sie sehen.«

Revellius, der jedes Geräusch vermied, und ich verständigten uns durch Blicke.

»Natürlich bin ich alleine. Wer soll um diese Zeit sonst hier sein. Und Sie sind noch dämlicher, als ich gedacht habe, Beers. Sie locken mich in eine Falle und versuchen mich abzuknallen, und weil das nicht geklappt hat, gleich noch mal von vorne.«

»Ach, Blödsinn, Sie sehen das falsch. Wenn Sie die Lösung wollen, kommen Sie in mein Haus nach Camperduin – jetzt sofort!«

Dann war die Leitung tot.

Revellius kniff die Augen ein wenig zusammen. »Was wollen Sie machen, sich wirklich der Gefahr aussetzen?«

»Hab ich eine andere Wahl? Der Sack hat mich genau an der richtigen Stelle gepackt, an der Neugier. Ich könnte mein Leben lang nicht mehr ruhig schlafen, wenn dieser Fall nicht gelöst würde und ich mir immer wieder sagen müsste, dass das nur an mir gelegen hat. – Ich werde allerdings nicht alleine gehen. Kommen Sie mit?«

Er schnaubte amüsiert durch die Nase. »Was für eine Frage.«

* * *

Die erste Pleite, mit der unsere Exkursion begann, waren zwei zerstochene Reifen an meinem Wagen. Ich hätte mich ohrfeigen können, dass ich ihn gestern nicht in die Garage gebracht hatte. Jahrelang hatte es in dieser Art keine Scherereien mehr gegeben. Das hier war ein Kurort. Da hauen die Einheimischen den eigenen Nachwuchs ganz schön in den Nacken, wenn der auf diese Weise die Stimmung und damit die Geschäfte versaut.

Wäre Revellius nicht gewesen, wäre das Treffen schon an einer solchen Nichtigkeit gescheitert. »Steigen Sie bei mir ein und ärgern Sie sich nicht groß. Sie scheinen mir ein Mann zu sein, der ein paar Mark in petto hat und den zwei neue Reifen nicht gleich von den Beinen holen. – Ich hatte gedacht, diese Form von Vandalismus hätte sich hier in der Touristengegend längst erledigt. Aber manche Leute begreifen anscheinend nie.«

Er entschied sich für die Strecke an der Küste entlang. »Die N 9 ist wohl etwas schneller, aber so landen wir direkt im Ort. Wenn man die drei Häuser überhaupt so nennen will.«

Ich kannte Camperduin von früheren Besuchen her ganz gut. Vor gar nicht so langer Zeit hätte ich mir an der Strandjutterstatue oben auf der Düne fast den Arsch abgefroren, als ich in dem Fall, der meine detektivischen Ambitionen überhaupt erst geweckt hatte, auch auf jemanden treffen sollte, der versprochen hatte, Licht ins Dunkel zu bringen.

Mit den drei Häusern, aus denen es nach seiner Schilderung bestand, hatte Revellius untertrieben, aber viel mehr waren es wirklich nicht. Dazu kamen die Attraktionen des Ortes: Auf der asphaltierten Düne, die zu jeder Jahreszeit von Skatern und Mountainbikern heimgesucht wurde, stand ein Lokal, der Eissporthalle in Hammar nicht unähnlich. Wo der Sand wieder anfing, gab es eine Strandbude. Auf der Landseite gab es eine Koppel zum *betald parkeren*, auf der in der Saison die gewöhnlichen Nutztiere den zu melkenden Touristen weichen mussten, nebenan bot ein Bauer selbst gemachten Ziegenkäse feil. Ende der Sehenswürdigkeiten. Selbst wenn wir hier alle Gebäude auf der Suche nach Beers abklappern müssten, wären wir in zehn Minuten durch.

Aber Revellius kannte das Haus. »Ich war mal da, ist bestimmt schon zehn Jahre her. Beers hat immer ein großes Geheimnis daraus gemacht. Wie ein kleiner Junge, der von seiner sturmfreien Bude schwärmt. Es liegt ein ziemliches Stück hinter dem Ziegenkäsebauern weiter nach Norden rauf, isoliert, gehört eigentlich zu gar keinem Ort.«

Wir ließen Camperduin hinter uns und fuhren auf der Dijk-en-Duinenstreek nun nicht mehr durch Dünen, sondern den Deich entlang, der sich von hier aus bis Den Helder zog. Ab hier waren wir allein auf weiter Flur. Links von uns der kilometerlange Deich, rechts von uns platteste Weiden und Äcker, zwischen uns in Kopfhöhe ein kleines Loch in der Windschutzscheibe.

Ein paar Splitter flogen durch den Innenraum, um den Rückspiegel bildete sich ein spinnennetzartiges Muster. Einen Abschuss hatte ich nicht gehört.

Revellius war auch nur ein Mensch aus Fleisch und Blut und reagierte entsprechend. Er verriss die Servolenkung, sodass der Wagen über die Gegenspur auf den Deich zujagte. Sein Gegensteuern viel etwas zu heftig aus. Deshalb ging es nun über die ganze Fahrbahnbreite zurück nach rechts, dort über den Straßenrand hinaus, und der Wagen sprang und schlingerte in beängstigender Schräglage nur Zentimeter an der Gracht entlang, die an dieser Stelle die Straße von den Weiden trennte.

Alles spielte sich in Sekunden ab. Mir auf der Beifahrerseite, der ich mich eingeklemmt in einem versunkenen Sarg aus Stahl sah, kam es wie eine Ewigkeit vor.

Endlich brachte er den Wagen wieder auf die Fahrbahn und zum Stillstand. Revellius atmete tief durch und schloss kurz die Augen. Dann war er wieder der Alte.

»Raus aus dem Wagen, und gehen Sie auf Ihrer Seite in Deckung!«

Er selbst war schon herausgesprungen und hielt diesen langläufigen Cowboycolt in der Hand, mit dem er den Deichkamm visierte. Dort war nichts Besonderes zu sehen. Die Natur präsentierte sich in herbstlicher Schönheit, als wolle sie für einen Prospekt posieren, der bei Entspannung in gesunder Luft für einen stressfreien Urlaub in Nordholland warb. Eine leichte Brise kämmte durch das Dünengras, zwei schwarzköpfige Möwen schrien am klaren Himmel über uns, zwischen der krüppeligen Vegetation zeigte sich kurz ein Kaninchen. Herbstidylle pur.

Und dazwischen irgendwo ein Mörder mit einem Gewehr.

Ich richtete mich aus meiner Hockposition so weit auf, dass ich über den Motorraum peilen konnte. Revellius stand am Fuß des Deichs und fummelte mit einem dieser ausklappbaren Mehrzweckwerkzeuge an dem dünnen Drahtzaun herum, der sich die ganze Strecke entlangzog und verhindern sollte, dass jeder Trottel den Deich hochtrampelte und so den Küstenschutz gefährdete. Er kniff den Draht durch und stiefelte mit einer Kondition nach oben, um die ich ihn beneidete. Nach einer Minute war er zurück.

»Glück im Unglück. Der Kerl hat nicht gewartet. Von da«, er zeigte in die Richtung, aus der er gerade gekommen war, »hätte er uns mit einem Gewehr beim Aussteigen leicht erwischen können. Aber er ist weg, der Feigling. War mit einem Boot da.«

Er blickte auf seine Kanone mit einem überraschten Ausdruck, als sähe er sie heute zum ersten Mal, und steckte sie weg. Anschließend machte er sich an die Inspektion des Wagens. Ein Segen, dass Audi hervorragende Entwicklungsarbeit geleistet und Walter Röhrl den Urvater des Quattro über die härtesten Rallyepisten der Welt gejagt hatte. Außer dem Loch in der Scheibe war nichts dran.

Revellius wurschtelte ein wenig im Kofferraum herum und brachte eine Rolle breites Klebeband zum Vorschein, mit dem er das Loch notdürftig verkleisterte.

»Zu Hause werde ich es so vergrößern, dass es nach Steinschlag aussieht. Morgen ist der Wagen wie neu.«

Dann fuhren wir weiter zu dem Mann, dem ich aus Neugier schon wieder auf den Leim gekrochen war und der in seinen Versuchen nicht müde wurde, mich um die Ecke zu bringen.

* * *

»Nehmen Sie die Hintertür. Ich geh vorne rein.«

Beers' Haus und das der Vanenburg hätten Zwillinge sein können. Es hatte eine ebenso lange Zufahrt, die lotrecht vom Deich in das Weideland verlief. Drumherum standen drei alte Bäume, die der ständige Wind niedrig gehalten hatte, und ein paar Büsche. Ansonsten nur Gras mit Schafen und Ziegen am Horizont.

Revellius hatte den Wagen auf dem kleinen Platz am Ende der Auffahrt abgestellt. Ein anderes Fahrzeug war nicht in Sicht.

Trotzdem, ich war vorsichtig geworden. »Und wenn einer im Haus ist, der eine Waffe hat?«

»Was ist denn mit Ihrer?«

»Nicht hier.«

»Was haben Sie denn für eine?«

»Eine PPK in 7.65.«

Er rumorte in seinem Kofferraum voller Wunder und warf mir mein Modell rüber.

Ich war baff. »Was hätten Sie gemacht, wenn ich gesagt hätte, eine FN Highpower?«

Er haute den Deckel zu. »Ihnen 'ne PPK gegeben. Ich hab als Ersatz nur die und einen Chief Special.«

Als er auf das Haus zuging, ließ er den Revolver zwar lose herunterhängen, behielt die Tür und die zwei Fenster jedoch scharf im Auge. Im Reetdach gab es nur eine kleine Luke, die geschlossen war.

Ich wetzte um den Bau herum und duckte mich jedes Mal bis unter die Brüstung, wenn ich an einem Fenster vorbeikam. Alte Fernsehkrimis können ganz schön lehrreich sein. Die Hintertür war eine schmale, hölzerne Pforte mit einem altertümlichen Kastenschloss, das ein Profi in fünf Sekunden geknackt hätte. Ich bin nur ein armer Hund und musste leider draußen bleiben. Also sauste ich zurück und wählte den Weg, den auch Revellius genommen hatte. Als ich in die Diele kam, lehnte er in der Tür zum Arbeitszimmer rechts hinten und bedeutete mir mit einer Handbewegung nicht einzutreten. Während ich mich an das Bild, das sich uns bot, gewöhnte, lief er zum Wagen, um sich die Aidshandschuhe aus der Autoapotheke zu holen. »Fassen Sie da drin bloß nichts an!«

Der Raum war nicht sonderlich üppig möbliert. Der Tür gegenüber stand ein Schrank mit Vitrinenaufsatz, wie er vor dem Krieg modern gewesen sein mochte. Rechts befand sich ein Sofa mit einem passenden Sessel und einem Beistelltischchen. Links unter dem Fenster stand ein Schreibtisch. Darauf lag ein blasses Foto von einem ausgemergelten Mann mit freiem Oberkörper, dem ein anderer Mann in einem weißen Kittel eine Spritze ins Herz stach. Ich war mittlerweile Fachmann genug, um zu wissen, dass hier ein KZ-Häftling durch eine Phenolinjektion ermordet wurde. Der dazugehörige Stuhl lag umgekippt in der Nähe der Zimmermitte. Ein aus einem Karrenrad gefertigter Kronleuchter hing von einem Haken in der Decke, den er sich brüderlich mit dem Hausherren teilte. Beers baumelte an einem Strick, der durch die Nabe des Rades gezogen war.

Das niedrige Fenster ließ wenig Sonne herein. Als Revellius mit einem behandschuhten Finger den Schalter drückte, erschien der schwebende Beers mit seiner Aureole für einen Moment wie eine himmlische Lichtgestalt. Tatsächlich war er nur ein alter Mann, der sich pünktlich zum Zeitpunkt seines Todes in die Hose gepisst hatte.

* * *

»Das wäre das Dümmste, was wir tun könnten. Nein, nein, die Polizei müssen wir auf jeden Fall aus dem Spiel lassen. Gestern finden Sie eine Leiche in Ijmuiden, heute eine in Camperduin. Glauben Sie, das würde den Leuten von der Mordkommission gefallen?«

Wir hatten uns vorsichtshalber in Gegenrichtung nach Norden entfernt und fuhren von Julianadorp zur N 9 rüber.

Revellius hatte mich nach der Entdeckung von Beers nach draußen geschickt, um Wache zu stehen, während er sich im Haus noch etwas umsah. Das dauerte gut zehn Minuten und danach drängte er auf einen schnellen Aufbruch. Ich war froh, jemanden bei mir zu haben, der einen klaren Kopf behielt. Mir selbst kreiste der Hut, wie Daniel Düsentrieb zu sagen pflegte.

Was hatte Beers nicht alles angestellt, um sich aus der Affäre zu ziehen? Nicht mal vor einem Mord an seinem Komplizen war er zurückgeschreckt. Er, der zittrige und nervöse Spinner, hatte große Entschlossenheit an den Tag gelegt und sich dazu durchgerungen, mit allen Mitteln um sein Leben zu kämpfen, und dann brachte er sich plötzlich aus Angst vor seinem Verfolger selbst um?

»Keineswegs, mein Bester, keineswegs. Beers ist ermordet worden, ganz eindeutig.«

Was würde ich in dieser Sache, die für mich so beiläufig begonnen hatte, noch alles an Überraschungen wegstecken müssen? »Wie, was, Sie wollen allen Ernstes behaupten, Beers hat keinen Selbstmord begangen? Das kann doch wohl nicht wahr sein! Soviel ich sehen konnte, hatte er keine Verletzungen, und auch seine Hände waren nicht gefesselt.

Meine Argumentation prallte am Fachmann ab. »Sie hätten nicht nur die Leiche begutachten sollen, sondern auch den Stuhl.«

Er sah mich prüfend von der Seite an und merkte, dass ich nichts begriffen hatte. »Der umgekippte Stuhl, der so drapiert war, als wäre Beers draufgestiegen und hätte ihn dann weggekickt. Der Stuhl war zu niedrig. Zwischen der Sitzfläche und den Schuhsohlen von Beers ist eine Differenz von gut fünfzehn Zentimetern. Der ist in die Schlinge gehoben worden.«

Ich war noch nicht vollends überzeugt. »Aber es sind keine Kampfspuren da, seine Hände waren frei.«

Revellius fuhr gerade noch langsam genug, um uns nicht die Rijkspolitie wegen Geschwindigkeitsüberschreitung auf den Hals zu hetzen. Während er weiterredete, nahm er seine Augen nicht von der Straße. »Das will nichts heißen. Man wird ihn vorher betäubt haben, zum Beispiel durch einen gezielten Schlag gegen den Hals. Durch die anschließende Strangulation würde sich das nicht mehr feststellen lassen. Dann hängt man ihn in die Schlinge. Hochziehen wäre natürlich leichter, geht aber nicht, weil dann die Fasern im Strick oben am Haken verkehrt herum gestaucht würden.«

»Und Sie meinen, das kann ein Mann alleine schaffen?«

»Wenn er groß genug und kräftig ist, ja. Ich glaube, er war sogar ziemlich groß, deshalb ist ihm auch unten der Abstand nicht aufgefallen.«

Danach brüteten wir beide schweigend minutenlang vor uns hin, bis mein Verstand es leid war sich selbst zu umzingeln. Erst meine Reise in die Vergangenheit zu KZ und Krone des Wittekind, dann die Mordanschläge und Leichen der letzten Tage – ich fühlte mich wie durch den Wolf gedreht. In einer solchen Verfassung kommt man auf die abstrusesten Ideen.

»Sie nehmen es mir hoffentlich nicht übel, wenn ich Ihnen eine ganz verrückte Frage stelle?«

»Bestimmt nicht, Mijnheer Schmidt, ganz bestimmt nicht.«

»Wenn Sie hinter der Krone doch so wild her sind wie der Teufel hinter der armen Seele, könnte es sein, dass Sie für die Krone die, bei denen Sie sie vermuten, um die Ecke bringen würden?«

Er prustete ein Lachen heraus, das ihn um Jahre jünger wirken ließ. »Bestimmt nicht, mein Bester. Haben Sie unsere Vereinbarung vergessen, fifty-fifty? Meinen Sie, ich wollte mir die Krone aufs Haupt drücken, den König aller Sachsen spielen und Ihnen die Hälfte meines Reiches überlassen? Wir würden das Ding natürlich verkaufen und von dem Erlös herrlich und in Freuden bis an unser Ende leben. Ich will nur das Geld, das in diesem Schatz verkörpert ist, ein ideeller Wert oder so was interessiert mich nicht. Und eben das Geld könnte ich sehr viel einfacher haben, wenn ich bereit wäre, dafür zum Verbrecher zu werden. Die meisten in unserem Club sind nicht bloß wohlhabend, sondern stinkreich. Die brauchte ich nicht im Umweg über die Krone abzumurksen, die könnte ich sehr direkt mit der Androhung ihrer Ermordung erpressen, wenn ich so ein Typ wäre. – Und mal ganz am Rande, erinnern Sie sich noch, wo ich die ganze Zeit war, seit Sie mit Beers zuletzt telefoniert haben?«

Ich verzichtete auf die theatralische Geste, mir mit der Hand vor die Stirn zu schlagen. »Entschuldigen Sie, es war eine verrückte Frage, wie gesagt.«

Zu seiner Entschädigung erzählte ich ihm das, was mir seit dem Erhalt der Skizze auf den Nägeln brannte und durch die Ereignisse der letzten Tage total in den Hintergrund gedrängt worden war. Dass es nämlich überhaupt keine Krone mehr gab. Das letzte Puzzlestück, das mir noch gefehlt hatte, war der Lebenszuschnitt von Beers, sein Schein-Geschäft, nach dem sich jeder die Finger geleckt hätte, der für sein Geld arbeiten musste. Für Beers war es bloße Tarnung, er lebte von der Substanz, und das wie die Made im Speck. Ich war sicher, dass es bei den anderen »vier Städten« nicht anders war, Revellius sollte mal hinter die Kulissen leuchten.

Diese Eröffnung machte ihm sichtlich zu schaffen.

Ich war schon eine Weile mit meiner Story fertig, als er sich die Feststellung abrang: »Das wär die Pleite meines Lebens.«

»Jetzt hören Sie aber auf! Sie machen mir auch so nicht den Eindruck, als stünden Sie kurz vorm Verhungern.«

»Schon richtig, aber jahrzehntelang einer Fata Morgana hinterhergelaufen zu sein, das ist wirklich ein Tiefschlag, das können Sie mir glauben.«

Und das tat ich auch.

Die nächsten Minuten hingen wir wieder stumm unseren Gedanken nach.

Ich grübelte über eine Bemerkung, die er im Zusammenhang mit der Ermordung von Beers über den Täter gemacht hatte, bis er meine Überlegungen in eine völlig andere Richtung lenkte: »Jetzt gestatten Sie mir auch mal eine verrückte Frage. Könnte es sein, dass man mich ermorden will, weil ich hinter der Krone herjage?«

Ich muss so verständnislos ausgesehen haben, wie ich tatsächlich war, deshalb half er mir wieder auf die Sprünge: »Sie dürfen einen Punkt nicht übersehen. Woher konnte der Attentäter vom Deich wissen, dass Sie mit in meinem Wagen saßen?«

* * *

Der Tod von Beers war der erste Mord in dieser Sache, den ich quasi hautnah erlebt hatte. Waard zählte nicht, der war mir vorher nur flüchtig in einem Unwetter von immenser Gewalt begegnet, das seine Rolle auf die eines Statisten komprimiert hatte. Leider hatte auch dies nicht dazu beigetragen, mir endlich den gewünschten Röntgenblick zu verschaffen, um das Dunkel der Vergangenheit durchdringen zu können.

Die Befreiung von Kolmburg datierte vom späten Frühling des Jahres 1945. Jetzt hatten wir Oktober 1999. In der Zwischenzeit waren Staatsgrenzen verschoben, Weltbilder geändert worden. Dem heißen Krieg war ein kalter gefolgt, dessen verbeamtete Krieger mittlerweile ihre Pensionen bezogen. Multinationale Gesellschaften waren dabei, die Machtpositionen der Landesregierungen zu übernehmen, und das Ausfallen der Tagesproduktion in Silikon Valley erschütterte den Globus nachhaltiger als das Herabfallen einer Bombe auf Jerusalem.

Konnte Hass nicht nur eine solche Zeitspanne überdauern, sondern auch einen derartigen Wandel der Werte? Was musste in dem anderen Zeitalter, auf einem anderen Stern passiert sein, das den Hass eines Nazis über ein halbes Jahrhundert so frisch halten konnte?

Sicher, der Nationalsozialismus war kein Relikt vergangener Tage. Er wuchs nach wie vor auf fruchtbarem braunen Boden. Mir war mein Spaziergang mit Brandtstätter durch den Englischen Garten noch präsent und unser Schwenk in die Richtung zum *Aumeister*, wo er mich auf eine riesige Buche hinwies, in die jemand ein Kreuz und darunter in Vorwegnahme der Rechtschreibreform *Lasst Hess frei* geschnitzt hatte. Das war keinesfalls ein spezifisch münchnerisches Problem, da hatte unser zurückgewonnener Osten ganz andere Schwierigkeiten zu überwinden.

Aber selbst mit der ideologischen Rückendeckung eines neuen-alten Zeitgeistes, der Republikaner im Parlament toleriert und Nazis aller Couleur in den Stadträten duldet: Wie konserviert man einen solchen Vorrat an Rachsucht, um sich als Mörder über Generationen bei der Stange halten zu können? Ich erinnerte mich, dass Simon Wiesenthal, der den umgekehrten Weg ging und genauso lange die Schergen aus dem Tausendjährigen Reich jagte, auf eine ähnliche Frage dem Reporter drei abgegriffene Fotos präsentierte, die er als seine »Tankstelle« bezeichnete. Inhaltlich glichen sie den Bildern, die den ermordeten Yachtclubmitgliedern zugespielt worden waren, wie ein Ei dem anderen. Besonders nachhaltig war mir die Fotografie eines nackten, jungen Mannes im Gedächtnis geblieben, den die Nazis mit einem Draht an den Hoden aufgehängt hatten. Wenn es ein Gott der Vergeltung schaffte, sich über fünfzig Jahre immer wieder neu zu motivieren, besaß ein rachsüchtiger Teufel dann die gleiche Fähigkeit?

Vor allem aber, Wiesenthal war kein Henker, sondern er jagte welche. Er arbeitete mit den Verfolgungsbehörden auf der Basis einer rechtsstaatlichen Ordnung zusammen und war weit davon entfernt, ein selbst gemachtes Gesetz zu vollstrecken. Das Letzte, was er tun würde, wäre sich selbst zum Mörder zu machen.

Diese Überlegungen mögen Ihnen eher philosophisch als realistisch und damit wenig sachbezogen erscheinen, machen mich aber noch nicht zum Traumtänzer. Gerade weil sich die Welt in diesem Maße geändert hat, werde ich in keiner Phase meines Daseins übersehen, dass Gott den Kampf gegen das Goldene Kalb verloren hat und die stärkste Triebfeder im Handeln eines Menschen die Jagd nach dem Mammon ist. *Am Golde hängt, zum Golde drängt doch alles.*

Aber Geld – egal, ob in der Krone des Wittekind, in Gold oder Brillanten verkörpert – war hier nicht der Motor des Geschehens. Dazu hätte es nicht der vergilbten Fotos bedurft.

Die Nähe zur gewaltsamen Tötung von Beers, praktisch mit mir als Augenzeuge, der auf dem Weg zur Hinrichtungsstätte nur ein Weilchen aufgehalten worden war, hatte mir zum ersten Mal in dieser Sache eine Ahnung von der Antriebskraft des Menschen vermittelt, der hinter allem stand. Er hatte damit rechnen müssen, noch am Tatort mit uns zusammenzutreffen. Und falls er um die Fähigkeit und Bereitschaft Revellius' wusste, sich einer Waffe zu bedienen – woran ich nicht den geringsten Zweifel hatte, denn er kannte alle Teilnehmer dieses Spiels –, dann hatte er hier ganz konkret sein eigenes Leben riskiert.

Aber das würde ihm nichts ausmachen.

Als ich Beers dort hängen gesehen hatte, wie er langsam, kaum wahrnehmbar durch die Flechtung des frisch belasteten Stricks um die eigene Achse gedreht wurde, bestraft für etwas, was er vor mehr als einem halben Jahrhundert getan hatte, spürte ich fast körperlich, mit welch düsterer Wucht der Mörder zu seinem Tun gezwungen wurde. Wenn es um die Motivation dieses Täters ging, hatte ich von Anfang an am stärksten auf Rache gesetzt. Geld, Ruhm und sonstige Beweggründe waren für mich hier nicht ausschlaggebend. Ich hatte aber bislang keinen unwiderlegbaren Beweis dafür. Stattdessen aber die felsenfeste, unverrückbare Überzeugung, mich nicht zu irren. Fragte sich nur, wie weit mir das bei der Lösung des Falles helfen konnte. Ich hatte jetzt zwar ein Bild von der Psyche des Mörders, aber eines von seinem Gesicht wäre mir lieber gewesen.

»Soll ich noch das mit Ihren Reifen erledigen, bevor ich fahre? Meine Firma unterhält einen Wagenpark. Das bringt auf dem Autosektor ganz gute Beziehungen.«

Ich hatte gar nicht gemerkt, dass wir schon einige Minuten vor meiner Wohnung standen. Mit einer gemurmelten Entschuldigung bat ich Revellius herein. »Am besten besprechen wir drinnen, wie's weitergehen soll.«

Ich brauche keinen Vorwand um zu saufen. Obendrein hätte nach den Erlebnissen der letzten Tage selbst ein Blaukreuzler einen vertragen können. Deshalb stellte ich den Hoppe ungefragt auf den Tisch.

»Einer bleibt übrig – Helling.«

Revellius schüttelte bedächtig den Kopf. »Alle bleiben übrig, alle Mitglieder des Yachtclubs. Als Täter jedenfalls. Oder glauben Sie, Helling wäre so blöd, mit sich selbst das Zehn-kleine-Negerlein-Spiel zu spielen und sich als letzten Überlebenden selbst zu überführen? – Nein, ich glaube, wir werden um die Knochenarbeit nicht herumkommen. Und das heißt, Überprüfung aller Alibis unserer Freizeitkapitäne. Dazu setze ich am besten meine Leute ein. – Helling ist doch Ihr Favorit, den können Sie haben. Der Rest geht auf meine Kappe. Das heißt, natürlich nur, wenn es Ihnen Recht ist.«

Natürlich war es mir Recht. Erstens war ich froh, nicht die zermürbende Laufarbeit vor mir zu haben, die die Crux jeder Detektivarbeit darstellt. Und zweitens war ich, woran auch meine Kurzzeiterfahrungen als Ermittler auf Vogelsplein nichts ändern konnten, in diesem Metier ein blutiger Amateur, der froh sein durfte, vor Ort einen Rendorf-Ersatz gefunden zu haben.

Er meldete sich nur mit seinem Hausnamen.

»Mein Name ist Schmidt, Karl-Heinz Schmidt. Sie erinnern sich?«

»Natürlich. Was kann ich für Sie tun?«

»Ich glaube, ich kann viel eher etwas für Sie tun. – Wo waren Sie heute Nachmittag zwischen fünfzehn und siebzehn Uhr?«

Er zögerte keinen Augenblick. »Ich wüsste nicht, was Sie das angeht.«

»Beers ist tot.«

Er hätte jetzt fragen können: ›Was, Beers ist tot, wie, tot? Wollen Sie mich auf den Arm nehmen?‹ oder ›Hat man ihn ermordet?‹ Stattdessen machte er nur eine lange Pause, bevor er sagte: »Weiter!«

Ein Mann nach meinem Geschmack. »Ich weiß nicht, wer ihn ermordet hat, und ich weiß auch nicht, warum. Ich kann mir aber gut vorstellen, wer der Nächste ist. Es sei denn, Sie sind selbst der Mörder.«

»Quatsch!«

»Okay, dann beantworten Sie endlich meine Frage.«

»Ich will nächste Woche ein neues Restaurant eröffnen, in Overloon, in der Nähe vom Oorlog-Museum. Ich war heute von elf an da und bin es immer noch. Das Telefon ist durchgestellt. Und wenn es nötig ist, können das meine Angestellten bezeugen, siebzehn Mann.«

»Haben Sie was zum Schreiben?« Ich gab ihm meine Nummer durch. »Und jetzt sollten Sie verschwinden, irgendwohin, wo Sie nicht nur keiner kennt, sondern wo Sie auch keiner Ihrer Bekannten vermutet. Am besten unter einem falschen Namen. Melden Sie sich, wenn Sie da sind. – Wenn Sie nicht dumm sind, verschwinden Sie so schnell wie möglich.«

Helling war sogar sehr schlau. Er tauchte noch in derselben Nacht unter.

Erst, als ich schon im Bett lag und mich herumwälzte, weil ich einfach nicht einschlafen konnte, dämmerte mir, dass ich einen wichtigen Punkt übersehen hatte. Aus dem Yachtclub hatte es zwar primär die Kronendiebe erwischt, aber Siemerink gehörte ganz zweifelsfrei nicht zu ihnen.

Und jetzt hatte man versucht, auch Revellius zu erledigen. Ging es gar nicht um die Krone, wollte etwa doch jemand alle Clubmitglieder ausrotten?

17. Kapitel

Overloon. Ein beschauliches Städtchen mit kleinen Häusern im deutsch-holländischen Kompromissstil. Keine Bodenschätze, kein Gebirgspass, keine Furt, kriegswichtig nur durch eine Laune des Schicksals. Wer von den Einheimischen will noch wissen, dass in seinem Vorgarten in einem Kampf Mann gegen Mann, der dem von Stalingrad in nichts nachstand, vor unvergessener Zeit Menschen gestorben sind, deren Blut die Kiefern, Birken und Lärchen intensiver getränkt hat als der Regen? Heute ist das Verhältnis zu den Gräueln so unverkrampft, dass man auf dem Gelände des Kriegsmuseums neben etlichem Federvieh auch ein Hängebauchschwein angesiedelt hat, das sich von den Kindern füttern lässt und zeitgemäß verständnisvoll zu den im Bau befindlichen Tennisplätzen nebenan hinüberschielt, auf denen die Freizeitkämpfe der Gegenwart ausgetragen werden.

Kinder lieben diesen Abenteuerspielplatz, den sie leider ohne Begleitung eines Erziehungsberechtigten erst mit dreizehn Jahren betreten dürfen. Eltern lieben das ungestörte Verhältnis ihrer Kinder zu Mord und Folter. »Die sehen aber komisch aus, die Leute!« – Das Foto aus Auschwitz zeigt die ausgemergelten Leichen nackter Juden, die auf ihre Verbrennung warten, die frisch in Taubenblau gestrichene Haubitze ist nicht mehr als eine skurrile Statue, die rostige PAK ein prima Klettergerüst.

Das beängstigende Unverständnis der Nachgeborenen garantiert die beruhigende Gewissheit der Älteren, dass die europäischen Kriege der Zukunft nur noch an den Börsen stattfinden werden, bei denen DAX und Dow-Jones so lange aufeinander abgefeuert werden, bis das Vermögen von Shell wieder unter das Bruttosozialprodukt der Beneluxländer gesunken ist. Oder andersherum.

Vier Tage waren seit dem Tod von Beers vergangen. Revellius hatte Recht gehabt mit dem Haus, das nur den wenigsten bekannt war. Bisher hatte keine Zeitung über eine Leiche in Camperduin berichtet, was die Vermutung nahe legte, dass der ehemalige Beers, gegenwärtig nur noch Madenfraß, noch nicht gefunden worden war.

Natürlich hatte ich gleich am selben Tag Rendorf informiert, der mir geraten hatte, ein Treffen mit Helling zu arrangieren. Aber sehr vorsichtig, bitte. Denn abgesehen davon, dass es um ein Menschenleben ging, war der Mann unsere letzte Chance für eine Aufklärung. Helling erfüllte auf ideale Weise alle erdenklichen Kriterien eines hier in Frage kommenden Opfers. Erstens war er einer der englischen KZ-Befreier und also automatisch ein Mörder der Naziwachmannschaft. Zweitens war er einer der Kronendiebe. Und drittens war er Mitglied des Yachtclubs. Gleichgültig, welche Liste sich der Mörder gemacht hatte, Helling stünde in jedem Fall darauf.

Rendorf meinte, drei Tage müssten genügen, ihn in seinem selbst gewählten Exil so weit weich zu kochen, dass er zur uneingeschränkten Mitarbeit bereit wäre. Das war auch meine Meinung. Und auch die von Helling, der bei unserem gestrigen Telefonat sofort in eine Verabredung einwilligte und als Treffpunkt das Oorlogs- und Verzetmuseum bei ihm vor der Haustür seines neuen Lokals vorschlug.

Ich hatte zunächst größte Bedenken, musste aber einräumen, dass, wenn man die früheren Tatorte bedachte, eine Stelle so gut war wie die andere. Die Morde waren überall passiert, im Eigenheim wie im fremden Land. Warum also nicht einen Platz wählen, an dem sich das potentielle Opfer auskannte und sich sicher fühlte? Dass es ausgerechnet die KZ-Abteilung des Museums sein sollte, empfand ich als ziemlich makaber.

Nach dem Gespräch und einem Blick auf die Landkarte – Overloon lag direkt an der Grenze etwas nördlich von Venlo

– fuhr ich nach Selm rüber, um dort klar Schiff für eine längere Abwesenheitsphase zu machen.

Im Ruhrgebiet unterbrach ich die Fahrt, um bei Rendorf reinzusehen und ihn eventuell zu einem Mitkommen als Rückendeckung zu überreden. Ich traf ihn hinter seinem Schreibtisch an, den er von allen Akten befreit und mit herpetologischen Fachbüchern zugepflastert hatte. Nein, es wäre nicht nötig, mich zu begleiten, meinte er. Das würde ich ganz gut alleine schaffen. Schließlich wüsste ja keiner was von dem Treffen. Ich sollte nur darauf achten, dass ich nicht beschattet würde. Aber da ich ja den Umweg über Deutschland gemacht hatte, wäre auch damit nicht ernstlich zu rechnen. Er müsste sich im Übrigen um eine andere wichtige Sache kümmern, die keinen Aufschub dulde. Und zwar hätte er ein »meeting mit diesem famosen Bill Flanagan« verabredet, der nicht nur ein Abhörexperte, sondern »auch ein Bombenbastler von besonderer Güte« wäre, den man sich warm halten müsse. Schließlich wisse man nie, wozu so etwas gut wäre. Ich würde mit meiner Sache schon zurecht kommen.

Einerseits schmeichelte mir sein Vertrauen; ich wusste, dass er die Angelegenheit nicht unterbewertete und mir die Wahrheit sagte. Andererseits fühlte ich mich einfach abgefertigt. Aber was sollte es, ich kannte ihn gut genug, um zu wissen, dass er nicht umzustimmen war. – Und damit ab nach Hause.

In Selm hatte mein Nachbar Hans, treue Seele und Lord Siegelbewahrer meines bescheidenen Eigenheims, die Bude so in Schuss gehalten, dass ich mich kaum traute, etwas durcheinander zu bringen. Alles war perfekt – bis auf das Fernsehprogramm, deshalb ging ich früh schlafen.

Am nächsten Tag setzte ich mich bei durchwachsenem Wetter am Castroper Kreuz auf den dort beginnenden Emscherschnellweg und fuhr ihn bis zum Ende durch, dann in

Richtung Venlo und landete nach wenigen Kilometern auf holländischem Gebiet in einer Wald- und Heidelandschaft auf dem Parkplatz des Museums, dessen einziges, von diesem Standpunkt aus sichtbares Gebäude ein Kassenhäuschen war.

Den wenigen abgestellten Autos nach war kein Betrieb. Die Menschen interessierten sich mehr für die gerade angelaufene vierte Folge vom Krieg der Sterne als für den realen und den bereits erledigten auf der Erde.

Ich entrichtete meinen Obolus, bekam einen Lageplan des Ausstellungsgeländes und den freundlichem Hinweis, dass ich mich nicht zu beeilen bräuchte und das Gelände auch nach Schließung bequem durch ein Drehkreuz am Ausgang verlassen könne.

Ich bedankte mich und nahm die Wanderung auf über einen typischen sandigen Waldweg, der einem das Gefühl vermittelte, sich in luftabgepolsterten Dreihundertmark-Turnschuhen zu bewegen. Untypisch dabei war lediglich, dass aus dem Gebüsch statt Rehen und Hasen Panzer und Flugabwehrgeschütze hervorlugten.

Das von mir angepeilte Gebäude lag linkerhand und war als eine Art Bunker in die Düne getrieben. Ich sah nur schnell hinein und entdeckte niemanden. Weil ich eine gute halbe Stunde vor den verabredeten fünfzehn Uhr erschienen war, drehte ich draußen eine verkürzte Runde über das Terrain, vorbei an Tanks, Munitionswagen und Mörsern und wandte mich dann dem Hauptgebäude zu, in dessen Vorhalle hinter Glas jede Menge Pistolen, Gewehre und Maschinenpistolen zu bewundern waren. Rendorfs Herz hätte Purzelbäume geschlagen. C 96 mit Ansteckkolben, nummerngleiche 08, PPK aus der Zella-Mehlis-Produktion mit Reichsadler und Hakenkreuz auf den Griffschalen und so weiter. Bei den Maschinenpistolen dominierten von der Stückzahl her die deutschen Schmeißer in verschiedensten Ausführungen. Es gab aber auch mehrere Thompsons und etliche Sten-guns.

Außer mir hielt sich in diesem Raum nur ein junger, hoch gewachsener Mann von vielleicht dreißig Jahren auf. Konservativer Haarschnitt, modische Hornbrille, Businessoutfit samt teurem Trench. Ihm war offenkundig die Gnade der späten Geburt zuteil geworden, mit einem Krieg in Europa hatte er sich nur im Geschichtsunterricht befassen müssen. Trotzdem war sein Interesse an den gebotenen Exponaten unübersehbar. Er ging wiederholt so nah an die Scheiben heran, dass er sie fast mit der Nase berührte, und nahm dabei die Brille ab. Seine besondere Liebe gehörte den Ehrendolchen, in die so sinnige Sprüche wie *Meine Ehre heißt Treue* graviert waren. Mich selbst beachtete er nicht.

Ich marschierte wieder zum Bunker rüber und amüsierte mich rückblickend über einen verheirateten Freund, der in seiner Kneipe am Wanner Markt genau diesen Spruch in metallenen Großbuchstaben auf einen Deckenbalken genagelt hatte. Allerdings hatte er das r bei Ehre und bei Treue das T weggelassen.

Die KZ-Abteilung bestand aus einer einzigen riesenhaften Betonhöhle, die durch ihre kahle, bunkerartige Ausgestaltung schon eine bedrückende Atmosphäre schuf, bevor man sich mit dem Inhalt befasst hatte. Ich schien hier der einzige Besucher zu sein und konnte mich in Ruhe umsehen. Außer dokumentarischen Fotowänden gab es nur wenige Ausstellungsstücke, die überwiegend in tischförmigen Schaukästen untergebracht waren. Gegenstände, die KZ-Insassen in ihrer Freizeit angefertigt hatten, Gegenstände, mit denen KZ-Insassen zu jeder Zeit geschlagen worden waren. Holzschuhe, Lagerkleidung, das, was ich schon aus Dachau kannte. Das größte Kuriosum war für mich ein Splitter aus dem Galgen von Auschwitz, an dem schließlich Höß selbst aufgehängt worden war.

Dabei plauderte jemand die ganze Zeit über leise auf Holländisch. Zu sehen war aber niemand. Ich wollte eben wieder nach draußen und gucken, ob Helling durch irgendetwas aufgehalten worden war, als ich auf Deutsch angerufen wurde: »Kommen Sie nach hinten durch. Hier ist es am sichersten.«

Die Stimme kam hinter einer Trennwand hervor, die eine Ecke des Raumes abteilte und nur rechts einen schmalen Durchlass freigab. Dahinter verbarg sich im abgedunkelten Teil ein Fernsehgerät plus Videorekorder mit ein paar Stühlen davor. Das war die gesamte Einrichtung.

Der Bildschirm zeigte einen alten Holländer, der Mauthausen überlebt hatte und von seiner Haftzeit berichtete. Gelegentlich wurden Standfotos des Vernichtungslagers eingeblendet, das für seinen Steinbruch berüchtigt und so konzipiert war, dass sich ein Mensch dort in längstens drei Monaten zu Tode gearbeitet haben würde. Viele der Geschundenen waren von Steinen erschlagen worden. Wie auf einer Ameisenstraße mussten sie in Kolonnen Felsbrocken eine steile Treppe hinaufschleppen, Stunde für Stunde, Tag für Tag. Brach einer zusammen oder rutschte ihm der Stein aus den Händen, riss die Last gleich mehrere mit in die Tiefe. Diejenigen, die nicht auf der Stelle tot waren, wurden anschließend im Lazarett ermordet. In Mauthausen hielt ein Leben nicht länger als die Fähigkeit, eine untragbare Last zu tragen.

Auf einem der Stühle saß Helling. Er hatte ein luftpumpenartiges Ding auf dem Schoß, das ich im diffusen Licht auf den zweiten Blick als eine Sten identifizierte, wie ich sie vorhin im Nachbarbau in einer Vitrine gesehen hatte. Wie es sich für einen Profi gehörte, zielte er damit auf die dickste Stelle, auf meinen Bauch.

»Haben Sie nebenan eine Scheibe eingeschlagen?«

Er deutete mit der linken Hand auf den Platz neben sich. »Machen Sie den Durchgang frei. Ich habe sonst keine

Sicht. – Nein, die ist meine eigene. Noch aus dem Krieg. Ich hab sie damals mitgenommen. Man sieht ja, dass es eine gute Entscheidung war.«

Von meinem Stuhl aus bemerkte ich, dass Helling an dem Engpass einen kleinen Taschenspiegel unauffällig so im Schatten platziert hatte, dass er darin die komplette Halle übersehen konnte. Der Mann war wirklich vorsichtig und obendrein ganz schön gewitzt.

Da er so offenkundig den Ernst seiner Lage begriffen hatte, brauchte ich mich nicht mit langen Einleitungen aufzuhalten, sondern erzählte ihm gleich von meinem Erlebnis mit Beers, angefangen von seinem Anruf, mit dem er mich auf den Parkplatz in Egmond bestellt hatte, bis zu seinem Tod in Camperduin. Ich hielt auch nicht mit meinen Nachforschungen bezüglich der Krone hinterm Berg, genauso wenig wie mit meiner Vermutung über die Art und Weise, wie Helling und seine Kumpane zu ihrem Vermögen gekommen waren.

»Und jetzt sollten Sie das Ihre tun, die Schatten der Vergangenheit ein wenig aufzuhellen, Mijnheer Helling ... oder soll ich lieber sagen Mister ...?«

Ein eingeschaltetes Fernsehgerät besitzt eine beinahe magische Anziehungskraft. Ob einen die Sendung interessiert oder nicht, man guckt unwillkürlich hin. Deshalb starrten wir beide auch die meiste Zeit dem alten Holländer ins Gesicht, während wir uns unterhielten.

»Bleiben wir bei Helling. Mein Englisch ist mittlerweile schlechter als mein Holländisch und an meinen richtigen Namen will ich mich gar nicht mehr erinnern. Außerdem will ich keine Schwierigkeiten in Gegenwart anderer, die mich nur so kennen. – Das, was Sie da recherchiert haben, ist wirklich gute Arbeit. Okay, ich werde die Lücken füllen. Und Sie versprechen mir, mich aus dem Schlamassel rauszuholen. Ich hab keine Lust, so zu enden wie Beers und die anderen.«

Und dann erzählte er, die Maschinenpistole unverwandt auf den schmalen Durchlass im Beton gerichtet. Wie er als junger Mann zum Militär gekommen und aufgrund seiner Bildung relativ schnell zum Leutnant aufgestiegen, wie er wegen seiner planerischen Fähigkeiten bei der Spezialeinheit gelandet war. Wie er geglaubt hatte, für eine gerechte Sache ins Feld zu ziehen, und wie schnell er merken musste, dass es keine gerechten Kriege gab.

Was in Kolmburg passiert war, kannte ich im Wesentlichen von Flanagan. Jetzt erfuhr ich detailliert von der Entdeckung der kleinen Sonderwerkstatt, in der einige Juweliere der Extraklasse die Krone des Wittekind geschaffen hatten.

Natürlich hatten er und seine vier Begleiter, nachdem sie die Tür aufgebrochen und alles gesichtet hatten, keinen Schimmer von der Bedeutung dessen, was ihnen da in die Hände gefallen war, aber der materielle Wert war unübersehbar. Während ihre übrigen Kameraden damit beschäftigt waren, die Lagerbesatzung niederzumachen, kamen sie in Minuten zu der Erkenntnis, dass sich ihnen mit diesem Schatz eine Chance bot, wie sie sie im Leben nicht noch einmal erhalten würden. Die Krone wurde beim Captain versteckt, man blieb gerade noch so lange, wie man brauchte, um sich mit australischen Pässen auszustatten, und dann auf nach Holland, zu den Edelsteinschleifern von Amsterdam, wo die Krone geteilt und der Grundstock für ein sorgenfreies Leben gelegt wurde.

Sorgenfrei, bis Gendt und Voorst die Fotos erhielten und kurze Zeit später tot waren.

Ihren neuen Freunden gegenüber hatten sie geschwiegen. Es war ihnen gelungen, durch Verleugnung ihrer Vergangenheit und einen chamäleonartigen Wechsel ihrer Identität in die Phalanx der alteingesessenen Pfeffersäcke einzubrechen, in Jahrzehnten Ansehen und Achtung zu erlangen. Diesen Status wollten sie nicht gefährden. Lieber verdrängten sie sehenden Auges jede mögliche Verbindung mit Kolmburg.

So war es nicht verwunderlich, dass die Sache durch jemanden ins Rollen kam, Brouwers nämlich, der mit der Vergangenheit gar nichts zu tun hatte und den der Umstand beunruhigte, dass drei von dreizehn eines gewaltsamen Todes gestorben waren.

Gerade dieses Drei-von-dreizehn-Verhältnis aber beruhigte zunächst wiederum die fünf Veteranen, weil Siemerink keiner von ihnen war und Kolmburg dadurch in den Hintergrund rückte.

Das änderte sich natürlich, als es danach auch Doornik und jetzt Beers erwischte, aber was war da noch zu machen? Jetzt war sowieso nur noch einer von den fünf aus Kolmburg übrig und der saß neben mir und war heilfroh, dass ihm jemand die rettende Eselsbrücke baute. Helling hatte als Letzter der Mohikaner den Ernst der Lage in vollem Umfang begriffen und war bereit, einschränkungslos mit mir zusammenzuarbeiten. Das war klasse, wenn ich auch noch nicht genau wusste, wie diese Zusammenarbeit aussehen sollte.

Ich wollte gerade den Vorschlag loswerden, bei unserer zukünftigen Planung nur Rendorf hinzuzuziehen, weil dies der einzige wirklich Ausstehende war und wir sicher sein konnten, dass bei ihm keine gewollte oder unbeabsichtigte Querverbindung zum Täter bestand, als ich merkte, wie Helling seine Aufmerksamkeit auf den kleinen Spiegel konzentrierte und die Sten mit beiden Händen packte. Er hatte die besseren Augen als ich und erkannt, dass jemand die Halle betreten hatte.

Die Szenerie war die einer unvollkommenen Zeitreise. Zwei Männer mit einer antiquierten Maschinenpistole verteidigen inmitten von Reliquien des Dritten Reiches den Zugang zu ihrem Bunker, während sie vor einem Videorekorder hocken. Aber die Situation auf dem Parkplatz in

Egmond war weitaus surrealer gewesen und zwei von den drei Teilnehmern waren nun sehr real tot. – Hellings Verhalten war nicht übertrieben.

Wir rührten uns nicht, während wir im Halbdunkeln auf die Schritte lauschten. Der schlendernde Gang eines Mannes, der ohne Eile und mit mäßigem Interesse eine Ausstellung durchstreift. Um uns herum wurde es noch um Nuancen dunkler, als sich der Film nach seinem Ende wieder zurückspulte. Der Rekorder klackte, dann wiederholte sich der schwarzweiße Greis zum dritten Mal. Die nun kaum noch hörbaren Schritte kamen näher, im Durchlass erschien der junge Mann, der sich vorhin so akribisch für die Ehrendolche interessiert hatte. Er blieb abrupt stehen und seine Augen wanderten schnell zwischen Helling und mir hin und her. Dabei blickte er nur auf unsere Gesichter und kein einziges Mal auf die Sten. Beide Hände steckten in den Taschen seines Mantels. Dort ließ er sie auch, während er in Landessprache etwas murmelte, was nach »Wollte nicht stören« klang, sich umdrehte und geradewegs die Halle verließ.

Wir warteten noch drei, vier Minuten, aber nichts geschah. Der alte Holländer redete weiter, niemand kam, niemand ging.

»Lassen Sie uns hier verschwinden – ich hab plötzlich so ein komisches Gefühl. Wir müssen raus aus dem Loch, bevor die wissen, dass wir hier sind und den Eingang versperren. Das Sicherste wird sein, wir bleiben an dem Burschen dran und lassen ihn vor uns hergehen, egal, wer er ist, was er vorhat und welchen Weg er nimmt. Wir gehen etwas versetzt. Los jetzt!«

Helling, der ohnehin einen entschlossenen Eindruck gemacht hatte, wirkte um Jahrzehnte verjüngt, lief zu der Form eines Bill Flanagan auf. Diese alten Kämpfer waren nicht zu verachten. Der Typ, der es geschafft hatte, sie reihenweise zu töten, musste der Teufel persönlich sein.

Als wir vorsichtig ins Freie traten, war der Mann nirgends zu sehen. Wir entdeckten ihn erst wieder, als wir in die Nähe des Tiergeheges kamen, wo er am Zaun stand und das Hängebauchschwein mit einer Konzentration beobachtete, als wäre es das einzig lohnende Forschungsobjekt der ganzen Welt.

Wir blieben in einiger Entfernung stehen und taten so, als gälte unser gleichermaßen intensives Interesse einem Kettenfahrzeug aus dem ersten Weltkrieg. Da ansonsten kein Mensch in unserer Umgebung auszumachen war, sah Helling keine Veranlassung seine Waffe versteckt zu halten.

Über zehn Minuten lang setzten wir drei unsere Untersuchungen fort. Ein junger Biologe, der herausfinden wollte, wie lange ein kleines Schwein brauchte um zu begreifen, dass sein neuer Besucher es nicht füttern würde, obwohl er so aussah, als holte er jeden Moment etwas aus der Tasche. Zwei alte Militärhistoriker, die sich den Kopf darüber zerbrachen, ob man die rostige Kiste nicht doch noch zum Laufen bringen könnte.

Der Nachwuchswissenschaftler brach seinen Versuch als Erster ab und machte sich auf den Weg in Richtung Ausgang. Die beiden Alten folgten nur Sekunden später, hatten sich nach kontroversem Disput anscheinend nichts mehr zu sagen und hielten sich meterweit voneinander getrennt.

Als wir auf dem Parkplatz ankamen, wurde dieser von einem dunklen BMW verlassen, der so schnell hinter dem Andenken-Kiosk abbog, dass ich seine Nummer nicht erkennen konnte.

»Kannten Sie den Typen von irgendwoher?«

Helling schüttelte knapp den Kopf. »Kennen oder nicht kennen, wir sollten machen, dass wir den Präsentierteller räumen. Kommen Sie mit zu mir.« Er fasste mich am Ellenbogen und dirigierte mich über den Platz zu einem im Landhausstil errichteten Restaurant. Neben dem Eingangsportal aus zwei doppelflügeligen Schwingtüren verkündete ein Schild, dass mit der Eröffnung zum fünfzehnten November zu rechnen wäre. Helling, an diesem Ort Bauherr und damit uneingeschränkter Boss, ging voran und machte für uns eine Ausnahme.

Die Verfliesung des Bodens war eben fertig geworden. In einer Ecke lagen papierene Speißsäcke, zwei schwarze Kunststoffwannen zum Anrühren waren ebenfalls noch nicht weggeschafft worden. An Einrichtungsgegenständen war nur die im unteren Teil mit Folie abgeklebte Theke montiert. An ihr lehnten drei Männer, die kein Arbeitszeug trugen und auch sonst nicht wie Leute vom Bau wirkten, und tranken Bier aus Flaschen.

»Alles glatt gelaufen, Jungs«, sagte Helling zu den Männern, »kein Grund zur Panik. – Wenn ihr nur mal kurz nach hinten geht. Ich bin hier auch gleich soweit und dann hauen wir ab.«

Als sich die »Jungs« verzogen hatten, rückte ich endlich mit meinem Vorschlag, ab jetzt nichts mehr ohne genaue Abstimmung mit Rendorf zu unternehmen, und Helling mit einer neuen Handynummer raus, unter der er Tag und Nacht zu erreichen sein würde. Wir verblieben so, dass er wieder Deckung nehmen und erst dann auftauchen sollte, wenn Rendorf und ich zu einem Entschluss gekommen wären. Uns war beiden klar, dass unser Gespräch nichts Neues zutage gefördert und lediglich dazu gedient hatte, Vermutungen zu bestätigen und das gesamte Bild etwas runder zu machen. Dem Täter näher gekommen waren wir keinen Millimeter.

Auch ein Punkt, der mich schon lange beschäftigte, würde nicht die Offenbarung bringen, wollte aber der Vollständigkeit halber geklärt werden. »Was mich noch interessiert, Herr Helling, wie sind Sie damals an so ausgefallene Vornamen gekommen wie Coor und Arie, wenn Sie schon die

Hausnamen einer Landkarte entnehmen mussten? Jan, Pieter, Frans, das kann ich noch nachvollziehen, die gibt's so ähnlich auch in deutsch, aber die anderen?«

»Vornamen waren kein Problem. Wir hatten genug holländische Juden bei unseren Einsätzen getroffen, die sich alle mit Vornamen anredeten. Hausnamen waren uns nicht geläufig. Wir waren die Voraustruppe, nicht die Buchhalter. Uns ging es um die Menschen, nicht um ihre Verwaltung.«

Damit war für jetzt alles besprochen und ich hätte mich eigentlich auf den Weg machen können. Aber irgendwas wollte Helling doch noch los werden und er kam damit an, als ich ihm schon die Hand zum Abschied geschüttelt hatte.

»Bevor Sie fahren, muss ich Ihnen noch etwas sagen. Nur der Vollständigkeit halber, nichts wirklich Wichtiges. Aber das beurteilen Sie besser selber. Ihre Geschichte damals, Sie wissen, in dieser Kneipe in Egmond. Sie haben damals was von dem jungen Burschen erzählt, der in Kolmburg der Dolmetscher war. Nach Ihrer Version war das der geflohene Nazi, der dann seinen Rachefeldzug gegen die Engländer gestartet hat. Das mag aus Ihrer Sicht ja ganz logisch gewesen sein, stimmt aber nicht. Ich hab lange überlegt, ob ich damit ankommen soll, wegen der Krone, meine ich. Die anderen haben ja schließlich auch geschwiegen. Aber jetzt bin ich der Einzige, der übrig ist. Ich muss nur noch auf mich selber Rücksicht nehmen. – Ist schon kurios, gerade jetzt glaub ich, dass die Information gar nichts mehr wert ist. Ich bin nämlich auch von Ihrer Argumentation überzeugt, dass ein Nazi der Drahtzieher ist, und zwar einer, bei dem es im Kopf nicht mehr stimmt. Was sollte es denn sonst für einen Grund geben? Der Bursche, den wir damals im Wald aufgegriffen und der uns dann beim Übersetzen geholfen hat, war aber ein Jude, ganz zweifellos. Ja, und deshalb mein ich, dass wir den vergessen können. Den haben wir gerettet und durchgefüttert, der müsste uns eigentlich heute noch vor

Dankbarkeit die Füße küssen. Also kann uns dieser Dolmetschers, wie Sie ihn nennen, ganz gleichgültig sein. Da sind wir nur auf einem Holzweg und der wahre Täter dreht uns eine lange Nase.«

Sicher, ich hatte nicht in allem Recht gehabt. Siemerink war nicht der Mörder. Aber deshalb war noch lange nicht alles falsch, was ich gefolgert hatte. So leicht war ich nicht bereit, mich von der Figur meines Lieblingsverdächtigen zu verabschieden.

»Ich weiß nicht, wie gut Sie sich noch an den Abend erinnern, aber ich habe, glaube ich, ziemlich deutlich ausgeführt, dass es für einen entschlossenen Burschen nicht allzu schwierig ist, eine einfache Tätowierung ...«

Er fiel mir barsch ins Wort: »Es geht hier um mein Leben und deshalb berücksichtigen Sie bitte die Fakten und lassen Sie die bloßen Spekulationen. Der Mann war Jude, Punktum.«

Jeden weiteren Einwand von mir wehrte er im Vorfeld ab. »Nein, lassen Sie mich ausreden.«

Sein Blick ging durch mich hindurch in eine weite Ferne, die unmittelbar vor ihm lag. Der junge, so glänzend in eine militärische Karriere in der Armee ihrer königlich-britischen Majestät gestartete Offizier erinnerte sich. »Eine Patrouille hatte ihn aufgegriffen, im Wald, verdreckt, verängstigt, halb verhungert. Sie haben ihn mehr ins Lager getragen, als dass er laufen konnte. Aber das musste nicht viel heißen. Die Deutschen hatten zwar den Krieg verloren, nur, manche von denen wollten das immer noch nicht wahr haben. Hier ...« Er reckte den Kopf vor und hielt mir seinen Hals hin, auf dem man bei genauem Hinsehen eine Narbe erkennen konnte, die hauchdünn vom Nacken zur Kehle verlief. »Das hat mir so ein Bastard verpasst, der würde heute noch an den Endsieg glauben, wenn mein Adjutant ihn nicht erschossen hätte. Kam als ganz normaler Zivilist daher und hatte eine

Rasierklinge unter dem Hutband versteckt. Oh nein, nicht mit mir, ich war vorsichtig geworden. Also, auf den zerlumpten Eindruck dieses Jungen bin ich gar nicht erst reingefallen. Ich würde mir nicht noch mal so eine Laus in den Pelz setzen. Der musste mir schon einen besseren Beweis für seine Geschichte liefern als die paar Zahlen da auf seinem Arm. Als meine Leute ihn anschleppten, habe ich ihn deshalb vor die Wahl gestellt, entweder die Hose runterzulassen oder ins Loch zu wandern, bis ihn die MP in ein Sammellager abtransportieren könnte. Und das mit der Hose meinte ich wörtlich.«

Er hatte uns auch zwei Flaschen geholt und prostete mir zu. Die Nähe von Duisburg machte sich in Form von König Pilsener wohltuend bemerkbar.

»Na ja, wenn man überleben will, spielt das Schamgefühl keine sonderlich große Rolle. Er zog sie also aus und ich konnte ihn beruhigt als Dolmetscher einsetzen. Scheißegal, was ein überzeugter Nazi alles anstellen würde, um sich bei uns einzuschmuggeln oder sich als Jude auszugeben, so hätte er sich jedenfalls nicht herrichten können. Der Bursche war nämlich beschnitten und das dem Heilungsgrad nach schon jahrelang. So auszusehen hätte der beste deutsche Meisterspion selbst nach wochenlanger Vorbereitung nicht hingekriegt. – No, Sir, der Mann war Jude, und wir haben ihm das Leben gerettet.«

Er setzte die leere Flasche hinter die Theke und nahm sich eine neue, nachdem ich für meinen Teil abgewinkt hatte.

»Sie sind doch auch davon überzeugt, dass mir einer ans Leder will. Also, das kann doch nicht in Ihrem Sinn sein, sich mit vagen Hypothesen zu verzetteln und so lange irgendwelche Hirngespinsttheorien auszuprobieren, bis es auch mich erwischt hat. Vergessen Sie diesen ... diesen Dolmetscher. Wer weiß, ob der nicht schon ewig in Palästina lebt, wenn er überhaupt noch lebt. Denken Sie sich lieber was aus, wie wir den Nazi packen, der so wahnsinnig ist, dass er auch jetzt noch Rache für Kolmburg will. Ich hab nämlich keine Lust mehr, auf einem Schleudersitz zu hocken. Außerdem will ich bald das Lokal hier eröffnen und das heißt, ich will selber dabei sein und nicht auf einer Hallig im Wattenmeer in der Zeitung davon lesen.«

Dafür, dass er nicht mein Auftraggeber war und mir auch sonst keine Prämien in Aussicht gestellt hatte, hatte er ganz schöne Ansprüche. Mir taten schon jetzt die armen Schweine Leid, die in diesem Laden als seine Angestellten würden arbeiten müssen.

Abgesehen davon hatte er natürlich Recht. Ich betonte erneut, dass ich mich nach Rücksprache mit Rendorf melden würde, und verabschiedete mich ein zweites Mal.

Auf dem Parkplatz blieb ich noch eine Weile im Wagen sitzen und beobachtete das Haus. Wie würde er sich einer Observation entziehen und unbemerkt aus dem Staub machen? Meine Geduld wurde auf eine harte Probe gestellt und es dämmerte bereits, als drei unterschiedliche Lieferwagen hinter dem Lokal hervorkamen. In jedem Wagen ließ sich nur der Fahrer ausmachen, keine andere Person. An der nächsten Kreuzung bog einer rechts und zwei links ab. Am folgenden Abzweig würden sich auch die zwei teilen. In welcher Karre steckte Helling, oder war er sogar im Haus geblieben?

Ich fuhr in der beruhigenden Gewissheit nach Hause, dass der letzte Überlebende der Fünferbande jedenfalls kein Idiot war.

* * *

»Das Tigerfallenprinzip. Wie willst du es denn sonst angehen?«

Ich hatte mir schon gedacht, dass es darauf hinauslaufen würde. Immerhin war das seine Lieblingsvorgehensweise.

Andererseits musste ich einräumen, selbst zu keinem besseren Vorschlag in der Lage zu sein. Mein Einwand kam deshalb auch nur sehr zögernd: »Armin, wir wissen nun, dass der Dolmetscher kein verkappter Nazi, sondern Jude war. Sollten wir nicht versuchen den aufzutreiben, um etwas über Kolmburg von jemandem zu erfahren, der weder zu den Nazis noch zu den Befreiern beziehungsweise Dieben der Krone gehörte?«

Wir saßen in dem Teil von Rendorfs Kanzlei, den er für die Besprechung mit Mandanten vorgesehen hatte, und rauchten Havannas. Dieser entspannten Stimmung mochte es zuzuschreiben sein, dass er mir nicht in aller Brutalität sagte, für wie blöd er meinen Vorschlag hielt.

»Einverstanden, wenn du mir verrätst, wie wir ihn aus dem Hut zaubern können. Wie Helling schon sagte, der könnte nach Israel ausgewandert oder längst tot sein. Von allen Juden dieser Welt hast du einen einzigen greifbar, deinen Freund Revellius und der hat ...«

Ganz so dumm bin ich auch nicht. Der hatte mich als Kronzeugen für seine Unschuld: »Ich weiß. Ich selbst bin sein Alibi für den Mord an Beers.«

Anscheinend bin ich doch so dumm, wie Rendorf mir vor Augen führte: »Den Aspekt kannst du getrost vernachlässigen. Wenn einer Morde in Serie begeht, was wir unterstellen, und zwar nicht als Sexualtäter, sondern in aufwendiger Weise über einen längeren Zeitraum im In- und Ausland, hat er mit großer Wahrscheinlichkeit Hilfe von dritter Seite. Selbst dieser vergleichsweise unbedeutende Beers hat einen Assistenten gehabt, der dir noch gut im Gedächtnis sein dürfte. Nein, ich sehe keinen Grund für ihn. Jeder Jude müsste heute noch allen Befreiern von Kolmburg auf Knien danken. Und sollte Revellius mit dem Dolmetscher identisch sein, müsste er denen sogar ein Denkmal setzen. Du hast ihn doch selbst mal dazu befragt und er hat dir die passende

Antwort gegeben. Im Übrigen«, dabei blies er entspannt einen Kringel zur dunklen Korkdecke, »wie passt der Tod von Siemerink in dein Schema? Um es vorweg zu nehmen: In meines passt er überhaupt nicht. – Ich bin bereit anzuerkennen, dass die Vorkommnisse von Kolmburg ein bestimmender Faktor sind, wobei ich nicht einmal weiß, welche Vorkommnisse genau. Ich will sogar so weit gehen zu vermuten, dass der Täter im Kreis der Clubmitglieder zu suchen ist, vielleicht nur im erweiterten. Aber mehr haben wir doch nicht, Herrgott noch mal! Je mehr wir grübeln, desto mehr wirbelt uns der Zyklon herum und herum und hindert uns daran, in sein Auge vorzustoßen. Oder hättest du gerne Schouten als Täter, nur weil er uns hinzugezogen hat und in jedem dritten Krimi der Auftraggeber der Täter ist? Oder Brouwers, den Mann in Konfirmationsanzug und Turnschuhen, der dir den Sonderauftrag gegeben hat? Was ist mit dem jungen Baltus – kann sein, dass ihn die alten Säcke herablassend behandelt haben und er auf Siemerink eifersüchtig war wegen der Vanenburg? Warum nicht Willem Bout oder dieser dicke van Coeveren oder ... ach, Scheiße, ich krieg nicht mal mehr die Namen von den Knackern auf die Reihe! Andererseits, wir verrennen uns hier in dem ganzen antiquierten Nazi- und KZ-Mist. Was ist, wenn das alles nur am Rande mitspielt, weil einer die Gruselfotos mal auf dem Lotterbett vergessen hat? Ich biete dir mal was ganz anderes an. Deine schöne Mieke Wieheißtsienochgleich erpresst ihre reichen Yachtclubkunden, und wenn einer droht zur Polizei zu gehen, erledigen Schneeweißchen und Rosenrot die Sache. – Na, endlich die Sicht für die Komplexität der Möglichkeiten wiedergewonnen? Aber ich will dich nicht noch mehr verwirren. Nimm dir ein Beispiel an der Ehrlichkeit von Brecht. *Wir stehen selbst und seh'n betroffen den Vorhang zu und alle Fragen offen.* Wenn du dein Verdächtigenkarussell weiterdrehen willst, bitte sehr. Aber ich will endlich den Täter, weil ich mir langsam wie ein Versager vorkomme.«

So war es, so blieb es. Also hörte ich mir seinen Vorschlag an.

»Helling ist unsere Ziege. Wir müssen ihn noch eine bisschen versteckt halten und ihn dann für einen letzten Moment, bevor er für alle Zeiten abtauchen wird, an einen so exponierten Pflock binden, dass der Täter nur da und nur zu der vorbestimmten Zeit an ihn herankommen kann und sonst nie wieder. Wenn unser Mörder wirklich so besessen ist, wie wir annehmen, dann wird er jedes Risiko eingehen, um diese letzte Chance zu nutzen. Und wir liegen auf der Lauer und greifen uns den Tiger.«

Ich wollte gerade anfangen, mich im Glücksgefühl der Erkenntnis eines todsicheren Planes zu suhlen, als mir Rendorf einen letzten Dämpfer verpasste: »Du solltest dabei aber nie aus den Augen verlieren, dass unsere Ziege auch selber der Tiger sein könnte.«

* * *

Petrus hatte beschlossen, uns in einem letzten spätherbstlichen Aufbäumen für das Grau der vergangenen Tage zu entschädigen, und gaukelte uns die Rückkehr des Frühlings vor. Wenige weiße Wolken hingen am strahlend blauen Himmel, die Sonne war so gleißend, dass man die Augen zusammenkneifen musste, und wenn man aus dem Schatten trat, war eine dünne Jeansjacke schon zu viel. Es tat richtig gut, dass ein bisschen Wind ging und den Aufenthalt an Deck erträglich machte.

Wir waren früh von Enkhuizen aufgebrochen mit Hellings Zwölf-Meter-Yacht. Die 850 PS waren reine Angabe. Ein derartiges Poweraggregat auf diesem Stadtgartenteich zu stationieren, war ein solches Sakrileg, als hätte man einen 911 nur deshalb gekauft, um damit durch 30er-Zonen zu brettern. Aber Helling versicherte uns, dass er den Kahn mit dieser Ausstattung gebraucht übernommen hatte und es nun wirklich dusselig wäre, ihn einfach nur als Spleen in der Leistung kostenaufwendig abzuspecken. Damit rannte er bei mir als Geschwindigkeitsfreak offene Türen ein.

Ich hockte jetzt schon geschlagene drei Stunden unter Deck und durfte noch nicht einmal ein Bier trinken, weil mein verbissener Freund Armin mich sonst über Bord geworfen hätte. Mein seemännisch total ahnungsloser Anwalt hatte die Rolle des Kapitäns für sich beansprucht, soweit es um Anordnen und Befehlen ging. Das war auch in Ordnung so, denn die Tigerfalle war sein Plan und er musste schließlich am besten wissen, wie der durchzuführen war. Ich fand nur, dass er reichlich übertrieb, wenn er darauf bestand, dass ich mich bei Annäherung eines fremden Schiffes von den Bullaugen fernzuhalten hätte. Zu seiner Ehrenrettung muss ich gestehen, dass er sich auch selbst daran hielt. Wir kamen dann doch noch zu einem Kompromiss, der beide Seiten zufrieden stellte. Ich zog die Vorhänge vor, ließ aber einen schießschartenschmalen Spalt frei und bekam so wenigstens ein bisschen von dem Treiben auf dem Binnenmeer mit, das wegen der vielleicht letzten guten Witterung dieses Jahres von Freizeitkapitänen ausgiebig besegelt wurde. Man spürte förmlich die lockere Stimmung der Leute, die vor den regenschwangeren Herbststürmen ordentlich toben wollten.

Die ausgelassenste Truppe war die jugendliche Besatzung eines ramponierten Einmasters, der keine zehn Meter entfernt vorbeiglitt. Die Meisjes lüfteten ihre Tops und wedelten mit fliegenden Brüsten zu uns herüber. Die Jongens konterten das Ganze, indem sie uns den nackten Arsch hinhielten. Die Bande giggelte und gackerte, als hätten sie damit die goldene Hose von Montreux gewonnen.

Ehrlich gesagt, wir hatten auch unseren Spaß dabei. Holland kann mörderisch kurzweilig sein, wenn man auf seinen Attentäter wartet.

Die Schiffe, die in den nächsten Stunden kamen, hielten gebührenden Abstand und gaben mir hinlänglich Zeit zu überdenken, wie es dazu gekommen war, dass ich mich unter Deck eingesperrt hatte.

Die Idee von Rendorf war die beste, die wir bisher in diesem Fall gehabt hatten. Helling brauchte nicht lange, um zu derselben Überzeugung zu gelangen. Er spielte seine Rolle gut, als er die Clubkameraden der Reihe nach aus seinem Versteck anrief und ihnen verklickerte, dass er die Schnauze voll habe und nicht so enden wolle wie die anderen. Zum Dienstagstreffen würde er noch kommen, aber nur abends in die Kneipe auf einen Sprung. Von dort würde er sich von seinen Leuten abholen lassen – und dann Adieu. Sie sollten ihm nicht übel nehmen, dass er den Nachmittag dafür reserviert hatte, von seinen geliebten Yachtgründen Abschied zu nehmen. Das müsste doch jeder verstehen, dass er dabei allein sein wolle. Jedem war bekannt, dass sein Schiff in Enkhuizen lag. Das Dienstagsmeeting sollte diesmal in Stavoren über die Bühne gehen.

Jeder, der ihn alleine und mitten zwischen den Augen treffen wollte, konnte sich also ausmalen, auf welcher Route er ihn erwischen würde.

Hellings jüngstes Versteck war sein Boot, auf dem wir uns schon am Montagabend eingenistet hatten. Wir wollten der Chance eines ganz schlauen Mörders vorbeugen, unsere Ziege bereits bei der Anfahrt zum Kahn abzufangen.

Anfangs tu ich mich immer schwer damit, mich in einer neuen Umgebung zurechtzufinden. Deshalb schlief ich auch schlecht, was nicht die Schuld meiner luxuriösen Koje war. Einfach nur der ungewohnte Platz und die leichten, aber ständigen Bewegungen des Schiffes.

Wir hatten außerhalb des Hafens geankert, um für zusätzliche Sicherheit zu sorgen, und gegen neun leichte Fahrt aufgenommen. Nach etlichen Phasen, in denen wir uns praktisch gar nicht von der Stelle bewegten, hatten wir jetzt etwa drei Viertel der Strecke hinter uns gebracht, ohne dass irgendetwas passiert wäre. Unsere Anspannung war schon lange verflogen und hatte, bedingt durch Hitze und monotones Wellenplätschern, einer gefährlichen Schläfrigkeit Platz gemacht, weshalb sich mein Freund genötigt sah, mehrfach an den Ernst unserer Mission zu erinnern. Aber es half alles nichts, und als eine weitere Stunde vergangen war und sich das Hereinbrechen der Dämmerung abzeichnete, musste Rendorf unter ungewohntem Fluchen eingestehen, dass unser Vorhaben gescheitert war.

Ich war selbst sauer, dass es nicht funktioniert hatte, konnte mich aber einer winzigen unangemessenen Freude über die fehlende Unfehlbarkeit meines Freundes nicht erwehren.

Helling, gleichermaßen enttäuscht und erleichtert, verließ seinen Platz hinter dem Steuer, um aus einer Kühlbox am Heck eine Flasche Whisky zu holen. »Ist ein Chivas Regal. Da werden Sie doch wohl einen mittrinken.«

Wir hörten ihn oben herumfuhrwerken, bis er plötzlich zur Treppe kam, sich in den Kabinenabgang beugte und hinunterrief: »Da kommt ein Motorboot auf uns zu. Von achtern. Sie können es nicht sehen.«

»Showtime.« Rendorfs Gesichtsausdruck war beleidigend selbstgefällig, während er seine Mauser entsicherte. »Wie nah?«

Ich wischte mir den Schweiß von den Handflächen und zog den Revolver, der mal dem Affen gehört hatte.

»Schätze, noch achthundert Meter.« Helling hatte sich wieder hinter das Steuer geklemmt.

»Behalten Sie ihn im Auge! Wenn Sie so was wie eine Waffe sehen, werfen Sie sich auf den Boden, aber lassen Sie auf alle Fälle die Treppe für uns frei.«

An mich wandte er sich mit einem schelmischen Lächeln, als gelte es, auf einem Kindergeburtstag die Regeln des Spitz-pass-auf-Spiels zu erklären. »Na, alter Junge, eine kleine Sportswette unter Freunden? Wer ist der große Unbekannte?«

Das war die Kernfrage, die mich die vergangenen Monate bewegt hatte, und von deren Antwort ich die ganze Zeit genauso weit entfernt geblieben war wie am ersten Tag. So sehr ich auch den punktgenauen Geistesblitz herbeigesehnt hatte, er zündete nicht – bis jetzt.

Ich weiß, wie idiotisch das im Nachhinein wirken muss, ausgerechnet für diesen Moment die Erleuchtung zu behaupten, aber so war es, daran war nicht zu rütteln. Vielleicht lag es an der übermächtigen Anspannung, die eine Leere in meinem Hirn und damit Raum für die vielen Puzzlestücke schaffte, sich selbst zu ordnen. Ich musste an eine Bemerkung denken, die Revellius auf meine Mutmaßung gemacht hatte, dass wohl mehrere Männer nötig gewesen waren, um Beers zu erledigen. Irgendetwas, was er über die imaginäre Person des Mörders von Beers gesagt hatte, geisterte als körperloses Phantom durch meine Erinnerung. Ich war von seiner Wichtigkeit überzeugt, konnte es jedoch nicht zu fassen kriegen.

Aber nun war es da. Er hatte gesagt, ein einzelner Mann würde genügen, wenn er ausreichend groß und kräftig wäre.

Das Fragment, das sich nahtlos in dieses fügte, war eine Szene in einem Restaurant in Lemmer, als Beers von Schouten wie ein kleiner Junge durchgeschüttelt wurde.

Schouten war der Mann, der es schaffen konnte. Schouten war der Mann, zu dem Beers Vertrauen gehabt hatte und der nahe genug an ihn herankommen konnte.

»Schouten.«

Rendorf Gesicht war ernst geworden. Er sagte nichts.

»Was ist, lieg ich so falsch, wer ist denn dann der Mörder?«

Er griff mit seiner freien Hand in die Tasche und warf mir ein kleines, gelbes Buch herüber. »Steht da drin.«

Bevor ich Genaueres erkennen konnte, ging das andere Schiff längsseits und dunkelte mit seinem Rumpf unsere Kabine ab. Für einen Moment wurden meine Augen vom Adrenalinausstoß verschwommen und ich musste mehrmals unkontrolliert schlucken. Dann war ich bereit.

»Hallo, mein Bester! Verzeih mir, dass ich uneingeladen in deine Kontemplation platze, aber nach so vielen gemeinsamen Jahren musste ich mich einfach von dir persönlich verabschieden. Darf ich an Bord kommen?«

Rendorf arbeitete sich lautlos in der Hocke die Stufen hoch, das Magazin der C 96 auf die linke Hand gestützt. Ich schob mich hinter ihn. Hier unten kam nur wenig von der Stimme an, aber sie war mir so vertraut, dass ich sie auch ohne »mein Bester« sofort erkannt hätte.

»Oh hallo, Klaas, mit dir habe ich wirklich nicht gerechnet. Na klar, komm rüber und wir trinken ...«

»Ach, ich bin ein sentimentaler Trottel, Frans! Ich hätte nicht so egoistisch sein und dich stören dürfen. Es ist eine so wunderbare Ruhe hier auf dem Wasser, die sollst du für dich alleine haben. Wir treffen uns ja sowieso gleich in *Het Vrouwe de Stavoren*. Also, tot ziens!« Revellius gab Gas und der Schatten vor dem Bullauge verschwand.

Damit war die Tigerfallenaktion endgültig gescheitert. Mein Nacken prickelte, als ich daran dachte, wie wenig gefehlt haben mochte und Rendorf hätte die letzten zwei Stufen genommen und einen unschuldigen Mann erschossen. »Ach du Scheiße, das war knapp.«

Jetzt brauchte ich tatsächlich einen Schnaps.

Wir kletterten beide an Deck.

»Tja, das war verdammt knapp, alter Freund. Der ist uns durch die Lappen gegangen und damit werden wir das Schwein wohl nie mehr erwischen.«

Ich verstand nicht ganz. Hielt Rendorf etwa Revellius trotzdem für den Mörder, diesen Profi, der hier den einsamen Helling mühelos hätte erledigen können und es nicht getan hatte? Ich begriff gar nichts mehr.

Rendorfs Blick auf das Buch in meiner Hand veranlasste mich, es näher in Augenschein zu nehmen. Ein Wörterbuch von Langenscheidt, lateinisch-deutsch. Dieses Hexenalmanach war nicht geeignet, meine Wirrnis zu beseitigen.

Rendorf sprach wieder in diesem dozierenden Tonfall, den ich so hasse. »Wir haben doch seinerzeit sehr schön gefolgert, aus welcher Situation heraus die fünf Engländer die Namen holländischer Städte angenommen haben. Später konnten sie die nicht mehr ändern, ohne Verdacht zu erregen. Mit diesem Anhaltspunkt hatten wir schon einmal Glück und der Dolmetscher war damals in einer vergleichbaren Lage. Ein junger Bursche, fanatisiert, besessen von seiner Idee, für die er seine Identität wechseln musste, hatte nur kurze Zeit Zugriff auf die Fälschungsutensilien. Er hat sich in seinem jugendlichen Überschwang einen Namen gesucht, der zu seiner Aufgabe passt. Denk in diesem Zusammenhang auch mal an die Worte von Brandtstätter, der sich an seinen Besucher erinnerte, weil der einen so ›bedeutungsvollen Namen‹ hatte. Und dann guck mal in das Buch.«

Da stand es: *revello, revelli, revulsus – ausreißen, tilgen*. Eine prima Gelegenheit für Rendorf, mit seiner humanistischen Bildung zu protzen.

»Okay, okay, er hat also schon mit seinem Kampfnamen deutlich gemacht, dass er seine Gegner vernichten, von der Erde tilgen will. Aber warum? Er ist doch Jude und seine Opfer waren seine Lebensretter. Sag mir einen einzigen Grund, warum er das getan hat? Und warum ist er überhaupt zu Brandtstätter gefahren? Er wusste doch alles über Kolmburg aus erster Hand, viel mehr als Brandtstätter je wissen würde.«

»Das mit München lässt sich leicht erklären. Brandtstätter war unangefochtener Kolmburgfachmann. Wenn der die Identität des Dolmetschers nicht lüften konnte, konnte es keiner und Revellius alias Rosenfeld war weiterhin in Sicherheit. – Was das Mordmotiv angeht, muss ich unumwunden einräumen, dass ich keine Ahnung habe. Ich muss aber auch nicht wissen, warum einer Veteranen abschlachtet. Die Tatsache genügt, um seine Eliminierung erforderlich zu machen. Ich bin kein Biologe, der wissen will, warum die Kakerlaken so sind, wie sie sind, ich bin der Kammerjäger.«

Dürftig, dürftig, mein schwächelnder Holmes. Das überzeugte mich noch lange nicht. »Und wie hat der Zauberkünstler Beers erledigt, während er neben mir saß?«

Rendorf war in seiner Meinung nicht zu erschüttern. »Durch seine Leute natürlich. Was glaubst denn du, was sich unter den Mitarbeitern von Security-Unternehmen für Typen finden lassen? Da sind bestimmt einige darunter, über die sich selbst die Fremdenlegion freuen würde. – Aber wenn du diesen Komplex schon ansprichst, mein ungläubiger Thomas, kann ich dir den Vorwurf nicht ersparen, den wichtigsten Aspekt übersehen zu haben. Hat Revellius dich nicht gefragt, woher der Attentäter wusste, dass ausgerechnet du in dem Wagen warst bei diesem lächerlichen Scheinanschlag, der ihn so toll entlasten und aus dem Kreis der potentiellen Verdächtigen hinauskatapultieren sollte? Und du bist darauf reingefallen, hast nicht im Traum daran gedacht, dass er dir die Reifen hat zerstechen lassen, damit die Choreographie auch hinhaut! Menschenskinder, die Frage, die du dir hättest stellen müssen, ist: Woher sollte der Schütze wissen, dass Revellius kommt, obwohl Beers ja nur dich angerufen hat? Es musste zwingend eine Sache sein, die Revellius eingefädelt hatte.«

Damit hatte er mich, die Logik war nicht auszuhebeln. Ich hätte die Segel streichen und ihm den Ruhm überlassen sollen, zumal Helling vollends überzeugt schien. Aber ein kindischer Starrsinn ließ mich weiterbohren. »Alles ganz schön und gut. Aber eines musst du mir noch verraten. Warum plötzlich diese Skrupel bei unserem Serientäter, warum hat er diese wunderbare Gelegenheit nicht genutzt und Helling getötet? Wenn du mir das erklären kannst, dann glaub ich auch, dass es Revellius ist. Aber er ist einfach so wieder abgehauen. Er kann uns nicht gesehen haben. Wir waren zu gut versteckt.«

An dem mitleidigen Blick, den Rendorf mir zuwarf, sollte ich noch lange zu kauen haben. »Der wusste trotzdem, dass wir hier sind, weil er etwas anderes gesehen hat.«

Er zeigte auf das Tablett mit dem Chivas, das neben der Steuerung abgestellt war. Drei vollgeschenkte Gläser für einen einsamen Skipper – das hätte sogar mir auffallen müssen.

Das war mein Stichwort, besser den Mund zu halten und den Horizont zu betrachten, in dessen Dunst das Boot des Mörders längst verschwunden war.

18. Kapitel

Bring – bring – bring – und immer so weiter. Nach dem siebzehnten Läuten nahm ich ab. »Ja bitte?«

Lange Zeit passierte gar nichts. Dann kam die Stimme, die ich lange kannte, die eigentlich so weit weg sein sollte, dass sie keinen mehr erreichen würde. »Immer noch am Ball?«

Ich meinte, ein höhnisches Grinsen aus dem Hörer aufsteigen zu sehen. »Natürlich.«

Seine Denkpause wurde durch ein körperliche fühlbares Atmen untermalt. »Aber Sie wissen immer noch nicht, warum.«

Keine Frage, nur eine Feststellung. Ich war bemüht, mich seiner Knappheit anzupassen. »Richtig.«

»Dann seien Sie bitte morgen um neunzehn Uhr zu Hause. Wir reden dann über alles.«

Wahnsinn! Warum war ich der Lottogewinner, der Jackpotknacker, dem auf einmal alle Erkenntnisse dieser Welt auf dem silbernen Tablett serviert werden sollten? – Scheißegal, halte ihn bei Laune, lass ihn weiterreden. Raspel ihm nur einen Hauch vom Stein der Weisen ab und prostituier dich dafür, quatsch ihm nach dem Maul, halt ihn am Hörer fest, lass ihn endlich die Karten auf den Tisch legen.

»Ich bin immer gerne bereit, über alles zu reden. Aber im Moment kann ich mir noch nicht mal vorstellen, was Sie unter ›alles‹ verstehen. Deshalb sollten wir vielleicht lieber noch einige Leute ...«

Das verächtliche Schnaufen passte gut zu der Blödheit meiner Offerte. »Ich rede mit Ihnen nur deshalb, weil ich im Laufe Ihrer Bemühungen Ihre Intelligenz schätzen gelernt habe. Machen Sie diesen Eindruck bloß nicht zunichte. – Möglich, dass Sie mir irgendwann mal auf die Schliche kommen könnten. Ich bin ein zurückhaltender Mensch, obendrein immer kompromissbereit. Und daher ...«

Ich räusperte mich. Nicht, weil ich mit einem klugen Gedanken nicht klar kam, sondern weil meine Kehle zusaß. So zu, wie sie bei jedem normalen Menschen in dieser Situation gesessen hätte.

Er interpretierte meine Geräuschkulisse sehr vorsichtig. »Nein, bitte! Nehmen Sie die Lage einfach so, wie sie ist. Sie kommen ohne mich nicht weiter und ich finde ohne Sie meinen Seelenfrieden nicht mehr. Was ist ein Künstler ohne den Kritiker, der seine Motive nachvollziehen kann, der ihn versteht? – Also, was nun? Sie haben schließlich nichts zu verlieren. Ich schenke Ihnen eine Erkenntnis, Sie stehen als der Superdetektiv da und die Sache ist ein- für und allemal erledigt. – Na?«

Meine Gedanken rotierten. Ich kam mir vor wie in dem Uraltquiz von Mägerlein, während die Bedenkzeitmusik lief. Klar konnte ich mich mit ihm treffen. Klar konnte er mich dabei umlegen. Aber das hatte er immer schon gekonnt, auch ohne mich noch mit der Nase darauf zu stoßen. Und trotzdem? Da gab es doch diese Fabel ...

Ein Skorpion wandert über Land, bis er an einen Fluss kommt, den er aus eigener Kraft nicht überqueren kann. Also bittet er einen am Ufer sitzenden Frosch, ihn auf seinen Rücken zu nehmen und auf die andere Seite des Flusses zu tragen. »Das würde ich gerne tun«, sagt der Frosch, »aber wenn wir in der Mitte der Flusses sind, stichst du mich und ich muss jämmerlich ertrinken.« – »Logik, wo bleibt da die Logik?«, fragt der Skorpion den Frosch, »denn wenn ich dich steche, muss ich ja mit dir untergehen!« Das leuchtet dem Frosch ein. Also nimmt er den Skorpion auf seinen Rücken und springt ins Wasser. Als er in der Mitte des Baches ankommt, spürt er einen durchdringenden Schmerz in seinen Eingeweiden und weiß, dass der Skorpion ihn gestochen hat. »Logik, wo bleibt da die Logik?«, ruft der Frosch, schon im Untergehen. – »Logisch ist mein Handeln freilich nicht«, antwortet der Skorpion, »aber es entspricht meinem Charakter.«

Hin und her, kreuz und quer, jedes Argument produziert ein Gegenargument. Scheiß drauf, jetzt oder nie.

»Das ist sehr freundlich von Ihnen, natürlich möchte ich gerne über die Zusammenhänge informiert werden, Herr Rosenfeld. Bei der Zeiteinteilung richte ich mich selbstverständlich nach Ihnen.«

Das »Rosenfeld«, obwohl er es erwartet haben musste, nötigte ihm eine Sekundendenkpause ab. »Also morgen. Aber Sie müssen mir versprechen, mit niemandem darüber zu reden. Wirklich mit niemandem.«

Natürlich versprach ich es.

Natürlich rief ich sofort danach Rendorf an.

* * *

Bis zum vereinbarten Treffen hatte ich eine Menge Zeit, mir wieder und wieder über alles Gedanken zu machen. Nur schade, dass es keine neuen waren. Auch diese Ex-Post-Betrachtung zeigte, wie vernünftig Rendorf die Sache angegangen war und wie richtig er die Lage beurteilt hatte. Revellius hatte sich seit seiner Verabschiedung von Helling in Luft aufgelöst.

Schouten hatte den Vizechef der Firma, einen gewissen Meerwijk, kontaktiert und ihm gegen das Versprechen, das Unternehmen aus der Sache mit Revellius herauszuhalten, die Zusage abgerungen, uns alle Informationen zu geben, die wir für wichtig erachteten. Die wichtigste war, dass sich parallel zu ihrem Boss drei Firmenmitarbeiter aus dem Staub gemacht hatten, Revellius' hauseigene Killertruppe, wie Rendorf sie bezeichnete.

Wir bekamen auch Daten und Termine durchgegeben, anhand derer Schouten und Flanagan, bei dem wir im Wort standen, in mühevoller Kleinarbeit überprüfen konnten, wie oft Revellius bei auswärtigen Mordfällen Urlaub genommen oder eine Geschäftsreise vorgeschoben hatte. Alles das malte das Bild aus von einem Mann, der jahrzehntelang im wahrsten Sinne des Wortes über Leichen gegangen war. Von einem Mann, mit dem seine Clubkameraden ewige Zeiten lang gefeiert und ihre großen und kleinen Geheimnisse geteilt hatten. Von einem Mann, der an der Schwelle zu einem neuen Jahrtausend immer noch so bestialisch tötete wie die Nazis in einer untergegangenen Welt.

Und niemand wusste, warum.

Diese Frage erschöpfend beantworten zu können war es wert, das Risiko einzugehen, dem Teufel noch einmal leibhaftig gegenüberzutreten. Ich war gespannt, ob man mittlerweile unter dem Hut die Hörner erkennen konnte.

* * *

Der Wagen hatte mich pünktlich in Selm abgeholt. Ein schwarzer BMW 735, dessen Fahrer ich als den Mann erkannte, der Helling und mir in Overloon in der KZ-Abteilung begegnet war. Bei dieser Erkenntnis lief es mir noch nachträglich kalt den Rücken runter. Es zeigte sich wieder mal, wie Recht Rendorf mit seiner Warnung gehabt hatte, mich vor Beschattungen zu hüten. Gedeckter grauer Anzug mit kaum merklichem rosa Überkaro, marineblaues Hemd und stahlgrauer Schlips, das war eindeutig kein Knochenbrecheroutfit. Aber genau das war vermutlich der Trick an der Sache. Ich traute es dem Jungbörsianer durchaus zu, mit dem ausgestreckten Finger eine Stahlplatte durchbohren oder mit einem Zahnstocher eine Vorauseinheit von Ghurkatruppen niedermachen zu können. Keine Angst, ich würde nichts Blödes versuchen. Schon allein deshalb nicht, weil mir nichts Blödes einfiel.

Wir waren bei bedecktem Himmel losgefahren. Mittlerweile hatte ein leichter, aber konstanter Regen eingesetzt, der die Straßen wie eingeölt aussehen ließ.

Meine Fragen nach dem Ziel unserer Reise hatte er damit abgebügelt, dass er keine Anweisung hätte, mir entsprechende Auskünfte zu erteilen. Auch sonst war er von der schweigsamen Sorte. Deshalb erstaunte es mich, dass jetzt, auf dem Emscherschnellweg in Richtung Oberhausen, er von alleine den Mund auftat.

»Stört es Sie, wenn ich etwas Musik mache?«

Bevor er mir auf seinem verschluckten Tonbandgerät zum dritten Mal sein Ich-bin-nicht-autorisiert-Lied vorspielen konnte, war ich mit fast allem einverstanden. »Wenn es kein Techno und kein ähnlicher Scheiß ist.«

Er drückte stumm die Kassette rein und machte aus der Luxuslimousine die Gran'Ol'Opry in Nashville. Glen Campbell war der *Rhinestone Cowboy*, Johnny Cash der *Man in Black*, und Kris Kristoffersen wollte, dass man ihm durch die Nacht half. Ich drehte die Sitzlehne weiter zurück und ließ mich einlullen. Jetzt würde mir nichts mehr geschehen, denn böse Menschen haben keine Lieder.

Wir fuhren bis Kaiserberg und am Breitscheider Kreuz auf den Abzweig nach Düsseldorf. Ich fing gerade an, mich auf eine irrationale Weise wohl zu fühlen, als es passierte.

Links neben uns schob sich das neueste Modell der Mercedes S-Klasse. Bis dahin kein ungewöhnlicher Vorgang, weil wir mit schlappen hundertdreißig dahergerollt waren. Der Fahrer, den ich nur aus dem Augenwinkel registrierte, war ein ähnlicher Typ wie mein Pilot.

Wie auf ein geheimes Kommando verlangsamten plötzlich beide Wagen ihre Geschwindigkeit auf nur noch achtzig, bis wir von einem – wie ich meinte – ungeduldigen Fahrer hinter uns anhaltend angehupt wurden. Als ich mich umdrehte, war da ein weiterer BMW mit einem unauffälligen Mann mittleren Alters am Steuer, der allerdings sehr gelassen und keineswegs verärgert wirkte.

Mein Fahrer und der im Mercedes traten aufs Gaspedal und schossen vor; dem äußeren Anschein nach zwei junge Idioten, die sich in ihren PS-starken Geschossen ein Privatrennen lieferten. Der BMW hinter uns folgte wie an die Stoßstange geklebt. Die Wagen dahinter fielen zurück, als hätte man ihnen die Motoren geklaut.

Als der Vorsprung etwa dreihundert Meter betrug, gingen unsere Konkurrenten in die Bremse und stellten sich unter lautem Reifengequietsche quer. Die komplette Fahrbahnbreite hinter uns war blockiert, eine Verfolgung durch andere Wagen unmöglich.

Ben Hur, der sich um die Aktion hinter ihm nicht gekümmert hatte, preschte auf freier Strecke mit seinem Fahrgast Karl-Heinz Schmidt in die Ausfahrt zum Flughafen nach Lohausen. Als ich mich umdrehte, war immer noch kein anderes Fahrzeug in Sicht.

Revellius' Leute hatten ganze Arbeit geleistet.

* * *

»Es freut mich aufrichtig Sie wiederzusehen, Herr Schmidt. Ich habe unsere Begegnungen immer als sehr unterhaltsam empfunden.«

Der schnieke Schlagetot hatte mich durch das Flughafenlabyrinth chauffiert und schließlich vor einem Gebäude abgesetzt, das für die Aufnahme der Abfliegenden bestimmt war. Ich sollte zur Cafeteria im dritten Stock gehen. Alles Weitere würde sich da schon finden.

Bevor er sich aus dem Staub machte, drückte er mir einen Zweitschlüssel des Wagens mit dem Bemerken in die Hand, er würde ihn auf Parkplatz 14 abstellen, und wünschte mir eine angenehme Heimreise. Wenn das kein Service war!

Nach etwas Suchen fand ich auch die Cafeteria. Und da erwartete mich ein älterer, gütig dreinschauender, teuer gekleideter Mörder, dem es gelang, bei meinem Näherkommen noch eine Nuance mehr an Freude auf sein Gesicht zu zaubern.

Revellius war zur Begrüßung aufgestanden, hielt mir die Hand hin, die ich ganz mechanisch schüttelte, und komplimentierte mich auf den Platz ihm gegenüber. Er hatte einen Tisch gewählt, der von den Fenstern unattraktiv weit entfernt war, sodass wir einigermaßen Ruhe hatten. Die Leute, die zum Abflugschalter mussten, hasteten vorbei ohne uns zu beachten.

»Tut mir wirklich Leid, dass ich Sie in diese ungemütliche Umgebung bitten musste, aber Sie werden verstehen, dass meine Sicherheit Vorrang hat. Sollten Sie zum Beispiel auf die bizarre Idee kommen, mich mit einer Waffe an der Abreise hindern zu wollen, laufen Sie Gefahr, auf der Stelle als vermeintlicher Terrorist vom Wachpersonal erschossen zu werden. – Aber das wäre wirklich eine dumme Idee und ich habe Sie doch als klugen Mann schätzen gelernt.«

»Keine Angst, Herr Rosenfeld ... oder vielleicht doch lieber Revellius? Solche Aktionen liegen ...«

»Lieber Revellius. Das ist der Name, der mich die weitaus längste Zeit meines Lebens begleitet hat. Für mich hat er stets auf faszinierende Weise den Sinn meines Lebens verkörpert und obendrein klingt er so angenehm holländisch. Lassen wir es der Einfachheit halber dabei.«

»Gut, also Revellius. Nein, solche Aktionen liegen mir nicht. Ich glaube, Sie haben mich schon richtig eingeschätzt. Ich bin gekommen, weil ich neugierig bin. Und deshalb ohne langes Drumrumgerede – weshalb wollten Sie mich sehen?«

»Einen Moment noch. Ich hole uns nur eben einen Kaffee.«

Er ging zur Theke und kam mit zwei Tassen zurück. Ihr Inhalt schmeckte fatal nach der braunöligen Brühe, mit der sie uns zu Jugendherbergszeiten schon beim Frühstück für den Mist bestraften, den wir den Tag über machen würden. Ich bin Nostalgiker und daher der Ansicht, dass man Kaffee am besten aus Kaffee herstellt, eine Auffassung, die leider kaum noch vertreten wird. Kritik verkniff ich mir, um ihn endlich zum Zuge kommen zu lassen.

»Ich habe mir natürlich auch Gedanken über die Rolle gemacht, die Sie in diesem Stück spielen, Herr Schmidt. Bitte korrigieren Sie mich, wenn ich falsch liege, aber ich hatte ziemlich schnell den Eindruck, dass Sie für Ihren gefährlichen Freund Rendorf so was sind wie Dr. Watson für Sherlock Holmes. Und Watson war dessen Chronist. Da dachte ich mir, dass Sie diese Aufgabe eventuell auch für mich übernehmen könnten. Ich habe ja bereits am Telefon erwähnt, dass jeder Künstler seine Kritiker braucht, wobei eigentlich ganz gleichgültig ist, ob sie ihn nun bejubeln oder verdammen. Aber die Präsentation des Werkes, die Auseinandersetzung mit der Öffentlichkeit muss sein. Stellen Sie sich vor, der große Leonardo hätte seine Mona Lisa gemalt, nur um sie in einem Keller zu verstecken. Nicht auszudenken!«

Ich hatte Revellius als nüchternen und vernünftigen Menschen in Erinnerung ohne irgendein Anzeichen von Wahnsinn. Sollte ich mich so getäuscht haben?

Er las lächelnd meine Gedanken. »Ich bin nicht verrückt, Herr Schmidt, ganz bestimmt nicht. Es ist nur, dass ich denen, die sich mit meinen Taten beschäftigen werden, die Chance geben will mich zu verstehen. Deshalb habe ich Ihnen das hier mitgebracht.«

Er legte eine abgegriffene Collegemappe aus Schweinsleder vor sich auf den Tisch, wie sie in den Fünfzigerjahren modern gewesen war. »Die werde ich Ihnen am Ende unserer Unterhaltung übergeben. Sie enthält die lückenlose Dokumentation dessen, was ich getan habe. Aber nur die Fakten, nicht die Beweggründe. – Deshalb sind Sie hier, Herr

Schmidt. Ich will, dass Sie wissen, warum ich es getan habe.«

Gelangweilte Kinder, deren Zubettgehzeit schon vorüber war, quengelten an uns vorbei, notdürftig zusammengescheucht von einer überforderten Mutter. Ein Student mit Auslandsstipendium wurde unter lautem Hallo seiner Kommilitonen an der Abflugschleuse verabschiedet. Geschäftsleute schwangen ihre Notebooks im Takt, während sie im Gleichschritt durch die Halle paradierten. Sie alle bewegten sich außerhalb unseres Zweimannuniversums. Über uns beide hatte sich ein imaginäres Kraftfeld gelegt, das alle Fremdeinflüsse fern hielt.

Revellius unterstützte dies mit einem Tonfall, der seine Erzählung für jeden Außenstehenden chiffrierte. »Wie Sie seinerzeit schon richtig vermutet haben, bin ich Jude, und um es kurz zu machen, ich bin der Jude, der in Kolmburg den Dolmetscher gespielt hat. Aber das wissen Sie ja auch schon längst. Mit uns Juden ist das so eine Sache. Wir waren in der Vergangenheit nie ein kriegerisches oder auch nur wehrhaftes Volk. Die Nazis waren das genaue Gegenteil. Wir Juden hatten denen nichts entgegenzusetzen. Wir hatten als Volk von Händlern und Geschäftemachern über die Jahrhunderte verlernt zu kämpfen, es wahrscheinlich nie gekonnt. Deshalb ergab sich mein Volk in sein Schicksal und jeder hoffte noch zu einem Zeitpunkt darauf, dass Gott alles richten würde, als Eltern und Kinder schon vergast waren. Sie mögen es für dämlich halten, sich so einfach abschlachten zu lassen. Aber was hätten die Menschen denn wirklich tun können? Selbst wenn einer von ihnen auf die Idee gekommen wäre, ihren Jehova wegen Verletzung der Aufsichtspflicht anzuzeigen, bei welcher Stelle hätte er es tun sollen? Irgendwie versteh ich sie sogar, wie sie da in Reih und Glied in die Gaskammern wanderten, die armen Schafe. Man hatte meinem Volk seit eh und je den Kampfgeist so nachhaltig ausgetrieben, dass es praktisch zu unserer Natur geworden war, immer und überall die Opfer zu sein. Aber, verdammt noch mal, es gab Leute, die es besser wissen mussten und es auch besser gekonnt haben. Die Tommys zum Beispiel. Die haben zugeguckt und nichts unternommen, rein gar nichts.«

Er wollte einen Schluck aus seiner Tasse nehmen, als er merkte, dass sie längst leer war. Diesmal ging ich zur Theke, bestellte aber vorsichtshalber zwei Cola. Die waren kalt und schmeckten, wie man es von Cola erwarten darf.

Bevor er noch bei Moses und dessen Show mit dem geteilten Meer landete, musste ich versuchen, ihn in gegenwartsnähere Gefilde zu locken. Und vor allem wollte ich wissen, ob er mir da gerade sein Motiv verraten hatte.

* * *

Doornik reckte sich auf seiner Bank und schaute über das Tal nach Pfronten rüber. Er hatte vom Hotel Bavaria aus die Route genommen, die er schon seit fünfunddreißig Jahren kannte, zum *Milchstüberl* hoch. Er war kein Bergwanderer, geschweige denn ein Bergsteiger. Aber dieser Weg war nicht besonders lang und für den Durchschnittstouristen gemacht. Den konnten ganze Familien bewältigen, vom Enkel bis zur Großmutter.

Dabei bot der Kienberg mit seinen unübersehbaren Totenkopfwarnschildern einen willkommenen Nervenkitzel, obwohl dort wirkliche Gefahr natürlich nur abseits der befestigten Wege drohte. Die Felsoberfläche war dort zu spröde, ein Absturz jederzeit möglich.

Bei hausgebackenem Nusskuchen und einem Becher kalter Schokoladenmilch festigte sich seine Überzeugung immer mehr, das Richtige getan zu haben. Als der Brief mit dem Foto gekommen war, hatte er nicht lange herumlamentiert oder sich mit fadenscheinigen Ausflüchten zu beschwichtigen versucht. Er hatte sofort seine Sachen gepackt, seine rechte Hand in der Firma von seiner Abwesenheit auf unbestimmte Zeit informiert und war nach Bayern abgetaucht.

Aber nicht einfach nur so. Der Killer seiner Freunde hatte bewiesen, dass er nötigenfalls jahrzehntelang warten konnte. Und irgendwann musste er seine Deckung wieder verlassen. Nein, er würde Nägel mit Köpfen machen und dem Mörder eine Falle stellen. Er klebte nicht am Geld, erst recht nicht, wenn er damit rechnen musste, nie mehr die Gelegenheit zu erhalten, es ausgeben zu können.

Deshalb hatte er *den* Fachmann schlechthin angerufen, Revellius, und sich die beiden besten Männer schicken lassen.

Er hatte kurz den Gedanken gehabt, diesen Deutschen zu kontaktieren, Karlheinz Smitt oder so ähnlich. Aber was der für eine dämliche Theorie vom rächenden Altnazi Siemerink aufgestellt hatte, ging auf keine Kuhhaut. Der Mann war ein ausgemachter Ignorant. Da hätte er gleich Selbstmord begehen können. Was er brauchte, waren Profis.

Sie waren gestern im Hotel eingetroffen, junge, durchtrainierte Burschen, die einen seriösen und kompetenten Eindruck machten. Einer von ihnen trug eine Glock mit siebzehn Schuss, der andere verließ sich auf einen Dolch, ein Sammlerstück aus Nazideutschland, in dessen Klinge *Für Volk und Vaterland!* geätzt war.

Sie hatten ausgiebig die Sachlage erörtert und waren zu dem Schluss gekommen, dass Doornik eine gewisse Regelmäßigkeit in seinen Aufenthalt bringen sollte, damit der Unbekannte sich darauf einstellen konnte. Er hatte seinen Lieblingsplatz, das *Milchstüberl* vorgeschlagen, das er nun jeden Tag zwischen zwei und vier aufsuchen würde. Dabei sollte er es zur Routine werden lassen, jedes Mal einen Platz im verbotenen Bereich aufzusuchen, bei dem der Killer sicher sein konnte, keine Zeugen zu haben. Hier würden sie den Anschlag erwarten und ihm zuvorkommen.

Im Moment durchstreiften die beiden die Umgebung, um das Terrain zu sondieren.

Als sie zehn Minuten später erschienen und ihn baten, eine geeignet erscheinende Stelle zu besichtigen, fand er daran nichts ungewöhnlich. Er wunderte sich auch nicht, als sie ihn bis nah an einen schroffen Abhang führten.

Ihm wurde erst mulmig, als sie ihn fragten, wie ihm denn das Foto gefallen hätte, das sie ihm geschickt hatten, und ob das hier nicht fast wie in Mauthausen wäre. Sie waren richtig leutselig und erklärten ihm im Plauderton, dass man das einfach nicht machen dürfte, was er in Kolmburg getan hätte.

»Aber ich habe doch gar nichts getan, absolut gar nichts.«

Die beiden wollten sich vor Lachen nicht mehr einkriegen. »Ganz genau das ist es, ganz genau das. Wahnsinn, dass Sie das doch noch kapiert haben!«

Und während der eine in seinem prustenden Gelächter einem Erstickungsanfall nahe war, konzentrierte sich der andere auf seine Aufgabe und konservierte den erstaunten Ausdruck im Gesicht des vollkommen verständnislosen Doornik, indem er einen faustgroßen Geröllbrocken aufhob und dem Engländer, der so gerne ein Holländer sein wollte, damit den Schädel zertrümmerte.

* * *

»Einen Moment, bitte, damit das für mich nicht zu geschichtlich-theoretisch wird. Sie haben mir doch mal erzählt, dass Ihr Lebensinhalt die Jagd nach dieser komischen Krone war. War das alles bloß ein Märchen? War das Ding etwa gar nicht wichtig? Früher haben Sie mal in dem Zusammenhang das Geld erwähnt, wissen Sie noch, damals, in Pöring, als Sie mir die Partnerschaft angeboten haben.«

Sein Gesicht zeigte mitleidige Heiterkeit. »Haben Sie das geglaubt? Haben Sie das wirklich geglaubt, dass ich ein Leben lang hinter der Krone her sein könnte, nur um sie dann zu verschachern?«

»Was hätte ich sonst glauben sollen – dass Sie sie sich auf den Kopf setzen und zum König der Juden ausrufen wollen?«

Sein Lächeln nahm genüssliche Züge an, als ließe er sich in Gedanken noch mal eine Köstlichkeit auf der Zunge zergehen. »Damit sind Sie verdammt nah dran, mein Bester. Wie heißt es noch bei König Lear? *Aus Spöttern werden oft Propheten.* – Ja, ich hätte sie mir auf den Kopf gesetzt. Ich hätte mich sogar mit Selbstauslöser dabei fotografiert und das Foto als wahrhaft krönenden Abschluss in mein Album geklebt. – Außer für diese fünf Banausen, die in ihrem ganzen Leben nichts anderes interessiert hat als das eigene Wohlergehen, hat die Krone für niemanden nur einen materiellen Wert gehabt. Sie war immer ein Symbol. Aber das haben wir ja schon in extenso erörtert. Sie war auch das Symbol für den Verrat der Engländer an meinem Volk. Oder meinen Sie etwa, wenn es um so wichtige Dinge ging wie einen gemeinsamen Feldzug gegen die Russen, hätten die Briten lange Zeit auf Verhandlungen über die Abschaffung der KZs verschwendet? Im Gegenteil, die wären froh gewesen, die Nazis mit ihrem Traum von der Endlösung bei Laune zu halten. Das hätte sie von anderen Punkten abgelenkt beziehungsweise zu größeren Zugeständnissen verleitet, zum Beispiel in der Kolonialfrage.«

Revellius war dabei, sich in einen Eifer zu steigern, der mich an den von Brandtstätter erinnerte. Es war fesselnd und beängstigend zugleich, welche Wirkung eine nicht mal mehr existente Krone auf zwei so unterschiedliche Männer hatte. Ich bedauerte langsam, das Ziel aller Begierden selbst nie zu Gesicht bekommen zu haben.

»Die Krone war im Kern immer das Symbol für Verrat, für den Verlust der Menschlichkeit, für die Verfolgung ureigenster egoistischer Interessen. Und exakt aus diesem Grund wollte ich sie auf meinem Kopf sehen. Weil ich dieses alles gegen die Engländer gekehrt habe. – Diese wunderbare Elitetruppe, diese auserwählten Spitzenkönner! Oh ja, ich habe sie erlebt in meiner Zeit als Dolmetscher. Wahre Parasiten. Sie wussten tagelang von der Existenz des Lagers. Sie hätten Kolmburg überrennen können. Wahrscheinlich hätte es sogar genügt, bloß ans Tor zu klopfen und mit dem Säbel zu rasseln. Aber nein, ihre polierten Stiefel hätten ja einen Flecken abkriegen können, wenn sie über die Lagerstraße hätten gehen müssen und der rote Teppich war noch nicht ausgerollt. Dass es anders geht, haben die Amis in Dachau gezeigt. Aber die feigen Hunde saßen lieber auf ihrem Luxusbauernhof und tranken deutschen Wein.«

Der Hals wurde ihm eng vor Verbitterung, als er weitersprach. »Die jonglierten mit unserem Leben. Sollen wir jetzt schon einen Juden retten oder lieber erst noch eine Flasche Wein trinken? Keiner von uns hätte sterben müssen, wenn sie sofort gekommen wären, als sie von Kolmburg erfahren hatten, keiner. Stattdessen hat sich mein Vater selbst umgebracht.«

Seine Stimme war kontinuierlich rauer und noch leiser geworden. Er musste sich mehrfach räuspern, um sie wieder verständlich zu machen. »Können Sie sich vorstellen, wie es ist, als Mensch unter solchen Bestien vegetieren zu müssen? Als Mensch, dem man alles Menschliche genommen hat, der in jeder Beziehung zu jeder Sekunde ausgeliefert ist? Haben Sie eine Ahnung, was ...«

Mein zaghafter Einwurf »Ich habe mir Dachau angesehen, und ...« wurde mit dem Gesichtsausdruck eines Mannes quittiert, der seit Jahren mit der schönsten Frau der Welt verheiratet und ebenso lange impotent ist.

»Sie haben eine Gedenkstätte gesehen, nichts anderes. Und deshalb wissen Sie nichts. Fahren Sie nach Paris und sehen Sie sich vor dem hôtel de ville den Grèveplatz an! Meinen Sie, Sie könnten nachvollziehen, wie sich Damiens gefühlt hat, als er dort gevierteilt worden ist? Gar nichts können Sie, wenn Sie nicht selber betroffen sind. Wie, Sie haben Krebs, Herr Nachbar, oh, das tut mir aber Leid. Warten Sie, bis Sie selber den ersten verdickten Lymphknoten fühlen. – Jede Sekunde in dieser Hölle auf Erden ist unerträglich und die Tommys haben uns lange zusätzliche Tage darin schmoren lassen, aus Feigheit und Eigennutz. Ich habe mich richtig entschieden. Ich bin froh, dass ich es getan habe. Die haben es verdient, genauso zu sterben wie mein Volk. Genauso habe ich sie umgebracht, genauso, wie es die Nazis gemacht haben. Und damit sie zumindest eine dürftige Ahnung davon kriegen, wie es ist, wenn man um sein Leben zittern muss, habe ich ihnen vorher die Fotos geschickt. Nur einen Bruchteil der Todesangst sollten sie haben, die wir damals gehabt haben. Nur einen Bruchteil, aber der hat schon genügt.«

Er blinzelte ein paar Mal und war dann aus der Vergangenheit in die Gegenwart zurückgekehrt. »Was ich getan habe, war gerechtfertigt. Vor mir selber und meinen Brüdern, die in Kolmburg gestorben sind, ist es gerechtfertigt. Wie andere darüber denken, ist mir egal. – Sie sind mir sympathisch, Herr Schmidt. Deshalb spreche ich mit Ihnen darüber. Ihre Ausführungen damals in dieser Egmonder Kneipe haben mich beeindruckt. Sie hatten verdammt wenig Fakten und sind zu einem Ergebnis gekommen, das rundum logisch war. Es musste falsch sein, weil Sie zu wenig Tatsachen kannten, aber immerhin eine beachtliche Leistung. – Ich will von Ihnen keine Absolution, aber ich glaube, dass von der ganzen Bande Sie am ehesten in der Lage sind mich zu verstehen.«

Sollte ich mich jetzt geschmeichelt fühlen, weil ich in den Augen eines Serienmörders so was wie eine Seelenverwandtschaft war? »Verstehen könnte ich Sie vielleicht, aber wirklich nur vielleicht, wenn Sie auf die Nazis losgegangen wären. Das waren doch die, die KZs gebaut und Ihr Volk darin zu Millionen ermordet haben. Das könnte ich noch nachvollziehen, wenn Sie versucht hätten, überlebende SS-Bonzen aufzuspüren und sich an ihnen zu rächen. Das waren Monster. Obwohl, billigen könnte ich auch das nicht.«

»Da haben Sie sich Ihre Frage schon selber beantwortet. Ein echtes Monster ist nämlich unfähig, Schuld oder Scham zu empfinden. Ich will nicht ausschließen, dass ich jeden von der Kolmburger Wachmannschaft umgebracht hätte, der mir in die Finger gefallen wäre. Aber es gab ja keine mehr. Da hatten mir die Tommys die Arbeit abgenommen. – Mich an den Nazis generell rächen? Nein, das ist die Aufgabe der Geschichte. Das waren für mich keine Einzeltäter, keine Individuen. – Dagegen die feigen Engländer, die aus ganz persönlichen Motiven jeder für sich die KZ-Befreiung hinausgezögert haben. Die alle ihre faulen und feigen Ärsche für so viel wertvoller gehalten haben als unser Leben.«

Ich verstand seine Verbitterung, selbst nach diesen vielen Jahren. Aber seinem Gedankengang konnte ich immer noch nicht folgen. »Das kapier ich nicht. Gerade weil die Engländer für Sie Individuen waren, müssen Sie ihnen doch zubilligen, auch menschliche Schwächen zu zeigen und an das eigene Leben zu denken. Der Krieg war praktisch vorbei. Das muss doch einleuchten, dass die nur noch heil und gesund nach Hause kommen wollten.«

Er schüttelte nur den Kopf. »Ach ja? Und die Krone? Wie schnell waren die dabei, sich an dem Gold zu bereichern, das man meinen toten Brüdern aus den Mündern gerissen hatte? – Wir waren für die nichts wert. Die haben uns genau wie die

Nazis für minderwertig gehalten. Ich musste ihnen zeigen, dass ein Jude genauso viel wert ist wie ein Engländer.«

»Mit der Konsequenz, sie zu töten; Familienväter, junge Männer kurz vor der Hochzeit, Großväter?«

»Sie haben es erfasst. – *Wenn ihr uns stecht, bluten wir nicht? Wenn ihr uns kitzelt, lachen wir nicht? Wenn ihr uns tötet, sterben wir nicht? Und wenn ihr uns beleidigt, sollen wir uns nicht rächen?* – Ist das nicht lustig, dass derjenige, der das gesagt hat, ausgerechnet als ihr größter Dichter gefeiert wird?«

»Und Sie waren der Racheengel des Volkes Israel?«

»Nein, nur mein eigener.«

Revellius sah mir sehr direkt in die Augen. »Wussten Sie eigentlich, dass Stalin von der Theorie besessen war, auch angelernte Eigenschaften könnten vererblich sein, wenn sie in der Kette der Vorfahren nur lange genug gepflegt würden? Mein Name ist Rosenfeld – sagt Ihnen das nichts?«

Ich schüttelte stumm den Kopf, verblüfft über den Themenwechsel. Der keiner war, wie er mir sofort verdeutlichte.

»Das Amt des Henkers war in früheren Zeiten schon allein deshalb vererblich, weil es als ›unehrlich‹ galt und den Nachkommen damit praktisch jede Möglichkeit genommen war, in eine andere Berufssparte einzuheiraten. Ich will Sie nicht mit einem langen historischen Exkurs nerven und bejammern, wie oft es meine Glaubensgenossen waren, die man von anderen Berufssparten ausgeschlossen und so in dieses verabscheute Amt gezwungen hatte, es lief summa summarum alles darauf hinaus, dass Henker quasi unter sich blieben und sich ganze Dynastien herausbildeten, oft über hundert Jahre. Damit wären wir wieder bei meinem Namen. Ich heiße Josef Rosenfeld und stamme in direkter Linie von dem Rosenfeld ab, der 1402 auf dem Grasbrook Klaus Störtebecker und siebzig seiner Genossen hingerichtet hat. An einem Tag«, fügte er mit einem Lächeln hinzu. »Von einer solchen Meisterleistung bin ich weit entfernt.«

»Wenn ich Ihr Auge-um-Auge-Prinzip richtig gedeutet habe, dann gehen mehr Tote auf Ihr Konto als nur die Männer aus dem Club?«

Es war eher Luft, die durch die Zähne gepresst wurde, als ein Lachen. »Worauf Sie sich verlassen können. – Wir waren dreiundvierzig Gefangene im Lager. Hatte ich jedenfalls zunächst angenommen. Es kommen noch die vier Toten hinzu; die Männer aus der geheimen Werkstatt. Ich bin als Einziger davongekommen, macht sechsundvierzig. Die Engländer waren insgesamt fünfzig. Wenn ich mich ranhielte, könnte ich die sechsundvierzig voll machen. Aber wie? Ich, ein mittelloser Jude, keine Verwandten mehr und kein Zuhause und erst siebzehn Jahre alt. Von der Jewish Brigade hab ich Ihnen ja schon erzählt. 1951 wurde offiziell der Mossad gegründet und ich ging hin. In meiner Schreibstubenzeit bei den Tommys hatte ich mir alle nötigen Unterlagen über die fünfzig Feiglinge besorgt, Heimatadressen und so. Aber als ich endlich loslegen konnte, über zwanzig Jahre später, da hatte sich die Welt verändert Da lief der erste Mensch auf dem Mond rum. Viele Adressen stimmten nicht mehr, die Truppe hatte sich über halb Europa verstreut, manche waren längst tot. – Das war keine leichte Arbeit, die ich da zu machen hatte. Immerhin bin ich auf neunundzwanzig gekommen, das ist keine schlechte Leistung.«

Mich fröstelte in der vollklimatisierten Halle. Revellius redete jetzt wie Höß, wenn dieser seine Schwierigkeiten beklagte, unvorhergesehene Zusatztransporte noch in seinem Vergasungsprogramm unterzubringen. Was hatte er gesagt, ein Monster empfindet weder Schuld noch Scham? Außerdem war er der Einzige, der diesen Fall bis ins letzte Detail aufklären konnte. »Wie wollen Sie das geschafft haben, ohne fremde Hilfe?«

Bei so viel Ignoranz meinerseits schien er leicht pikiert. »Wer sagt denn das? Sie haben es doch selber auf der Fahrt nach Camperduin mitbekommen, dass ich nicht alleine war. Mittlerweile werden Sie auch bestimmt wissen, dass drei meiner Angestellten aus der Firma ausgeschieden sind. Und wenn man die Natur seiner Opfer richtig einzuschätzen weiß, findet man auch auf dieser Seite noch gute Hilfe.«

Ich dachte, nach dem Geständnis von neunundzwanzig Morden würde mich dieser Mensch mit nichts mehr verblüffen können. Aber er schaffte es wieder. »Wie soll ich denn das verstehen?«

Sein Schmunzeln wirkte beinahe glücklich. »Oh, es gab da eine feige Ratte, die alles getan hätte, um ein schmieriges Geheimnis zu bewahren. Sie haben das arme Würstchen ja noch erlebt, wie meine Leute es extra für sie so dekorativ hingehängt haben, nur fünf Minuten vorher. Ich musste ihm nur ein bisschen aus seiner Vergangenheit erzählen und er machte sofort mit. Beers war in der Tat ein Glückstreffer für mich. Die meisten von der alten Truppe waren ja wieder in England und er konnte, getarnt als Einkauf für seinen Laden, so oft rüberfahren, wie ich wollte, um für mich zu recherchieren.«

»Womit haben Sie ihn erpresst, dass er nach Ihrer Pfeife tanzte? Dass er sich die Krone unter den Nagel gerissen hat, ist doch ein alter Hut, genauso wie die Ermordung der KZ-Mannschaft. Die Geschichte würde ihn heute eher zum Helden machen, zum Stargast jeder erbärmlichen Talkshow.«

»Da haben Sie völlig Recht. Die Krone spielt insoweit überhaupt keine Rolle. Nein, um einen Mann so manipulieren zu können, muss man seine ureigenste Chimäre kennen. Beers hatte nicht einmal vor seinem eigenen Tod so viel Angst wie vor gesellschaftlicher Ächtung. Er kommt aus ganz kleinen Verhältnissen und hätte es aus eigener Kraft nie zu etwas gebracht. Sie haben ja selber herausgefunden, dass sein jämmerlicher Antiquitätenhandel, der mehr Ruhetage als Öffnungszeiten kennt, nur eine miserable Tarnung der Tatsache ist, dass er für sein Geld nicht arbeiten muss. –

Nein, Beers ist Bigamist. Bevor er in den Krieg zog, um die teutonischen Hunnen zu besiegen, hatte er noch schnell geheiratet, so richtig heroisch nach nur vierzehn Tagen Bekanntschaft. Er blieb nach dem Krieg einfach verschwunden und hat sich nie scheiden lassen. Seine lächerliche Doppelehe hat ihn mir ausgeliefert. Er wäre nicht damit fertig geworden, wenn das in seinem illustren Bekanntenkreis die Runde gemacht hätte. Der Megawitz an der Sache ist, dass die letzte von seinen Frauen bereits vor fünfzehn Jahren gestorben ist. Schwachsinnig, aber wahr. – Solange er sich noch eine Überlebenschance ausrechnete, hatte ich ihn an der Leine. Er drehte erst durch, als er spürte, dass er jetzt selber dran war. Und holt sich dann als Hilfe diesen Primaten Waard, typisch.«

So viel zum Knackpunkt von Beers. Ein Trauma, das ausreichend war, ihn zum Handlanger eines Mörders und schließlich selbst zum Mörder zu machen. »Wie sind Sie überhaupt an Beers und die anderen Kronendiebe rangekommen? Die hatten falsche Pässe und einen riesigen Zeitvorsprung.«

»Ich habe sie nicht gesucht wie der unbeteiligte Mitarbeiter einer Vermisstenstelle oder wie ein Privatdetektiv. Ich habe sie gesucht mit den Augen eines Komplizen, was leicht für mich war, weil ich auch mit falscher Identität quasi auf der Flucht war. Ich habe gesucht nach Männern, die vernünftigerweise nur nach Westen gehen konnten und eine Stelle anlaufen mussten, an der sie Gold und Edelsteine möglichst unauffällig zu Geld machen konnten. Ich wusste ja nicht, was sie aus dem Lager alles an Pretiosen hatten mitgehen lassen. Ich ging von Zahngold und Familienschmuck aus. Also musste ich zuerst Antwerpen und Amsterdam durchstöbern. Das war dann wiederum leicht für mich als Jude, wir haben diese Branche in der Hand. – Als ich Beers hatte, fielen mir die anderen wie reife Pflaumen in den Schoß.«

Das Summen, Brummen und Brausen um uns herum und mein konzentriertes Lauschen auf die leise Stimme von Revellius hatten mich gegenüber Geräuschen so abgestumpft, dass die Lautsprecherdurchsagen gar nicht mehr bis zu mir durchdrangen.

Mein Gegenüber war da aufmerksamer. Er hob plötzlich den Kopf, blickte auf die Anzeigetafel und stand auf. Die Collegemappe, auf der die ganze Zeit über immer eine Hand geruht hatte, schob er zu mir herüber. »Bedauerlicherweise neigt sich unsere Plauderstunde dem Ende zu, es wird Zeit für mich. Schade, jammerschade. Sie sind ein guter Zuhörer und angenehmer Gesprächspartner. Das Schicksal hätte uns früher zusammenführen sollen, wer weiß, was dann alles noch gekommen wäre? Nun, nichts ist mehr zu ändern und ich kann Sie nur noch einmal bitten, mein Chronist und Nachlassverwalter zu sein. Das können Sie mir schon deshalb nicht abschlagen, weil Sie mit Ihrem schnellen Handeln Helling vor mir gerettet haben. So was verbindet.«

Er verglich seine eigene Uhr mit der großen an der Wand, und als er bereits sein Handgepäck, einen kleinen Koffer, unter dem Tisch hervorgeholt hatte, griff er in die Innentasche seiner Jacke und zog ein Dokument heraus. »Hier, das lass ich Ihnen auch noch da, eine letzte Erinnerung.«

Es war sein Pass auf den Namen Revellius, aus dem das Foto entfernt worden war.

»Revellius hat aufgehört zu existieren. Nur noch eine Legende. Ich werde in einem fernen Land ein neues Leben anfangen. Nehmen Sie es mir bitte nicht übel, dass ich Ihnen nicht verrate, wo. Nur soviel: Von meinem Bungalow aus sind es keine zweihundert Meter bis zum Meer. Sie brauchen sich nicht darum zu sorgen, dass ich an Lebensqualität eingebüßt haben könnte. – Möglich, dass ich mich in ein paar Jahren mal bei Ihnen melden werde, wenn auch das Heute nur noch Schnee von gestern ist und sich keine Polizei der

Welt mehr darum scheren wird, was ich getan habe. Vielleicht wollen Sie dann einige Details zu den Tatumständen wissen und mir wird inzwischen so langweilig geworden sein, dass ich gerne darüber sprechen möchte. Vielleicht, vielleicht ... Aber jetzt muss ich los. Leben Sie wohl, mein Bester, und eine angenehme Lektüre. Sie haben sie sich verdient, Sie waren so nah dran wie kein anderer.«

Ich schlug die letzte Seite seiner Loseblattsammlung auf. Ein vom Leben zunächst alles und dann nichts erwartender Beers, dem die Entwicklung recht gegeben hatte, baumelte von der Decke und grinste mich mit heraushängender Zunge unter halb geschlossenen Lidern an. Im dazugehörigen Kommentar schilderte Revellius, wie er mit seinen Handlangern die Ermordung eingefädelt hatte, ohne sich dabei selbst in die Pfanne hauen zu müssen.

Der Mann wurde mir immer unheimlicher. Er hatte das Polaroidfoto gemacht, während ich draußen Wache schob.

Ich blätterte etwas weiter nach vorne und stieß auf Gendt und Voorst. Sie waren mit Handschellen gefesselt und starrten mehr ungläubig als ängstlich in die Kamera. Zu diesem Zeitpunkt hatten sie offensichtlich noch nicht kapiert, was ihr Segelgenosse mit ihnen vorhatte.

Ich ging ganz zurück bis zu seinem ersten Mord. Ein toter Mann auf einer Koppel, ersäuft in einer Kuhtränke.

Ich blätterte weiter und stieß auf ein Foto, das mit *Charly, der Ripper* überschrieben war. Wenn ich Flanagans Geschichte richtig im Kopf hatte, war das der Kerl, der Brandstätters Großvater den Bauch aufgeschlitzt hatte. Übrig geblieben war von ihm ein verkrümmter Körper, der sich mit zerquetschter Kehle irgendwo auf einem dreckigen Pflaster wiederfand.

Zum Schluss hin gab es ein Wiedersehen mit Doornik. Schräg von oben aufgenommen, lag er in der Pose eines Hampelmanns am Fuße eines Geröllfeldes.

Alles sehr ehrlich, sehr überzeugend. Aber nach meiner unmaßgeblichen Zeitrechnung, basierend auf dem gregorianischen Kalender, an dem sich die Mehrheit des Christenvolkes nolens volens zu orientieren hat, hätte Siemerink mal dazwischen erscheinen müssen. Er gehörte irgendwohin zwischen Voorst-Gendt und Beers. Doch der Mann mit dem so nachhaltig eingeschlagenen Schädel tauchte in dieser Anthologie des Grauens einfach nicht auf.

Ich blickte hoch und sah, dass ein sehr zufriedenes und leicht ironisches Lächeln seine Lippen umspielte. Kann man es Massenmördern verdenken, dass sie stolz auf ihre Leistung sind?

Nach einem letzten Nicken machte er sich auf den Weg zum Einchecken.

Ich hatte Mühe mich zu artikulieren. Nach allem, was ich bis jetzt erlebt hatte, war ich in meinen Augen ein verdammt harter Kerl, den nichts so leicht aus dem Sattel heben konnte. Beinahe jeden Abend testete ich meine Leidensfähigkeit anhand der aktuellen Berichterstattung in der Tagesschau, bis ich Schwielen auf der Seele hatte, und aufgrund meiner klassisch-humanitären Erziehung kostete es mich regelmäßig eine kleine Überwindung, die Bettelbriefe von Amnesty International ungelesen in den Treteimer zu schmeißen. Aber hier hatte ich einen Höllenhund vor mir, ein menschliches Ungeheuer, das wegen einer abstrusen Ideologie reihenweise unschuldige Männer gekillt hatte.

Von meinem Platz aus hatte ich eine ungetrübte Sicht auf den breiten Kamelhaarrücken von Revellius, der sich als popelnormaler Tourist in die Schlange des Fluges nach Amsterdam einreihte.

»Heij ...«

Alle Leute in Umkreis von zwanzig Metern glotzten mich unverständig an. Revellius drehte sich zu mir um.

»Was ist mit Siemerink?«

Der gut gelaunte Massenmörder wechselte sein Gepäck von einer in die andere Hand. »Der ist tot. Was soll mit ihm sein?«

»Aber wie haben Sie ihn umgelegt?«

Noch ein lautes Wort von ihm als Zugeständnis und sie würden die Schleuse dicht machen und sein Konterfei als Starschnitt in der Bildzeitung vermarkten. Also verzichtete er auf seinen Platz in der Schlange und kam wieder zurück.

»Ganz einfach, überhaupt nicht! – Falls Sie mit Ihrer Frage andeuten wollen, dass ich ihn erledigt habe, sind Sie ein miserabler Detektiv. Ganz klar und ganz langsam zum Mitschreiben: Mit dem Tod von Siemerink habe ich nicht das Geringste zu tun. Siemerink ist, vielmehr war, Deutscher und zu Kriegszeiten ein kleines Kind. Er hatte mit einem KZ weder direkt noch indirekt etwas zu tun. Er wusste nichts von mir, war also auch kein lästiger Zeuge von irgendetwas. Ich hatte genug damit zu tun, die richtigen Leute umzubringen. Warum, zum Teufel, hätte ich ihn töten sollen? – Obendrein, wenn ich ihn umgebracht hätte, warum sollte ich es Ihnen gegenüber verschweigen? Auf einen Toten mehr oder weniger käme es für meine Beurteilung doch überhaupt nicht an. – Und jetzt leben Sie wohl. Meine Zeit ist knapp.«

»Und das soll ich glauben? Siemerink hatte doch auch solche Fotos bekommen. Verarschen Sie mich nicht! Waren Sie es?«

»N-e-i-n!«

Dabei grinste er wie ein Honigkuchenpferd, und während er den Abgang machte, hörte ich ihn fröhlich deklamieren: *»Ich bin ein Teil von jener Kraft, die stets das Gute will und stets das Böse schafft.«*

Was sollte ich tun? Natürlich konnte ich schreien: ›Haltet ihn! Da geht einer der schlimmsten Serienkiller der Gegenwart.‹ Was hätte das außer ungläubigem Staunen der Menschen ringsherum bewirkt? Ich hatte das Schreien angefangen, also war ich hier der Blödmann. Man hätte allenfalls einen Arzt geholt, der mir grüne, rote und weiße Pillen gegeben und erklärt hätte, dass ich keine Angst zu haben bräuchte und ein Flugzeug statistisch gesehen heutzutage das sicherste Verkehrsmittel sei.

Wie sollte ich in kürzester Zeit einen maßgeblichen, entscheidungsbefugten Menschen davon überzeugen, dass er Revellius verhaften musste, zumal Revellius nicht mehr Revellius war. Ich bezweifelte stark, dass er unter seinem richtigen Namen Rosenfeld reisen würde. Die Kladde in meiner Hand wies mittlerweile mehr Fingerabdrücke von mir als von ihm auf. Selbst wenn ich jemanden auf die Schnelle für die Sammlung interessieren könnte, enthielt die keinen direkten Hinweis auf Revellius/Rosenfeld/Alias. Jeder würde eher mich für den Täter halten, der nun vollends durchgeknallt war und auf diese marktschreierische Weise seine Taten publik machen wollte.

Hinzu kam der Zeitfaktor. Revellius hatte seinen Abgang schlau eingeplant. Die Maschine würde von Düsseldorf nach Schiphol nur ein paar Minuten brauchen. Unmöglich, bis dahin die deutsche Polizei so weit zu bringen, die Rijkspolitie zur Verhaftung eines Mannes zu bewegen, dessen Identität nicht einmal gesichert war. Und von Amsterdam aus stand ihm die ganze Welt offen. Er konnte überallhin weiterfliegen, als Gag und zur totalen Verwirrung sogar zurück nach Deutschland. Er konnte in der Stadt selbst für Jahre untertauchen. Er konnte auch ein Schiff besteigen und seinen Privatstrand anlaufen, von dem ich nicht wusste, ob er palmenbestanden oder in einem eisigen Fjord gelegen war.

Der schlaue Bluthund hatte wieder gewonnen, auch dieses letzte Mal.

Was für eine Ironie des Schicksals! Da hatte ein Mann massenhaft die Feinde des Dritten Reiches gemordet, hatte sie auf eine Weise getötet, wie sie typisch für das Umbringen in den KZs war, und verschwand danach wie Mengele und Konsorten. Und dieser Mann war ausgerechnet ein Jude.

Als ich laut an meinem Platz vor mich hin lachte, nahm nach der Krakeelerei von vorhin schon keiner mehr Notiz von mir.

Ich blätterte den Ordner noch einmal flüchtig durch und entschied, mich besser in Ruhe zu Hause damit zu beschäftigen. Ich konnte ihn dann Rendorf geben oder auch an Brandtstätter nach München schicken zur Abrundung seiner Kolmburg-Sammlung.

War das ein gerechtes Ende? Gerechtigkeit! Zyniker behaupten, dass sie erst nach dem Tode anfängt. Ich sage, dass sie spätestens vor der Geburt aufhört. In einer Zeit, in der Junkie-Schlampen ihre Kinder bereits aidskrank zur Welt bringen, ist Gerechtigkeit die Vokabel, die zuallererst aus dem Wörterbuch gestrichen werden muss.

Als ich aufstand, war Rosenfeld schon durch die Schleuse und nicht mehr zu sehen.

* * *

Auf der Stahltreppe nach unten stieß ich mit einem Mann zusammen, der zum Schutz gegen das Wetter den Kopf vornübergebeugt und weit in den Kragen zurückgezogen hatte. Wir blieben auf derselben Stufe nebeneinander stehen in einem dieser seltenen Augenblicke auf einem Flughafen, in denen für Sekunden kein anderer Mensch zu sehen ist. Rendorf.

»Den erreichst du nicht mehr. Den hast du endgültig verpasst.«

Er gönnte mir diesen kurzen, verschlagenen Blick, den ich schon kannte, und ein knappes »Wart's ab«. Dann hastete er weiter.

Ich ging kopfschüttelnd zu meinem Parkplatz im Außenbereich. Diesmal nicht, mein lieber Freund, diesmal nicht. Der Schweinehund hat auch dich ausgetrickst.

Im Wagen blieb ich zunächst eine Weile sitzen und überdachte das Erlebte. Ich kam zu dem Schluss, dass mein lieber Freund Armin Rendorf wieder seine bei ihm so beliebte Tigerfallentaktik angewendet hatte – und zwar von vornherein. Sein Auftrag musste von Anfang an der gewesen sein, den Killer der drei Clubmitglieder zu eliminieren. Hätte er selbst die ganze Ermittlungsarbeit gemacht, wäre er dadurch in eine so exponierte Position geraten, dass er nach Erledigung der Nachforschungen und des Täters zwangsläufig die Polizei im Nacken gehabt hätte. Also musste ein anderer ran, der so lange auf Zehen trat, bis jemand zurücktrat. Wunderbar, wie ich ahnungsloser Tölpel diesen Part verkörpert hatte. Nachdem so das Interesse des Täters geweckt war, konnte die nächste Ziege aus dem Stall geholt und Helling an den Pflock gebunden werden. Hätte die Ziege, die in diesem Fall mehr ein Esel war, nicht den Fehler mit den Gläsern gemacht, wäre Revellius ein Seemannsgrab im Ijsselmeer sicher gewesen. So aber war er entkommen.

Ich war sicher, dass Rendorf immer an mir dran geblieben war, aber im Stau war die Verbindung abgerissen.

Vermutlich würde Schouten ihm trotzdem sein Honorar zahlen, denn genaugenommen war das Ziel ja erreicht worden, die Bedrohung Revellius existierte nicht mehr.

Was offen blieb, war der Tod von Siemerink. Aber das ging Rendorf und mich schließlich nichts an, weil keine Verbindung zu den übrigen Taten bestand. Konnte ich Revellius glauben, dass er damit nichts zu tun hatte? Warum sollte er lügen? Andererseits, entsprechende Fotos waren auch bei Siemerink aufgefunden worden.

Man würde sich jetzt auf diesen Mord als Einzelfall konzentrieren können und wahrscheinlich herausfinden, dass die Geldwäschegerüchte nicht von ungefähr kamen. Die Vorgehensweise, das Verhalten des Killers nach der Tat, das alles deutete auf einen Auftragsmord hin. Ich bezweifelte, dass man den eigentlichen Vollstrecker jemals fassen würde. So ein Mann wird kurzfristig eingeflogen und verschwindet dann wieder im Ausland. Aber über das Geldwäschemotiv würde man wohl an die Drahtzieher herankommen.

So könnte es gewesen sein. Das mit den KZ-Fotos hatte im Yachtclub natürlich die Runde gemacht und konnte deshalb bestens von einem gewitzten Trittbrettfahrer ausgenutzt werden, der Siemerink im Auftrag der Geldwaschmafia um die Ecke brachte und die Sache dem Serientäter mit in die Schuhe schob.

Und schon wieder Ironie des Schicksals. Der Mord an Siemerink, Auslöser für die Hinzuziehung Rendorfs und damit für die Entdeckung einer Mordserie ungeahnten Ausmaßes, hatte mit eben dieser Serie nicht das Geringste zu schaffen.

Es war höchste Zeit sich zu besaufen und ins Bett zu gehen.

Ich wollte eben starten, als es mit einem scharfen Klack an die Scheibe der Beifahrertür klopfte. Was mich anblickte und Einlass begehrte, war eine bauchige Flasche Whisky, einundzwanzig Jahre alter Whyte & Mackays, mir noch in bester Erinnerung aus Schoutens allererster Einladung.

»Könntest du wohl einen nicht motorisierten Freund mitnehmen?«

Hinter der Flasche erschien das Gesicht von Rendorf, der sich in den Sitz neben mir fallen ließ und mich mit der unschuldigen Freude eines Kindes anstrahlte, das seinen Wunschzettel mit der Paketausgabe beim Weihnachtsmann verglichen und festgestellt hatte, dass alle Bestellungen ausgeführt worden waren.

»Schlauer Bursche, dieser Revellius. Den Stau hat er extra für mich inszeniert. Ich musste meinen Wagen auf dem Randstreifen stehen lassen. Das verzeihe ich ihm nie.«

Mein Freund liebte seinen 49er Triumph inbrünstig. Er hatte mir in einer schwachen Stunde verraten, dass er gelegentlich abends noch einmal die Garage aufschloss, nur um mit der Hand über einen der klotzigen Chromscheinwerfer fahren zu können.

»Wenn du mich dahin bringen könntest, tätest du mir einen großen Gefallen. Ich hoffe, man hat ihn noch nicht abgeschleppt.«

Ich schaltete in den ersten Gang und schwenkte in die Rundfahrt ein. »Wie bist du denn überhaupt hierher gekommen.«

»Oh, irgendwann kam ein Motorradfahrer vorbei, der sich durch den Stau arbeitete. Der hat mich netterweise aufsitzen lassen. Die Kerle, die an allem schuld waren, hatten sich da natürlich schon längst aus dem Staub gemacht. Ich konnte nur vermuten, dass es zum Flughafen gehen sollte, und hab dann versucht, euch in diesem Pandämonium zu finden. – Na ja, hat ja schließlich doch noch alles geklappt.«

Der Regen war stärker geworden. Ich musste die Scheibenwischer von Intervall auf Stufe eins stellen. »Wie, was, was soll alles geklappt haben? Revellius ist uns doch durch die Lappen gegangen. Als du erst auf der Treppe warst, saß der längst im Flugzeug und war auf dem Weg nach wer-weißwohin.«

Seine Zufriedenheit legte sich kein bisschen. »Erlaube mir bitte, insofern anderer Meinung zu sein. Aber ich will nicht vorgreifen.«

Er fummelte ein wenig am Radio und stellte WDR 3 ein. Es war zwei Minuten vor dreiundzwanzig Uhr. Hundertzwanzig Sekunden Werbung, dann kamen die Nachrichten und sie brachten es.

Auf dem Flughafen Düsseldorf-Lohausen hatte es eine Bombendrohung gegeben. Betroffen war eine Maschine nach Amsterdam. Erste Nachforschungen bestätigten die Ernsthaftigkeit des anonymen Anrufers. Weiteres in Kürze.

Rendorf gab keinen Kommentar dazu ab und ich wusste, dass es müßig war ihn zu drängen. Deshalb chauffierte ich ihn über die nächste Autobahnaus- und auffahrt zu seinem Schatz, der unversehrt und von Abschleppversuchen unbehelligt geblieben war.

»Herzlichen Dank, mein Freund. Was hältst du von einem kleinen Abstecher in mein Büro? Wir könnten uns dieser wunderbaren Flasche widmen und auf die Mitternachtsnachrichten warten.«

Genauso machten wir es, und als ein Drittel aus der »wunderbaren Flasche« fehlte, hatte mich die Stimme aus dem Radio darüber informiert, dass man tatsächlich eine Bombe gefunden und die Passagiere über Notrutschen evakuiert habe. Zwar sei anschließend festgestellt worden, dass der Sprengsatz mangels eines Zünders gar nicht hätte detonieren können und also nie eine echte Gefahr bestanden hätte. Es wäre bei der Rettungsaktion aber zu einem bedauerlichen Unfall gekommen, dessen genauer Hergang noch unklar und bei dem ein älterer Fluggast zu Tode gekommen sei. – Man würde weiter berichten.

Rendorf schenkte nach. »Ich muss mich noch einmal für deine große Hilfe bedanken und mich gleichzeitig dafür entschuldigen, dass ich dich so lange im Dunkeln tappen lassen musste. Aber du bist einfach eine zu ehrliche Haut. Du hättest dich irgendwann selbst enttarnt und dann hätte Revellius nie Kontakt mit dir aufgenommen. So hast du ihn perfekt von mir abgelenkt. Aber das hast du dir mittlerweile bestimmt alles schon selbst zusammengereimt, oder nicht?«

»Ich kenne dein Faible für das Tigerfallenprinzip lange genug. Du wirst hoffentlich verstehen, dass ich mich als Ziege trotzdem nicht wohl fühle.«

»Ach, mein Freund, du wirst doch nicht zimperlich werden auf deine alten Tage? Du warst zu keinem Zeitpunkt in Gefahr. Abgesehen von dem Vorkommnis mit Beers auf diesem Parkplatz, aber das war nicht vorauszusehen, darauf hatte ich keinen Einfluss und es war überdies ausschließlich deine Entscheidung dort hinzugehen. – Du wirst es nicht gemerkt haben, weil genau das der Sinn der Sache war und der Mann einfach famos ist, aber unser hoch geschätzter Bill Flanagan hat dir die ganze Zeit Deckung gegeben. – Ich rechne übrigens jeden Moment mit seinem Eintreffen, damit er mir meine Mauser zurückgibt.«

»Dann hat also er diesen *Unfall* auf dem Flughafen ...«

»Natürlich er. Ein zäher, alter Kämpfer. Er hat Revellius seit dem Tod von Beers nicht aus den Augen gelassen. Der Fehler mit dem Scheinattentat war einfach zu groß, dass noch ein anderer als Drahtzieher in Frage gekommen wäre.«

Klar, ein riesengroßer Fehler, den selbstverständlich jeder hätte bemerken müssen. Nur ich nicht. – Nur weiter so mit den versteckten Komplimenten für mich.

»Flanagan hat viele alte Kameraden durch Revellius verloren und stand selbst mit auf der Todesliste. Deshalb konnte ich ihm auch seinen Herzenswunsch nicht abschlagen, das musst du doch zugeben.«

»Welchen Wunsch?«

»Na, welchen wohl? Revellius selber zu erschießen natürlich.«

Ich fuhr nach Hause und tat das, was ich mir schon in Lohausen vorgenommen hatte; mich besaufen und ins Bett gehen.

* * *

In den folgenden Wochen beschäftigte ich mich intensiv mit dem Nachlass von Revellius. Es war ein schreckliches Buch. Vielleicht wäre es weniger schlimm für mich gewesen, wenn es nur eine chronologische Auflistung der Morde beinhaltet hätte, meinetwegen auch mit detaillierter Tatbeschreibung. So was kannte man zur Genüge als Biographie pensionierter Profiler, die auf der Serienkillerwelle mitschwammen und ihre Rente aufbesserten.

Aber die Fotos verfolgten mich bis in meine Träume. Farbfotos meistens, von Revellius oder einem seiner Gehilfen selbst ausgenommen. Nur da, wo man sofort hatte flüchten müssen, bei getürkten Verkehrsunfällen zum Beispiel, hatte er auf Pressefotos zurückgegriffen.

Männer, die ersäuft, erhängt, erschlagen, erschossen, erstickt worden waren. Männer, die Frauen, Kinder, Verwandte und Freunde hinterließen. Männer, die in ihren letzten Zuckungen, bei ihrem allerletzten Röcheln abgelichtet und in ihrem Todeskampf für das Archiv eines Monsters eingefroren worden waren.

Ich war froh, dass dieses Wesen von der Erde entfernt worden war.

Abgesehen davon bereitete mir das Buch aus einem anderen Grunde Unbehagen. Siemerink tauchte darin auf keiner Seite auf.

* * *

Am zweiten Weihnachtstag war ich nach Amsterdam gefahren und dort durch die Kneipen gezogen. Als ich merkte, dass ich nach einer weiteren die Heimfahrt nicht mehr schaffen würde, kehrte ich nach Egmond zurück.

Ich war schon im Halbschlaf, als das viele Bier mich die Treppe hinuntertrieb. Und so sehr ich mich auch im ersten Moment darüber geärgert hatte, so froh war ich hinterher.

Hab ich Ihnen schon erzählt, dass ich auf dem Lokus oft die besten Ideen habe?

Als ich meinen gequälten Gesichtsausdruck im Spiegel selbst leid war und inbrünstig darauf hoffte, dass nun alles heraus sei, was ich in mich hineingeschüttet hatte, da wusste ich, was es mit dem Tod von Siemerink auf sich hatte.

Ich war schon einmal in einem Fall viel zu lange zu dämlich gewesen, um zu erkennen, wie wichtig oft der Zeitfaktor ist. Und genauso war es hier. Siemerink war erst getötet worden, als die durch den Doppelmord aufgeschreckten Altmillionäre unter dem Vorsitz von Brouwers nach Lösungen gesucht, ein erstes Mal nach einem Ermittler geschrien hatten und es bei ihren Dienstagstreffen kein anderes Thema mehr gab.

Revellius konnte es nicht lassen, seine Spielchen mit mir zu treiben. Hatte er mir nicht selbst gesagt, dass es bei ihm auf einen Mord mehr oder weniger ja nicht ankäme? Eben! Er hatte Siemerink *vorsichtshalber* umgelegt, nicht weil er auch einer von den Engländern war, sondern weil er ganz offensichtlich *keiner* war. Jeder, der intensiv nachforschte, würde darauf stoßen. Und wenn Revellius dann mit dem Morden weitermachte, musste man zwingend zu der Schlussfolgerung gelangen, dass der Täter ein einheitliches Motiv dafür hatte, sämtliche Clubmitglieder abzuschlachten. Dort musste dann der Schwerpunkt liegen, bei der Zugehörigkeit zur Gemeinschaft der Freizeitkapitäne. Kolmburg konnte zu den Akten gelegt werden und Revellius gleich mit, der nicht mehr Tatverdächtiger, sondern potentielles Opfer war.

Das war eine abgewandelte Form der Morde des Herrn A-B-C, eine Idee, die ich von Anbeginn an gehabt und einfach nicht zu Ende gedacht hatte. Oh, Mann! Und um allem die Krone aufzusetzen, nutzte der Sauhund diesen Mord ein zweites Mal für sich aus. Diese ganze blöde Show von Revellius mit seinem angeblich vollständigen Tagebuch des Todes, die große Geste mit dem Pass, der ohne Bild keine Beweiskraft mehr hatte. Oh, mein teurer Chronist, nimm meinen Nachlass an dich!

Der wickelte mich mit seiner mörderischen Anthologie ein, indem er mir so beiläufig unterjubelte, dass das »alles vollständig ist, mein Bester«. Und ich sollte mir nun jahrelang den Schädel zermartern, wer Siemerink umgelegt hat.

Und weshalb? Aus Rache: der Triebfeder, die sein Leben bestimmte. Er gebrauchte den Mord wieder zu seinem Vorteil und ließ ihn mir als Rucksack da, weil ich ihn um Helling gebracht hatte! Er wollte an seinem privaten Strand sitzen und jedes Mal fast platzen, wenn er an den pflichtbewussten Karl-Heinz Schmidt dachte, den ewigen Detektiv, der nun auch eine Lebensaufgabe hatte.

Diesem kranken Hirn kam man nur auf die Schliche, wenn man sich in einen ähnlich schlimmen Zustand soff. Ich tappte weiter zum Kühlschrank und füllte mir ein Wasserglas randvoll mit Whisky. Ich leerte es auf das Wohl eines Mannes, dessen stärkste Übung, gleichzeitig trinken und dabei lachen zu können, ich gerade perfekt kopierte. Er war der Mann, der den Begriff Gerechtigkeit für einen Augenblick aus dem All auf diese Welt entführt und mit Leben angefüllt hatte.

Ich trank auf das Wohl von Bill Flanagan.

* * *

Ich trank auch noch ein zweites Glas, diesmal auf das Wohl von Armin Rendorf.

Als ich mir Revellius' Album wieder und wieder vorgenommen hatte, war ich zwangsläufig darauf verfallen, einmal mehr die Rolle zu überdenken, die sich mein alter Freund für sein Dasein auf dieser Welt erwählt hatte. Auch er brachte Leute um, und sein Motiv, das für Geld zu tun, rangierte sicherlich noch weit unter Rache. Wieso jagte mir dann Revellius Schauer über den Rücken und Rendorf nicht? Lag es nur an der Art und Weise der Tatausführung, weil der eine wie ein mittelalterlicher Henker vierteilte und der andere mit chirurgischer Attitüde das Beatmungsgerät abschaltete? Der Wahrheit die Ehre, ich wusste es nicht.

Ich hatte oft genug versucht, Armin vor mir selbst damit zu entschuldigen, daß alle seine Opfer den Tod verdient hatten, aber kannte ich überhaupt alle? Würde er nicht irgendwann schwach werden und im Auftrag eines Industriekonzerns einen unbotmäßigen Reformpolitiker, der das Beste für sein Volk wollte, erledigen, wenn nur der Preis stimmte? Oder, noch schlimmer, hatte er es möglicherweise sogar schon getan?

Mit solchen Gedanken kam ich heute genauso wenig weiter wie sonst auch. Was letztlich für mich zählte, war eine seit mehr als drei Jahrzehnten währende Freundschaft, den Rest blendete ich mit Hilfe eines weiteren Glases aus.

EPILOG

Ich finde, Du solltest das wissen. Schließlich hast du den Fall letztes Jahr gelöst. Am besten, du wendest dich direkt an Schouten, damit du alles aus erster Hand erfährst. Hier ist seine Nummer.«

Rendorf hatte mich in Selm angerufen, weil Schouten sich bei ihm gemeldet hatte. Nur eine Kleinigkeit, verehrter Herr Kollege, aber der Vollständigkeit halber sollten Sie doch informiert werden. Da ist ein Testament von Siemerink aufgetaucht ... ja, zweifellos echt ... gewiss, sehr merkwürdige Umstände ... was man davon halten soll? Und so weiter.

Rendorf hatte sich für die Information bedankt, aber für ihn war die Sache abgetan. Er gab einfach an mich weiter, an Karl-Heinz, den Gelangweilten.

Was Schouten am Telefon andeutete, machte mich so neugierig, dass ich sofort für den nächsten Tag ein Treffen mit ihm vereinbarte. Wir wollten uns auf halber Strecke entgegenkommen, sodass sich s'Herenberg aus mehreren Gründen anbot.

Ich war glatt durchgekommen und hatte meinen Wagen auf dem kleinen Parkplatz vor dem Friedhof abgestellt. Schouten hatte mit einem Stau bei Arnheim zu kämpfen gehabt und traf unter vielen Entschuldigungen erst ein, als ich im Selbstbedienungscafé von Huis Bergh bei meinem zweiten Tee saß. Schouten war zu nervös, um mit dem ungewohnten Automaten fertig zu werden. Also holte ich ihm einen Kaffee, und als er den hinuntergestürzt und sich dabei den Mund verbrannt hatte, wurde er durch den Schmerz etwas abgelenkt und dadurch ruhiger.

Während er den Rachen mit einer Cola kühlte und zwischen den kleinen Schlucken »Was soll man bloß davon halten?« repetierte, sah ich mir die Papiere näher an, die er vor mir auf den Tisch gelegt hatte.

Es handelte sich um einen normalen Briefumschlag, gerichtet an die Büroadresse meines Gegenübers, mit einem frischen, erst vier Tage alten Poststempel von Vlissingen und einem weiteren, mir unbekannten Stempel mit sechs Tage altem Datum. Das vermutlich ehemals glatte, weiße Papier war rau, fast wie Löschpapier und von undefinierbarer Farbe. Ähnlich beschaffen war der Inhalt, ein zweimal gefaltetes Stück Papier im DIN-A4-Format, das von Heinz Siemerink unterschrieben war und folgenden Inhalt hatte:

Mein letzter Wille!
Ich, Heinz Siemerink, bestimme aus freien Stücken und völlig ungezwungen sowie unwiderruflich Frau Anne Vanenburg zu meiner Alleinerbin. Vlissingen, den 1.4.1999 – Unterschrift.

Ich hatte unwillkürlich beide Augenbrauen so hoch gezogen, dass Schouten schon wieder lächeln konnte.

»Ist so was gültig, ich meine rechtlich? Ich bin kein Jurist.«

Wie jeder Anwalt wollte sich Schouten nicht hundertprozentig festlegen, musste nach einigem Kopfwiegen und Konjunktivformulierungen aber einräumen, dass ihm kein Grund ersichtlich wäre, der dieses Testament unwirksam machen könne. Der Inhalt war eindeutig, zur möglichen Anfechtung berechtigte Personen waren nicht vorhanden. Siemerink war Deutscher. Zwar stand da, dass diese letztwillige Verfügung »unwiderruflich« sein solle, aber nach deutschem Recht konnte jedes Testament, egal in welcher Form es errichtet worden war, durch ein zeitlich jüngeres außer Kraft gesetzt werden. Doch hier war der Erblasser am 6.4.99 gestorben und es war mehr als unwahrscheinlich, dass er in den fünf Tagen dazwischen seinen Willen geändert und ein neues Testament verfasst hatte, auf dessen Existenz nach nunmehr über einem Jahr nichts hindeutete. Ein Fragment juristischer Kenntnisse, aus der Zeit meines abgebrochenen Studiums an der Ruhruniversität Bochum in die Gegenwart herübergerettet, gab Schouten einschränkungslos Recht.

»Wenn das so ist, Herr Advocaat, und ich wüsste nicht, warum Sie sich irren sollten, was ist für Sie dann so verwunderlich an der Sache?«

»Die Tatsache, dass der Brief in einer Kanone gefunden wurde.«

Hatte ich eben noch erstaunt ausgesehen, musste ich nun ziemlich behindert aus der Wäsche geguckt haben. Trotzdem musste Schouten diesmal nicht lachen. Sein »sowie der Umstand, dass entweder Datum oder Ort falsch sind« drang gar nicht richtig bis zu mir durch. Bevor ich eine halbwegs kluge Frage zustande brachte, klärte er mich auf.

»Sie erinnern sich, wo Siemerinks Leiche aufgefunden wurde?«

Natürlich erinnerte ich mich. Auf der Strandpromenade von Vlissingen. Ich kannte den Ort leidlich von einem früheren Urlaub.

»Der Umschlag steckte in einer der Kanonen, die dort in der Nähe stehen, fertig beschriftet und frankiert. Selbstverständlich habe ich versucht herauszukriegen, wie ich an diese Post gekommen bin. – Sehen Sie, hier!« Er deutete auf den eckigen Stempel links unten auf dem Umschlag. »Das ist ein Posteingangsstempel der Stadt Vlissingen. Jedes Schriftstück, das offiziell an die Stadt gerichtet wird, egal, an welches Amt, bekommt einen solchen Abdruck. Dadurch wurde die Sache für mich einfach. Einige Kanonen an der Promenade waren mal wieder renovierungsbedürftig. Der Mann, der ihnen den Schutzanstrich verpassen sollte, kratzte den üblichen Mist aus den Rohren, den Kinder im Laufe der Zeit so hineinstecken, und stieß dabei auf diesen Umschlag. Der machte ihn stutzig, weil er nicht zerknüllt und nicht geöffnet war. Also brachte er ihn ins Amt. Die überlegten zwei Tage lang und kamen dann auf die glorreiche Idee, ihn kurzerhand in den Kasten zu werfen und auf ganz normalem Wege an den Empfänger befördern zu lassen.«

Schouten trank seine Cola aus und stupste das Testament an, als wäre es heißer als sein Kaffee. »Was soll ich jetzt damit machen? Soll ich einfach so tun, als wäre es die normalste Sache der Welt, mit über einem Jahr Verspätung auf diese Weise ein Testament zur Vollstreckung vorgelegt zu bekommen? Haben Sie eine Vorstellung, wie ich die Sache korrekt abwickeln kann, ohne mich selber in Schwierigkeiten zu bringen? Soll ich vielleicht einen deutschen Notar zuziehen?«

Was sollte ich dazu sagen? Er war der Jurist, was fragte er mich? »Wie hätten Sie es denn gehandhabt, wenn Ihnen der Brief ganz normal und ohne zeitliche Verzögerung zugegangen wäre?«

Schouten musste nicht lange überlegen. »Ich würde natürlich nicht riskieren, dass so ein wichtiges Dokument verloren geht, und es bei mir im Tresor verwahren. Parallel dazu würde ich den Adressaten mit einer Kopie von der Existenz benachrichtigen und ihn bitten, mich zum Zwecke der Übergabe aufzusuchen. Alles Weitere würde sich dann finden, in erster Linie, ob ich die Vollstreckung durchführen soll oder ein Kollege und so weiter.«

Dann würde er es auch in diesem Fall so machen müssen, wenn er keinen Haftpflichtfall provozieren wollte.

»Tja, das werd ich dann wohl auch tun. Trotzdem, irgendetwas stimmt hier nicht.«

Da hatte er sicher Recht. Ich wusste nur nicht, was. Noch nicht. Denn entgegen jeder Vernunft hatten mich schon wieder meine detektivischen Ambitionen gepackt.

»Wenn es Ihnen nichts ausmacht, dann lassen Sie mir doch bitte eine Kopie vom Umschlag und dem Testament zukommen. Da ich ja sowieso schon die Originale gesehen habe, dürfte das kein allzu großer Vertrauensbruch gegenüber Ihrer quasi aufgedrängten Mandantschaft sein. Vielleicht kommt mir die eine oder andere zündende Idee, wenn ich genügend Zeit zum Nachdenken habe.«

Keinem von uns fiel etwas Besseres ein. Also verabschiedeten wir uns und zwei Tage später hatte ich die Ablichtungen im Briefkasten.

Ich las es wieder und wieder, ohne dass sich mir irgendwelche kryptischen Durchblicke eröffneten, die das Schreiben samt Hintergrundgeschichte entschlüsselten. Es war und blieb ein kurz gefasstes, präzises Testament. Trotzdem hatte Schouten Bedenken gehabt, die über den reinen Fundort und die zeitliche Verzögerung des Auftauchens hinausgingen. Er hatte das Datum erwähnt und noch einen Punkt, der mir entfallen war.

Deshalb rief ich ihn an.

»Ach, Sie meinen meine Bemerkung, dass bezüglich der Abfassung entweder Ort oder Datum falsch sind? Oh, das erklärt sich ganz einfach. Heinz war am 3. April bei mir im Büro, sagte, dass er nach Vlissingen wollte, und deutete an, dass er ein Testament abfassen würde. Deshalb ließ er sich lang und breit über entsprechende Formvorschriften aufklären. Wieso will das jemand wissen, der bereits zwei Tage vorher alles beachtet und ein nicht zu beanstandendes Testament aufgesetzt hat?«

* * *

»Das sieht ja ganz so aus, als wäre die Sache damit auch für mich noch nicht vorbei. – Ich bin gleich wieder da. Lass mich eben nur ein Telefonat erledigen.«

Ein sich zufrieden die Hände reibender Rendorf verließ sein Sprechzimmer, nachdem er sich meine Geschichte ausführlich hatte erzählen lassen. Durch die Tür bekam ich gedämpft und bruchstückweise mit, dass er mit jemandem verbunden werden wollte, für den sein Anruf »molto importante« wäre, was er mit einem »sí, sí« noch bekräftigte. Der Name Schouten fiel, dessen Interessen ja nicht berührt würden, sodass man in einer Sache durchaus mehrere Auftraggeber haben könne. Ich konnte ein paar Zahlen heraushören, die sich im sechsstelligen Bereich bewegten, und ein weitaus zufriedenerer Rendorf kam wieder zu mir zurück.

»Ich wäre dir sehr verbunden, mein lieber Freund, wenn du mich über die Fortschritte deiner Bemühungen auf dem Laufenden halten könntest. Und solltest du Hilfe brauchen, denk nur an das wunderschöne Lied von James Taylor.«

Da hatte er mir einen Floh ins Ohr gesetzt. Während der Rückfahrt nach Egmond wurde ich diesen Text nicht mehr los. *You just call out my name and soon I will be there ...*

Das hätte für mich ganz toll geklungen, wäre ich nicht Ohrenzeuge dieses Telefonats geworden. Für mich roch die Sache stark nach einer unheiligen Allianz.

* * *

Das Tigerfallenprinzip würde nicht noch mal funktionieren, wir hatten keine Ziege mehr anzubieten. Hier konnte allein Überlegung weiterhelfen.

Wenn ich meine Prämisse im Raum stehen ließ, dass Revellius Siemerink getötet hatte, um sein Motiv zu verschleiern, wie passte dann das Testament ins Bild, nicht einfach vernichtet, sondern bloß auf eine kindische Art versteckt?

Hatte Revellius versucht, mehrere Fliegen mit einer Klappe zu schlagen? Hatte er sich ebenfalls mit Mevrouw Vanenburg verlustiert und deshalb Siemerink als Ablenkungsopfer auserwählt und auf unmenschliche Weise getötet, weil er auf höchst menschliche Weise eifersüchtig war? Und das Testament nicht verbrannt, sondern so versteckt, dass es irgendwann gefunden würde, um Anne nicht auf Dauer, sondern nur auf Zeit zu bestrafen?

Wie schon gesagt ... *und alle Fragen offen.*

Die blieben auch offen, bis ich mich endlich darauf besann, dass Detektivarbeit zum weitaus überwiegenden Teil aus Lauferei besteht. Zwar macht auch die erst dann Sinn, wenn einem klar ist, in welche Richtung man rennen muss, aber ein bisschen Lokalkolorit würde nicht schaden, um mich besser in den Fall einfühlen zu können.

Es war später April, fast schon Mai, aber wir hatten zur Zeit ein ähnlich schlechtes Wetter wie vor einem Jahr, als Siemerink ermordet worden war. Deshalb beschloss ich spontan, mich auf den Weg nach Vlissingen zu machen und den Tatort aktuell selbst in Augenschein zu nehmen.

Dort war alles so, wie ich es von früher im Gedächtnis hatte. Das felsige Ufer, der schräg ansteigende, asphaltierte Strand, die hohe Mauer als Abschluss, darüber die endlose Promenade mit ihren Kanonen auf der einen und den Hotels auf der anderen Seite, alles dominiert vom Gefangenenturm mittendrin, eine individuelle Insel in einem Meer aus Gleichförmigkeit.

Ich quartierte mich wieder im Truida ein, einem unauffälligen, preisgünstigen Hotel, dessen freundliche Betreiber wussten, dass sie ihren Gästen keinen größeren Gefallen erweisen konnten, als sie in Ruhe zu lassen.

Essen ging ich wie damals im *Centralcafé*, wo nicht nur die Seezungen, sondern auch die Jazz- und Soulmusik und der Ausblick auf den Bellamypark hervorragend waren.

Sie sehen, ich bin ein Gewohnheitstier. Das muss nicht unbedingt schlecht sein, da ich für gewöhnlich auch die eine oder andere gute Idee produziert hatte. Wie in diesem Fall, Revellius' Morddokumentation mitgenommen zu haben, aus der Siemerink mit einem so beredtem Schweigen ausgeklammert war. Mehrere der dort aufgeführten Opfer waren erschlagen worden, überwiegend mit einem Stein, wohl in Anlehnung an den typischen Tod von Mauthausen. Wenige mit einem Stock, was praktisch mehr auf ein Totprügeln als ein schnelles Erschlagen hinausgelaufen war.

Ich erwog diesen Aspekt eine Weile und kam dann – mehr aus einem unbestimmten Gefühl als einer konkreten Überlegung – zu dem Schluss, das Obduktionsprotokoll von Siemerinks Schädel einzusehen.

Selbstverständlich haben Sie da als Privatmann keine Chance, aber Schouten ließ es mir mit Boten nur zwei Tage später zustellen.

Der einzige Punkt, der mich interessierte, war die Schädelfraktur. Der Knochen war im linken Schläfenbereich auf einer Fläche von fast vier Zentimetern im Quadrat eingedrückt, in der Mitte mehr, an den Rändern weniger. Der Obduzent legte sich auf einen einzigen Schlag fest, der diese Verletzung hervorgerufen hatte. Als Tatwerkzeug kam auch hier der unvermeidliche stumpfe Gegenstand ins Spiel, der sehr schwer oder mit größter Wucht gebraucht worden sein musste. Das alles passte haargenau zu Revellius' Methode, die Opfer mit einem Stein erschlagen zu lassen.

Was nicht passte war, dass die Zeugin Mevrouw Anne Vanenburg keinen Stein gesehen hatte. Wie bekam ich diese beiden Faktoren unter einen Hut? – Indem ein Kampfsportler der Olympiakategorie der Täter war.

Ich hatte einen Koreaner gesehen, der einen Besenstiel in zwei aus Luftschlangen geklebte Schlaufen legte, die über Messerklingen liefen. Das ganze Gebilde sah aus wie eine Miniaturschaukel. Hätte man mit den Fingern nur leicht auf den Holzstab gedrückt, wären die Papierschlingen zerschnitten worden. Doch der Typ haute den Stiel mit der Handkante so blitzartig durch, dass alles andere heil blieb.

Ich hatte einen Chinesen erlebt, der den Daumen in die Handfläche legte und mit der inneren Handkante Kieselsteine zerschmetterte.

Ich hatte einem Japaner dabei zugeschaut, wie er mit der Faust zwanzig Dachpfannen auf einmal zertrümmerte.

So, wie ich Revellius' Mannschaft einschätzte, traute ich ihr ohne weiteres zu, dass sich ein Zauberkünstler dieser Güte darunter befand.

Der Witz war nur, dass ein Profi, der alle diese Kunststücke beherrschte, sie niemals in der konkreten Situation gezeigt hätte. Ich war extra noch mal in den Wind und den Nieselregen hinausgegangen, um ein Gespür für die Situation zu bekommen und konnte Siemerink und Anne fast vor mir sehen, beide dick eingepackt zum Schutz vor dem Wetter, die Köpfe durch Kappe und Kapuzen geschützt. Kein Profi hätte bei dieser Polsterung eine so unsichere Aktion durchgeführt und sich nur auf seine bloßen Hände verlassen, sondern auf ein bessere Gelegenheit gewartet. Es bestand ja, so zynisch sich das anhört, für den Mord an Siemerink keine Eile. Die Tat war bei Dunkelheit begangen worden, sodass ich die schlechten Sichtverhältnisse noch addieren musste. Nein, eine Kampfsporttechnik schied für mich als Mordmethode definitiv aus.

Die Dunkelheit eröffnete mir aber einen Aspekt, den ich bis dato schlicht übersehen hatte. Das zeigte mir wieder mal, wie wichtig es für eine korrekte Schlussfolgerung ist, die Tatumstände so genau wie möglich nachvollziehen zu können.

Siemerink war zurückgeblieben, Anne schon ein ganzes Stück vorgegangen, als es passierte. Sie musste in der aktuellen Lage, insbesondere unter dem Eindruck die Ermordung ihres Freundes hautnah mitzuerleben, nicht notwendigerweise bemerkt haben, dass mit einem Stein zugeschlagen worden war. Natürlich hatte ich in diesem Zusammenhang auch an eine Stahlrute oder ein ähnlich spezielles Werkzeug gedacht, aber die hätte nicht eine so großflächige Verletzung hervorgerufen. Außerdem hätte es Revellius als wenig stilecht nicht durchgehen lassen.

Ich ging zum Wasser und bemühte mich, einen etwa faustgroßen Stein loszupulen, ohne mir dabei die Füße nass zu machen. Die wenigen Brocken, die in Frage kamen, lagen viel zu weit draußen und waren obendrein von den größeren Klötzen so verkeilt, dass ein Herausholen nicht möglich war.

Nach dem dritten Versuch gab ich auf. Nicht nur, weil meine Füße schwammen und meine Hosenbeine an den Unterschenkeln festklatschten, sondern weil mir rechtzeitig vor dem Ertrinken eingefallen war, dass Revellius diesen Mord niemals so unvollkommen vorbereitet und so viel dem Zufall überlassen hätte.

Es musste also so gewesen sein, dass der Mörder den Stein schon mitgebracht hatte. Es fällt selbst bei schönem Wetter nicht auf, wenn ein Jogger einen Gegenstand in der Hand hält, der nicht größer als ein Walkman ist. Danach schleudert er den Stein praktisch mit dem Rückschwung seines Schlages ins Meer und hat damit gleichzeitig die Tatwaffe beseitigt.

Ging der Tod von Siemerink auch auf das Konto von Revellius, dann musste es so gewesen sein. Warum war ich dann mit dieser Lösung nicht zufrieden? Warum sträubte sich in mir etwas, diese Variante zu akzeptieren? Vielleicht lag es daran, dass ich bisher fast immer über den Zeitfaktor gestolpert war und erst dessen Beachtung mich zum Ziel gebracht hatte. So überzeugend ich auch meine eigene Deduktion fand, so wenig war ich bereit, die Tatsache unberücksichtigt zu lassen, dass Siemerink am 1.4.99 noch keine Vorstellung von einem rechtsgültig abgefassten Testament hatte.

Ich hatte mir zwischenzeitlich ja selbst das Stichwort geliefert. Hatte der Mord an Siemerink wirklich keine Eile gehabt?

Zuerst wollte ich gar keinen Alkohol trinken, merkte aber gleich, dass ich einen Jenever brauchte, um mein Hirn auf Trab zu bringen. Ich liebäugelte mit einem zweiten, ließ es aber sein, weil ich keinen Galopp wollte, der zu schnell über das Ziel hätte hinausgehen können.

Ich hockte vor dem Fenster meines Zimmers im Truida, bedachte dieses und jenes, alles und nichts, ließ einen oft gesehenen Film von meinem ersten und allen weiteren Treffen mit Schouten ablaufen und versuchte, mich an Kleinigkeiten zu erinnern, Bemerkungen und Gedankenblitze zurückzuholen, die ich früher als nebensächlich abgetan hatte.

Ich hakte Kolmburg ab und die Krone, ließ irgendwann den kompletten Yachtclub folgen. Der Punkt, den ich aufgriff, war gänzlich anderer Natur, und als ich alles lange genug auf der Zunge gewälzt hatte, rief ich Schouten an und bat ihn, sich mit den Eheleuten Jonker kurzzuschließen.

* * *

Den Weg zu Anne raus war ich noch nie so ungern gefahren wie heute. Dabei herrschte ein Bilderbuchwetter, wie es im Hochsommer nicht besser sein konnte. Man musste nicht mal eine Jacke überziehen, weil der Fahrtwind einen nur mild umfächelte.

Jeder, der mich so gesehen hätte, würde nur allzu gerne mit diesem sorgenfreien Urlauber in seinem Cabrio getauscht haben wollen. Ich selbst hatte keinen Sinn dafür. Mir war mulmig bei dem Gedanken an den letzten Akt dieser Inszenierung.

Ich fuhr den Wagen bis zur Haustür vor. Alles wirkte noch ein bisschen frischer als bei meinem letzten Besuch. Hier eine Kleinigkeit neu, da etwas hellere Farbe. Anne, die gut situierte Erbin, war nicht nur mit sich, sondern auch der Welt im Reinen und wollte die das merken lassen. Ihr zuletzt unvermeidlicher Verehrer mit seinem Fahrrad war nirgendwo zu sehen.

Anne hatte den Wagen gehört und war nach draußen gekommen. Ihre Begrüßung fiel ziemlich reserviert aus. »Ach, du bist es. Warum hast du nicht vorher angerufen. Ich hätte etwas vorbereiten können.«

Ich gefiel mir mit der sphinxhaften Antwort »Genau deshalb«, ohne dadurch meine Laune zu verbessern.

»Ich hatte mit dem Gedanken gespielt wegzufahren. Vielleicht wäre ich gar nicht hier gewesen.«

»Dann wäre ich ein andermal wiedergekommen.«

»Ich fahre aber eventuell für länger weg.«

»Ich wäre immer wieder gekommen.«

Ihr Lächeln wirkte befreit, aber müde. »So verliebt?«

»Lass den Scheiß, Anne. Ich will die ganze Geschichte endlich abschließen.«

»Die Geschichte mit uns?«

»Die Mordgeschichte.«

Ihr Lächeln veränderte sich nicht, nur ihre Augen wurden schmaler, ihr Blick skeptischer. »Lass uns lieber reingehen.«

Wir landeten in der Küche, wie beim allerersten Mal. Die verchromten Folterinstrumente waren gegen massive Holzstühle ausgetauscht worden, die viel besser zu diesem Haus passten. Ich setzte mich unaufgefordert.

»Willst du einen Schnaps?«

Natürlich wollte ich und sie nahm sich auch einen. Dann sah sie mich erwartungsvoll an.

Ich hatte kein Lust, lange drumherum zu reden. »Warum hast du gelogen?«

Sie ersparte uns jedes Kokettieren, jede Anspielung auf unser Techtelmechtel und fragte sehr nüchtern: »In welcher Beziehung?«

»In fast jeder Beziehung. Aber zunächst, in Beziehung auf Siemerinks Ermordung. Die Story, die du aller Welt aufgetischt hast, ist erstunken und erlogen. Siemerink ist mit einem Stein erschlagen worden und du hast ...«

»Einen Moment. Einen Stein habe ich nicht gesehen. Ich ...«

»Kann schon sein, dass du das nicht mitbekommen hast. Durchaus möglich bei den Witterungsbedingungen und aus der Entfernung. Aber dafür hast du etwas anderes gesehen, den Täter. Und zwar sehr genau.«

Weder schob sie ihr Glas demonstrativ von sich weg, noch füllte sie es ein zweites Mal. Sie saß nur da, steif wie eine Schaufensterpuppe und beobachtete mich.

»Ich Dussel«, in Gedanken bezog ich Rendorf schadenfroh mit ein, »habe immer den Fehler gemacht, von einem einzigen Täter auszugehen, genauer, von einem einzigen Drahtzieher, der wohl Gehilfen gehabt haben konnte, aber letztlich der einzige Hintermann war. In unserem Fall gibt es aber zwei, nämlich Revellius, der alle anderen auf seinem Konto hat, und den Mörder von deinem Freund Heinz Siemerink. Und dieser Mörder hatte ein Motiv, das in Familien- und Freundeskreisen gar nicht so selten ist – Eifersucht. Du hast den Mörder genau erkannt, aber du hast ihn nicht verraten, weil er dein Freund ist.

Die Starre fiel von ihr ab und sie ereiferte sich mit sprühenden Augen. »Du hast Recht, aber nur damit, dass du dich für einen Schwachkopf hältst. Kannst du keine zwei Sätze mehr weit denken? Hast du nicht gerade gesagt, dass Heinz Siemerink mein Freund ist, und der ist nicht der Täter, sondern das Opfer.«

»Ich meine einen anderen Freund, deinen glühendsten Bewunderer, den, der dich mehr verehrt als alle diese geilen Geldsäcke zusammen. Der die Leute vorwarnt, die Finger von dir zu lassen, zum Beispiel mit Kratzern im Autolack, die immer tiefer und breiter werden, wenn dein neuer Bettgenosse nicht schnell genug reagiert. Der jetzt in einem Alter ist, in dem die Natur Gefühle und Hormone durcheinander kegelt. Wim Jonker ist euch nachgekommen. Du hast ja kein Geheimnis daraus gemacht, wo du hinwolltest. Er hat sein Sparschwein geplündert und sich auf sein Fahrrad gesetzt, damit man seine Spur nicht verfolgen konnte. Der muss sich ganz schön elend gefühlt haben, nach der totalen Strapaze auf dem Drahtesel da draußen in Kälte und Regen zu stehen und darauf zu warten, dass die Turteltauben endlich aus ihrem Luxusnest kommen. Aber vielleicht war gerade das nötig, um ihn mit so viel Wut vollzupumpen, dass dann ein Schlag genügte. Damit hatte er die große Liebe seiner Kinderträume wieder für sich. – Na, Anne, bin ich nun wirklich so ein Trottel, ist das alles nur Spinnerei von mir?«

Sie hielt den Blick gesenkt, während sie sich nachschenkte, und meinte schließlich: »Wahrscheinlich ist es das Beste, er kommt in ein Heim. Als ich die Macken an deinem Auto gesehen habe, war mir klar, dass er sich wieder in etwas hineinsteigern würde. Ich hab dich deshalb extra so provoziert, dass du nicht mehr gekommen bist, weil ich nicht wollte, dass dir was zustößt. Danach hat er sich ja auch wieder beruhigt. Aber es ist schon richtig, am besten wird er sicher untergebracht und ärztlich betreut.«

Gott sei Dank, wenn Sie das nicht gesagt hätte, hätte ich sie nie überführen können!

»Du bist wirklich das größte Miststück, das mir je begegnet ist. Selbst einen verliebten Jungen würdest du eiskalt über die Klinge springen lassen und sein Leben zerstören, wenn es dir etwas einbringt. – So was wie dich hat man früher verbrannt!«

»Karl-Heinz, bist du verwirrt? Ich versteh dich nicht. Ist dir der Schnaps nicht bekommen?«

»Der ist mir sogar sehr gut bekommen. Ohne den hätte ich die kleine Schauspielerei kaum durchgehalten. – Als Heinz Siemerink ermordet wurde, lag Wim Jonker mit einer Grippe zu Hause im Bett. Das habe ich extra von Schouten nachprüfen lassen. Also, wenn er auf keinen Fall am Tatort gewesen sein kann, du ihn aber ganz bereitwillig als Mörder identifizierst, wer ist dann wohl der Täter?«

Sie hatte diesen feuchten Hundeblick in ihr Gesicht geheuchelt und wollte um den Tisch auf mich zu.

Ich hob abwehrend die Hände. »Nicht auf diese Masche. Über einen toten Siemerink hätte ich möglicherweise noch hinwegsehen können, aber nicht über meinen zerkratzten Porsche. Das warst doch alles immer nur du. Immer, wenn du mir vorgegaukelt hast, du müsstest nur mal kurz nach unten und Essen oder Trinken holen. Dann war mein Auto wieder reif.«

»Bist du verrückt, warum sollte ich so etwas tun? Hältst du mich für eine Psychopathin?«

»Ganz im Gegenteil, meine Liebe, du bist die schlaueste Teufelin, die ich kenne. Als du dich mit den Kopien der KZ-Fotos verraten hattest und wir alle zu blöd waren, es zu merken, weil uns das Hirngespinst vom getarnten Nazi so faszinierte, fingst du an vorzubeugen. Du hast schon damals damit gerechnet, dass irgendwann die Nachforschungen weitergehen würden, und mit dem erfundenen Eifersuchtsmärchen den armen Jungen, den sowieso keiner ernst nahm, dem nie einer was glaubte, als idealen Sündenbock aufgebaut. – Du bist ja so erbärmlich! Du hast nicht mal versucht, mich zu überreden, ihn davonkommen zu lassen. Du wolltest ihn lebenslänglich in die Psychiatrie stecken lassen. Oh Mann, bist du ein mieses Aas!«

Anne, die Facettenreiche, hatte noch eine andere Tour auf Lager. Plötzlich war sie die kühle, umsichtige Stationsschwester auf Nachtwache, die am besten weiß, was für den quengelnden Patienten gut ist. »Ich glaube, du fantasierst, Karl-Heinz. Damals im *t'Vlack* hast du Siemerink als Serienkiller hingestellt. Gerade noch sollte der kleine Wim ein wahnsinniger Mörder sein und jetzt bleibt es an mir hängen. Bist du sicher, dass du noch weißt, was du da redest?«

»Das weiß ich sogar sehr genau. Und deswegen erzähle ich dir jetzt die Geschichte von Anfang an, deine Geschichte.«

»Bevor du damit anfängst, erzähl mir doch erst mal, was mich im *t'Vlack* verraten haben soll, ja?«

»Das weißt du besser als ich. Du hast da den Kardinalfehler gemacht, als du die Kopien von Drohfotos präsentiert hast, die Kopien! Alle potentiellen Opfer haben von Revellius Originale gekriegt. Aber das konntest du nicht wissen, weil die Bilder, die ich dir unter der Tür durchgeschoben hatte, auch Kopien gewesen sind. Dadurch hast du dich täuschen lassen und es für die Superidee überhaupt gehalten, mir mit anderen Kopien zu beweisen, dass Siemerink auch genauso bedroht worden ist wie alle andern, dass er ein und demselben Mörder zum Opfer gefallen ist. – Wie bist du überhaupt daran gekommen? Hast du dir ein Buch über die Nazigräuel aus der Bücherei geholt oder was? Na, ist ja auch egal. Aber du hast eben nicht alle Fakten gekannt. Von Originalen hast du erstmals beim Treffen in der Kneipe erfahren, als du deinen Schwindel schon eingestielt hattest und das nicht mehr ungeschehen machen konntest. Du bist davon ausgegangen, dass es immer nur Fotokopien gab und nie Originale. Hatte Siemerink auch welche bekommen, musste auch er ein weiteres Opfer des Serienkillers sein. Eigentlich nicht schlecht. Aber du konntest einfach nicht ahnen, dass ich mit meiner Analyse damals so falsch liegen und Siemerink selber als den Täter darstellen würde. Daher bist du fast zusammengebrochen, als du von den Originalen erfahren hast und dich als schon überführt ansehen musstest. Oh verflucht, war ich bescheuert! Du hast vor Schreck sogar ein Glas zerbrochen und dich so gequält verhalten, da hätte ich einfach stutzig werden müssen. – Und dann noch dein Schmankerl von der angeblichen Durchsuchung bei

Siemerink. Das warst wieder du, die ein Testament für dich oder Liebesbriefe von anderen finden wollte. Klar, das Beste wäre gewesen, du hättest gar kein Wort darüber verloren. Aber du konntest ja nicht wissen, ob er schon seinen Freunden davon berichtet hatte. Also war es besser, du tratest die Flucht nach vorne an und erzähltest uns selbst von der Durchsuchung. – Aber zurück zu den Fotos. Du hast deinen Irrtum erst bemerkt, als im *t'Vlack* nur von Originalen die Rede war, aber da gab es für dich keinen Rückzug mehr. Du warst am Boden zerstört. Und dann kam aus heiterem Himmel die Wende, als ich Dummling noch die Erklärung dafür geliefert hab, warum du bei Siemerink nur Kopien gefunden haben konntest. Oh verdammt, was musst du triumphiert haben! Du hattest dich durch deinen Fehler selbst erledigt und ich Idiot habe dich unwissentlich gerettet.«

Mit einem Male wirkte sie sehr zufrieden. »Toll. Ist das dir als Einzigem aufgefallen?«

»Sei dir nicht zu sicher. Ich weiß jetzt genau, wie alles gelaufen ist.«

Der Spott in ihrer Stimme war unüberhörbar. »Erzähl ruhig weiter! Ich hab Zeit.«

Ich dachte an unsere schönen Zeiten, ich dachte an ihren Mord. Ich konnte sie nicht schonen.

»Es war mal eine Frau,« die Einleitung war märchenhaft und deshalb genau auf diesen Fall zugeschnitten, »die wollte immer reich sein und in Saus und Braus leben. Leider hatten die Eltern ihr kaum etwas hinterlassen und ihre Vorzüge lagen nur in ihrer angeborenen Geilheit und ihrer völligen Skrupellosigkeit. Also verzichtete sie auf jede Berufsausbildung, verfeinerte die Dinge, die bei Männern gut ankommen, und stellte sich hinter die Bar einer Millionärslounge. Die Burschen erkannten ihr Talent und vergnügten sich mit ihr reihum, wobei sie sich nicht kleinlich zeigten. Das war schon ganz prima für den Start, aber immer noch nicht das, was sie sich erträumt hatte. Sie wollte einen dieser Typen für sich, für sich ganz alleine und für immer. Dabei hatte sie sich wohl zu weit aus dem Fenster gelehnt und mögliche Interessenten verschreckt. So zuvorkommend sie auch war, so gut ihre Parterreakrobatik im Bett auch ausfiel, wenn es um das Standesamt ging, zogen die Burschen ihren altersbedingt ohnehin recht kurzen Schwanz ein und verabschiedeten sich. Die ganze Rumhurerei nutzte ihr nichts, sie holte sich nur den Ruf einer Vereinsmatratze ab, die jeder problemlos haben konnte. Dann aber traf die Frau endlich auf einen, von dem sie meinte, dass er der Märchenprinz sei. Er hatte sie schon immer aus der Ferne angehimmelt, aber nie damit gerechnet – dieser deutsche Ausländer – gegen seine Kumpel anstinken zu können. Der nette Siemerink war das Glücksschwein, das endlich auch mal durfte. Der war anfangs so begeistert, dass er dir sogar die Ehe versprochen hat. Traumhaft, ein alter Sack, den man nach der Statistik um zwanzig, dreißig Jahre überleben wird, und danach jede Menge Kohle und nie wieder *meine Herrn, heute sehn sie mich Gläser abwaschen und ich mache das Bett für jeden. Und sie geben mir 'nen Penny und ich bedanke mich schnell* ... Aber wie das so ist im Leben, man gewöhnt sich auch an das Beste und auch der freundliche Bankier begriff nach dieser Eroberung schnell, dass die Welt für ihn noch Besseres zu bieten hatte, und verknallte sich in eine junge Nutte aus dem Feudalpuff von Mieke van Loon. Damit drohte dir sogar noch der Trostpreis des Clubs von der Fahne zu gehen. Die letzte Chance deines Lebens – und auch wieder vertan. Dann kam dir die zündende Idee. Halt die Kohle fest, Baby, jetzt oder nie! Siemerink war noch in einer unentschlossenen Phase. Den etwas unter Druck gesetzt und man konnte ihm reichlich Moos aus dem Kreuz leiern, insbesondere durch eine hochoffizielle Heirat. Du mit deiner verfluchten Menschenkenntnis! Du wusstest genau, wie man ihn beharken musste, obwohl er schon gar nicht mehr wollte. Aber er war der Prototyp des verklemmten Biedermanns, der noch den Konventionen verhaftet ist, einerseits am liebsten sado-maso, andererseits hoffentlich-sieht-mich-keiner. Der Pflaumenaugust hätte dir bei eurem Wochenendtrip im April alles schriftlich gegeben, bloß um seine Ruhe zu haben. Und hinterher hätte er auf seine Kontoauszüge geguckt und alles widerrufen. Ein Eheversprechen, ob mündlich oder als Urkunde, ist wirkungslos. Du hättest nicht auf Erfüllung klagen können. Da hat ein Testament eine ganz andere Qualität. So kam der Zeitfaktor ins Spiel. Du musstest ihn dazu bringen, dich als Alleinerbin einzusetzen und ihn dann erledigen, ehe er ein neues machen und damit alles aus der Welt schaffen konnte. Der konservative Bankmensch wollte keine Szene in dem noblen Fresstempel. Immer seriös musste er einen peinlichen Auftritt vermeiden, dich am Herumschreien und die Leute am Glotzen hindern. Also schrieb er, was du von ihm verlangtest, womit du ihm schon eine ganze Weile in den Ohren gelegen hattest. Aber irgendwas muss er gewittert haben. Nicht unbedingt den Stein in deiner Tasche, aber dass irgendwas im Busch war. Deshalb die übertriebene Formulierung ›aus freien Stücken ... ungezwungen‹, und dann noch ›unwiderruflich‹, was rechtlich der größte Unsinn war. Aber den besten Gag leistete er sich mit dem Datum. Der erste April ist bei uns der Tag, an dem einer den anderen vernatzt und selbst Zeitungen und Fernsehen die Leute mit Falschmeldungen auf den Arm nehmen. Das hat er alles zur Vorsicht eingebaut, weil ihm die Sache nicht geheuer war. Er lässt sich einen Umschlag geben, macht alles fertig und sagt dir, dass er es selber an seinen Anwalt schicken will. Und das musstest du vermeiden. Selbst wenn er den Brief in deinem Beisein eingeworfen hätte, brauchte er Schouten am nächsten Tag nur anzurufen und ihm sagen, er solle den Quatsch vernichten. Oder er hätte am selben Abend im Hotel ein neues gemacht und es dem Zimmermädchen zur Verwahrung gegeben. – Oh ja, du hattest den Stein schon dabei. Warum soll nur ein männlicher Profi so vorausschauend sein, das Mordwerkzeug mitzubringen? – Du bist schlau, verdammt, wirklich schlau. Ich könnte wetten, du warst kurz vorher in Vlissingen und hast ausprobiert, ob man locker im Vorbeigehen einen geeigneten Brocken aufklauben kann. Und als du gesehen hast, dass das nicht hinhaut, hast du die Mordwaffe von Zuhause mitgebracht, rausgenommen aus der Umrandung von deinem Blumenbeet.«

Sie war aufgestanden und hantierte in der Küche, um sich zu beschäftigen. Was gaben wir für ein schönes, friedliches Bild ab! Der Ehemann, der von der Arbeit nach Hause gekommen ist und sich in trauter Zweisamkeit mit seiner Frau über den neuesten Büroklatsch unterhält.

»Die Promenade in Vlissingen ist über einen Kilometer lang, euer Hotel lag ganz am anderen Ende. Wie muss es dich gejuckt haben zuzuschlagen und als Millionärin endlich, endlich unabhängig zu sein. Aber es kamen euch immer wieder Leute entgegen und die Gelegenheit bot sich erst, als ihr fast schon am Hotel ward. Du hast zugehauen, aber durch die Kapuze wurde der Schlag gemildert und tötete ihn nicht auf der Stelle. Er taumelte von dir weg, gerade als du bemerktest, dass noch andere in der Nähe waren. Dieses verliebte Pärchen, die Zeugen aus der Zeitung, du erinnerst dich? Siemerink hatte nur noch ein paar Sekunden zu leben. Deshalb war es für dich sicherer, dich auf die Zeugen zu stürzen und die abzulenken. Hat ja auch gut funktioniert. Das einzige Bestreben von Siemerink war jetzt bloß, dich um die Früchte des Mordes zu bringen. Was also sollte er mit dem Testament tun? – Ich muss gestehen, dass meine Hypothese insoweit auf tönernen Füßen steht. Was denkt ein Mensch mit eingeschlagenem Schädel in seinen letzten Momenten? Hat er sich rational vor Augen geführt, dass ein zerrissenes Testament wieder rekonstruiert werden könnte? Dass er es bis zum Wasser nicht mehr schaffen, es nicht hineinwerfen könnte, oder du es wieder rausfischen würdest? Oder wollte er sich rein instinktiv auf die rettende Promenade flüchten und kam dabei nur zufällig an der Kanone vorbei? Ich glaube, ein bisschen von allem spielte dabei mit. Jedenfalls stopfte er den Brief mit letzter Kraft in das Rohr und vereitelte damit deinen Zugriff. Dein Gesicht hätte ich gerne gesehen, als du dich anschließend um das arme Opfer gekümmert hast, nur um es durchsuchen zu können und feststellen zu müssen, dass der Schlüssel zur Schatztruhe verschwunden war.«

Ich bediente mich selbst aus der Flasche, während sie im Schrank Teller und Tassen durcheinander rückte.

»War es so, Anne, hast du es so gemacht?«

Sie schwieg, drehte sich nicht einmal um. Auch eine Bestätigung. Qui tacet, consentire videtur.

»Na ja, im Endeffekt hast du ja doch noch gewonnen. Gratuliere, du perfekte Mörderin!«

»Du kannst nichts davon beweisen.«

»Ist auch nicht nötig. Du hast es mir bewiesen, als du den kleinen Wim beschuldigt hast. Ich bin kein Polizist oder Staatsanwalt, ich muss kein Gericht überzeugen. Es genügt, wenn ich Schouten anrufe. – Glaubst du ernsthaft, die alten Säcke werden dich so davonkommen lassen? Hältst du den Tod von Revellius für Zufall? Keiner weiß besser als du, wie vergnügungssüchtig die alle auf ihre alten Tage sind. Für die zählt jede Stunde. Die können nicht mehr schlafen, wenn sie daran denken, dass ein Mensch rumläuft, der einem der ihren die wenigen Jahre abgeknappt hat, die ihm sonst noch geblieben wären. Und dann ist da ein Herr Lauri, der gar nicht froh darüber ist, dass ihm jemand einen wichtigen Geschäftspartner gestohlen hat. Der wird bestimmt nicht locker lassen und den interessieren die Gesetze einen Dreck. Die bescheidenen Renovierungen hier sind gar nicht schlecht, aber du solltest anfangen, dein Erbteil großzügiger auszugeben. Viel Zeit bleibt dir nicht.«

* * *

Schließlich meldete sich doch noch ein Zeuge, aber den nahm die Polizei aus gutem Grund nicht ernst. Es war Wim, für alle nur der vierzehnjährige, geistig zurückgebliebene Sohn der Eheleute Jonker.

Seine Eltern hatten ihn an dem Tag zum Haus der Vanenburg geschickt um nachzufragen, wann sie wieder zur Arbeit kommen sollten.

Der Junge wurde von den Gleichaltrigen immer bloß gehänselt und von den Älteren beiseite geschoben. Seine Zuflucht waren die Musik und eine Traumwelt, die er fantasievoll mit ständig neuen Erlebnissen ausschmückte, die für ihn Realität waren und allen, die ihn kannten, nicht mal mehr ein verständnisvolles Lächeln abnötigten.

Er hatte schon vieles zur Anzeige gebracht, er hatte Ufos landen und ein Ungeheuer dem Meer entsteigen sehen. Und einen leibhaftigen Klabouter hatte er auch gesehen, der auf den Flügeln einer nahen Windmühle Karussell gefahren war.

Deshalb interessierte es auch niemanden, dass er am Todestag von Tante Anne Jimmy Hendricks gesehen hatte, so weiß wie Michael Jackson und ganz in schwarzes Leder gekleidet, der mit einem uralten grünen Wagen mit riesigen Chromaugen zum Haus der Vanenburg gefahren war. Und als er auch noch behauptete, mit dem Mann gesprochen zu haben, wurde er einfach vor die Tür gesetzt.

Die waren doof, die Polizisten, denen würde er nie wieder etwas sagen. Er hatte den Mann gefragt »Wer bist Du?« und der hatte geantwortet »Ein Diener zweier Herren«. Aber das würde er den doofen Polizisten jetzt nicht mehr sagen, niemals mehr.

* * *

Als amtliche Todesursache wurde unsachgemäßes Hantieren mit ausgerechnet dem Gewehr attestiert, das der von ihr ermordete Heinz Siemerink ihr zu ihrem Schutz geschenkt hatte.

Wenn es wirklich einen Himmel mit einer Wolke sieben gab, dann saß da jetzt jemand und lachte sich kaputt.

KBV-KRIMI

F. G. Klimmek

Wie die Fliegen

KBV-Krimi Nr. 112
Taschenbuch, 336 Seiten
ISBN 3-937001-07-7

Karl-Heinz Schmidt ist fett und fünfzig. Er mag keine Schwulen, keine Kinder, keinen Knoblauch und keine Hitze. Er liebt Heineken und Jenever. Also ist Holland für ihn das gelobte Land, in dem er als Frührentner im Alkoholdunst vor sich hindämmern kann. Jedenfalls so lange, bis aus unerklärlichen Gründen ein heimtückischer Mordanschlag auf ihn verübt wird, dem er nur mit sehr viel Glück entgehen kann. Schmidt muss bei seinen Nachforschungen feststellen, dass die Leute, denen er dabei begegnet, plötzlich sterben wie die Fliegen. Er braucht ziemlich lange, bis sein Herumstochern ihn mehr zufällig zum Drahtzieher der Verbrechen führt und er erkennen muss, dass ein antiker Schimmelpilz ein mörderischerer Antrieb sein kann als eine schöne Frau.

Jürgen Raap

Ein Koffer aus Bern

KBV-Krimi Nr. 107
Taschenbuch, 288 Seiten
ISBN 3-937001-02-6

Was befindet sich in dem Koffer, den der verkrachte Kölner Detektiv Karl-Josef Bär aus der Schweiz abholen soll? Sein Auftraggeber, der Geheimdienstler Schröder, behauptet, es sei Geld - viel Geld. Möglicherweise sind es aber auch irgendwelche brisanten Papiere. Wie immer wird Detektiv Bär nicht schlau aus dem Mann vom MAD. Als er den Koffer bei einem gewissen Dr. Kaspereit in Köln abliefern will, stößt er dort auf dessen Leiche. Von nun an wird die Luft für Bär ziemlich dünn, denn nicht nur die Witwe des Toten, sondern auch sein Bruder beginnen, nach dem ominösen Geldkoffer zu suchen. Und schließlich heften sich auch zwei Männer des russischen Militärgeheimdienstes an seine Fersen.

»Witzig, kritisch, ironisch. Raap nimmt alle Krimi-Klischees aufs Korn.« (Bild)

Justin Larutan

Lobenrots Echo

KBV-Krimi Nr. 106
Taschenbuch, 224 Seiten
ISBN 3-937001-01-8

Der Stargermanist Feebler bittet den Privatdetektiv Vodenka um Hilfe, weil ihm sein alter, psychisch labiler Schulfreund Lobenrot angeblich nach dem Leben trachtet. Trotz größerer Zweifel nimmt Vodenka den immerhin lukrativen Auftrag an, findet jedoch so gut wie nichts heraus. Dann ist Feebler tot - vom Dach seiner Stuttgarter Penthouse-Wohnung gestürzt. Im Laufe seiner Nachforschungen verstrickt sich Vodenka immer mehr in ein Gespinst aus Lügen und Täuschungen; nichts in dem ihm fremden Universitäts-Milieu ist so, wie es zunächst schien. Die Figuren um Feebler entpuppen sich allesamt als bizarre, mehr oder weniger inszenierte Trugbilder.

»Am sauberen Putz der Fassade kratzen und eine schimmelige Wand dahinter aufdecken - das kann Larutan gut.« (Stuttgarter Nachrichten)

KBV-KRIMI

Anke Ahle

Pole Position

KBV-Krimi Nr. 125
Taschenbuch, 288 Seiten
ISBN 3-937001-15-8

Die Fachwelt ist überrascht, dass der völlig unbekannte Formel-Eins-Pilot Jean-Luc Dalesasse einen Vertrag beim Top Team Williams bekommt. Mit seiner unkonventionellen Art und mit spektakulären Fahrten am Limit wird er schnell zum Shooting Star der Saison. Er ist auf bestem Wege, beim Kampf um den WM-Titel dem Konkurrenten Ferrari davonzufahren, als sein Teamkollege tödlich verunglückt. War es wirklich ein Unfall? Eigentlich sollte Jean-Luc an diesem Tag im Cockpit gesessen haben. Er wittert Sabotage und Mordabsichten. Plötzlich kämpft er nicht mehr nur um den Titel, sondern um sein eigenes Leben.
Ein Skandal aus der Vergangenheit wirft seine Schatten auf die Gegenwart: Als er erkennt, um was es eigentlich geht, scheint die Pole Position schon verloren ...

Harry Luck

Schwarzgeld

KBV-Krimi Nr. 126
Taschenbuch, 208 Seiten
ISBN 3-937001-16-6

Zwei Mordanschläge auf CSU-Politiker innerhalb weniger Tage. Und das kurz vor der Landtagswahl, in der es die absolute Mehrheit zu verteidigen gilt. Der Großindustrielle Ludwig Kaiser aus dem Millionärsstädtchen Starnberg scheint seine Finger ebenso im Spiel zu haben wie eine geheimnisvolle Hellseherin, zu deren Kunden nicht nur der Ministerpräsident zählt, sondern auch Spitzenpolitiker der Opposition. Welchen Einfluss hat eine Astrologin auf die bayerische Politik? Handelt es sich gar um politischen Terrorismus? Ein Fall für die Münchner Mordkommission unter der Leitung von Hauptkommissar Jürgen Sonne – und für den Lokalreporter Frank Litzka, der sich einem großen Skandal im bayerischen Polit-Sumpf auf der Spur sieht.

Jacques Berndorf (Hg.)

Mords-Eifel

KBV-Krimi Nr. 124
Taschenbuch, 192 Seiten
ISBN 3-937001-14-x

Jacques Berndorf hat die Eifel berühmt gemacht. Die Auflagen seiner Kriminalromane aus dieser Landschaft im Wilden Westen Deutschlands erreichen Millionenhöhe. Seine Titel wie »Eifel-Wasser« oder »Eifel-Liebe« erklimmen regelmäßig die Bestsellerlisten.
In diesem KBV-Sammelband hat der Erfinder des »Eifelkrimis« seine schwarzen Schafe um sich versammelt: Carola Clasen, Ralf Kramp, Gisbert Haefs, Carsten-Sebastian Henn und viele andere haben ihre literarischen Leichen in eine raue Landschaft gelegt, die tatsächlich wie geschaffen scheint für Kriminalgeschichten aller Art. In knapp zwanzig mörderischen Eifel-Kurzkrimis bieten Berndorf & Co. spannendste Unterhaltung.

KBV-KRIMI

Ralf Kramp

Ein Viertelpfund Mord

KBV-Krimi Nr. 120
Taschenbuch, 160 Seiten
ISBN 3-937001-38-7

Heimtückische Killer mit ausgetüftelten Plänen und ratlose Zufallstäter, denen der brutale Mord gewissermaßen im Handumdrehen gelingt – sie alle versammeln sich hier zu einem munteren mörderischen Stelldichein. Doch all den frischen Witwen, skrupellosen Auftragskillern und eiskalten Giftmörderinnen wird eines schnell bewusst: Verbrechen zahlt sich selten aus, denn die Tücke des Objekts wendet sich allzu oft gegen sie. Es sind die perfiden Schnippchen, die Ralf Kramp seinen Lesern in diesen knapp zwanzig rabenschwarzen Stories schlägt, die immer wieder für haarsträubende Überraschungen sorgen.

»Sanfte Grausamkeit, garniert mit einer Prise Humor« (Schnüss/Bonner Stadtmagazin)

»Meister des schwarzen Humors« (Kölner Stadt-Anzeiger)

»Schwarzer Humor und Fabuliergabe« (Trierischer Volksfreund)

Burkhard Ziebolz

Riesen und Zwerge

KBV-Krimi Nr. 22
Taschenbuch, 316 Seiten
ISBN 3-927658-53-7

Die Entdeckung des jungen Biologen Thorsten Gröning ist geradezu sensationell: Es ist ihm gelungen, einen Wachstumsfaktor zu isolieren, der der Medizin in Zukunft ungeahnte Möglichkeiten bieten kann. Doch mit dem Erfolg kommen die Probleme, denn einige seiner Kollegen sind allzu erpicht darauf, Grönings Wissen für sehr viel Geld an die mächtige Pharmaindustrie zu verkaufen. Seine Ergebnismappe verschwindet eines Tages auf geheimnisvolle Weise spurlos aus dem Labor, und wenige Tage später wird ein Kollege brutal ermordet aufgefunden. Hans Fröhlich und Hans-Jörg Meyer von der Braunschweiger Kripo schalten sich ein, und Gröning beschließt, für einige Zeit unterzutauchen, da ihn nun plötzlich die Polizei des Mordes verdächtigt. Er kann niemandem mehr vertrauen …

Jürgen Siegmann

Nierenpoker

KBV-Krimi Nr. 117
Taschenbuch, 272 Seiten
ISBN 3-937001-36-0

Im St. Josef-Krankenhaus in Barmbek wird der renommierteste Arzt des Hauses, Professor Hohenfeld, tot aufgefunden. Ein Fall für Kommissar Schmitz, dessen Freundin Tessa zur Zeit in eben jenem Krankenhaus liegt. Schnell gerät Schmitz in Stress. Eigentlich würde er gerne seine neue Wohnung renovieren, denn momentan schläft er auf einer Baustelle ohne Strom und heißes Wasser. Aber sein neuer Vorgesetzter, mit dem ihn eine tiefe gegenseitige Abneigung verbindet, will schnelle Ergebnisse, weil ihm die Presse im Nacken sitzt. Schmitz ermittelt, unterstützt von seinem schrulligen Assistenten Sand, in verschiedene Richtungen, und die Liste der Verdächtigen wächst rasch an. Ist der Täter im beruflichen Umfeld des Professors zu suchen, oder liegt das Motiv im privaten Bereich des Toten, der zahlreiche Affären hatte?

KBV-KRIMI

Carola Clasen

Tot und begraben

KBV-Krimi Nr. 108
Taschenbuch, 240 Seiten
ISBN 3-937001-03-4

Von einem Tag auf den anderen kostet eine Beerdigung im kleinen, beschaulichen Eifelort Oberprüm nur noch die Hälfte. Kein Wunder, dass die Konkurrenz den Leichenwagen von nun an nicht mehr aus den Augen lässt. Die Bestatter Paul und Peter Schlangensief haben offensichtlich eine todsichere Geschäftsidee entwickelt, dank derer sie allen anderen eine Nasenlänge voraus sind. Zur gleichen Zeit gibt der einsame Witwer Wilden eine Heiratsannonce auf. Als er endlich einen Brief und ein Foto erhält, verliebt er sich Hals über Kopf in die schöne Sybille. Sein Glück scheint perfekt. Doch dann geht es plötzlich mit seiner Gesundheit rapide bergab.

»... die Handschrift macht Appetit auf mehr!« (Das Magazin)

»... die Crime Lady unter den Eifelkrimiautoren« (Trierischer Volksfreund)

Carsten Piper

Tod an der Trave

KBV-Krimi Nr. 109
Taschenbuch, 192 Seiten
ISBN 3-937001-04-2

Hans Conrads Frau Jule fällt bei einem Winterspaziergang geradezu über die Leiche der jungen Dom-Organistin der ehrwürdigen Hansestadt an der Trave. Conrad hat inzwischen seinen Job bei der Berliner Kriminalpolizei an den Nagel gehängt. Also ermittelt er auf eigene Rechnung und gerät unter anderem an eine eher unorthodoxe Religionsgemeinschaft mit bizarren und freizügigen Riten. Nach und nach blättert bei einigen der traditionell angesehenen Institutionen der Lack ab. Die Hafenbehörde erweist sich als korrupt, die Polizei als unfähig, die Kirche als feige. Der arbeitslose Hans Conrad muss daher nun selbst für Ordnung sorgen.

»Leichthändiges Spiel mit den Regeln des Krimigenres.« (Ludwigsburger Kreiszeitung)

Frauke Schuster

Toskanisches Schattenspiel

KBV-Krimi Nr. 111
Taschenbuch, 384 Seiten
ISBN 3-937001-06-9

Thanner hat sich seinen Lebenstraum erfüllt: Auf dem toskanischen Landgut »Il Paradiso« züchtet er rassige Pferde und genießt prickelnde Nächte mit einer temperamentvollen Erotiktänzerin. Doch als sein psychisch gestörter, mutistischer Neffe Ken bei ihm einzieht, droht sich das Idyll schlagartig in eine Hölle zu verwandeln. Im Morgengrauen findet er eine Leiche in seinem selbst geschaffenen Paradies. Da die italienische Polizei bestenfalls halbherzig ermittelt, versucht Thanner nun selbst, Licht in die dunklen Geschehnisse zu bringen, und erkennt dabei fast schon zu spät, welche mörderischen Abgründe hinter den gediegenen Fassaden des toskanischen Gartens Eden lauern. Und mitten zwischen den Lebenden spielen die Schatten der alten Etrusker ihr eigenes Spiel ...

KBV-KRIMI

Olov Svedelid

Hassels Hölle

KBV-Krimi Nr. 119
Taschenbuch, 380 Seiten
ISBN 3-937001-35-2

Roland Hassel von der Stockholmer Polizei träumt von einem Karrieresprung. Daher akzeptiert er es sogar, zwischendurch für Interpol den Laufburschen zu spielen. Er soll von einem Schweden, der in Nigeria gearbeitet hat, Informationen übernehmen. Doch dieser Bengt Ölund wird ermordet; das Beweismaterial verschwindet. Offenbar ist der Fall brisanter als es den Anschein hatte. Hassel macht sich auf den Weg nach Lagos – und landet in der Hölle!
Wieder legt Olov Svedelid einen Thriller von internationalem Niveau vor. Weltweit sterben Jahr für Jahr Tausende von Menschen, weil sie mit überlagerten oder gefälschten, wirkungslosen Medikamenten behandelt werden. Wer hinter dem lukrativen Handel mit Markenwaren steckt – Roland Hassel findet es schließlich heraus.

Susanne Amtsberg

Irrwasser

KBV-Krimi Nr. 115
Taschenbuch, 288 Seiten
ISBN 3-937001-33-6

Die Journalistin Toni Smerell taucht im vergessenen Gebirgsort Tiefenbach kopfüber in einen der letzten Mythen unserer Zeit. Sie soll das Geheimnis vom »Wolkenfänger« ergründen, während verheerende Regenfälle den Ort ins Tal zu reißen drohen. Im Auftrag des Zeitmagazins *Now* soll sie den Wissenschaftler Prof. Dr. Steffen Tropper aufspüren – einen modernen Regenmacher, der sich hier angeblich versteckt hält. Bald weicht der Regen ihr auf Taschenformat zurechtgestutztes Leben auf. Was tun, wenn unsere Wirklichkeit zu einem grandiosen Fake verkommt, wenn einem ganzen Dorf ein Mord als die billige Lösung erscheint? Gemeinsam mit dem Feuerwehrmann Mark entdeckt Toni jenes Lebenselixier, das so manche Gesetzmäßigkeit seiner Spezies verneint: das Wasser.

Mathias Christiansen

Die dünne Linie

KBV-Krimi Nr. 116
Taschenbuch, 212 Seiten
ISBN 3-937001-37-9

Es ist ein schwarzer Tag für Justitia, als einer ihrer treuesten Diener, der Staatsanwalt Drigalsky, im Kriminalgericht Moabit gefunden wird – in einer Lache seines eigenen Bluts, erschlagen und seiner Zunge beraubt. Der Berliner Kriminalhauptkommissar Werner Brodersen leitet die Ermittlungen und staunt nicht schlecht, als man in der Wohnung des Ermordeten ein ganzes Waffenarsenal findet – und dubiose Hinweise auf eine Raketenabschussbasis. Führte der angesehene Staatsanwalt ein Doppelleben zwischen Rechtsprechung und Kriminalität? Als wenige Tage nach dem Mord in einer Berliner Postwurfsendung die abgetrennte Zunge des Staatsanwalts gefunden wird, dämmert dem Kommissar, dass hier noch in ganz anderer Richtung gesucht werden muss …

KBV-HÖRBUCH

Kalle Pohl
liest
Spinner
von Ralf Kramp

3 CDs
ca. 210 Min.
€ 19,90
3-937001-10-7

Ein Serienmörder macht die Eifel unsicher, und Herbie Feldmann, der bekannte Spinner, der einen unsichtbaren Begleiter namens Julius "neben sich gehen" hat, löst seinen ersten Fall und merkt, dass nicht alle Spinner so harmlos sind wie er selbst …

Kalle Pohl, der beliebte TV-Comedian ("7 Tage - 7 Köpfe", "Kalle kocht" etc.), ist von der Figur des Herbie Feldmann begeistert und wird in loser Folge die Romane um das amüsante Ermittlerduo aus der Eifel auf CD sprechen.

"Ein Eifelkrimi der skurrilen Art" (www.krimiforum.de)

"So schwarz wie die Seele mancher Eingeborener ist auch der Humor." (Rhein Zeitung)

"Auch ohne literweises Blutvergießen verdammt spannend." (Petra)